KB177881

오월의 미소

송기숙 장편소설

창작과비평사

오월의 미소

초판 발행/2000년 2월 10일
2쇄 발행/2000년 2월 25일

지은이/송기숙
펴낸이/고세현
편집/김성은 공병훈 염종선 한미호
펴낸곳/(주)창작과비평사
등록/1986년 8월 5일 제10-145호
주소/서울 마포구 용강동 50-1 우편번호 121-070
전화/영업 718-0541, 0542 · 편집 718-0543, 0544
독자사업 716-7876, 7877
팩시밀리/영업 713-2403 · 편집 703-3843
천리안 · 하이텔 · 나우누리 ID/Changbi
홈페이지/www.changbi.com
전자우편/changbi@changbi.com
지로번호/3002568

ISBN 89-364-3335-0 03810

* 책값은 뒤표지에 표시되어 있습니다.

오월의 미소

1

날씨가 갑자기 끄무러지고 있었다. 찻잔을 들고 창밖을 내다보던 나는 깜짝 놀랐다. 회사 건물 슬래브 귀퉁이 아래 집을 짓고 사는 명매기가 무엇에 쫓긴 듯 쏜살같이 날아들어 후닥닥 제집으로 쏠려들었다. 저놈이 왜 저러나? 그때 또 한놈이 더 거세게 쏠려들었다. 이놈은 입구 언저리 흙이 부스러질 지경이었다. 솔개한테라도 쫓긴 것인가? 하늘을 둘러보던 나는 저쪽 벌판에 눈이 멎었다. 회오리바람이 엄청난 기세로 휘돌고 있었다. 주택단지를 조성하느라 벌겋게 흙을 뒤집어놓은 벌판에서 종잇조각이며 비닐조각 들이 흙먼지와 함께 엔진이라도 돌아가듯 휘말려 공중으로 솟아오르고 있었다.

"저것 좀 봐!"

내가 소리를 지르자 점심 먹던 사원들이 창가로 몰려들었다.

"야, 무시무시하구나."

회오리바람은 벌판의 온갖 잡동사니 쓰레기에다 황토까지 휘말아

벌건 기둥으로 솟아올랐다.

"정말 무시무시하구먼."

한참 돌아가던 회오리바람이 이내 기세가 꺾였다. 종잇조각이며 비닐조각 들이 힘없이 흩어지고 있었다.

나는 명매기집을 쳐다봤다. 아무 기척이 없었다. 명매기가 쏠려들어갔던 이야기를 하자 모두 쳐다봤다. 명매기집은 제비집 두어 배 크기의 집을 슬래브 아래에다 거꾸로 붙여 길쭉하게 입구를 낸 모양새였다. 저놈들이 되게 놀랐구나.

그때 전화기가 울렸다. 여사원이 받아 사장님이라며 나한테 내밀었다.

"나 아직 서울인데 말이야, 내일 토요일하고 일요일 낚시 어때? 오늘 저녁에 완도서 자고 이틀 동안 늘어지게 한번 하는 거라. 여기서 모시고 갈 분이 한분 계셔. 용찬이는 못 가면 놔두고 자네는 갈 수 있겠지?"

사장은 말이 빨랐다. 지난주에 다녀올 때는 다음다음 주에나 가자고 했던 것이다.

"여기는 회오리바람이 불고 야단인데 날씨가 괜찮을까요?"

"방금 전화로 일기예보 자동안내 들어봤는데 날씨도 최고야. 본사 김성보 이사님 계시잖아? 알고 보니 이분이 바다낚시라면 도사였구먼. 엊그제 추석 다음 물때에는 바로 완도에서 재미를 보고 왔다잖아. 김이사가 우리한테 도전을 했다구. 우리가 누구라고 응전을 않겠나?"

나는 약속이 있다고 얼버무렸다.

"웬만하면 어떻게 좀 해봐. 이건 광주 낚시꾼들 위신문제야."

사장은 너스레가 흐드러졌다. 곁에 본인이 있는 모양이었다.

"배는 김이사 아는 분이 낸다는구먼. 배가 커서 네 사람도 충분하다는 거야. 이따 다섯시 비행기 탈 테니까 우리집에 다녀서 비행장으로 오라구. 낚시도구는 깨끗이 손봐놨고, 옷은 집사람한테 전화로 일러놓겠어. 지금 바로 호텔 예약부터 하라구. 방은 둘 잡아."

박사장은 벌써 마음이 바다에 달려가 있었다. 김성보 이사는 우리 회사의 원청회사인 대양전자 생산담당 이사라 상전치고도 큰 상전이었다. 더구나 요사이는 전자제품 수출이 여의치 않아 조업을 단축하고 있는 참이었다.

나는 아무래도 날씨가 걱정이었으나 현장에 가서 보는 수밖에 없었다. 가을 바다날씨는 변덕을 부리기로 하면 종잡을 수가 없었다. 섬사람들이 목넘기바람이라고 무서워하는 그 바람도 가을에 나타난다고 했다. 아까 회오리바람 같은 그런 기상현상인 것 같았다.

유용찬한테 전화를 걸었다. 그는 말을 마치기도 전에 좋다고 했다. 낚시꾼들한테 낚시 소리는 어린애들한테 놀러 가자는 소리나 마찬가지였다. 다섯시까지 회사로 오라고 했다. 그는 차가 지프형 중형이라 항상 그 차로 다녔다. 유용찬은 우리 회사 사주나 마찬가지였지만 회사는 자기 외숙인 박사장한테 맡기고, 그는 따로 전자제품 가게를 내고 있었으나 그 가게도 아내한테 맡겨놓고 팔자 좋게 낚시나 다니며 사장 행세만 하고 있었다.

낚시 이야기에 나도 마음은 이미 바다에 달려가 있었다. 지난 일요일에는 도미 40여 센티짜리를 올렸던 것이다. 고기들이 한창 힘이 오를 때라 그놈하고는 한참 동안 승강이를 쳤다. 그런 놈하고 그렇게 씨름을 한번 하고 나면 그 굼틀대는 감각이 팔뚝 속에 며칠 동안 살아 있었다. 그러나 유용찬이 올린 놈한테 2센티가 못 미쳐 내기 걸었던 돈을 날리고 말았다. 아까 박사장이 도전이니 응전이니 한 건 그 내기 이야기였다. 그때 또 전화기가 울렸다.

"서울 아가씨!"

여사원이 송화구를 막고 장난스럽게 웃으며 내밀었다.

"나야."

“저예요. 미선이.”

“어, 미선이?”

나는 깜짝 놀라 수화기를 오른손으로 바꿔 잡았다. 여사원은 낭패한 표정으로 미안하다는 시늉을 했다.

“별일 없죠?”

“그저 그래. 전화를 다 하고 무슨 바람이 불었지?”

“바람, 바람이 불었네요. 오랜만에 설악산으로 경주로 한바퀴 돌아왔어요. 언니하고요.”

“뭐라구, 언니하고?”

“지지난 주에는 최루탄 가루를 뒤집어썼는데도 아무렇지 않았는걸요.”

김미선의 웃음소리는 여간 맑지 않았다.

“최루탄 가루를 뒤집어썼단 말이야? 그래도 괜찮았어?”

“시위하는 회사 앞을 멋모르고 지나가다가 우리 발 앞에서 최루탄이 터지는 바람에 누런 최루탄 가루를 숫제 뒤집어썼지 뭐예요. 눈물 콧물 정신없이 도망쳤는데 언니는 그날도, 다음날도 아무 일이 없는 거예요.”

미선이의 목소리가 수화기 속에서 통통 튀었다.

“가만있자, 병원에서 마지막 퇴원한 게 일년이 넘었지?”

“정확히 십사개월이에요. 집안 형편도 펴이고 세상 형편도 펴이니까 그런 영향도 큰 것 같아요. 어제는 오랜만에 대학 캠퍼스도 구경했죠.”

정말 다행이라고 나는 고개까지 끄덕였다. 정신병원을 들락거리던 그 언니 이야기였다. 그는 멀쩡하다가도 최루탄 냄새만 맡으면 발작을 했다. 그들이 다녀왔다는 대학은 그 언니가 다니던 대학이었다.

“내일 토요일인데 시간 어때요? 오랜만에 제가 점심 한번 사겠어요."

"점심은 내가 사야겠는데. 내일하고 모레는 약속이 있고, 월요일 어때?"

"저야 아무 때나 좋아요."

그는 다시 전화하겠다며 전화를 끊었다. 여사원은 미안하다고 손가락으로 자기 머리를 꾹꾹 찌르는 시늉까지 하며 수다를 떨었다. 나는 괜찮다고 웃어주며 담배를 빼 물었다. 아까 그가 말했던 서울 아가씨란 요사이 나하고 가까이 지내고 있는 강지연이라는 여자였다.

── 국민화합과 지역감정 해소를 위해서 전두환·노태우 전 대통령 사면은 반드시 성탄절에는 이루어져야 하며……

"꺼버려! 화합 좋아하네. 정말 사람 미치게 만드는구먼."

저쪽에서 사원 한사람이 소리를 질렀다.

"김형, 호흡 조절하라구. 더 험한 꼴도 당하고 살아왔잖아?"

"어이구, 미쳐. 이런 꼴을 언제까지 보고 살아야 하지?"

사원들은 킬킬거렸다. 대통령 선거 분위기가 무르익으면서 엉뚱하게 교도소에 있는 전두환 일파 사면문제가 선거쟁점의 핵심으로 떠오르고 있었다. 대통령 후보로 나서겠다는 사람들은 모두 그들의 사면을 공언하고 있으므로 쟁점이라기보다 누가 먼저 내놓느냐는 경쟁을 하고 있는 셈이었다. 전에는 눈치 보며 바람만 잡더니 요사이는 낯내놓고 왜장을 쳤다. 그때 중년 사내 두 사람이 사무실로 들어섰다. 낯선 사람들이었다.

"정찬우 과장님이십니까?"

몸피가 우람하고 얼굴이 거무스름한 사내가 내 책상 앞으로 다가오며 명함을 내밀었다. 명함을 받아든 나는 가슴이 철렁했다. 서울 영등포경찰서 형사였다. 알아볼 게 있다며 조용한 방 없느냐고 했다. 안지춘. 나는 명함을 다시 보며 사장실로 안내했다. 그들이 풍기는 분위기에 눈이 둥그레졌던 사원들은 내 표정을 보고 눈들이 더 커졌다.

"김중만씨 아시지요?"

자리에 앉자마자 수첩을 꺼내며 물었다. 같이 온 사람은 옆자리에 앉았다. 그는 안내만 하는 여기 경찰인 것 같았다. 나는 어깨판이 떡 벌어진 안지춘의 우람한 체구에 압도당하고 있었다.

"김, 중, 만, 씨라고 하셨습니까?"

"네, 김중만씹니다."

"전혀 모르는 사람인데요."

"서울 영등포 김중만이를 모른단 말입니까?"

"전혀 모르는 사람입니다."

"다 알고 왔는데 왜 이러십니까?"

형사는 대번에 눈살에 힘이 올랐다.

"도대체 그 사람이 누굽니까?"

나는 항변으로 들리지 않도록 신경을 쓰며 곁에 앉은 사내까지 돌아봤다.

"허허, 누구한테 묻는 거요. 얼마 전에도 통화했잖아요?"

"전혀 모르는 사람인데 어떻게 통화를 한단 말입니까?"

"보름 전에 통화한 김중만이를 정말 모른단 말이오?"

"보름 전요? 보름쯤 전이라면 서울서 산다는 사람이 밤에 우리집으로 전화를 걸어왔던 일이 있긴 합니다."

나는 어리벙벙한 표정으로 말꼬리를 흐렸다.

"통화를 했다면서 이름도 모른단 말이오?"

"이름은 대지 않고 자기 물을 것만 묻고 전화를 끊었는데 혹시 그 사람이 김중만이라면 모르겠습니다마는 내가 아는 사람 가운데 김중만이란 사람은 없습니다."

"통화를 하면서 상대방 이름도 묻지 않았단 말이오?"

"전에도 그 사람이 전화를 걸어온 적이 있었는데 그때도 자기 물을 것만 묻고 다음에 다시 전화하겠다며 일방적으로 전화를 끊어버리더니 이번에도 그랬습니다."

"무엇을 물었습니까?"

"도대체 무슨 일로 이러시지요?"

"대충 짐작이 가실 텐데요."

"짐작이 가다니요?"

사실은 짚이는 게 있었으므로 나는 정신 똑바로 차려야겠다고 생각했다. 두 사람은 내 표정을 날카롭게 살피고 있었다. 나는 가슴이 죄어왔다. 전화했던 사내가 마지막 남긴 말 때문이었다. 요새 대통령 후보란 작자들이 전두환 일당 사면한다고 나팔 부는데 그 자식들 사면만 하면 대번에 갈겨버려야 합니다. 일껏 차근차근 이야기하던 사람이 제물에 약이 올라 느닷없는 소리를 하며 전화를 끊었던 것이다.

"몇년 전에 이 고장에서 내는 잡지에 '만나고 싶은 사람'이란 고정란에다 제가 글을 쓴 일이 있습니다. 그 잡지가 나온 지 얼마 되지 않아 사십대쯤으로 느껴지는 사람이, 만나고 싶다던 사람 나타났느냐고 전화를 걸어왔더군요. 나타나지 않았다고 하자 못내 섭섭해하는 기색이더니 이번에도 그 사람이 나타났느냐고 묻더군요."

그 잡지는 10호도 못 내고 폐간된 시시한 잡지였다.

"만나고 싶다는 사람은 어떤 사람입니까?"

"이야기가 좀 깁니다. 오일팔 당시, 그러니까 오월 이십이일입니다. 그날은 공수단이 시민군한테 밀려 무등산으로 퇴각한 다음날인데 그날 오후에 도청에서 대학생들이 학생수습위원회를 조직하려고 할 때, 갑자기 나타나서 지금이 싸울 때지 수습할 때냐고 총으로 위협했던 사람입니다. 그때 그 사람 행동거조가 아주 인상적이어서 그런 글을 썼던 겁니다. 그 사람은 그때 잠깐 한번 봤을 뿐 이야기를 해보지도 않았고 이름도 몰라 특징이라면 세모진 눈이어서, 그 글에서는 세모눈이라는 별명으로 썼지요."

안지춘은 세모눈이라 했느냐고 수첩에 적으며 그 잡지 가지고 있느냐고 했다. 집에 있다고 하자 그 잡지 가지고 여기 경찰서로 가자고 했다. 무슨 일인데 이러냐고 하자 서울로 연락할 일도 있고 하니 협조해달라고 했다. 말은 협조였으나 태도는 고압적이었다. 아무래도 보통 일이 아닌 것 같아 괜히 번댈 필요가 없을 것 같았다.

"우리 회사는 전자제품 하청회사인데 원청회사 이사님하고……"

낚시 약속을 말하자 그럼 그 잡지부터 보자며 공항까지 태워다주겠다고 했다. 나는 유용찬한테 전화를 걸어 박사장 집에 들러 공항으로 오라고 했다. 차는 광주 번호였고 같이 왔던 사람이 몰았다.

"김중만이는 그 세모눈하고 아는 사이 같았습니까?"

"그런 것 같지 않았습니다."

"그럼 무엇 때문에 세모눈에게 관심을 갖는 것 같았습니까?"

"저도 그걸 물어봤더니 자기도 오일팔 때 꽤나 열심히 싸웠기 때문에 그런 사람이라면 이야기만 들어도 친구 같아 그런다고 하더군요."

김중만은 5·18연구소에서 펴낸 광주항쟁 참여자 구술자료집을 모두 읽었다고 했으나 그런 말까지는 할 필요가 없을 것 같았다. 그 자료집은 항쟁 참여자 오백명의 참여담을 실은 방대한 분량인데 그는 거기 실린 한사람 한사람이 모두 다정한 친구 같아 심심하면 그 책을 꺼내 읽는다고 했다.

"김중만이는 오일팔 때 어떻게 싸웠다고 했습니까?"

"그런 말은 하지 않았습니다."

"싸우다가 부상을 당한 것 같지는 않았습니까?"

"모르겠습니다."

"지금까지 무슨 일을 하고 살았다던가요?"

"그런 말도 하지 않았습니다."

"세모눈말고 다른 사람을 찾거나 다른 말은 하지 않았습니까?"

"그 사람말고는 묻는 사람도 없고 달리 특별한 말도 하지 않았습니다."

그들은 내 방에까지 따라왔고 내가 잡지를 찾는 사이 책장이며 방안을 구석구석 날카롭게 살폈다. 나는 맘대로 보라는 듯이 여유있게 움직였다. 잡지를 찾아 그 글이 실린 부분을 펴서 넘기고 나는 낚시도구를 챙겼다. 안지춘은 화장실에도 들어갔다 나오고, 물 좀 마시자며 손수 냉장고를 열어 냉수를 따라 마셨다. 밖으로 나오자 그는 엘리베이터에서부터 글을 읽기 시작했다.

"세모눈이란 사람은 그때 엠십육을 들었군요?"

그렇다고 했다. 글이 짤막했으므로 금방 읽었다.

"엠십육 총구를 위로 세워 꼬나든 세모눈은 삼십세 전후의 호리호리하고 작달막한 몸매에 시커먼 얼굴이며 위아래 검은 작업복 차림이 노동자 같았다. 왼팔은 부상을 당했는지 두껍게 붕대로 처맸으며 유독 인상적인 것은 그의 눈이었다. 세모로 모가 진 깊숙한 눈에서 솟아나는 눈빛은 레이저 광선이 눈에 보인다면 저럴까 싶었다. 이것말고 다른 특징은 없었습니까?"

"그것말고는 달리 특징이랄 만한 것은 생각나지 않습니다."

"왼쪽 팔을 두껍게 붕대로 싸고 다녔다면 부상이 컸던 모양인데 그렇다면 보상신청은 했겠지요?"

모르겠다고 했다.

"나는 그 뒤로 그를 본 적이 없고 헌병대 영창에서도 여러 사람한테 물어보았지만 그 뒤로 그를 봤다는 사람이 없었다.고 했는데 그럼 그이는 그 뒤 어떻게 되었을까요?"

"저도 그게 궁금해서 그 글을 썼습니다."

"정과장은 어떻게 싸우다가 잡혀갔습니까?"

"시위하다가 붙잡혀갔기 때문에 단순가담자로 훈방되었습니다."

차가 공항에 가까워지고 있었다. 그는 휴대전화를 꺼내 어디론가 전화를 걸었다.

"안지춘입니다. 시청 오일팔 보상관계 담당자 좀 대기시켜주세요."

차가 공항에 도착했다. 김중만의 이야기 가운데 더 생각나는 것이 없는지 찬찬히 생각해보라는 말을 남기고 그는 바삐 공항을 빠져나갔다. 나는 사라지는 차 꽁무니를 보고 있었다. 아무래도 예삿일이 아닌 것 같았다. 자다가 홍두깨도 아니고 어디까지 말려들 것인지 어리벙벙한 기분이었다. 더구나 그에게 제대로 말하지 않은 게 한두 가지가 아니었다. 김중만은 항쟁 때 다리에 부상을 당했다고 했는데 모른다고 했고, 내가 훈방되었다고 한 것도 사실이 아니었다. 나는 27일 새벽 기동타격대로 나갔다가 붙잡혀 등에 '극렬. 교전 후 체포. M1·사제대검 소지'라 씌어 이루 말할 수 없는 고문을 당하다가 돈을 쓰고 훈방형식으로 풀려났던 것이다. 단순가담자란 그들이 돈을 먹고 꾸며놓은 처리내용이었다. 김중만이 전화를 끊으면서 마지막 남긴 소리가 다시 귓결에 웅웅거리고 있었다.

나보다 더 걱정되는 건 유용찬이었다. 유용찬은 대학 때부터 광주 학살자들은 반드시 국민들이 처단해야 한다고 만만찮게 을렀고, 그래야 한다는 논리도 여간 정연하지 않았다. 대학 졸업 뒤에는 후배들하고 그런 이야기를 하다가 기관원한테 꼬리가 잡혀 크게 경을 친 일도 있었다. 그 사건 뒤로는 그런 이야기라면 나한테도 뚜껑 닫은 우렁이 꼴이었으나 그는 지금도 그런 쪽으로 무슨 꿍꿍이속이 있는 것 같았다.

유용찬이 왔다. 나는 안지춘 형사가 찾아온 이야기를 단숨에 늘어놨다. 전에 김중만이 나한테 전화했던 일은 그도 알고 있었다. 물론 그때는 김중만이라는 이름은 몰랐다.

"그 사람이 김중만이라면 그이가 무슨 일을 저지른 거 아냐?"

"아무래도 심상찮아. 그 형사는 김중만과의 통화자 조회로 나를 안 것 같은데, 처음 나를 다그치는 기세는 공범자라도 붙잡은 서슬이더라구."

"그렇지만 너야 그이 전화를 받았을 뿐 아무것도 거리낄 게 없잖아?"

"그래도 영 기분 잡치는걸. 광주항쟁 때 내 행적을 묻는 거며 더 생각나는 게 없는지 생각해보라고 뒤를 남긴 것도 그렇고, 나뿐만 아니라 내 주변 사람들까지 들쑤실 것 같아."

"염려할 것 없어. 김중만이하고 상관없으면 그만이잖아."

유용찬은 너무도 태연했다. 한편으로는 안심이 되면서도 좀 허전한 기분이었다. 나는 그의 표정을 힐끔거렸으나 조금도 동요하는 기색이 없었다.

비행기가 도착했다. 박사장은 낚시도구를 멘 김성보 이사를 앞세우고 환하게 웃으며 출구를 나왔다. 사십대 중반인 김성보는 가슴이 앙바틈하게 발그라지고 여간 건장한 체구가 아니었다. 나는 그의 낚시가방을 받아들었다.

"이 동포는 내 외조캅니다. 내 밑에 있으라 해도 쇠꼬리는 싫다고 따로 가게를 차리고 닭대가리가 되어 있지요."

모두 웃었다. 저녁은 가다가 먹자며 곧바로 출발했다.

"김이사가 터줏대감한테 신고도 없이 남의 구역에서 고기를 한껏 잡아갔더구먼. 앞으로는 세금 받아야겠어."

박사장이 호탕하게 웃었다.

"지난번에는 저 유가가 사십삼 센티짜리를 올렸잖겠소. 그 바람에 거금 삼만원을 억울하게 날리고 말았지요. 김이사도 거실 거죠? 쇠뿔은 단김에 뺍시다. 삼만원씩입니다. 여기서는 도미만 고기로 치는 거 아시죠?"

박사장은 지갑에서 돈을 꺼내며 호들갑을 떨었다.

"하지만 저야 어차피 제 주머니로 도로 들어올 건데 냈다 받았다 하기가 번거롭겠는걸요."

김성보는 지갑에서 돈을 꺼내다 말고 능청을 떨었다.

"하하, 바다에 가서는 그런 소릴 해도 살살 하시오. 고기가 들으면 웃다가 사레 들려요."

"번거롭기는 저도 마찬가집니다마는 게임이니까 격식대로 하지요."

유용찬은 나더러 자기 것까지 대납하라며 웃었다.

"그려그려, 내일 내 앞에서 떠오른 놈들 표정 자알들 보라구. 사레 들려 아가리가 찢어진 놈들이 낄낄거리며 떠오를 거야."

"남의 구역이라니까 말씀입니다마는 내가 돈까지 벌어 가도 유감들 없으시겠지요?"

"서해 바다에서 곰 같은 우럭이나 상대하던 솜씨로는 쉽잖을걸요."

"우럭이 곰 같다는 말씀은 맞습니다. 꿩 사냥, 노루 사냥, 멧돼지 사냥, 아마 곰 사냥은 마지막 호랑이 사냥하고 같은 반열일걸요."

"호랑이 반열이든 토끼 반열이든 우럭이란 놈은 입질도 입질이지만 물었다 하면 무작정 코만 숙이는데 그게 곰하고 줄다리기지 뭡니까?"

"코를 숙인다고 곰하고 줄다리기하듯 무작정 당기기만 하면 낚싯줄은 그게 무슨 화물선 닻줄이던가요?"

"하하, 말이 됩니다. 하여간 정신들 바짝 차리라구. 알고 보니 김이사는 낚시라면 전국 낚시터를 손바닥 보듯 쏙 꿰고 있어."

나는 안지춘 형사가 자꾸 눈앞에 어른거리고 있었다. 유용찬의 말대로 나야 꿀릴 것이 없지만 내 방에서 번득이던 그 날카로운 눈길이 좀처럼 떠나지 않았다.

"작년 이맘때도 소안도에서 재미를 봤다고 했지요?"

"그렇습니다. 그때가 바로 이 물때였는데 그때 재미봤던 포인트를 모두 체크해놨습니다."

김성보는 잠바 안주머니에서 손때가 묻은 수첩을 꺼내 박사장 앞에 펴 보였다.

"낚시하면서 포인트까지 체크를 한단 말입니까?"

박사장이 놀라며 수첩을 들여다봤다. 선장들 가운데 포인트를 여러 군데 정확히 기억하고 있는 사람들은 있지만 낚시꾼들이 포인트를 기록하는 경우는 드물었다.

"모두 정신 바짝 차리라구. 서울로 고기 올라가는 것은 상관없지만 돈 올라가는 건 광주 재계에서 규탄감이야."

"내일도 소안도로 가는 겁니까?"

나는 김성보를 돌아보며 물었다.

"내가 아는 사람이 거기 한사람 살고 있습니다. 벌써 나와서 완도읍에서 기다리고 있을 겁니다. 같이 자고 새벽에 떠나는 거죠. 내일은 소안도에서 잡시다. 거기 여관도 괜찮습니다."

눈앞에 소안도 모습과 주변 바다가 떠오르며 나는 잠시 혼란에 빠지고 말았다. 소안도는 미선의 고향으로 나는 미선의 집에 가본 적이 있다. 고등학교 삼학년 여름방학 때 누나와 함께 그 집에 가서 사흘을 지냈던 것이다. 그 사흘은 감격의 나날이었고 미선이가 내 생애 속으로 들어온 것도 그때부터였다.

아까 전화기로 흘러왔던 미선의 목소리가 살아나고 있었다. 오랜만에 점심을 사겠다고 했다. 오랜만이기로 하면 얼마나 오랜만인가? 이근래 그를 만난 것도 반년이 넘은 것 같고 광주항쟁 피해자인 자기 언니 이야기를 입에 올렸던 것은 그게 언제였는지 까마득할 지경이었다. 그는 내 쪽에서 묻지 않으면 자기 언니 이야기는 입에 올린 적이 없고, 내가 몇번이나 벼르다가 물으면 그저 그렇다고 토막말로 지나

쳐버렸다. 그러던 그가 오늘은 제 사날로 전화까지 걸어 자기 언니 이야기를 했고, 목소리는 떼굴떼굴 구르듯 명랑했다. 오랜만에 미선한테서 그런 전화가 오고, 곧바로 김중만이란 사람 때문에 형사가 찾아오고, 내일은 소안도에서 낚시를 하고 거기서 자게 되다니 우연치고는 좀 이상한 우연이었다. 이제 거의 벗어났다고 생각했던 광주항쟁이 야릇한 모양새로 다가오는 것 같았다.

"깊은 산속에서 둥지 속 식구들 먹여살리는 산새 있죠? 그 산새한테는 그 둥지가 전부고, 산천은 먹이를 사냥하는 터전일 뿐이겠지요. 꽃이 아무리 아름다워도 먹이가 아니므로 관심이 없고, 산새들 목소리가 아무리 고와도 남의 잔치판의 노랫가락이지요. 나는 먹여살릴 식구들이 셋이나 되는 한마리 산새잖아요? 내 둥지 형편이 달라지기를 바라는 건 감옥살이하는 무기수가 대낮에 꾸는 수꿈보다 더 허황할 거예요."

미선이가 나더러 결혼하라며 한 소리였다. 그 어깨에는 언니말고도 언니가 낳은 조카와 팔십객 할머니까지 얹혀 있었다.

그러던 미선이가 언니의 보상금이 나오면서부터 형편이 달라졌다. 화장품가게 종업원이던 그가 보상금을 알뜰하게 굴려 지난 연말에는 어엿하게 자기 이름으로 화장품가게를 내어 종업원까지 거느리게 된 것이다. 그렇지만 가게 개점잔치 때만 하더라도 얼굴에 그늘은 그늘대로 남아 있었다. 산뜻하게 화장을 하고 나서자 본디 예쁜 얼굴이라 고운 살결이 서른다섯의 나이를 헤치고 물오른 나무처럼 싱싱하게 활기가 넘쳤지만, 그런 활기도 깎은 머리를 송낙 속에 가리고 환하게 웃는 젊은 여승의 활기였고, 하객들을 반기는 웃음도 세월 속에 인생을 묻어버리고 허허 하는 무기수의 웃음이었다. 그때 나는 술잔을 들고 한쪽에 서서, 환한 얼굴로 하객을 맞는 그를 무대 위의 연기자 모습으로 건너다보며 술잔을 홀짝거리고 있었다.

광주항쟁 뒤 그 언니는 대중없이 병원을 들락거렸다. 그는 멀쩡하다가도 최루탄 냄새만 맡으면 발작을 했다. 옷에 묻어온 냄새만 맡아도 발작을 할 지경이었다. 한번은 퇴원수속을 마치고 병원 앞에서 택시를 탔다가 그 차가 시위현장을 지나온 차였던지 대번에 기침을 하며 발작을 하는 바람에 그 길로 다시 입원을 했을 정도였다. 그래서 그들은 최루탄을 피해 시가지에서 멀리 떨어진 무등산 기슭 한적한 시골로 이사를 했고 지금도 거기서 살고 있다. 그런데 이번에는 최루탄 가루를 뒤집어썼는데도 무사했다는 것이고, 설악산까지 여행을 했으며 자기 언니가 다니던 대학까지 다녀왔다고 했다. 그 언니는 걸핏하면 대학시절 이야기를 노래부르듯 한다고 했으므로 그 대학에 가보는 것도 최루탄 냄새를 맡는 것만큼이나 위험한 일일 텐데, 최루탄 가루의 징험으로 완치를 확신하고 그런 모험까지 한 것 같고, 거기 다녀와도 무사하자 나한테 전화를 한 것 같았다. 그는 십칠년 동안 병 수발을 하는 사이 스스로가 반은 의사가 되었다고 했다.

불행한 과거를 지닌 사람은 그 과거를 현재로 살고 있을 때 더 불행했다. 광주항쟁 때 자식을 잃은 사람들은 남의 자식이 자라는 모습을 보며 가족들 속에 그 자식의 자리를 생각하며 눈물을 흘리고, 다친 다리를 끌고 세상을 헤쳐오던 사람들은 세상살이가 고달플 때마다 아픈 다리를 만지며 회한을 되씹었다. 나도 대학을 졸업하자마자 5·18연구소에 들어갔다가 이제 광주항쟁에서 좀 벗어나자고 이년 만에 연구소를 그만두고 지금 다니는 회사에 취직했다. 연구소에서 하루 내내 자료를 읽다가 시내를 걷노라면 남들은 바쁘게 싸대는 일상의 생활공간이 나에게는 항상 투쟁공간이었다. 내가 월급을 제대로 받는 직장에 취직한 것은 나도 광주를 투쟁공간이 아닌 생활공간으로 살고 싶어서였다. 취직을 하면서 아주 결혼까지 해버렸다. 광주항쟁과도 결별이고 미선이와도 결별이라는 결의를 그렇게 현실로 다졌던 것이다.

그동안 빈 난로 쪼이듯 아득한 나뭇가지 위의 미선이라는 둥지만 쳐다보던 내 생활은 결혼을 하자 활기가 돌았다. 그러나 서둘렀던 결혼이라 부부생활은 얼마 가지 않아 틈이 벌어지기 시작했다. 무던한 여자였으나 너무 분방한 성격이어서 회전문에서 긴 보폭처럼 늘 부딪쳤고, 서로 노력을 했지만 한번 부딪치면 크게 부딪쳐 결국 삼년 만에 헤어지고 말았다.

근래 강지연이 나타나면서 내 생활은 달라지고 있었다. 그는 대학 후배로 대학원 석사과정에서 광주항쟁을 주제로 논문을 준비하느라 광주에다 방을 얻어놓고 자료를 조사하고 있었다. 내 대학 은사이자 그의 지도교수가 특별히 부탁을 하여 자료조사는 거의 내가 거들고 있었고, 자료정리도 대부분 나한테 의존했다. 그는 활달한 성격만큼이나 연구에도 열심이고 감격도 잘 해서 대번에 나를 상전 모시듯 했다. 나는 연구소에서 이년 동안이나 자료를 주물렀던 터라 나만한 협조자를 찾기도 쉽지 않은데다 내 스스로가 만만찮게 싸운 당사자였기 때문이다. 조사를 하고 자료를 검토하며 토론을 하는 사이 그는 내 아파트에도 스스럼없이 드나들기 시작했다.

혼자 살던 아파트에 그가 드나들자 마른 낙엽 날리듯 썰렁하던 곳에 온기가 돌았고, 겨울벌레 모양으로 먹다 말다 하던 내 식탁부터 달라지고 있었다. 그러는 사이 두 사람 관계가 심상치 않다는 소문이 나기 시작했고 그 소문이 회사에도 퍼지고 있었다. 나이도 여남은 살이나 차이가 나고 여러가지로 어울리지 않는 사람들이 그런 관계라는 것도 흥미로운 모양이었고, 이러다가 홀아비가 처녀장가 드는 게 아닌가, 특히 여사원들이 눈을 밝혔다. 소문은 강지연이 회사로 걸어오는 전화의 빈도에 따라 그만큼 부풀고 제멋대로 가지를 치는 듯했다. 그러나 요사이는 소문이 되레 사실을 따라오지 못하고 있었다. 얼마 뒤에는 강지연이 아예 내 아파트로 숙소를 옮기기로 한 것이다.

"날씨 잘 들어봐. 뉴스는 들으나마나 대통령 후보 나설 사람들 찧고 박고 하는 소릴 거고."

유용찬이 귀에다 라디오 리시버를 꽂자 박사장이 말했다. 유용찬은 시간마다 뉴스를 챙겨듣는 것이 버릇이었다. 낚시할 때도 마찬가지였다. 나는 그런 유용찬을 예사롭게 보지 않았다. 그는 늘 자기대로 무슨 꿍꿍이속이 있는 것 같았고 시간마다 저렇게 뉴스를 챙겨듣는 것도 그런 일과 무관한 것 같지 않았다.

전두환 일파 사법처리 방침이 결정되어 그들을 모두 잡아넣은 지 반년쯤 뒤였다. 광주 변두리 부품회사에 나갔다가 그 회사 담당사원하고 그 근처 조그마한 레스또랑으로 들어가던 나는 구석자리에서 누구와 이야기하고 있는 유용찬을 발견하고 깜짝 놀랐다. 그가 이런 데까지 온 것도 그렇고 낯선 사람하고 이야기하는 분위기가 여간 은밀하지 않았던 것이다. 도심에서 멀리 떨어진 변두리라 나도 거기는 처음이었다.

"아이고 담당님, 담당님 아니십니까?"

내 옆자리에 앉았던 젊은이가 벌떡 일어서며 소리를 질렀다.

"여기 웬일이야? 맞다, 맞다. 고향이 여기였제? 지금 뭐하노?"

"작년에 졸업하고 고향에 내려와서 아직 놀고 있습니다. 지금도 거기 근무하시죠? 그때는 정말 고마웠습니다. 그래도 담당님 같은 분들이 계시니까 저희들 지내기가 편했지요. 지금도 거기 근무하시죠?"

그렇다며 사내가 화장실에 들어갔다 나오자 젊은이는 시간이 어떠냐며 자기가 한잔 사겠다고 설쳤으나 사내는 일이 바빠 금방 가야 한다고 극구 사양하며 구석자리로 갔다. 유용찬과 이야기하던 사내였다. 담당님이란 교도소 수감자들이 사방담당 교도관을 부르는 호칭이므로, 젊은이는 대학 때 시위사건 따위로 징역을 살았던 것 같고 그 사내는 그 구치소나 교도소 교도관인 것 같았다. 졸업하고 고향에 내려왔다면 젊은이는 대학을 서울서 다녔다는 이야기가 되고, 그가 징역을 살았던 곳은 서울 근방 구치소나 교도소일 것 같았다. 거기에는 전두환 일파들이 수감되어 있다는 사실이 머리를 스치며 나는 상상이 팔랑개비 돌듯 했다.

“내일 날씨 좋겠구먼.”

완도읍에 가까워지자 박사장이 차창 밖을 내다보며 말했다. 나는 아까 회오리바람이 떠올라 꺼림칙했다. 호텔 앞에 차가 멈추자 사십세쯤 되어 보이는 사내가 달려왔다. 김성보한테 깊숙이 고개를 숙였다.

“인사들 합시다. 내일 같이 낚시할 차관호 선장님, 아니 차관호 사장님.”

김성보가 양쪽을 소개했다.

“차관호라 합니다. 섬에 조그마한 양어장 하나 가지고 있습니다.”

차관호는 정중하게 고개를 숙였다. 그는 섬사람답게 얼굴이 시커멨으나 말하는 품이 여간 드레져 보이지 않았다. 박사장은 차관호 손을 잡고 요란스럽게 흔들었다. 김성보와 박사장은 차관호와 함께 호텔로 들어가고 우리는 조황(釣況)도 알아볼 겸 낚시가게에 들렀다 오겠다고 했다.

선창가에 이르자 바다냄새가 코에 훅 끼쳐왔다. 여기는 바다라고, 귀가 아니라 코에다 말하며 소금기 머금은 갯바람이 싸늘한 냉기로 셔츠 속을 파고들었다. 어둠이 깔린 바다는 시가지 불빛을 빨아들이며 가볍게 일렁이고 있었다. 저 멀리 섬들에서는 크고 작은 불빛들이 무슨 사연이라도 소리치듯 다급하게 반짝이고, 선창에 매여 있는 크고 작은 배들은 시멘트 벽에다 머리를 처박고 무서움에 쫓긴 짐승들처럼 육지로 기어오르려고 몸뚱이를 부스대고 있었다.

어둠에 싸인 바다는 언제 보아도 으스스했다. 그래서인지 바닷가에는 귀신 이야기가 많았다. 육지에서는 사람이 죽으면 어떻게 죽든 거의가 누워 있기 마련인데 바다에서는 한결같이 흉측스런 모습으로 떠다닐 것이므로 상상력을 그만큼 수다스럽게 자극할 법했다. 사람들이 북적대는 해수욕장에서도 조금만 깊이 들어가면 머리를 풀어헤친 물귀신이 다리를 붙잡는 것 같은 공포를 느끼는 것도 그 때문이리라. 더구나 어둠이 깔린 바다는 어둠속에서도 파도로 살아 꿈틀거리고, 바위에 부딪치는 파도소리와 갖가지 갯바람소리는 귀신소리처럼 괴상스러웠다.

낚시가게에 들르자 오늘 나갔던 사람들은 거의가 얼음상자를 채웠다고 떠들썩했다. 철이 철이라 과장이 아닐 듯했다. 채비 몇가지를 사들고 앞장서던 유용찬이 저쪽 주막을 가리켰다. 전에도 한번 마신 적이 있는 '갯바람'이었다. 골목 불빛은 유독 따뜻했다. 바로 앞에는 시커먼 바다가 죽음처럼 누워 있고 네온싸인이 반짝이는 거리는 골목골목 생기가 넘치고 있었다. 술청에는 젊은이들 세 사람이 술을 마시며 술청을 탕탕 울리고 있었다.

"차관호, 그 작자가 오늘 뭣하러 나온 중 아냐?"

광대뼈가 툭 불거진 사내가 눈알을 뒤룩거리며 소리를 질렀다. 정장을 한 앞자리 사내는 그냥 건너다보고만 있었다. 도시에서 시골 다니러 왔다가 친구들을 만난 것 같았다. 술청에는 그들 한패뿐이었다.

"그 자식, 공수단 때 자기 상전 모시러 온 거라구."

광대뼈가 소리를 질렀다. 우리는 깜짝 놀라 눈을 맞댔다. 아까 그 선장 성이 차씨가 분명했고 듣고 보니 이름도 관호였다.

"뭣이라우, 차관호가 공수단 때 상전 모시러 왔어라우? 그러면 장교놈이게라?"

광대뼈 옆자리 젊은이가 입으로 가져가던 소주잔을 멈추며 물었다.

"그래. 오일팔 때 그 공수단 장교놈이야. 차관호 축양장도 그 작자가 허가를 내주고 은행융자도 그 작자가 빽줄이라구. 그 자식들은 지금도 광주사람들 쏘아죽일 때맨키로 위아래가 한패거리로 똘똘 뭉쳐서 그렇게 해처먹고 있다, 이거야."

축양장은 가두리양식장과는 달리 바닷가에 저수시설을 축조하여 고기를 기르는 양어장이었다.

"그런께 시방, 옛날 공수단 놈들이 지금도 위아래가 한덩어리가 되아갖고 그런 허가도 따주고 융자도 빽을 써준다, 이것이오 잉. 잘들 논다, 항."

이마가 난간처럼 앞으로 툭 불거진 젊은이가 항, 매듭힘을 쓰며 소주잔을 털어넣었다.

"그게 아냐. 축양장 융자는 나도 아는데 차관호가 손쓸 데 다 쓰고 인사할 데 다 하고 혼자 뛴 거야."

정장이 손사래를 치며 고개를 저었다.

"지나 내나 뻔한 촌놈, 손을 써도 길속이 있어야 손을 쓰제 아무데나 돈만 뿌린다고 약발이 듣냐? 그때 광주에 왔던 놈들은 모두가 전두환 손발들인디 이 나라 천지에서 그 작자들 끗발 안 먹히는 데가 어딨어? 차관호가 이 오밤중에 소안도서 여기까지 배 몰고 헐떡거리고 댕기는 것 보면 뻔할 뻰자 아녀?"

바닷가 사람들은 목소리가 컸다. 웬만한 소리는 바람소리와 파도소리에 묻혀버리고, 더구나 거센 파도를 헤치며 살아가노라면 감정도 그만큼 거칠어지는 것 같았다.

"그놈들은 여름이나 겨울이나 항상 따뜻한 아랫목이고 그놈들한테 작살난 촌놈들은 자나깨나 흑싸리 껍데기라 이것이그만이라 잉. 오일팔 때 입안에 셋바닥 놀대끼 패락 하면 패고 쏘락 하면 쏘고, 그런 가락수로 지금도 상관님 부하님 함시로 오락 하면 오고 가락 하면 가고, 밤중이고 대낮이고 헐떡거리고 댕긴다 이 말씀이구먼, 헝."

난간이마는 항, 헝, 허텅지거리도 가지가지였다.

"차관호 이야기 들어봤더니 그때는 탈영도 못하고 정말 미치겠더랴. 한번은 잡혀가는 친구 동생을 빼돌렸다가 늑신하게 터지고, 하여간 그런 심정은 이해해줘야 한다구."

정장은 절레절레 고개를 저었다.

"뭣이라고야, 심정을 으째야? 그래, 심정이 으짠께 그 자식은 광주 사람들 안 패고 업고 댕겠단 말이냐?"

"업고 댕기든 못했어도 손길에 사정은 있었을 것이다, 이 말이다."

정장도 빠듯 말꼬리를 치켜세웠다.

"그래, 니 말대로 그랬다 치자. 그런 자식이 옛날 상관이라고 그런 놈들을 여그까지 모셔다가 배 태와주고 괴기 낚아주고 지금까지 꼴랑지를 내두른단 말이냐?"

광대뼈가 주먹으로 술상을 탕 쳤다. 그때 부엌에서 중년 사내가 나왔다.

"아야, 강호야, 집 떠나겄다, 집 떠나겄어. 하강호 목소리 큰 중 완도읍내 사람들은 다 안다. 지붕은 철근에다 쎄멘토로 슬라브를 단단히 쳤은게 천장 무너질 염려는 없다마는 그렇게 소락때기 지르면 나이 동네서 장사 못한다."

주인이 핀잔을 던지며 자리에 앉았다.

"헹님은 잠이나 주무시제 뭘라고 또 나오시요?"

"폭탄 터지는 전쟁터에서 잠을 자제, 잠을 자재도 자겄냐? 안에서 내가 살짝이 들어본께 소안도 차관호 얘기 같은디, 그 사람 그런 사람 아니다, 그런 사람 아녀."

정장이 주인한테 술잔을 건넸다. 주인은 한손은 술 받으랴, 한손은 손사래 치랴, 눈은 술잔과 하강호한테로 오가랴, 여간 분주하지 않았다.

"아따, 헹님이 은제부터 그렇게 공자님 났소?"

"말을 하면 으째서 너는 꼭 그렇게 왼새끼로만 밸밸 꼬냐? 내 말이

틀린지 맞는지 알아볼라면 낼이라도 소안도 배 닿는 선창에 가서야, 배에서 내리는 사람마다 앞을 탁 가로막고 물어봐라. 차관호가 심덕으로나 뭣으로나, 내 말이 틀린가 맞은가 물어봐, 엉."

주인은 하강호를 한번 흘겨놓고 소주잔을 털어넣었다.

"생사람 쑤셔죽인 작자들이 지금까장 한물로 노는 것 보면 뻔할 뻔잔디 내가 뭔 청승났다고 선창에까지 가서 바쁜 사람들 앞을 탁 가로막고 물어보고 말고 한단 말이오."

하강호는 요사이 그만 나이의 젊은이들한테서는 보기 드물게 광대뼈가 툭 불거졌고, 그 광대뼈에는 오기가 그 모양새로 꼬여 있는 게 보였다.

"너는 으째서 한번 오그라붙으면 펴질 중을 모르냐?"

"헹님은 모르면 가만히 쪼깐 기십시오. 그 자식이 공수단 장교놈을 자꼬 이리 끌어들인께 하는 소리 아니오. 여그가 으디요? 바다 오염이 쓰레기만 처박어서 오염되고 유조선만 뒤집혀서 오염된다요? 완도가 으디고 더구나 소안도가 으디냐 말이오? 헹님도 재작년 소안도 독립운동기념탑 세울 적에 성금 내고 제막식에 가서 목이 찢어져라 만세 불렀지라? 그때 본께 헹님은 만세를 불러도 주먹을 꽉 틀어쥐고 어떤 놈 한나 쥐어박을 대끼 부릅디다."

모두 웃었다. 나는 기념탑이란 소리에 깜짝 놀랐다. 소안도에 독립운동기념탑을 세운 모양이었다. 나는 소안도 독립운동을 잘 알고 있었다. 옛날 미선의 집에 갔을 때 미선이 할머니가 당신이 겪었던 일들을 연도까지 더듬으며 줄줄이 엮어냈던 것이다. 그 섬은 왜정 때 섬 전체가 내내 항일 분위기로 가득차 있었다고 했다. 한번은 항일운동으로 그 섬사람 십여명이 징역살이를 하게 되자, 주민들은 그들하고 징역은 같이 못 살아도 고생이나 똑같이 하자며 한겨울에 이불을 덮지 않고 잘 정도였다는 것이다. 섬에서 일어났던 일이라 그런 일이 빛을 못 본다고 탄식을 하더니 이제야 기념탑을 세운 모양이었다. 유용찬도 그 사실을 알고 있었다. 옛날 내가 이야기해주었던 것이다.

"그런 일은 또 그런 일이고, 옛날 상관이고 부하 관계인께 인정은 또 인정이제 뭣이겄냐?"

"시방때 가라우, 그런 공자님 말씀 하고 기실 때가 아니오. 대통령 후보 나설 작자들은 전두환 노태우 떨거지들 사면이니 뭐니 깐죽깐죽 신경 건드리고 있는 판에 여그가 어디라고 그런 놈들까지 불러들이냐 말이오. 그런 작자가 여기 온 중 알면 낼 배 타고 나가서 그 배 옆굴탱이 박아불 사람 여럿이오."

"맞소. 그럴 사람 여그도 한나 있소. 우리 배는 배도 새 배고 나가기도 잘 나간게 내가 가서 칵 박아불라요. 미친 척하고 떡판에 엎어지더라고, 옆굴탱이를 사정없이 박아놓고 사람이고 배고 디글디글 젓고 댕개불 텐게 두고 보시오."

주인이 나오면서부터 말이 없던 난간이마가 야무지게 내뱉어놓고 툭 불거진 이마 밑으로 지레 어긋하게 주인을 노려봤다.

"이 싹퉁머리 몰라진 자석 말하는 것 보소. 으째서 너는 말을 해도 그렇게 권대가리 없는 소리만 골라서 하고 자빠졌냐?"

"행님은 모르시면 가만히 쪼깐 기시란 말이오. 나는 그놈들 이야기만 나오면 뱃속에 창자가 대번에 대작대기가 되아갖고 목구멍으로 물구나무를 서는 놈이오. 나는 그놈들이 생사람 패고 쑤시는 걸 골목골목 쫓아댕김시로 중학교 일학년짜리 눈으로 똑똑히 봤소."

"너무 마셨다. 가자, 가."

정장이 하강호를 달랬다. 그때 유용찬이 나한테 눈짓을 하며 계산대로 갔다.

"오월동주가 따로 없구먼. 이러다가는 내일 애먼 놈 곁에서 물귀신 되는 거 아냐?"

유용찬이 문을 나서며 바람 새는 소리로 웃었다. 우리는 잠시 말없이 걸었다.

박사장은 드르렁드르렁 코를 골고 있었다. 우리는 샤워를 하고 자리에 누웠다. 유용찬은 금방 잠이 들었으나 나는 잠이 오지 않았다. 소안도에 세웠다는 독립운동기념탑을 중심으로 소안도가 새로운 모습으로 다가왔다. 덩실하게 탑이 선 소안도가 비로소 제 모습을 찾은 것 같았다. 옛날 소안도에서의 사흘이 비디오 화면처럼 눈앞을 스치고 있었다.

시골에서 비육우(肥肉牛)를 기르던 우리 아버지가 그동안 모은 돈으로 광주에다 집을 마련하자, 미선의 언니 영선이와 단짝이던 우리 누나는 학기 중간인데도 그들 자취방을 우리집으로 옮겼다. 처음 미선이를 본 나는 잠시 머리가 몽롱했다. 말끔한 교복에 고등학교 일학년 뱃지를 단 미선이가 달빛 아래 우물처럼 까만 눈으로 나를 보고 있었다. 나는 멍청하게 그를 보고 있다가 한참 만에야 웃도리를 활활 벗어던지고 닥치는 대로 이삿짐을 떠메 들였다. 책상이며 의자며 구지레한 부엌 세간까지 닥치는 대로 어깨에 떠메 나르고 옆구리에 끼고 달렸다. 연탄광도 물까지 뿌려 개운하게 청소를 해주고 신발장도 반으로 갈라 한쪽을 깨끗이 치워주었다.

그날 저녁 나는 공부는커녕 책 한줄 읽지 못했다. 하얀 칼라의 말끔한 교복에 두 갈래로 머리를 땋아내린 미선의 까만 눈만 어른거리고 있었다. 입시공부에 날마다 눈꺼풀을 걷어올리며 밤을 새우다시피 하던 고3짜리가 그날부터 공부는커녕 공부를 해야 한다는 생각마저 잊고 있었다. 이층 방을 쓰고 있던 나는 일층의 미선이와 부딪칠 기회가 적었으므로 아래서 무슨 기척만 있으면 화장실 핑계로 쪼르르 내려가고, 학교에서 내가 먼저 돌아왔을 때는 어김없이 대문을 따주었다. 그

때는 얼굴을 맞대고 한마디씩 건넬 수 있었으므로 나는 되도록 학교에서 일찍 돌아와 기다리고 있었다.

"미선이야?"

"응. 고마워."

미선이는 고맙다는 소리를 찬물 날리듯 시원스럽게 날리며 팔랑팔랑 현관문으로 앞장섰다. 판에 박은 동작과 판에 박은 몇마디가 오갈 뿐이었으나 내 하루하루는 대문 따주는 그 순간말고는 모두 허드레 시간이었다. 대문 열쇠가 하나 부족하여 그 언니가 복제해오기로 했는데 늘 잊어먹는 모양이어서 그게 얼마나 다행인지 몰랐다.

대문을 따주며 한마디씩 건네는 가슴 설레는 나날이 두어 주일쯤 지났을 무렵이었다. 어느날 갑자기 미선의 태도가 달라지고 말았다. 대문을 따줄 때마다 생글거리던 그가 눈을 내리깐 채 건성으로 고개만 까닥하고 현관으로 내달았다. 응, 고마워, 이런 단순한 소리일망정 여태 생글거리며 통통 튀던 소리가 메마른 소리로 졸아들고, 내가 미처 대문을 잠그기도 전에 미선의 모습은 현관 안으로 사라져버렸다. 마치 못 볼 사람 대하듯 냉랭한 표정이었다. 그 환하던 웃음은 씻은 듯이 사라지고 쌀쌀맞기가 얼음장이었다. 내가 무슨 잘못한 일이라도 있었나, 어리둥절했으나 아무리 생각해도 그런 일은 없었다. 그렇다고 물어볼 수도 없었다. 뭐라고 지분거리면 더 앵돌아질 것 같았다. 나는 방에 들어와서도 앉았다 섰다, 가슴속은 숯제 기름 튀는 음식점 불판 꼴이었다. 그러다가도 그가 학교에서 돌아올 시간이면 귀를 쫑그리고 있었고 초인종 소리가 나면 후닥닥 뛰쳐나갔다.

"미선이야?"

혹시 무슨 변화가 있을까, 응, 하는 외마디 소리에 잔뜩 신경을 모았고, 대문을 들어설 때는 곤충이 더듬이로 더듬듯 얼굴을 살폈다. 그러나 날이 갈수록 목소리도 더 기어들어가고 눈을 내리깐 얼굴에서는 찬

바람만 났다. 그래도 설마 설마 하며 초인종 소리만 나면 스프링 튕기듯 뛰어나갔지만 그 싸늘한 표정 앞에 내 기대는 번번이 박살이 나고 말았다. 공부를 하려고 아무리 마음을 다잡아도 헛수고였다. 집에서나 학교에서나 책을 펴고 앉아도 시선만 책장에 꽂혀 있을 뿐이었다.

"말이나 좀 해봐. 무슨 일이야?"

"내 할 일은 다 하는데 왜 야단이야."

나는 학교에서 돌아오다 거실에서 귀를 기울였다.

"할 일 안한다는 게 아니잖아? 남의 집에 살면서 날마다 밤송이 상판을 하고 다니면 어떻게 되는 거야."

그 언니 영선이는 애가 닳아 못 견디는 목소리였다. 아무래도 만만찮은 일이 있는 듯했다.

"어째서 미선이 저애는 저렇게 새침데기야?"

나는 몇번 벼르다가 누나한테 핀잔조로 겨우 한마디 던져보았다.

"쬐만한 것이 어려서부터 황소 고집이라잖냐. 그 때문에 영선이도 이만저만 속을 썩이는 게 아니다."

누나도 입을 비죽하며 핀잔이었다.

여름방학이 닥쳐올 무렵의 토요일이었다. 내가 집에 오자 그들 방 안에서 웃음소리가 흘러나왔다. 누가 온 것도 아니고 그들 자매끼리만 깔깔거렸다. 나는 거실에서 귀를 기울이다가 내 방에 올라와서도 아래층에다 귀를 모으고 있었다. 한참 만에 영선이가 이번에는 우리 누나하고 깔깔거리는 것 같더니 자매가 함께 대문을 나갔다.

"별일이다. 걔들이 오늘 우리한테 한턱 낸단다."

누나가 내 방으로 들어서며 어리둥절한 표정이었다. 무슨 일이냐고 하자 그건 이따 말하겠다며 무작정 음식점으로 나오라고만 한다는 것이다. 다섯시에 중국음식점이라 했다. 도깨비한테 홀린 것 같았으나 오래만에 수수께끼가 풀리는 것 같았고, 깔깔거리던 웃음소리로 미루어 일이 풀려도 잘 풀린 것 같았다. 두 시간이나 남았지만 나는 미리 옷을 주워입고 느린 시계바늘을 원수 보듯 노려보다가 누나가 부르는 소리에 구르듯 계단을 내려갔다.

"그동안 미안했다. 셋방살이하는 주제에 이 고집쟁이가 냉갈령을 부려 집안 분위기 망쳐논 거 정말 미안해. 말로는 안되겠길래 오늘 한턱 쓰기로 했다. 쬐만한 것이 고개만 처박고 말을 않길래 애를 끓였더니 듣고 보니까 그럴 만한 까닭이 있었더라."

영선이는 언니다운 여유와 애정이 넘치고 있었다. 시원찮은 선생 때문이었다며 우리도 나중에 선생질하려면 조심해야겠더라고 영선이는 한참 뜸을 들였다.

"국사선생이 수업을 하다가 시간이 좀 남아 무엇이든지 물어볼 게 있으면 질문을 하라고 하더래. 그래서 얘가 일제시대 활동했던 신간회가 어떤 단체냐고 물었다는 거야. 그랬더니 그 엉터리 선생이 무안을 준 거야."

그냥 그렇게 물은 게 아니라며 미선이가 나섰다.

"저는 소안도 출신이라고 고향부터 댔던 거야. 일제시대 신간회라는 항일단체가 있었다고 하던데 그 신간회가 창립할 때 그 단체 상무간사가 소안도 출신 송내호 선생이라는 말을 들었다며, 그 단체가 어떤 단체이고 그분이 어떤 활동을 하셨는지 자세히 알고 싶습니다, 이랬던 거야. 그랬더니 소안도가 어디 있는 섬이냐기에 완도에 있는 섬이라고 했더니 '소'자가 붙는 걸 보니 쬐만한 섬인 모양이군, 이러자 반 아이들이 까르르 웃는 거야."

미선이는 새로 분이 나는지 눈살이 꼿꼿해졌다.

"나는 얼굴이 화끈했지만 선생님만 보고 있자니까, 그런 이야기를 누구한테서 들었냐기에 우리 할머니한테서 들었다고 했더니 선생님이 또 피실 웃잖겠어. 그러자 아이들이 더 크게 웃는 거야."

창피하고 화가 나서 동네사람들한테서도 들었다고 했더니 알았다며 뚱딴지 같은 소리를 하더라는 것이다.

선생은 신간회가 어떤 단체인지 대충 설명한 다음 시골사람들은 그런 역사적인 사건도 꼭 옛날 이야기할 때처럼 조그마한 꼬투리만 있으면 자기 지방에다 갖다붙여 잔뜩 부풀려버린다고 웃고 나서, 신간회는 1930년대 말 우리나라 좌우 세력을 망라할 만큼 큰 단체라 대표가 이승만 안재홍 같은 거물들이었다며, 그런 조직의 간사들 가운데서도 상무간사라면 요사이 정당조직에 빗댈 경우 당수 밑에 사무총장급인데 그런 거물이 거기 출신이었다면 지금 소안도에 기념비가 섰어도 여러 개 섰을 것이다, 이러고 웃었다는 것이다.

"그러자 교실이 웃음바다가 되고 말았지 뭐야. 나는 그날부터 아이들 사이에서 신간회란 별명이 붙고 말았다구. 창피하고 분해서 학교를 그만두어버릴까 하고, 며칠 동안 고민고민 하다가 번쩍 떠오른 생각이 있었어. 국사책을 지으신 저자 교수님께 편지를 쓰기로 한 거야."

미선의 얼굴이 지레 환해지고 우리 누나는 어머 하고 놀랐다. 미선이는 자기 할머니한테서 들은 이야기를 자세히 쓰고 역사선생한테 무안당한 이야기도 모두 쓴 다음 자기 할머니는 지금 일흔이 가깝지만 그때 초등학교를 다녔다는 말도 덧붙였다고 했다.

"편지를 고쳐쓰고 또 쓰고, 편지 쓰는 데만 꼬박 사흘이 걸렸어. 편지를 부치고 나서 답장 오기만 기다리고 있는데 아무리 기다려도 소식이 없잖아. 선생님도 원망스럽고 그 교수님도 원망스러워서 전학을 시켜달라고 할 참이었어. 그런데 그 교수님한테서 답장이 왔지 뭐야."

"어머, 그러니까 내가 받아서 너희들 방에 넣어놓은 편지가 그 편지였구나. 그 교수님이 뭐라고 했어?"

미선이는 이게 그 편지라며 교복 주머니에서 편지를 꺼내 누나한테 내밀었다. 편지를 받은 누나는 감탄을 거듭하며 봉투 앞뒤를 뒤집어 보고 알맹이를 꺼내보더니 네가 읽어보라고 미선이한테 넘겼다. 미선이는 편지를 읽기 시작했다. 편지 잘 받았다는 말로 시작된 편지내용은 간단했다. 너희 할머니 말이 맞다고 한 다음, 그러나 신간회에는 간여한 사람도 많고 조직도 여러번 바뀌고 우여곡절이 많았기 때문에 나도 참고문헌을 뒤져보고서야 초대 상무간사가 송내호씨였고 그가 완도 출신이라는 사실을 알았다며, 교수인 나도 이럴 지경이니 그 선생님이 모르는 것은 당연하다고 선생을 변명해주고 나서, 그런 사람이 난 고장이라면 얼마나 자랑스런 곳이냐며 그런 데 출신다운 자부심으로 공부하라고 끝을 맺었다.

“야, 너 정말 알아줘야겠다. 어떻게 교과서 저자한테까지 편지할 생각을 했지?”

“송내호 선생이랑 우리 할머니랑 우리 소안도 사람들이 한꺼번에 무시당한 게 너무 분했던 거야.”

송내호씨는 지금도 소안도 사람들한테는 신화 같은 존재라고 영선이가 거들었다. 그 편지를 국사선생님한테도 보였느냐고 하자 반 아이들한테만 읽어주고 소안도 자랑까지 했다며 얼굴이 또 환해졌다.

“너희들은 섬사람이라면 은근히 깔보는 버릇이 있는데 우리 소안도는 왜정시대 독립군 모판이었다구. 소안도는 섬 하나가 한 면이고 쬐만한 섬이지만 이런 작은 섬에서 왜정시대 일본 유학생이 얼마였는지 알아? 전라남북도 쉰개 군 가운데서 제일 큰 군이라는 나주군 유학생보다 우리 소안도 유학생이 더 많았다구. 우리 할머니는 지금 일흔이 가깝지만 초등학교를 나오셨어. 너희들 가운데서 할머니가 초등학교 이상 나온 사람 있으면 손 한번 들어봐, 이랬더니 모두 꿀먹은 벙어리가 되는 거야.”

미선이는 급우들 앞에서 지었음직한 당돌한 표정을 지으며 웃었다.

우리 누나는 너 정말 대단하다고 감탄을 연발하며 그 편지를 역사선생한테는 보였느냐고 다시 묻자 미선이는 그 선생님한테는 관심없다고 앵돌아졌다.

"그 교수님 말씀 들어보면 그 선생님을 이해할 수 있잖아?"

"이해할 수는 있지만 꼴도 보기 싫은걸. 너무 싫어."

"저애는 제 사날로 나찰이 나야지 한번 코 숙였다 하면 누가 말해도 소용없어."

영선이는 주먹을 어르며 고개를 저었다.

"너희들 이번 방학에 우리 위대한 소안도 한번 구경하지 않을래? 해수욕도 하고 생선은 도미야 농어야 없는 고기가 없다. 기껏 갈치자반에 간고등어나 먹던 입에 파닥파닥 뛰는 생선회 맛보면 진짜 고기맛이 이거구나 할 거다. 우리 외갓집에서 어장을 하거든. 이런 데서는 듣지도 보지도 못한 생선이 수두룩해. 찬우, 어때? 공부는 머리만 싸매고 파기만 한다고 되는 게 아냐. 고무줄도 늘어뜨리고만 있으면 탄력을 잃고 배터리도 충전을 해야 빛을 내잖아?"

영선이가 한참 수다를 떨었다. 미선이도 똥그란 눈으로 나를 보고 있었다. 식사 뒤의 발그레한 얼굴이 농익은 과일 같았다.

"한번 다녀오자!"

누나가 결단을 내렸다. 방학이 시작되자 미선이 자매는 그날로 내려갔고, 누나는 아르바이트로 생전 처음 돈을 벌었다며 오랜만에 누나 노릇 한번 하겠다고 나를 백화점으로 끌었다. 셔츠를 고를 때는 내 가슴에 옷을 대놓고 가까이 보고 멀리 보고 서너 군데나 옮겨다니며 골랐고, 모자며 혁대까지 제일 멋있는 걸로 사주었다.

나는 기왕 나선 것 철저하게 놀자고, 거울 앞에서 모자도 썼다 벗었다 적당히 삐뚜름하게 각도를 맞춰 쓰고, 입시의 강박도 교복처럼 벗어던지고, 역시 시원스럽게 차린 누나를 따라 새털 같은 기분으로 집을 나섰다. 나는 이름하여 여행이란 걸 떠나본 것도 처음이고, 말로만 듣던 연락선을 타본 것도 처음이었다. 시원한 바닷바람을 안고 바다와 하늘이 맞닿는 수평선을 향해 달리는 기분은 구름에 떠가는 것 같았다. 마음은 이미 미선이 곁에 달려가 있었고 연락선은 갈매기들과 다투어 푸른 바다를 가르고 있었다.

완도항을 출발한 지 한시간 반쯤 지나 연락선은 기적소리를 은은하게 울리며 소안도 모퉁이를 돌아섰다. 선창에는 마중나온 사람들이 하얗게 몰려 있었다. 미선이 자매가 두 손을 번쩍 들며 요란스럽게 흔들었다. 그들은 몰려 있는 사람들한테서 조금 떨어져 있었으므로 금방 알아볼 수 있었다. 푸른 바다를 배경으로 선창에 서 있는 자매 모습은 바다와 하늘 색깔만큼이나 청순했다. 배가 접안하는 시간이 꽤나 걸렸다. 바다를 사이에 두고 이렇게 맞이하고 만나는 기분도 도시에서 기차나 버스에서 내리고 만나는 것과는 딴판이었다. 육로와는 달리 무서운 바다를 건너온 때문일까?

"버스도 다니네."

선착장으로 나오는 버스를 보며 누나가 놀라자 작년부터 다니기 시작했다고 늙수그레한 사내가 자랑스럽게 말했다. 그는 전화야 텔레비전이야 이제 섬에도 없는 게 없다고 한참 늘어놨다.

"야, 멋있다."

내가 배에서 내리자 미선이가 환하게 웃었다.

"오매, 니가 은제부터 이렇게 키가 컸디야?"

영선이는 내 위아래를 훑어보며 놀랐다. 사투리에 묻어난 정감이 따뜻하게 몸을 감쌌다. 일기예보에 바람 분다기에 얼마나 가슴을 조였는지 모른다고 미선이는 내 곁에 나란히 걸으며 쫑알거렸다. 그 어기차고 당돌하던 모습은 씻은 듯이 사라지고 고등학교 일학년짜리 소녀로 돌아와 있었다.

미선의 집은 면소재지 동네였다. 건물들이며 상점들이 육지의 여느 면사무소 소재지와 조금도 다를 게 없었다. 면사무소며 우체국이며 다방이며 슈퍼라 이름붙은 상점 들이 육지와 너무도 똑같아 되레 낯설게 느껴졌다. 동네서 멀리 떨어진 변두리에 있는 미선의 집은 마당이 널찍하고 감나무며 유자나무며 과일나무가 풍성했다.

"오매오매, 어디서 이런 헌헌장부가 들어선단가?"

미선이 할머니와 어머니가 반갑게 맞았다. 할머니는 내 위아래를 맵슬러보며 오달져 못 견뎌했다. 170센티 가까운 내 덩치가 이때처럼 자랑스럽기는 처음이었다. 손주들이 딸만 둘뿐이라 더 반가워하는 것 같았다. 미선의 가족은 양친에 미선이 자매를 합쳐 다섯 식구였다. 아버지는 볼일이 있어 부산 친척집에 갔다고 했다.

"약속대로 점심상은 생선인데 개봉박두야. 잠깐만 기다려."

영선이가 활활 옷을 갈아입고 누나와 함께 부엌으로 들어갔다.

"버스도 다니고 육지하고 조금도 다르지 않네요."

"이래 봬도 왜정 때는 여그 소안도를 완도 서울이라 했구먼."

그때는 김을 비롯한 해산물을 일본으로 수출하여 육지의 농촌과는 비교가 안될 만큼 잘살았다고 했다. 유독 소안도의 김이 질이 좋기로 소문나서 이곳 김은 모두 일본으로 수출을 했기 때문에 다른 데보다 더 흥청거렸다는 것이다. 일본 유학생이 많았던 까닭을 알 만했다.

"요새도 김이야 미역이야 물괴기까지 양식을 한께 살기는 어지간히들 살제마는 웬만한 사람들은 시슴사슴 도시로 다 나가불고, 소라껍데기 까묵어도 한 바구리 안 까묵어도 한 바구리, 집들만 엄범부렁하제 실속은 그때만 가망도 없어."

그때 부엌에서 큼직한 상을 떠메고 나왔다. 나는 눈이 둥그레졌다. 회는 회대로 푸짐하고 소금구이 낯선 생선들이 한두 가지가 아니었다.

"이게 무슨 횐 줄 알아? 일식집에서 최고로 치는 광어회야."

듬성듬성 썰어논 회를 가리키며 영선이가 환하게 웃었다.

"넙치 보고 금방 뭣이라고 했냐, 광어?"

"도시사람들은 넙치 보고 광어라 한다요. 광어 광어, 해쌓길래 무슨 고기가 그런 고기가 있는가 했더마는 횟집 수족관에서 본게 넙칩디다, 넙치. 섬사람들은 도시에 가면 멀쩡한 사람도 섬놈이고, 이런 넙치도 이름부터 얌전하게 광어로 갈고 양반대접을 받더만이라. 아까 외삼촌은 이것이면 도시 횟집에서 만원도 더 받고, 여기서도 오천원은 뉘 돈 받을지 모른다고, 손이 왔다갔다하는 걸 제가 떼를 썼더니, 에따 모르겠다 하고 인심 한번 크게 쓰십디다."

영선이는 담는 시늉까지 하며 웃었다. 그는 성격이 이만저만 자상하고 꼼꼼하지 않았으나 말은 또 말대로 빠르고 여간 수다스럽지 않았다.

"이 넙치가 맛이 좋으면 얼마나 좋다고 그렇게 비싸게들 사묵으까? 툭 튀어나온 눈알까지 한쪽으로 몰아논 모둠눈에다 너부데데한 상호에다, 허허."

할머니 말에 모두 웃었다.

"고루고루 맛봐. 일부러 종류대로 달라고 해서 모두 한가지씩 구웠다. 이것은 볼락, 이것은 쏨뱅이, 이것은 다금바리, 이것은 껄떼기라고 농어새끼, 이것은 하모라고 일본사람들이 최고로 친다는 참장어, 이것은 각시돔, 각시돔 먹으면 이쁜 각시 얻는단다. 각시돔은 찬우 네가 먹어라."

영선이는 불그레한 바탕에 누런 가로무늬 고기를 내 앞으로 밀어놨다.

"각시돔은 맛도 더 좋다."

나는 익살스럽게 입맛을 다셨다.

점심을 먹고 나서 바다 구경을 나갔다. 내일은 자기 외삼촌이 뱃놀이를 시켜주기로 했다며, 내일 그 배로 보길도도 다녀오자고, 바로 저 섬이 윤선도가 은거했던 보길도라며 건너편 섬을 가리켰다. 여기는 해수욕장이 시원찮아 해수욕은 돌아갈 때 완도읍 근처 해수욕장에서 하자고 했다. 마침 썰물이었으므로 우리는 바닷가를 거닐며 갖가지 고둥이며 조개를 잡았다. 소라도 가지가지였다. 내 눈에는 뭣 하나 신기하지 않은 게 없었다. 해삼도 세 마리나 잡아 저녁상은 더 푸짐했다.

저녁을 먹고 나자 이야기는 자연스럽게 왜정시대 항일 이야기로 이어졌다. 소안도를 비롯한 이 주변 섬들의 항일투쟁은 거의가 송내호라는 선각자를 중심으로 이루어진 것 같았다. 서울 중앙학교를 나와 고향에서 교편을 잡았던 그는 대한독립단 전라도 조직책이며 신간회 간부며 전국적인 활동은 활동대로 하면서, 고향에서는 3·1운동을 주도한 뒤 종횡으로 수많은 단체를 조직했다는 것이다. 그가 소안도를 중심으로 조직하거나 간여한 공개·비공개 단체만도 수의위친계·배달청년회·노농연합대성회·살자회·조선민흥회·일심단 등 다섯 손가락을 꼽았다가 다시 꼽을 지경이었다. 송내호는 그렇게 활동하다가 삼십삼세로 옥사했다고, 할머니는 당신 나이를 어림하여 연대까지 짚어냈다. 여기가 독립군 모판이라던 말이 과장이 아니었다.

"송내호 그 어른은 상해야 일본이야 만주야, 사방팔방으로 얽혀 있었던 모냥인디, 전에 여그서 가르쳤던 제자들을 당신 혼자 맘속으로만 한사람씩 점을 찍어놓고 계시다가 때가 되면, 너는 상해로 아무개를 찾아가거라, 너는 만주 아무개 밑에 가서 일해라, 이러고 한사람씩 보냈대여. 너희 할아버지한테는 너는 나이도 어리고 여기도 할 일이 많은게 여기 눌러앉아서 학생들도 가르치고 그래라, 이러고 잡아노셨던 모냥인디, 그 양반이 돌아가신 지 한참 뒤에 어느날 훌쩍 집을 떠나고 말았다그랴. 내가 열일곱살에 시집을 왔은게 시집온 지 꼭 일년만에 온다간다 말 한마디 없이 떠나분 거여. 한번 떠난 뒤로는 편지

한장 소식이 없구나. 허허."
할머니는 웃었으나 웃는 사이로 쓸쓸한 그늘이 스쳤다.
"오매, 그러고 본게 내가 시집온 것이 시방 미선이 나이였구나. 허허, 참말로 오매오매."
할머니는 갑자기 눈을 밝히며 미선의 손을 잡았다. 아무도 따라 웃지 않았다. 할머니는 이미 슬픔이나 그리움까지도 아득한 세월 속에 삭여버린 듯 웃음소리가 여간 맑지 않았다.
"그 세월을 혼자 사시느라 이 손 좀 봐!"
미선이는 만지고 있던 할머니 손등을 우리들 앞에 펴놨다.
"이 솥뚜껑이 뭣이 자랑이라고 남의 총각 앞에까지 광고를 하냐?"
할머니는 깔깔거리면서도 손을 맡기고 있었다. 사내 손만큼 크고 손가락은 마디가 솔뿌리 같았다. 미선이는 아까부터 내내 할머니 손을 만지고 있었고 할머니는 아이한테 젖가슴 맡기듯 손을 맡기고 있었다.
미선이 어머니는 우리들이 낮에 잡은 고둥이라며 삶은 고둥 채반을 디밀었다.
"와, 이건 소안도 갯고둥 꽁꾸르구나."
미선이가 바늘을 가져다 하나씩 나눠줬다. 납작한 것, 길쭉한 것, 색깔도 가지가지고, 맛도 쌉싸래하고 고소하고, 모양새만큼이나 달랐다.
"내가 크면 할머니 고생 안 시킬게, 자!"
미선이는 바늘로 꺼낸 고둥 속살을 할머니 입 앞에 대롱거렸다.
"아이고, 내 새끼야."
할머니는 오달진 표정으로 어린애처럼 고둥을 받아먹으며 미선이 등을 다독거렸다. 노인답지 않게 가지런한 이가 유독 하얬다.
"섬에는 이런 갯것이 많은게 숭년이 들어도 웬만해서는 숭년을 안 탔니라. 갯가에 가면 이런 고둥에다 바지락에 고막에, 갖가지 물고기야, 부지런히만 나대면 모두가 먹을 것 아니겄냐? 그래서 그랬던가, 섬사람들은 육지사람들보다 몸피도 덩실덩실 큰 사람들이 많았니라."

"할머니, 그분들이 감옥살이 하실 때 불렀던 옥중가 한번 불러보세요."

미선이가 할머니 어깨를 흔들며 수다스럽게 다그쳤다.

"그 노래는 너도 부를 줄 암시로 뭘라고 이 늙은이보고 부르라고 하냐?"

미선이는 할머니가 불러야 제격이라며 어서 부르라고 다그쳤다.

"그 노래도 수태 불렀지야. 그 노래는 돌아가신 느그 외할무니가 잘 불렀니라. 평안북도 마지막 땅 신의주 감옥아, 세상에 태어난 지 몇해 되았냐. 이제부터 너와 나 둘 사이에, 잊지 못할 인연이 생기었구나. 앞뒤를 살펴보니 철갑문이오, 곳곳에 보이는 건 붉은 산이라, 이러고 한참 나가제."

"때때로 주는 밥은 수수밥이오, 밤마다 자는 잠은 고생잠이라."

미선이가 할머니 가락을 받아 읊조리며 웃었다.

"수동이 어머니 노래도 한번 불러보세요."

"그때 젤로 많이 불렀던 노래가 그 노래였제. 부른 지가 오래되아서 안 잊어부렀는가 모르겄다마는 한번 불러볼꺼나."

어서 불러보라고 하자 할머니는 한참 웃고 나서 목청을 가다듬었다.

> 어머님이 울으시면 울고 싶어요.
> 품안에 안기어서 울음을 운다.
> 아야야 수동아 너에 부친은
> 엄동설한 찬바람에 지나 북간도
> 떠나가신 이후로는 지금에까장
> 한번도 못 뵈오고 이제 이르러

어언간에 석삼년이 흘러갔도다
전보에 이르기를 지나 마적에
칼에 맞고 불에 타진 우리 동포 중
니 아버지 그 가운데 한사람이라

노래는 계속되었다. 노랫말이 심각해질수록 할머니 얼굴도 굳어지고 목소리도 처연해졌다. 나는 얼빠진 표정으로 듣고 있었다.

"우리 할머니 멋있지?"

미선이가 할머니 한쪽 팔을 끌어다 가슴에 싸안으며 수다를 떨었다. 그 쌀쌀맞고 당돌하던 새침데기가 다른 사람이 되어버린 것 같았다.

"할머니는 처녀 때 인물이 소문나셨다던데 할아버지는 꽃 같은 아내를 두고, 어이구."

영선이가 주먹을 쥐며 익살을 부렸다. 할머니는 환갑이 훨씬 넘은 나이인데도 시골여자 같지 않게 얼굴 바탕이 곱고 탄력이 있었다. 도시 변두리 노인당 할머니들과는 달리 부처님 앞에서 염주를 굴리고 있는 보살처럼 기품이 있었다.

"게는 나면서부터 집더라고 느그 증조할아버지대부터 내림이 있는 집안 아니냐?"

동학농민전쟁 때 소안도에서도 여러 패 나갔는데 그들 증조할아버지가 앞장을 섰다고 영선이가 덧붙였다. 나는 그저 감탄만 했다.

"오빠, 이건 각시고둥. 아까 각시돔도 오빠 차지였지? 자!"

미선이가 예쁜 고둥껍질을 보이며 속살을 내 입에 디밀었다. 모두 웃었다. 나는 얼굴을 붉히며 바늘째 받았다. 고둥도 고둥이지만 오빠라는 호칭에 나는 얼얼한 기분이었다. 그가 나를 오빠라고 부른 건 이게 처음이었다. 오빠라는 호칭에 묻어 있는 뜨끈한 정감이 가슴을 파고들며 나도 그들의 자랑스런 가계 안으로 들어가는 것 같아 가슴이 울렁거렸다. 할머니 이야기는 밤늦게까지 계속되었고 나는 미선의 오빠, 오빠 소리에 온몸에 짜릿짜릿한 전류를 느끼며 예쁜 공주와 시간여행이라도 하는 것 같은 감동에 둥둥 떠 있었다.

"팔자 좋으신 분들이 오늘도 신선놀음이구나."

다음날 보길도를 거쳐 소안도를 한바퀴 돌고 있을 때였다. 미선이 외삼촌이 산자락 한군데를 건너다보며 웃었다. 흰 두루마기를 입은 사람들이 서성거리고 있었고, 아스라하게 판소리 가락이 흘러왔다.

"우리 큰할아버지야. 너희 집 윗동네 숙실 사시는 우리 당숙님 계시잖아, 그분 아버님이셔."

숙실은 학운동 배고픈다리에서 조선대학교 쪽 산비탈에 붙어 있는 동네였다. 거기 사는 그들 당숙 내외가 김치도 가져오고 이따금 우리 집에 들렀으나 할아버지는 온 적도 없고 그런 이가 있다는 말도 들은 적이 없었다. 노랫가락은 바람결에 따라 가까워졌다 멀어졌다 했다.

"우리 할아버지 형님분이신데 젊어서부터 소리에 팔려 세상을 구름처럼 떠돌아다니셔. 소리 선생으로 여기저기 불려다니기도 하시고, 한번 집을 나가면 한철도 좋고 일년도 좋고, 집에서 잊을 만하면 바람같이 나타났다가 또 바람같이 나가셔."

영선이는 그이 이야기를 하며 한참 웃었다. 저쪽 동네에 소리친구가 있어 여기 오시면 항상 그 집에서 묵는다고 했다. 옛날 감옥에 갔던 사람들이 나온 몇해 뒤 소리꾼이 한사람 여기 와서 며칠 동안 걸쭉하게 판을 벌이고 간 적이 있는데 그 사람이 돌아간 며칠 뒤 그이도 종적을 감춰버렸다는 것이다. 결혼한 지 얼마 안된 십칠팔세 때였다는데 지금도 소리판에서는 김백동이라면 꽤나 이름이 있다더라고 했다. 바람결에 아득히 실려오는 진양조 가락에 모두 귀를 기울이고 있었다. 한껏 꺾여 올라갔다가 잔잔하게 깔리는 가락이 꽤나 그럴싸하게 들렸다. 망망한 바다를 바라보며 소리하는 가객들 모습은 옛날 이야기에나 나옴

직한 무슨 신선들이 노는 것 같은 환상적인 분위기였다.

"저기 저 바위 좀 봐. 저기다 집 짓고 살면 얼마나 멋있겠어?"

자기 동네 앞이 가까워질 무렵 영선이가 바닷가 절벽을 가리켰다. 바다에서 아득히 솟아오른 절벽 뒤로 하얀 뭉게구름이 병풍처럼 드리워 있었다.

"어이구, 영선이 너는 덩치만 덩실했지, 아직도 여남은 살짜리 어린 애구나."

외삼촌이 껄껄 웃었다.

"야, 저 노을!"

서쪽 하늘에 저녁노을이 눈부셨다. 물비늘이 노을빛을 눈부시게 재재 발기고 갈매기들이 벌겋게 물든 하늘을 위아래로 아득히 휘지르며 윤무를 하고 있었다. 바다도 젖고 우리 얼굴도 마음도 벌겋게 젖었다. 나는 어젯밤 할머니 이야기가 떠오르며 선홍빛 노을에 물든 바다와 갯바위와 멀고 가까운 섬들이 갑자기 새로운 모습으로 다가오고 있었다. 섬사람들이 김과 미역을 양식하는 생활현장으로만 보였던 바다와 갯바위들이, 일본인들한테 그토록 거세게 대들었던 그런 힘과 영감의 원천으로 다가들며 새로운 감동이 물결치고 있었다. 바다와 갯바위를 다시 둘러보다가 유독 벌겋게 물든 미선의 얼굴에 눈이 멎자 내 눈도 갈매기처럼 미선의 몸을 감싸며 불타고 있었다.

마지막날 해수욕장에서는 저녁에 먹을거리 사러 간다는 핑계로 둘이 민박집을 나와 달빛에 흥건하게 젖은 모래밭을 거닐었다. 맨발에 밟히는 모래는 솜이불처럼 부드럽고 포근하고 간지러웠다. 미선이는 찬우오빠, 찬우오빠, 말머리마다 오빠 오빠였고, 나는 그때마다 그들 가계 안으로 깊숙이 편입되는 것 같은 감동에 젖어, 오빠와 누이 사이에 허용되는 거리에 아슬아슬한 긴장을 느끼며 발걸음을 아끼고 시간을 아껴 냇가에 내려앉은 종달새처럼 끝없이 속삭이며 모래톱을 걸었다.

방학이 끝나고 미선이가 돌아오자 우리는 오빠와 누이라는 그 안전한 혈연의 의제(擬制) 속에서 매양 가슴 두근거리는 긴장을 느끼며 더러는 거실에서 만나 눈을 찔끔거리고 입을 비죽하기도 하며 하루하루를 바람찬 풍선처럼 들떠 지냈다. 두 누나가 더러는 감시하고 더러는 모른 체하는, 그 감시와 묵인 사이에서 둘이는 다음해 오월 광주항쟁 때까지 매양 즐겁고 행복했다.

낚싯배는 시커먼 어둠을 뚫고 기세 좋게 물살을 갈랐다. 바다는 짙은 어둠에 눌려 있고, 소금기 머금은 눅눅한 해풍은 겨울바람처럼 매섭게 살갗을 파고들었다. 바다 저 멀리 짐승처럼 시커멓게 웅크리고 있는 섬들은 자기들만의 무슨 단단한 의지를 지니고 그렇게 버티고 있는 것처럼 완강한 모습들이었다. 김성보는 키를 잡은 차관호와 나란히 앉아 꼼짝 않고 앞만 보고 있고, 선복에 앉은 우리 세 사람은 잠바 속에 잔뜩 목을 움츠리고 있었다. 차관호 곁에 버티고 있는 김성보는 시커멓게 웅크린 섬들처럼 단단해 보였다.

배는 숨죽인 바다를 날 듯 미끄러지고 있었다. 자동차 엔진을 장착한 요사이 배들은 옛날 통통선에 비하면 속력은 두말할 것도 없고 소리도 엔진의 연속음 그대로 부드러웠으며, 승선감도 그만큼 안락했다. 더구나 오늘은 바다가 잔잔했으므로 배는 얼음 위의 조약돌처럼 미끄러졌다. 내해를 벗어나자 동쪽 하늘에 벌겋게 동살이 잡혀오기 시작했다. 하늘은 맑고 바람 한점 없었다. 나는 어제의 회오리바람이 자꾸 떠올랐으나 이런 날씨라면 마음을 놔도 될 것 같았다.

어둠에 묻혔던 섬들이 한꺼풀씩 장막이라도 벗듯 소안도 산줄기가 드러나고 동네가 희미하게 모습을 드러냈다. 미역발과 김발을 띄우고 있는 스치로폼 부통들이 물새처럼 허옇고, 섬과 섬 사이에 전선을 늘어뜨린 철탑들도 우뚝우뚝 모습을 드러냈다. 육지에서 섬으로 문명을 전달하고 있는 철탑은 그 높이만큼 오만한 모습들이었다.

우리는 이쪽으로 낚시를 여러번 왔지만 소안도는 처음이었다. 한시간 가까운 뱃길이라 너무 멀기도 하고 낚시가 특별히 잘되는 곳도 아니었다. 배가 속력을 줄이며 소안도를 오른쪽으로 끼고 부통 사이로 들어섰다. 미선이네 동네가 아득히 모습을 드러냈다. 미선의 옛날 집 근처를 어름해보았지만 멀어서 분간할 수가 없었다. 기념탑도 보이지 않았다.

우리는 낚싯대 케이스를 펴고 낚싯대에 릴을 달아 봉돌과 낚시를 매고 미끼를 꿨다.

"조금만 더 가!"

김성보가 수첩과 나침반을 번갈아보며 손짓을 했다. 나는 새삼스럽게 김성보 얼굴을 뜯어보았다. 몸집이 좀 클 뿐 그저 평범한 얼굴이었다. 그 무자비하던 공수단 장교의 모습은 어디서도 찾아볼 수 없었다.

"저기 저 주황색 부통이 그대로 있었군."

작년에 재미보았다는 포인트를 찾은 모양이었다. 공수단 장교 출신이라 독도법도 달통했을 터이다. 차관호가 이물로 달려와 날래게 부통 줄을 붙잡았다. 닻줄을 묶었다.

"물심이 괜찮구먼."

배가 자리를 잡아 서기도 전에 박사장이 낚싯대를 휘둘렀다. 봉돌이 낚싯줄을 차고 기세 좋게 솟아올랐다. 유용찬은 여기가 명당이라며 이물 덕판으로 올라앉아 낚시를 던졌다.

"왔어!"

두번째 낚시를 던지려던 박사장이 낮은 소리로 속삭이며 낚싯대로 손이 갔다. 낚싯대 끝이 투둑 튀겼다. 입질이 크고 확실했다. 숨을 죽이고 있던 박사장이 홱 챘다. 날랜 솜씨로 릴을 감았다. 낚싯대 휘어지는 게 제법이었다. 박사장은 잔뜩 눈을 밝히고 천천히 줄을 감았다.

릴 케이스에서 뜰채를 꺼내던 나는 내 낚싯대로 손이 갔다. 쉭, 챘다. 바삐 감았다. 가볍게 따라왔다. 손바닥만한 도미였다. 박사장 낚싯대는 반원으로 휘어진 채 아직도 고기 모습이 드러나지 않고 있었다.

"하, 좋다."

큼직한 도미가 저만치 물속을 휙 스쳤다. 한참 승강이를 쳤다. 이내 수면 가까이 은빛 모습을 드러냈다. 박사장은 나한테서 뜰채를 받아 조심스럽게 물속으로 집어넣었다. 뱃전 아래서 거세게 휘지르던 도미가 뜰채 속으로 쑥 머리를 처박았다. 이쁘다. 도미가 공중에서 사뭇 요동을 쳤다.

"마수가 조옿습니다."

김성보가 껄껄 웃었다. 사십 센티는 못 미칠 것 같았다. 도미를 살림칸에다 털었다. 후닥닥, 살림칸이 사뭇 요란스러웠다.

"고루고루 오는구먼."

김성보가 낚싯대를 올렸다. 농어였다. 아직 껄떼기 티를 못 벗은 다듬이 방망이 크기였다. 차관호도 줄을 감았다. 그도 껄떼기였다. 유용찬도 웬만한 도미를 한마리 올렸다. 고만고만한 도미와 껄떼기가 서너 마리씩 올라왔다.

"아이고, 이 바쁜 판에 웬 주정꾼이냐?"

박사장 낚싯대에 붕장어가 배배 줄을 감으며 올라왔다. 낚시째 잘라 살림칸으로 던졌다.

"이 동네 놈들은 거의 올라왔나? 저쪽으로 한번 옮겨볼까?"

자리를 옮기자마자 유용찬의 낚시에 입질이 왔다. 투둑, 입질이 확실했다. 한참 지나도 소식이 없었다. 낚싯대를 조금 당겼다. 쉭, 챘다. 낚싯대가 휘청했다. '조심해!' 박사장이 주의를 주었다. 버티는 힘이 제법이었다. 한참 승강이를 쳤다. 가까이 다가왔다. 말간 바닷속으로 하얀 몸뚱이가 희뜩거렸다. 저만큼 휙 솟아올랐다. '와!' 박사장이 감탄을 했다. 나는 뜰채를 건네주었다. 또 한참 승강이를 쳤다. 도미는 뱃전 아래서 어지럽게 갈짓자를 그었다. 낚싯대를 빠듯 치켜올리며 뜰채를 쑥 밀었다. 획 비켜갔다. 다시 겨냥했다. 제집에 들어가듯 고개를 처박았다. 뜰채가 허공에서 사뭇 휘청거렸다.

"내 것보다 조금 크나?"

박사장이 좀 어설픈 소리로 고개를 갸웃거렸다.

"그게 말씀이라고 하십니까?"

유용찬은 고기를 살림칸에 털어넣으며 웃었다. 고만고만한 잔챙이들이 연방 올라왔다. 농어도 심심찮게 올라왔다. 잠시 조용했다. 한참 기다려도 소식이 없었다. 다섯사람 낚싯대 여남은 대가 약속이나 한 듯 끄떡도 안했다.

자리를 옮기자며 차관호가 시동을 걸었다. 모두 낚싯대를 갰다. 나는 미선이네 동네를 보고 있었다. 기념탑을 어디쯤 세웠을까? 면소재지인 그 동네에다 세웠을 것 같은데 보이지 않았다. 동네 앞 조그마한 백사장이 하얗고 영선이가 집을 짓고 살았으면 얼마나 멋있겠냐고 했던 건너편 절벽이 바다를 내려다보고 있었다.

"야, 멋있다."

해가 올라오고 있었다. 용광로에서 불덩어리가 떠오르는 모양새였다. 선홍색으로 이글이글 타는 불덩어리에 희미한 흑점이 금방 떨어져나갈 쇠찌끼처럼 움직이고 있었다. 불덩어리 바로 아래서 이쪽을 향해 수면 위로 벌겋게 길이 났다. 쇳물이 길 위로 흘러오듯 벌건 길이 파도에 일렁이고 있었다.

김성보는 담배연기를 피워올리며 정면으로 햇발을 받고 있었다. 저 사람이 그 잔학무도한 공수단 장교였다는 사실이 도무지 믿어지지 않았다. 피부색이 좀 검을 뿐 잘생긴 얼굴에 듬직한 중년 사내였다. 평범한 외모와 평범한 언어와 평범한 몸놀림과, 저런 사람들 어디에 그

무지막지한 마성이 웅크리고 있었으며, 그 마성이 지금은 어떤 모양을 하고 있을까? 어제 왔던 안지춘 형사 얼굴이 겹쳤다. 김성보가 일선에서 물러선 노병이라면 안지춘은 새로운 집념으로 육박해오는 또 다른 공수대원이었다. 그의 우람한 덩치와 눈빛이 그랬다.

"왔구나."

김성보 낚싯대가 살 먹은 활등처럼 힘이 차였다.

"물건 하나 걸었구먼."

박사장이 돌아보며 눈을 밝혔다. 낚싯대에 탄력이 여간 아니었다.

찌익찌익. 낚싯줄이 비명소리를 내며 뽑혀나갔다. 김성보는 여유만만하게 낚싯대를 조종하며 낚싯줄 제어장치를 조절했다. 다시 찌직찌직 뽑혀 나갔다. 발게 뽑혀나가는 소리는 낚싯줄이 금방 터질 것 같았다.

"조심하세요."

박사장이 소리를 질렀다.

"염려놓으십시오."

한참 만에 줄이 제대로 감기기 시작했다. 도미의 허연 몸뚱이가 햇빛을 받으며 수면 가까이 올라왔다. 김성보가 뜰채를 집어넣었다. 능란한 솜씨로 훌쩍 떠올렸다.

"사십오 센티는 넉넉하겠구먼. 재기는 이따 잽시다."

김성보는 여유있게 웃으며 살림칸에 털었다. 화다닥, 물 튀기는 소리가 한참 요란스러웠다.

"뭣들 하고 계십니까?"

김성보는 미끼를 꿰며 껄껄 웃었다.

"원래 대장은 거동이 느린 법입니다."

박사장이 힘껏 낚시를 던지며 큰소리를 쳤다.

여기서도 심심찮게 올라왔다. 종류도 고루고루, 도미 농어 노래미 도다리에 서대까지 크고 작은 것들이 연방 올라왔다. 해가 한껏 오르고 물힘이 약해지자 입질이 그쳤다. 유용찬이 라디오 리시버를 귀에 꽂았다. 열시였다. 나는 유용찬의 얼굴을 살폈다. 안지춘 형사의 그 날카로운 눈매가 스치며 가슴이 죄어왔다.

"밥먹고 합시다."

박사장이 소리를 질렀다. 차관호가 밥보자기를 들고 왔다.

"물건 한번 근사하다."

파카를 벗은 김성보가 양주병을 들고 오다 살림칸을 들여다봤다. 살림칸이 그들먹했다. 계절도 계절이고 물때도 알맞았지만 이렇게 올린 경우는 드물었다. 대여섯 번에 한 번이나 있을까말까한 성적이었다. 하루종일 수백번 낚싯대를 휘둘러대도 도미 얼굴도 구경 못할 때가 있었다.

밥보자기를 푸는 차관호를 보던 나는 눈을 씀벅였다. 차관호가 웃으며 고개를 꾸벅했다. 나도 그제야 고개를 숙이며 웃었다. 작년 추석 무렵 이 배를 탄 적이 있었다. 추석을 전후한 물때는 일년 중 연안 바다낚시 절정기라 낚시꾼들이 엄청나게 몰리는데, 작년에는 더 많이 몰려 우리 배가 이중으로 계약이 되는 바람에 우리 세 사람은 하는 수 없이 다른 배로 한사람씩 끼여 타게 되어 내가 이 배를 탔던 것이다. 차관호는 직업적으로 낚싯배를 부리는 사람은 아니었으나 낚시가게 주인과 친구 사이여서 징발을 당했노라고 웃었다.

"박사장님은 뭘 하고 계십니까? 혹시 잔챙이 마릿수로 승부를 보자는 건 아니겠죠?"

김성보는 박사장한테 양주병 주둥이를 디밀며 너털웃음을 터뜨렸다. 그는 고루 술을 따르고 자신도 종이 물잔이 치면하게 술을 받았다. 나는 술잔을 들고 있는 김성보 얼굴을 뜯어보았다. 그저 평범한 김가 박가였다. 학교선생이라면 선생이고, 동장이나 구청장이라면 또 그런 사람이었다.

그때 배가 저절로 방향을 돌리고 있었다.

"이거 샛바람 아냐?"

김성보가 하늘을 쳐다보며 눈을 크게 떴다. 이러다가 금방 잦아지기도 한다며 차관호는 대수롭지 않은 표정이었다. 그러나 제법 바람기가 있고 동남쪽 하늘에 구름발이 퍼지고 있었다. 샛바람은 장어가 진질을 물고 뻘속에 고개를 처박는다는 바람이었다. 배가 옆질을 하며 낚싯대가 춤을 췄다.

"날씨가 심통을 한번 부리자는 거 아냐?"

박사장이 하늘을 쳐다보며 구시렁거렸다.

모두 제자리로 갔으나 낚싯대는 허튼 춤만 추고 있었다. 두어 번 자리를 옮겼지만 마찬가지였다. 다른 낚싯배들도 이리저리 옮겨다니고 있었다. 열두시가 넘고 한시가 넘어도 마찬가지였다.

"점심이나 먹읍시다."

점심을 먹고 나도 바람은 자지 않았다.

"무엇이 걸려서 이러나?"

담배를 문 얼굴을 삐딱하게 젖힌 김성보가 게슴츠레하게 눈을 뜨고 천천히 릴을 감았다. 낚싯대가 제법 휘어졌으나 고기는 아닌 것 같았다.

"이게 뭐야?"

김성보가 물속을 들여다보며 구시렁거렸다. 모두 눈이 그리 쏠렸다. 거무튀튀하고 누르께한 게 물속에서 언뜻번뜻했다. 물이 맑아 상당히 깊숙이 들여다보였다. 김성보는 담배를 내던지며 튀어나올 것 같은 눈으로 천천히 줄을 감았다.

"허허, 고무장갑이구먼."

고무장갑이 목이 걸려 올라오고 있었다. 물때가 잔뜩 낀 고무장갑이 빵빵하게 부풀어 있었다.

"손가락이 움직이잖아?"

박사장이 소리를 지르며 윗몸을 발딱 뒤로 젖혔다. 거무튀튀한 손가락들이 천천히 움직이고 있었다. 잘린 손목에서 손가락이 살아 움직이는 것 같았다. 모두 튀어나올 것 같은 눈으로 보고 있었다.

"문업니다, 문어."

차관호가 낚싯줄을 잡아올리며 허허 웃었다. 손가락이 꿈틀거리며 문어발 하나가 뚫린 곳으로 주욱 비져나왔다.

"어이구, 십년 감수했네."

박사장이 후유 숨을 내쉬었다. 나도 가슴이 텅 내려앉았다. 차관호가 장갑 속에서 문어대가리를 뽑았다.

"어이구."

박사장이 얼굴을 으등거리며 소리를 질렀다. 문어는 대가리만 나오고 발은 장갑 속에서 버텼다.

"에라이, 베라먹을 놈."

차관호가 장갑째 덕판에다 패대기를 쳤다.

"이놈이 차근하게 들어앉았구먼요."

차관호가 문어를 뽑아내며 웃었다.

"안줏감이 좋습니다."

차관호가 문어를 바닷물에다 훌렁훌렁 씻었다.

"에이, 거, 내버려."

박사장이 얼굴을 찌푸리며 진저리를 쳤다.

"무슨 말씀입니까, 이 좋은 안주를?"

차관호는 손등을 감고 올라가는 문어를 들고 선복으로 왔다. 물에 다시 한번 훌렁거려 도마에다 발을 뜯어내며 칼로 탕탕 난도질을 했다. 김성보가 양주병을 들고 왔다.

"문어도 남해안 문어가 최곱니다. 동해안이나 제주도처럼 바위에서 자란 놈들은 스치로폼 씹는 맛이지요. 안주 좋은 김에 또 한잔 합시

다."

김성보는 초장 그릇을 챙겨놓고 박사장한테 잔을 내밀었다.

"아이고, 나는 술만 할 테요."

박사장은 상판을 으등거리며 잔을 받았다. 토막난 문어발이 도마 위에서 기어다녔다.

"고무장갑 속에 들어갔을 뿐인데 뭘 그러세요?"

차관호가 젓가락을 내밀자 박사장은 손을 활활 저었다. 김성보는 문어 토막을 여럿 겹쳐 입에 넣고 우물거렸다.

"좋습니다. 한점 해보세요."

김성보가 큼직한 문어 토막을 서너 개 겹쳐 박사장 입 앞에 디밀었다. 문어발이 나무젓가락을 감고 꿈틀거렸다.

"어, 이거."

박사장은 얼굴을 뒤로 젖히면서도 마지못해 젓가락째 받았다. 고개를 갸웃거리다가 입으로 가져갔다.

"어쩝니까? 좋지요?"

박사장은 얄망궂은 표정으로 벌레 씹듯 우물거렸다. 유용찬은 지레 나는 싫다며 손을 저었다. 나도 별로 내키지 않았으나 술잔을 받아놓고 차관호가 내민 젓가락으로 문어 토막을 하나 집어다 우물거렸다.

"어때요. 좋지요?"

김성보가 박사장한테 다시 잔을 권했다.

"오돌오돌한 맛이 괜찮습니다. 허허."

박사장은 내키지 않는 표정이 역연했으나 이번에는 스스로 서너 토막을 겹쳐다가 우둑우둑 씹었다. 유용찬은 귀에 리시버를 꽂고 있었다. 세시였다.

그때 저쪽에서 웬 노랫소리가 났다. 예닐곱 명이나 탄 배 한척이 이쪽으로 오며 목이 찢어져라 노래를 불렀다. 주먹을 휘저으며 소리를 지르는 게 시위하는 학생들 본새였다. 모두 그쪽을 보고 있었다.

왜 찔렀지, 왜 쏘았지, 트럭에 싣고 어딜 갔지.
망월동에 부릅뜬 눈 수천의 핏발 서려 있네.
오월 그날이 다시 오면 우리 가슴에 붉은 피 솟네.

노래는 숫제 악다구니였고 허공을 찌르는 주먹질은 스트레이트 먹이는 권투선수 손짓이었다. 배는 이쪽을 향해 정면으로 돌진해오고 있었다. 그대로 들이받아버릴 기세였다. 전속력으로 돌진해오던 배는 낚싯줄을 걷어갈 듯 아슬아슬하게 스쳐갔고 젊은이들은 목이 찢어져라 악다구니를 썼다. 키를 잡은 젊은이는 어제 저녁 그 난간이마였다.

"저 자식들이 어떤 놈들이야?"

"신경쓰지 마십시오."

박사장이 소리를 지르자 차관호가 손을 저었다. 배는 저만치서 급회전을 했다.

산 자들아 동지들아 모여서 함께 나가자.
욕된 역사 고통 없이 어떻게 헤쳐나가랴.
오월 그날이 다시 오면 우리 가슴에 붉은 피 솟네.

배는 크게 원을 그어 이쪽으로 다시 돌진하고 젊은이들은 연방 주먹을 휘두르며 노래를 불렀다. 김성보는 손에 술잔을 든 채 그들을 보고 있었다.

꽃잎처럼 금남로에 뿌려진 너의 붉은 피,
두부처럼 잘려나간 어여쁜 너의 젖가슴,

오월 그날이 다시 오면 우리 가슴에 붉은 피 솟네. 피, 피, 피.

배는 다시 회전을 했다. 젊은이들은 우리 배를 또 한바퀴 돌며 목이 찢어져라 악다구니를 썼다. 배는 이내 완도항 쪽으로 방향을 잡았다.

"허허. 날궂이도 시변을 타는가, 별 미친놈들이 다 있구먼."

박사장이 구시렁거렸다. 김성보와 차관호는 자기들 자리로 갔다. 김성보 얼굴은 잔뜩 굳어 있고 차관호도 말이 없었다.

낚싯대는 꼼짝도 하지 않았다. 박사장이 자리를 옮겨보자고 했다. 차관호는 닻줄을 끄르고 시동을 걸었다. 김성보는 말없이 술만 홀짝거리고 있었다.

"이놈들아, 나한테도 올 때가 됐는데 어째서 꼼짝을 않나?"

배를 고정시키자 박사장이 소리를 지르며 낚싯대를 휘둘렀다. 박사장 말소리가 유난히 크게 울렸다. 모두 낚싯대만 보고 있었다. 도미는 여간 예민하지 않은 고기라 바다가 조용할 때는 말소리를 조심해야 했으나 지금은 침묵이 여간 버겁지 않았다. 낚싯대는 까닥도 하지 않았고 아까 떠들썩하던 김성보는 한마디도 말이 없었다.

'욕된 역사 고통 없이 어떻게 헤쳐나가랴.' 젊은이들 배는 완도항 쪽으로 아득히 작아지고 내 귀에는 노랫소리가 그대로 웅웅거리고 있었다. 한때는 듣기만 해도 피가 솟았으나 요사이는 녹슨 탱크 위의 깃발 같던 소리였다. 그러던 노래가 돌풍처럼 우리 배 안을 휘저어놓고 갔다. 내 눈은 자꾸 김성보한테로 갔다. 그는 낚시만 들여다보고 있었다. 낚싯대는 까닥도 하지 않았다.

"혹시 소화제 없나?"

박사장이 아랫배를 싸안으며 나를 돌아봤다. 얼굴빛이 심상찮았다. 김성보한테 소화제 없느냐고 했다. 박사장 얼굴을 보던 김성보가 눈이 둥그레지며 달려왔다. 박사장은 배를 싸안고 몸을 뒤틀며 상을 찌푸렸다.

“급체야, 위경련. 소안도에 진료소 있지? 얼른!”

김성보가 다급하게 소리를 질렀다. 차관호는 유용찬더러 닻줄을 끄르라고 소리를 지르며 시동을 걸었다.

“이리 배를 깔고 반듯하게 누워보세요.”

김성보가 박사장을 부축하여 바닥에 눕혔다. 박사장 뒷머리 오목한 곳에 엄지손가락을 대고 지그시 힘을 주었다. 박사장은 아야야 비명을 질렀다. 김성보는 같은 자리를 서너 번 누르고 등뼈 한가운데로 손을 옮겨 잔뜩 힘을 주었다. 아이고, 아이고, 박사장은 연방 비명을 질렀다. 김성보는 박사장 몸을 뒤집어 명치 끝을 누르다 다시 등뼈를 누르다 했다. 배는 전속력으로 물을 갈랐다.

선착장에는 연락선을 기다리는 트럭과 승용차가 여러 대 몰려 있었다. 마침 승용차를 타고 나와 연락선을 기다리던 차관호 친구가 달려왔다. 그 차에 싣고 진료소로 내달았다. 주사를 한방 놓자 박사장은 태풍이 멎은 듯했다.

“한숨 주무시고 나면 괜찮을 것입니다. 안심들 하시고 술이나 한잔씩 하고 오십시오.”

젊은 의사가 시원스럽게 말했다. 앉을 자리도 마땅찮아 우리들은 밖으로 나왔다. 차관호가 주막을 가리키며 한잔 하자고 했다.

“우리는 구경할 게 있습니다. 저기 독립운동기념탑이 보이더군요.”

완도 젊은이들이 기세를 보였던 뒤라 그들 둘이만 할 이야기도 있을 것 같았다. 갯돌로 쌓은 탑은 예상보다 작았다. 바닷가 수마석을 하얀 것으로만 골라다가 삼각뿔 모양으로 쌓아올린 독특한 모양새였다. 참외만큼씩 한 돌을 시멘트로 사이를 메워 촘촘히 쌓아올린 탑은 질박한 분위기가 감돌 뿐 옛날 섬사람들의 그 어기찬 기개는 느껴지지 않았다. 우리는 탑명(塔銘)을 한자 한자 새겨 읽었다. 뒷면에는 탑을 세운 사람들 이름이 잔뜩 새겨져 있었다. 출향한 사람들도 거의 참여한 것 같았다.

“이 작은 섬에서 이런 힘이 어디서 나왔지?”

탑명을 꼼꼼히 읽고 난 유용찬이 중얼거렸다. 나는 담배를 빼 물고 건너편 산과 바다를 바라보았다. 옛날 미선이 할머니 이야기 들을 때의 감개가 살아났다. 이 탑을 세울 때 미선이도 틀림없이 성금을 냈을 것이고 제막식 때는 할머니를 모시고 왔을 것이다. 그러나 그는 나에게 이 탑 이야기를 하지 않았다. 그 냉혹이 가시 찌르듯 아프게 가슴을 찔렀다.

“이 탑을 쌓은 돌은 모두 여기 바닷가에서 주워온 것이겠지요?”

유용찬이 지나가는 할머니한테 물었다.

“그랬제라. 갯가에 쌔고쌘 독 놔두고 어디서 줏어왔겄소?”

손주 손을 잡은 할머니가 심드렁하게 대꾸하며 지나갔다.

“정말 대단한 분들이었습니다.”

“대단하나마나 요새 사람들은 저런 일이라면 반눈이나 떠봅디여? 당신들도 보길돈지 어딘지 그런 디나 가제 이런 디는 뭘라고 왔소?”

할머니는 시큰둥한 소리로 핀잔을 던지며 지나갔다. 윤선도 은거지였던 보길도가 바로 앞에 건너다보였다. 거기는 항상 관광객이 붐비고 있었다. 보길도는 이쪽을 오가는 연락선 종점이므로 완도에서 같이 타고 왔던 수많은 관광객들이 여기는 거들떠보지도 않고 보길도로만 몰려가는 것을 보며 저 할머니도 무척 속이 상했을 법했다.

“역시 갯바람이 세구먼.”

유용찬이 고개를 내둘렀다. 나도 씁쓸하게 웃으며 할머니 뒷모습을 보고 있었다. 시골사람들 앞에서 젠척하다가 당하는 기습이었다. ‘촌놈들이 뭘 알겄소.’ 촌놈이라는 비하 속에서 퉁겨나온 빠듯한 저항은 주먹보다 얼얼했다. ‘섬놈’이라는 소리는 더 지독했다.

우리는 바닷가를 거닐다가 다시 기념탑 앞으로 갔다. 기념탑이 너무 작고 더구나 모양새도 저게 아니라는 생각이 들었다. 성벽처럼 섬을 둘러싸고 갖가지 모양으로 날을 세운 시커먼 현무암이 집채 같은 파도를 으깨는 이 섬 한가운데다 옛날 그 날선 의기로 일제에 맞섰던 기념탑을 세우면서, 하필 바닷물에 반들반들 닳고닳은 예쁜 수마석이나 주워다가 곱상하게 쌓아올린 탑 모양은 아무래도 제 모습이 아니었다. 내가 어제 저녁 기념탑 소리를 들었을 때 떠올린 탑도 거칠게 날이 선 갯바위 같은 웅장한 모습이었다. 나는 주막으로 가며 자꾸 탑을 돌아봤다.

김성보와 차관호는 아직도 마시고 있었다. 우리는 선 채로 한잔씩 마시고 진료소로 갔다. 박사장이 침대에서 몸을 일으켰다.

"급체, 급체 하더니 정말 어른 한번 만났구먼. 그 통증은 말로는 못하겠어. 대형 집게로 창자를 몽땅 꼬집어 비트는 것 같아. 나는 내일 낚시는 안되겠어. 몸이 착 깔리는 게 물먹은 종잇장이야. 마지막 연락선이 금방 있대여. 나는 돌아갈 테니까 자네들은 김이사님 모시고 내일까지 하다 와."

어떻게 혼자 보내냐며 우리도 함께 나섰다. 박사장은 말렸으나 우리는 선창으로 가서 낚시도구를 챙기고 고기를 나누었다. 오늘 게임은 파투니까 다음 연장전 때 보자며 박사장은 경황중에도 너스레를 떨었다.

박사장을 집에 내려주고 저녁을 먹은 다음 유용찬은 나를 회사 앞에 내려놓고 돌아갔다. 주차장으로 가던 나는 길가 공중전화에 눈이 끌렸다. 안지춘 형사가 물었던 김중만을 알아볼 사람이 있었다. 항쟁 뒤 헌병대 영창에서 같이 지냈던 김봉식이란 젊은이였다. 그가 '우리 조장형님, 조장형님' 하며 대단한 사람으로 이야기했던 이가 다리에 부상을 당했다고 했다. 사실은 지난번 두번째 전화를 받았을 때도 그가 떠올랐었다. 먼저 5·18연구소로 전화를 걸었다. 연구소에는 대학원생들이 항상 늦게까지 공부를 하고 있었다. 김봉식의 전화번호를 찾아보라고 했다.

그 조장이라는 이는 항쟁 뒤 그 서릿발 치던 검거선풍 속에서도 잡히지 않았는데 김봉식은 그가 그렇게 붙잡히지 않는 것도 그의 영웅적인 모습의 단면으로 이야기하며 호락호락 잡히지 않을 거라고 장담했고, 그는 김봉식의 장담대로 끝내 잡히지 않았다. 김봉식은 그를 조장이라 했지만 시민군들이 무슨 편제가 있었던 게 아니고 끼리끼리 몰려다니며 조장이니 팀장이니 멋대로 불렀던 것이다.

연구소에서 알려준 전화번호는 옛날 번호였다. 114로 바뀐 번호를 물어 번호를 눌렀다. 마침 그가 받았다.

"나 헌병대 감방 정찬우야. 기억나?"

"오오매, 성님이 으짠 일이요?"

"요사이 어떻게 지내지?"

"그럭저럭이란 소리는 나 같은 놈 쓰라고 있는 소리 같소마는 성님은 시방 뭣하고 사시요?"

그는 타고난 익살꾼이라 금방 본색을 드러냈다. 슬리퍼를 쓰빠 쓰빠 했기 때문에 그게 별명이 되었던 구두닦이 출신이었다. 헌병대 영창 출신들이 그때를 회상할 때면 으레 쓰빠 쓰빠 하며 그를 들먹였으나 출감한 뒤 아무도 그를 만났다는 사람은 없었다. 구속자 모임이나 망월동 추모집회 같은 데도 얼굴을 내민 적이 없었다. 도배를 하러 다닌다는 소문도 있고, 교차로에서 신호를 기다리다가 트럭을 몰고 가는 그와 눈인사를 했다는 사람이 고작이었다.

"자네가 영창에서 늘 이야기했던 조장형님은 그 뒤로 어떻게 됐지? 그이 이름이 김중만씨 아냐?"

김봉식은 그이 이름은 어떻게 알았느냐며 놀랐다. 경계를 할 것 같아 김중만이 나한테 전화했던 사실을 간단하게 말했다. 그는 영창에서 김중만 이야기를 하면서도 그의 영웅담만 늘어놨을 뿐 그이 본명은 끝내 대지 않았다. 그런 영웅담도 수사가 일단락되어갈 무렵에야 나한테만 귓속말로 속삭였다.

"지금은 뭣하고 산닥 합디여? 전에 일차 보상신청할 무렵에 한번 만나고 지금까지 못 만났그만이라."

"보상신청하러 왔던가? 그이가 다리에 부상을 입었다고 했었지?"

"다리에 부상은 당했는디 보상신청하러 온 것이 아니고 성묘 왔다고 합디다. 원래 고향은 전라북도 어디라던디 어머니를 여기다 모신 모양이더만이라."

"그럼 보상신청은 않은 거야?"

"으째서 그런가 보상신청은 생각이 없는 것 같습디다. 다리에 상처가 컸은게 신청하면 보상금이 솔찮을 것인디 그 소리한께 웃기만 하더만이라. 지금인게 말하요마는 그 성님이 그때 에무십육을 들고 댕갰거던이라. 그래서 그 땀새 겁을 묵고 그런 중 알고 공수단하고 싸울 적에는 에무십육을 들었든지 기관총을 들었든지 그런 것은 암시랑토 않다더라고 해도 웃기만 하더만이라."

"그 총은 어디서 났지?"

엠십육이란 소리에 나는 깜짝 놀랐으나 대수롭지 않게 물었다.

"십구일인가 이십일인가, 가톨릭센터 건물 속에서 시민군들이 공수단하고 야물딱지게 한바탕 붙은 적 있지라? 그때 뺏었다고 합디다."

나는 아 소리를 길게 뺐다. 그 싸움은 나도 거의 죽을 뻔했다가 살아난 싸움이었다.

"그럼 그때 광주는 어떻게 빠져나갔던 거야?"

그는 수습위원회에서 무기수거할 때 총 내놓으라고 하는 놈들은 다 쏴죽여야 한다고 을렀다고 했다.

"저도 그것이 궁금해서 물어봤지라. 공수단을 몰아내자마자 협상이니 뭐니 그런 소리 들어본게 일판은 폴새 날새분 것 같아서 뒷전에서 얼씬거리다가 일찌감치 이십오일날 서울로 돛 달아붙였다고 합디다."

"서울서는 무얼 하고 살았대?"

"떨어지게 말은 않는디 포장마차도 하고 그랬다는 것이 그저 그렇고 그렇게 살아온 것 같습디다."

"그 뒤로는 소식 못 들었어?"

"통 못 들었그만이라."

"자네 목소리 들은게 반갑네. 언제 술이나 한잔 하지."

"저도 오랜만에 성님 목소리 들어본게 참말로 반갑소. 술은 지가 살란게 성님 전화번호나 쪼깐 갈쳐주시오."

"아냐. 전화번호는 가르쳐주겠네마는 술은 내가 사겠어. 내가 통닭구이 잘하는 데 한군데 맞춰놨어. 닭다리 맛이 그만이더라구."

닭다리란 소리에 김봉식은 쿡쿡 웃었다.

김봉식은 항쟁기간 동안 광주시민들은 모두 나와 같이 싸우자고 골목골목 누비고 다니던 전옥주씨라는 이 확성기를 잠시 짊어지고 다닌 적이 있었는데 수사관은 전옥주가 그때 김일성 만세를 불렀다며 김봉식더러 그 소리 들었던 걸 불라고 닦달을 했다. 고문을 하다 회유를 하다 별의별 짓을 다 하던 어느날이었다. 수사실에 끌려나가자 책상 위에 걸게 차린 밥쟁반이 하나 놓여 있더라는 것이다. 그때 영창에서는 밥이 적어 모두 눈에 헛거미가 낄 지경으로 걸신이 들려 있던 판이라 수북하게 담긴 밥을 보자 대번에 눈이 뒤집혔다. 유독 누렇게 튀긴 닭다리로 눈이 가자 지레 입안에 군침이 고이며 목젖이 넘어갈 지경이었다. '배고프지? 이거 먹어. 이거 먹고 내가 묻는 대로 대답하는 거야.' 김봉식은 수사관 말에 예예 하며 산수갑산을 갈망정 먹고 보자고 탐스런 닭다리부터 덜렁 집어 뜯기 시작했다. 다 먹고 나자 수사관은 회심의 미소를 지으며 전옥주가 김일성 만세 불렀지, 했다. '나는 이라우 스피카를 짊어지고 댕긴게 왕왕 귀창 터진 소리만 들었제 아무 소리도 못 들었어라우.' 닭다리까지 진상했던 수사관은 반 미쳐버렸다. 우리는 걸레가 되어 업혀온 김봉식의 몸뚱이를 한나절쯤 주물렀다. 김봉식은 몸이 좀 풀리자 닭다리 먹은 영웅담을 늘어놓으며 낄낄거리기 시작했다. 그는 그 무시무시한 판에서도 늘 이랬다.

김봉식의 말을 듣고 보니 김중만이 세모눈에 관심을 가졌던 까닭을 알 것 같았다. 그때 엠십육을 가지고 다닌 사람들은 시민군 가운데서도 특수한 사람들이었다. 엠십육을 구할 수 있는 방법은 계엄군한테서 빼앗는 방법밖에 없었기 때문이다. 일반 시민군들은 예비군 무기고와 경찰서 무기고를 털어다가 무장을 했으므로 소총은 모두 엠원과 카빈총뿐이었다. 엠십육은 그때 현역 군인들한테만 지급되었던 것이다. 세모눈에 대한 글을 쓸 때까지도 나는 그 사실을 모르고 있었다. 그때 총이 육천정 가까이 풀렸기 때문에 으레 엠십육도 있었으려니 했던 것인데 나중에야 그게 아니라는 걸 알고, 세모눈이 엠십육 들었다는 사실을 글에 쓴 걸 후회했다.

김중만과 세모눈 사이에는 몇가지 공통점이 있었다. 둘이 다 엠십육을 들었고, 무기반납이나 수습을 격렬하게 반대했으며, 그러면서도 27일 새벽 도청 옥쇄작전 때는 참여하지 않았고, 무엇보다 두 사람 다 부상을 당했는데도 보상신청을 하지 않은 것 같았다. 보상신청은 일차 이차 두번에 걸쳐 했는데 일차 신청 때는 둘이 다 하지 않은 게 분명했다. 나는 일차 신청이 끝날 무렵 면담 대상자를 고르려고 시청에 가서 신청서류를 뒤져본 일이 있는데 서류에 붙은 사진으로 세모눈도 찾아봤으나 보이지 않았다. 그들이 무기반납이나 수습에 격렬하게 반대했던 것은 엠십육 탈취 경위와 관련이 있을 것 같고, 보상신청을 하지 않은 것도 김봉식이 말했듯이 역시 그와 관련이 있을 것 같았다.

계엄군을 죽였거나, 하여간 빼앗은 경위가 탄로나면 목숨을 부지하기 어려울 만한 사연이 있었을 법했다.

어제 시청으로 가던 안지춘의 얼굴이 떠올랐다. 이차 신청 때는 분위기가 훨씬 풀리고 보상액수도 많아졌으므로 그들도 신청을 했는지 모를 일이다. 부상자들의 경우 노동력 상실 정도와 후유증에 따라 보상금이 일억원이 넘는 사람도 있었다.

집에 와서 방에 들어서자 자동응답기에 3자가 깜박거리고 있었다. 버튼을 누르려다 안지춘의 목소리가 튀어나올 것 같아 잠시 무춤했다. 나는 무서운 것 손대듯 버튼을 눌렀다. '왜 이렇게 전화를 안 받아요? 늦어도 좋으니까 전화해주세요.' 강지연이었다. 어제 완도에서 전화를 하려고 했었는데 깜박 잊고 말았다. 다음은 찍찍 소리만 났고, 마지막은 미선이었다. 가게로 전화해달라는 것이다.

미선이 가게 전화번호를 눌렀다.

"나야, 전화했더군."

"지금 뭐하세요?"

미선이 목소리는 역시 통통 튀었다. 낚시 다녀왔다고 하려다가 기념탑이 떠올라 그냥 얼버무렸다.

"금방 백화점 문닫는데 맥주 한잔 어때요?"

"맥주? 김미선씨가 언제부터 술이야?"

"사람 우습게 보지 마세요. 마시면 술술 넘어가는 게 술이더군요. 저는 어지간히 마셔도 얼굴도 멀쩡한 게 술 내림은 남녀를 가리지 않나봐요."

"존 데 있어?"

"남자들 존 데란 아가씨들이 술 따라주는 데겠죠? 그런 집에 여자 달고 가면 도시락 차고 왔다고 핀잔이라면서요."

"별걸 다 아는구먼. 멀쩡한 숙녀를 도시락 만들 수는 없고, 우리집

근처에 조촐한 데가 있긴 한데."

그는 좋다고 했고 장소를 일러주자 그리 오겠다고 했다. 내일 점심 약속을 했는데 오늘 저녁에 술을 마시자는 것이다. 목소리도 피아노 가락에 얹힌 소프라노로 팡팡 튀었다. 나는 자리에 잠시 서 있었다. 어제 여행 다녀왔다고 할 때만 하더라도 그렇거니 했고, 점심을 사겠다고 할 때도 여유가 생겼구나 했는데 이제 보니 그게 아니었다. 큰 보폭으로 성큼성큼 다가서는 발걸음 소리가 가슴에 컹컹 울리고 있었다.

그때 전화기가 울렸다. 강지연이었다. 낚시 다녀왔다고 했다. '전화 좀 해주고 가시면 고기가 안 무나요? 미안이면 다예요. 말로는 안돼요. 이담에는 저하고 같이 가요. 약속하죠? 이번에는 절대로 양보 없어요. 고기는 많이 낚았어요? 지난번 그 도미는 정말 맛있더군요. 냉동실에 넣지 말고 냉장실에 넣어두세요. 내일은 일이 생겨서 못 가겠고요, 모레 아침에 일찍 갈게요. 면담 약속하신 분한테는 제가 전화하겠어요. 오늘 오랜만에 대학원 친구들 만났더니 주제 잘 잡았다고 모두 부러워 못 견디는 거예요. 후배 하나는 자기도 주제를 광주항쟁으로 잡겠다고 설치는 거, 있죠?' 강지연은 일을 할 때는 여간 꼼꼼하고 침착하지 않았으나 조금만 기분이 나면 방방 떴다.

고기를 대충 손봐 냉장고에 넣어놓고 샤워를 했다. 목욕탕에서 나오자 또 전화기가 울렸다.

"미선이예요. 거기까지 가는 김에 오랜만에 집구경도 할 겸 집으로 가고 싶네요. 우리 종업원 아가씨하고 같이요."

"우리집으로?"

"걔한테 술빚이 있길래 겸사겸사 같이 마시자고 했죠. 명랑한 아가씨라 재미있을 거예요. 술이랑 안주는 가지고 가죠. 어쩌다가 양주가 한병 길을 잘못 들어서 가게에서 잠자고 있거든요. 양주 괜찮겠죠? 홀아비 살림, 보나마나 지저분할 테니 거실이나 좀 치워둬요."

그는 아파트 호수를 물은 다음 전화를 끊었다. 그가 집으로 오겠다는 건 너무 뜻밖이었다. 집구경이란 말이 새로운 여운으로 귀에 울렸다. 내가 이 아파트를 장만한 것은 결혼할 때인데 미선이는 여태까지 내 거처나 생활을 입에 올린 적이 없었다.

나는 강지연의 흔적이 없는가 주변을 두리번거렸다. 큰방 옷걸이에 강지연의 잠바며 옷가지가 걸려 있었다. 주섬주섬 뭉뚱그려 장롱 서랍에 깊숙이 쑤셔넣었다. 화장실에는 강지연의 칫솔이 있었다. 얼른 집어들었다. 그러나 칫솔은 괜찮을 것 같아 그대로 두었다. 부엌 조리대며 찬장은 윤기가 날 만큼 깨끗하고 그릇들이 가지런히 제자리에 포개져 있었다. 강지연은 무엇이든 손을 대면 항상 이랬다. 집안이 너무 정갈한 게 불안했다.

도미를 큰 걸 꺼내 가스레인지에 넣고 스위치를 틀었다. 집안을 다시 살폈다. 한참 만에 초인종이 울렸다. 불룩한 비닐봉지를 든 미선이가 환하게 웃으며 들어섰다.

"집이 넓네요."

같이 오겠다던 종업원은 이 근처 친구집에 잠깐 들렀다며 금방 올 거라고 했다. 미선이는 옷이며 머리 모양이 여간 화사하지 않았다. 옷 때문인지 키가 더 성큼해 보였다. 훤칠하게 드러난 이마와 환한 웃음이 소녀 때의 생기로 다가들었다. 지난번 가게 개업잔치 때와도 딴판이었다. 나이도 여남은 살 뒷걸음질을 친 것 같았다.

"무슨 냄새지요?"

"도미야. 오늘 바다낚시 다녀왔어."

"요즘도 바다낚시 다니나요? 오랜만에 싱싱한 생선 한번 먹어보겠네."

홀아비 살림이라 지저분할 줄 알았더니 파출부 쓰냐,며 냉장고도 열어보고 화장실도 열어보고 구석구석 살폈다. 미선의 눈이 가는 데마다 내 눈이 먼저 갔다.

"혼자 살림이니까 밥그릇이나 뭐나 안 쓰는 건 따로 챙겨놔요."

그는 살림꾼 눈으로 구석구석 살피며 한마디씩 했다.

나는 널찍한 접시에다 도미를 꺼내며 잘 구워졌다고 호들갑을 떨었다.

"어머, 그렇게 큰 걸 낚았어요?"

"어쩌다가 이런 게 하나 올라왔어."

미선이는 양주병을 따며 거듭 감탄했다. 나는 컵에다 술을 따르고 얼음을 채웠다.

"오랜만이야."

"오랜만이에요."

미선이는 잔을 부딪치며 잔잔하게 웃었다. 나는 젓가락으로 도미를 큼직큼직하게 발겼다.

"정말 맛있네요. 이런 놈을 낚을 때는 기분이 어때요?"

"세상을 낚은 것 같지."

"세상을 낚아요? 말 크게 쓰는 건 옛날하고 똑같군요."

"아냐. 나는 요사이 나사 몇개, 스위치 몇개, 날마다 그런 거나 콩팔칠팔 따지고 있는 좁쌀영감이야."

"안정된 직업을 가졌다는 게 얼마나 다행이에요. 부모님들은 잘 계시죠? 아버님께서도 많이 늙으셨지요? 지금도 소 키우시나요?"

십칠년을 넘나드는 정감이 아지랑이처럼 피어오르고 있었다. 우리 집 안부를 묻다니 여유가 생겼다는 실감이 들었다. 내 귓결에는 옛날 그의 말이 웅웅거리고 있었다. '내 둥지 형편이 달라지기를 바라는 건 감옥살이하는 무기수가 대낮에 꾸는 수꿈보다 더 허황할 거예요.'

"언니는 이제 괜찮을 것 같애?"

"이제 마음을 놓아도 될 것 같아요. 일년이 넘도록 한번도 무슨 징후가 없었던 것도 그렇고, 무엇보다 최루탄 가루를 그렇게 뒤집어쓰고도 아무렇지 않은 게 신기하네요."

"의사는 뭐래?"

"의사는 항상 딱 떨어지게 말을 않는데 이번에는 우선 제가 마음이 놓여요. 멀쩡하다가도 느닷없이 발작을 하는 바람에 항상 조마조마했는데 생활이 안정되니까 그런 영향도 큰 것 같아요."

정신병 진단이란 시골사람들 잇수 가늠만큼이나 대중없는 모양이지만 미선이는 그동안 경험으로 거의 확신을 하는 것 같았다.

"그 아이 이름이 뭐였지? 김준일이던가. 지금쯤 고등학교 들어갔겠지?"

"이학년인걸요. 열일곱살이잖아요. 요사이는 그 아이가 집안 기둥이지요. 녀석을 보면 지난 일은 다 잊혀지고 큼직한 덩치가 대견스럽기만 하네요. 저도 이제 해방이 된 기분이에요."

해방이라는 말이 크게 울려오고 있었다. 그 아이는 그 언니가 항쟁 당시 강간을 당해 낳은 아이였다.

"열일곱살, 허."

나는 김새는 소리를 내며 입으로 술잔을 가져갔다. 그 나이는 광주항쟁 이후의 세월이기도 하고, 내가 소안도 갔을 때 미선이 자신의 나이이기도 했다.

"요사이는 지난날이 그저 덤덤하게만 느껴지네요. 사람 살아가는 것이 이런 것인가봐요."

여유있는 웃음에 회한의 그림자가 가볍게 스치고 있었다. 폭풍 속을 뚫고 온 사람이 젖은 옷을 벗으며 지나온 길을 돌아보는 그런 안도의 표정이었다.

"그 아이는 제 출생관계를 알아?"

"알아요. 자세히 말해주었지요. 중학교 일학년 때 가출한 적이 있었거든요. 아무래도 그냥 넘겨서는 안될 것 같아 언니 담당의사한테 데리고 갔지요. 의사가 걔하고 한참 동안 이야기하고 나더니 제 출생관계를 하나도 숨기지 말고 다 말해주래요. 한오라기도 숨겨서는 안된다고 몇번이나 다지는 거예요. 그래서 그동안 꽁꽁 숨겨오던 사실을 고해하듯 모조리 털어놨지요. 처음에는 넋이 나간 것 같더니 어린애들은 그런 적응도 그만큼 빠른 것 같더군요. 그런 모습을 보자니까 우선 저부터 어디 묶였다가 풀려난 기분이데요. 항상 헌옷자락 여미듯 숨기고 둘러대던 부담에서 벗어난 것만으로도 살 것 같더군요."

"그 소리 들으니까 나도 시원하구먼."

"고마워요."

고개를 까닥하며 나를 보는 눈길에는 그윽한 정감이 서려 있었다. 전에 찬우오빠, 찬우오빠 하고 떠들다가 이따금 조용히 나를 건너다보던 그런 눈길이었다. 귀 아래 잔주름이 눈에 스쳤다. 실낱 같은 잔주름이 서른다섯의 나이를 알리고 있었다.

"걔가 요새는 뭐라는 줄 아세요. 이제 우리끼리 살 테니까 이모는 시집가래요. 지난번에는 제 어머니하고 할머니까지 끌어들여 저를 몰아세우는 거예요. 나이가 몇살인데 애인 하나도 없느냐느니, 제녀석이 애인을 갖재도 이모 때문에 갖겠냐느니, 앞뒤 가려가며 능청을 떠는 게 험한 환경에서 자란 애라 그만큼 속이 여문 것 같아요."

"허허. 둥지 속에서 먹이만 받아먹던 녀석이 제 길로 한길 컸다고 어미를 막 밀어내자는 건가?"

나는 소리내어 웃었다. 그러나 내 웃음에 작위가 느껴져 웃음꼬리를 오므렸다. 미선이는 잔을 비우고 내밀었다. 나도 잔을 건넸다. 미선이는 술을 조금만 받고 얼음을 많이 넣었다.

"언니가 빈틈없이 집안일을 꾸려가니까 가게에서 나온 세만 가지고도 살아갈 수 있을 거예요."

가게는 영선의 보상금으로 마련한 것이라 당연히 그들 모자 몫으로 치는 것 같았다. 정신질환이 계속되고 있었으므로 보상금도 많은 편이었고, 의료비는 일생 동안 보호대상자 혜택을 받을 수 있었다. 그때 종업원이 왔다.

"미인들이 갑자기 두 사람이나 나타나니까 집안이 훤해지는군요."

나는 종업원 잔에 술을 따르며 너스레를 떨었다. 그때 전화기가 울렸다. 강지연이라 직감하며 전화기를 방으로 옮겨놓지 못한 불찰이 머리를 쳤다. 수화기를 귀에 밀착시키고 지금 손님이 왔다고 했다. '알았어요. 고기는 잘 손봐두셨죠? 금방 전화로 쇼가 한번 벌어졌네요. 어제 일산서 면담한다고 했잖아요? 그 여자가 옛날 이야기를 하고 나니까 새삼스럽게 분이 나서 미치겠다고 다시 전화를 걸어 악을 악을 쓰는 거 있죠. 서울 토박인데 남자친구하고 낯선 데로 여행을 하자고 남해안을 돌아 광주 가톨릭센터 뒤에 우미장여관 있잖아요, 그 여관에서 잤는데 아침에 공수대원들이 쳐들어와서 벗은 몸을 무작정 두들겨패며 끌고 가는 바람에 옷도 제대로 못 걸치고 돼지처럼 트럭에 실렸더래요.' '그런 사람들이 그때 한둘이었던가. 모레 만나.' 나는 전화기를 놨다.

"강지연이라고 광주항쟁을 주제로 석사 학위논문을 쓰고 있는 대학 후배야. 내가 피해자 조사를 거들어주고 있는데 그 이야기야."

"그 학생 저도 한번 만났네요."

전화기가 다시 울렸다.

"할말은 따로 있는데 전화기를 놔버리면 어떡해요. 내일 내려갈 수 있겠어요. 일이 해결됐네요. 아침 일찍 내려갈게요."

"아침 일찍 온다고? 그럼 내일 오후 조사는 그대로 가는 거야?"

"그래요. 마침 그이한테는 연기하자는 연락을 안했거든요."

나는 알았다며 전화기를 놨다.

"그 학생 보통내기가 아니데요. 성격도 활달하고 여간 당차지 않더군요. 우리 가게에도 두 번이나 들러 면담자들 사례품이라며 이것저것 고루 사갔지요."
미선이는 나한테 잔을 건넸다. 술을 따르며 깊숙한 눈길 한가닥이 내 표정을 날카롭게 훑고 지나갔다.
"광주항쟁을 논문주제로 잡은 것만 보더라도 보통내기가 아니지."
나는 미선의 눈길을 의식하며 덤덤한 소리로 말했다.
"벌써 술이 이렇게 됐나? 괜찮겠어?"
나는 술병을 들어 보였다. 작은 병이지만 반 정도 내려가 있었다.
"언니 주량 만만찮아요. 양주 몇잔쯤 까딱없을 거예요. 오늘은 맘놓고 한잔 마시자고 차도 놔두고 왔는걸요."
종업원이 깔깔거렸다.
"모처럼 마시면서 내숭떨지 않으려고 주는 대로 홀짝거렸더니 벌써 석 잔째다, 얘."
석 잔이랬자 제대로 두 잔 꼴도 되지 않았다.
"이제 가야겠어요. 술은 술이고 식사는 식사니까 점심 약속은 유효한 거예요. 강지연씨가 내일 오는 모양인데 내일 그도 함께 점심 어때요?"
"강지연이하고?"
"고객관리 겸 겸사겸사 제가 초대하는 거죠."
"가만있자, 그럼 그럴까?"
나는 어물거리다가 대답을 하고 말았다. 이럴 경우 어떻게 해야 하는지 잠시 막막했으나 대답은 이미 나가고 말았다. 그는 두암동에 싸고 좋은 데 있더라고 식당이름을 말하며 안주 접시를 포개 들고 일어섰다.
나는 택시 타는 데까지 바래다주고 돌아왔다. 아까 내 표정을 훑고 가던 미선의 눈길이 그대로 남아 있었다. 내일 강지연과 같이 점심을 먹는다는 게 여간 불안하지 않았다. 강지연은 속에 있는 말이나 감정을 숨길 줄 모르는 성격이었다. 아무래도 약속을 잘못 한 것 같았으나 이제는 달리 변통하기도 궁색스러울 것 같았다. 커다란 암벽이 양쪽에서 조여오고 있었다.

그때 전화기가 울렸다. 5·18연구소 후배 연구원이었다.

"혹시 선배님께서 경찰서에 무슨 일 있나요? 금방 연구소에서 늦게까지 공부하는 대학원생한테서 전화가 왔는데요, 서울서 왔다는 형사가 오늘 오후에 연구소 컴퓨터에서 오일팔 참여자들 구술자료를 검색하고 간 모양이네요. 그가 간 뒤로 검색한 낱말을 띄워보았더니 선배님 이름도 있더래요. 저는 어디 나갔다가 방금 들어와서야 전화를 받았습니다."

"그 대학원생 지금 연구소에 있어?"

연구소에서 자면서 공부한다고 했다. 알았다며 연구소로 전화를 걸려다가 손을 멈추고 자리에서 일어섰다. 열한시였다. 연구소로 차를 몰았다. 대학원생이 컴퓨터를 쓰고 있었다. 다행히 안지춘이 검색한 뒤로 다른 검색은 하지 않았다고 했다. 검색했던 낱말을 띄웠다. '서울로 도피' '보복' '어깨 부상' '다리 부상' '정찬우' '엠십육' '세모눈' '기동타격대' 들이었다. 검색 낱말은 여덟 개까지만 남도록 되어 있으므로 다른 것도 검색했을 것이다. 제일 먼저 검색했을 김중만도 남아 있지 않았다.

"그 사람 컴퓨터 다루는 솜씨는 어느 정도야?"

"타자도 빠르고 여간 능숙하지 않더군요. 오후 두시경에 와서 두어 시간 동안 검색만 하고 갔습니다."

구술자료는 분량이 많았으므로 파일을 다섯 개로 쪼개놓고 있었다. 첫 파일부터 '김중만'을 넣고 검색했다. 아무데서도 나오지 않았다. '다리 부상'을 눌렀다. 여남은 군데 나왔다. 그러나 김중만이라고 짐작할 만한 사람은 없었다. '어깨 부상'도 많이 나왔으나 세모눈으로 보이는 사람은 없었다. '엠십육'을 검색했다. 'M16' '에무십육' 여러 가지로 검색했다. 엠십육을 들었다는 사람 가운데 김중만으로 보이는 사람이 두어 사람 나왔고 세모눈으로 추정할 만한 사람도 한사람 있었다. 구술한 사람을 찾아서 물어보면 그때 그들의 행적을 알 것 같은 내용이었다.

내 이름을 검색했다. 나는 참여담을 구술하지 않았으므로 내 이야기도 다른 사람들 구술 속에서 나올 수밖에 없었다. 첫 파일에서 한 군데 나왔으나 구술자가 시위현장에서 만났다는 여러 사람 가운데 한 사람으로 내 이름만 끼여 있었다. 두번째 파일에서는 두 군데 나왔다. 한 군데는 기동타격대 같은 조원이 27일 새벽 출동하기 직전 주소를 적어 호주머니에 간직했던 이야기를 하며 역시 내 이름만 말하고 있고, 한사람은 합동수사본부에서 함께 수사를 받으며 내가 고문당하다가 두 번이나 까무라친 이야기를 꽤나 자세하게 하고 있었다. 마지막 파일을 검색하던 나는 깜짝 놀랐다. 내가 소태동 골짜기에서 시내 형편을 정탐하러 내려오는 공수단 첩보병으로 오인되어 험하게 당한 이야기였다. 나는 머리가 띵 했다. 구술자는 내 중학교 동기였다. 내가 연구소에 근무할 때는 없었던 내용이었다.

"이 근래도 면담 조사를 했나?"

"예. 작년에도 하고 그동안 조금씩 조사를 했습니다. 지금 연구소 홈페이지를 만들고 있는데 자료를 공개하려고 정리하고 있는 중입니다."

나는 동기생의 구술을 다시 읽었다.

── 우리가 트럭을 몰고 소태동 쪽으로 가자 시민군들이 공수단 간첩 잡았다고 도청으로 넘기라며 걸레처럼 늘어진 젊은이 한사람을 끌고 왔다. 얼마나 무지막지하게 두들겨팼는지 꼴이 말이 아니었다. 소

태동 골짜기에 잠복을 하고 있는데 작자가 민간복으로 갈아입고 내려오더라는 것이다. 이게 이 자식이 허리에 꽂고 있던 대검이라며 대검을 던져주었다. 차에 탔던 시민군들도 트럭 바닥에 늘어진 간첩을 발로 차고 나도 엉덩이를 걷어찼다. 그러다가 그 작자 얼굴을 보던 나는 깜짝 놀랐다. 정찬우라는 내 중학교 동기생이었다. 그는 그 전날도 총을 들고 나하고 금남로에서 만난 적이 있었다. 알고 보니까 엉뚱한 오해를 받아 그 꼴이 되었다는 것이다. 그도 패거리들하고 그리 잠복을 나갔다가 시계를 잃어버리고 와서 혼자 그리 시계 찾으러 갔던 모양인데 허리에 꽂고 있던 대검 때문에 말이 통하지 않았다는 것이다. 그 대검은 군용 대검이 아니고 등산용 대검이었는데 이런 것까지 민간인 걸로 위장했다고 더 오해를 받았던 것이다.

내 동기생은 내가 그 꼴이 되었던 까닭을 시계를 찾으러 갔다가 그랬다고 말하고 있었다. 내가 그렇게 둘러댔으므로 당연한 일이었다. 나는 어리둥절한 기분으로 잠시 컴퓨터 앞에 앉아 있었다. 내가 단순가담자였다는 것도 거짓으로 드러난데다가 이런 엉뚱한 사건까지 나타났으므로 안지춘은 수사관의 육감으로 여기에 뭐가 있다고 눈을 번득일 것 같았다. 날카롭게 내 표정을 훑던 안지춘의 눈이 떠올랐다. 우람한 덩치며 강퍅스런 인상에 날카롭게 번득이던 눈, 그 눈에는 굶주린 불곰의 집념이 도사리고 있었다. 소름이 끼쳤다.

2

소안도 미선이 집에 다녀온 다음해, 나는 대학입시에 떨어졌다. 우선 미선이한테 체면이 말이 아니었으나 맨 먼저 내 기분을 치살리고 나온 것은 미선이었다.

"오빠, 선물 하나 사왔다아."

미선이가 내 방으로 들어서며 방실방실 웃었다. 양쪽 손에는 웬 선인장 화분이 하나씩 들려 있었다. 어린아이 주먹만한 선인장이 정갈한 사기분에 앙증맞게 앉아 있었다. 가시가 하얗게 덮인 선인장은 하얀 가시가 솜털처럼 곱기도 하고 서릿발처럼 싸늘하기도 했다.

"나는 이 선인장을 보고 여러번 놀랐어. 아무리 식물이지만 다른 식물에 비하면 표정도 없고 감정도 없잖아. 이런 식물이 있다는 것도 신기한데 이게 꽃을 피우고, 꽃을 피워도 이만저만 예쁘게 피우는 게 아냐. 꽃 피우는 과정은 또 얼마나 신기한지 몰라. 어느날 갑자기 이 뭉툭한 몸뚱이 한군데서 꽃대 같은 꽃망울이 솟아나 예쁜 꽃을 활짝 피우는 거야. 그 꽃이 아침에 피었다가 저녁에 지고 다음날 또 하나가 피었다가 또 그렇게 져. 그러니까 돌멩이처럼 뭉툭한 이 몸뚱이 속에서 그동안 꽃피울 준비가 꾸준히 진행되고 있었고, 하루에 하나씩 피는 걸 보면 꽃을 피울 날짜까지 정확하게 가늠하며 준비를 하고 있었던 거야. 잎사귀도 없고 가지도 없고 그저 뭉툭한 이 몸뚱이 속에서 시간이 시계처럼 정확히 지나가고 있었고, 그 시간에 맞춰 꽃을 하나씩 피운 거지."

나는 우선 미선의 관찰력에 놀라며 어리둥절한 표정으로 선인장을 보고 있었다.

"오늘부터 오빠도 선인장이 되고 나도 선인장이 되는 거야. 이건 오빠 정찬우고 이건 나 김미선이야. 오빠는 명년 이맘때 대입 합격의 화려한 꽃을 피우고, 나는 저명년에 합격의 꽃을 피우기 위해서 우리는 이제부터 선인장이 되는 거야. 이 녀석은 귀도 없고, 입도 없고, 코도 없고, 한눈 팔 눈도 없어. 바람에 흔들릴 가지도 없고 미풍에 희뜩거릴 잎사귀도 없어. 공부할 때는 내 생각을 싹 씻어버려. 서로를 머릿속에서 싹 씻어버리자구. 나는 오빠 곁에 항상 제일 가까이 있어. 내 생각이 나거든 이 가시를 생각하라구. 공부하다가 내 생각을 하면 나는 이 가시로 꾹꾹 찔러버릴 거야."

미선이는 손가락으로 내 어깨를 꾹꾹 찔렀다.

"이거 정말 잊지 마. 이렇게 아프게 찌를 테니까."

미선이는 손가락에다 호호 독을 넣어 또 꾹꾹 찔렀다.

"앞으로 일년 동안 오빠 시간은 나한테 맡겨. 오빠가 좀 쉬어야겠는지 어쩐지 그것은 내가 작정할 거야. 우선 일주일에 한번씩 토요일이나 일요일에만 나하고 점심이나 저녁을 먹는 거야. 그런 시간말고는 낭비하지 마. 알았지?"

고등학교 이학년 뱃지를 교복에 달아놓고 개학을 기다리던 미선이는 이렇게 또 한참 성숙해버린 모습이었다.

나는 그때부터 정말 선인장이 되었다. 집과 학원과 독서실을 시계추처럼 왔다갔다할 뿐이었다. 사실은 공부밖에 아무것도 허용되지 않는 게 재수생이기도 했다. 표정도 감정도 없고 한눈 팔 눈도 없고, 내 생활은 그해 오월까지 그렇게 선인장이었다. 미선이는 이따금 과자를 사다가 몰래 책상 위에 놓고 가기도 하고, 둘이만 부딪칠 때는 손가락으로 찌르는 시늉을 하며 익살을 부렸으며, 주말이면 깜찍하게 접은 쪽지를 선인장 화분 받침대에 놓고 갔다. 나는 그 쪽지가 놓인 날은 기분이 구름처럼 날아올랐다. 손톱만한 쪽지에는 깨알 같은 글씨로 '토점왕' 또는 '일저천' 따위 둘이만 아는 암호문이 적혀 있었다. '토점왕'은 이번 토요일은 점심을 왕자관이란 중국음식점에서 먹자는 소리고, '일저천'은 이번 일요일은 저녁을 천우반점에서 먹자는 소리였다. 나는 주말이 가까워오면 이 쪽지부터 생각하며 방으로 뛰어들었다.

5월 18일은 일요일이었고, 그날은 미선이가 오늘은 천우반점에서 저녁을 먹자는 쪽지를 남긴 날이었다. 만나는 시간은 언제나 오후 다섯시였다. 이날은 좀 특별한 날이라면 날이었다. 지난번에 저녁을 먹고 나오다가 미선이한테 단단히 무안을 당한 일이 있었으므로 어떻게 앙갚음을 할까, 나는 그 생각이 머리에서 떠나지 않았다. 그 일을 생각하면 그냥 있을 수가 없었다. 저녁을 먹고 어스름에 식당을 나와 좁은 골목길에서 짐 실은 손수레를 비키느라 둘이 몸이 딱 붙고 말았다. 그 틈에 나는 슬그머니 미선의 손을 잡았다. 그는 내 손을 탁 때려버렸다.

"손 좀 잡으면 닳아지냐?"

"어이구, 저 능청. 얼굴에 불량소년 그림이 환하다. 손 다음에는 입술이 닳아지냐고 할걸."

그는 입을 비쭉하며 혓바닥을 날름했다.

"너는 단단히 복수를 당할 때가 있을 거다."
"복수라구? 이거 말이야?"
미선이는 사내처럼 어깨를 으쓱거리며 서부 사나이가 권총 뽑는 시늉을 했다.
"쌍권총이라구."
깡, 나는 길가 돌멩이를 냅다 걷어찼다.
"올 테면 오라, 나도 각오가 되어 있다."
그는 가성까지 쓰며 약을 올렸다.
나는 독서실에서 도시락을 먹으면서도 그 궁리였다. 뒤쪽에서는 학생들이 두셋씩 몰려앉아 점심을 먹으며 전남대학교와 조선대학교에 주둔한 공수단 이야기로 떠들썩했다. 전남대학교 후문에서는 등교하는 학생들 옷을 홀랑 벗겨 원산폭격을 시키며 무지막지하게 두들겨팼다거니, 여학생들까지 옷을 벗겨 꿇어앉혀논 걸 자기가 똑똑히 봤다거니, 그들은 예사때처럼 속삭이는 소리가 아니고 모두 들으란 듯이 목소리가 컸다. 점심시간이기는 했지만 독서실에서 이런 일은 처음이었다.
"어제까지 계엄령은 제주도를 제외한 부분계엄령이고, 오늘부터는 제주도까지 포함한 전국계엄령이래. 전국계엄령은 전쟁 같은 비상시에나 내리는 계엄령이라잖아."
학생들은 텔레비전에서 들었음직한 이야기를 늘어놓으며 공수단까지 파견한 게 아무래도 심상치 않다고 겁먹은 소리들이었다. 그러나 나는 공수단이 출동했다면 시위는 이제 더 못할 거라는 생각이었다. 대학생들이 며칠 동안 도청 앞 광장까지 진출하여 집회를 하고, 마지막날은 밤에 횃불시위까지 하며 기세를 올렸는데, 이제 판이 역전하는 게 아닌가, 나름대로 그런 짐작을 하며 칸막이 책상에 고개를 처박고 점심을 먹었다.

도시락을 챙겨놓고 화장실에 다녀오자 여기저기 자리가 비어 있었다. 전에는 볼 수 없던 일이었다. 그러나 칸막이에 머리를 박고 있는 학생들 자세는 전보다 더 꼿꼿했다. 벌집에 박힌 애벌레들처럼 고개를 처박고 수학문제를 풀거나 연습장에 영어단어를 시커멓게 갈기고 있었다. 이 독서실은 시설도 깨끗하고 기율이 엄하기로 소문난 곳이었다. 오늘따라 책상에 앉아 있는 학생들 자세는 세상이 뒤집어져도 눈썹 하나 까딱하지 않겠다는 모양새로 완강했다. 이런 태도는 공부 말고는 어떤 일에도 관심을 두지 않겠다는 결의의 표현이기도 하고, '나는 껄렁한 얼치기 재수생들과는 유가 다르다'는 자만심의 표현이기도 했다. 입시에 떨어진 지 얼마 안되는 학기 초라 그런 태도가 더 했다.

"학생들, 꼼짝 말고 공부만 해, 잉."

주인여자가 헐떡거리고 들어오며 소리를 질렀다.

"오늘도 대학생들이 데모를 하는구먼. 나가면 큰일나겠어. 아래층 현관문은 안에서 단단히 잠가부렀은께 꼼짝 말고 공부만 해."

주인여자는 한참 수다를 떨고 나갔다. 독서실은 큰길에서 주택가로 조금 들어와 있으므로 그만큼 조용하기도 했고, 시위대가 여기까지 올 염려는 없었다.

"비상계엄 해제하라."

"공수단은 물러가라."

큰길에서 멀리 구호소리와 최루탄 터지는 소리가 들려왔다. 공수단이 출동했다면 잠잠해질 줄 알았는데 그게 아닌 것 같았다. 시위가 거세지면 미선이와 만나기로 한 식당이 위험할 것 같았다. 거기는 금남로 근처였다. 구호소리와 최루탄 터지는 소리가 점점 가까워졌다.

쨍그렁. 유리창이 깨지며 주먹만한 쇳덩어리가 저쪽 비어 있는 책상 위에 텅 떨어졌다. 짙은 초록색에 검은 글씨가 박힌 쇳덩어리였다.

책상 밑으로 떼굴 굴렀다. 펑, 책상에 떨어진 낯선 쇳덩어리로 눈이 따라다니던 나는 그때야 후닥닥 튀었다. 반대편 창가로 도망쳤다. 독서실은 난장판이었다.

"조져라!"

거친 발자국 소리와 고함소리가 골목으로 몰려들었다. 아래층에서 와장창 유리창이 박살났다. 현관문 통유리가 깨진 것 같았다. 최루 가루를 피해 밖으로 몰려나갔던 독서실 학생들이 시위대로 보이는 젊은이들에 섞여 다시 뛰어들었다. 뒤따라 은백색 철모를 쓴 얼룩무늬 공수대원 두 사람이 들이닥쳤다. 등에 엠십육 소총을 엇질러멘 공수대원들은 곤봉으로 무작정 후려갈겼다. 시위대는 거의 안쪽 문으로 빠져나가버리고 두들겨맞는 것은 모두 독서실 학생들이었다. 나는 창가였으므로 여유가 있었다. 학생 하나가 내 옆 창틀로 올라 안마당으로 몸을 날렸다. 향나무 가지를 붙잡고 화단으로 뛰어내렸다. 나도 향나무 가지를 어름하며 창틀로 올라앉았다. 날카로운 여학생 비명소리에 뒤를 돌아봤다. 머리를 맞은 여학생은 그대로 앉은 채 의자 등받이에 고개를 젖히고 있었다. 그런 모양으로 금방 잠이라도 든 것 같았다. 머리에서 피가 흘러 하얀 블라우스 깃을 적셨다. 학생들은 책상 밑으로 고개를 처박기도 하고 창문으로 뛰어내리기도 했다.

"다 죽여, 쌔끼들!"

공수대원들은 놀이터의 악마잡기놀이 하듯 꼭 머리만 갈겼다. 비명이 쇳소리로 찢어지고 그때마다 머리를 싸안고 나동그라졌다. 곤봉이 머리를 치는 소리는 딱이 아니고 퍽이었다. 익은 수박이 몽둥이 맞는 소리였다. 그 여학생은 죽은 것 같았다. 공수대원들은 미친 듯이 갈기고 또 갈겼다. 주인아주머니가 안쪽 문에서 뛰어들었다.

"오매오매, 여기는 독서실이여, 독서실!"

"이 미친년아, 저리 안 가!"

군홧발로 아랫배를 질렀다. 아주머니는 배를 싸안고 앞으로 고꾸라졌다. 공수대원이 창틀에 여유있게 앉아 있는 나를 봤다. 눈에 빛이 번쩍했다. 쓰러진 의자를 딛고 훌쩍 육박해왔다. 나는 허공으로 몸을 날렸다. 껑충하게 서 있는 향나무 가지를 붙잡았다. 나뭇가지의 탄력을 이용해서 잔디밭으로 사뿐 몸을 내려놨다. '저 개새끼 죽여!' 공수대원이 소리를 지르며 그도 향나무로 몸을 날렸다. 나는 대문으로 도망쳤다. 있는 힘을 다해서 큰길로 달렸다.

"그 새끼 잡아!"

학생 다리를 끌고 가는 공수대원한테 소리를 질렀다. 나는 양쪽에서 몰리고 말았다. 얼결에 비좁은 골목으로 뛰어들었다. 막다른 골목이었다. 마지막집 철대문의 새끼문으로 사람들이 기어들어가고 있었다. 내가 악을 쓰며 달려가자 나를 들여주고 문고리를 걸었다. 같은 독서실 재수생이었다. 우리는 장독대 항아리를 딛고 옆집으로 담을 넘었다.

우리는 길을 한참 에돌아 큰길로 나섰다. 구경꾼들이 몰려 있고 저쪽에는 공수대원들이 서너 명 서성거리고 있었다. 그들 곁에는 팬티만 입고 두 손이 결박지어진 젊은이 세 사람이 엉덩이를 공중으로 치켜들고 머리를 땅에 박고 있었다. 한쪽에는 두 사람이 죽은 듯이 너부러져 있었다. 공수대원들은 엎드린 젊은이들 자세가 조금만 흩어지면 곤봉으로 후려갈겼다.

"공수단 물러가라."

저쪽 골목에서 대학생들로 보이는 젊은이들이 돌멩이를 던졌다. 공수대원들이 쫓아갔다. 여간 날래지 않았으나 쫓기는 학생들은 더 빨랐다.

그때 신사복을 말끔하게 입은 삼십대 젊은이 한사람이 천연스럽게 이쪽으로 오고 있었다. 대학생들을 쫓아갔던 공수대원이 신사복한테

이리 오라고 손짓을 했다. 삼십대 중반쯤으로 보이는 신사복은 내가 어쨌다는 거냐는 자세로 그 자리에 서 있었다. 공수대원이 뚜벅뚜벅 다가갔다. 한 손으로 신사복 멱살을 틀어잡는가 하는 순간 다른 손 곤봉이 신사복 정수리를 갈겼다. 신사복은 중심을 잃은 채 잠시 서 있더니 앞으로 픽 고꾸라졌다. 밑동 잘린 나무가 잠시 서 있다가 쿵 넘어지는 꼴이었다. 땅에 엎어진 신사복의 양쪽 손끝이 파르르 떨었다. 다시 파르르 떨다가 잦아졌다. 신사복은, 나야 투망질에 개구리거니, 했다가 당한 것이다. 공수대원은 신사복 몸뚱이를 뒤집어 앞섶을 잡아당겼다. 몸뚱이가 보릿자루처럼 구르며 윗도리가 벗겨졌다. 넥타이를 잡아채고 와이셔츠를 잡아당기자 몸뚱이가 또 한번 뒤집혔다. 러닝셔츠와 맨살이 드러났다. 허리끈을 끄르고 양쪽 바짓가랑이를 잡아당겼다. 팬티가 드러났다. 넥타이로 양쪽 손목을 싸잡아 묶었다. 저쪽에서 공수대원 한사람이 이쪽으로 왔다. 양쪽에서 발목을 하나씩 잡아 끌고 갔다. 등짝이 아스팔트 바닥에 쓸려가며 러닝셔츠가 머리 쪽으로 말려 올라갔다. 사냥터에서 짐승을 잡아 그 자리에서 가죽을 벗겨 끌고 가는 꼴이었다. 뒤에는 피묻은 와이셔츠와 양복 위아랫도리가 짐승의 가죽처럼 널려 있었다.

"저것들이 사람이여?"

중년 사내가 얼빠진 소리를 했다. 그때 저쪽에서 군용트럭이 한대 나타났다. 땅바닥에 머리를 처박은 젊은이들을 일으켜세웠다. 공수대원들이 양쪽에서 후려갈기며 트럭으로 몰아붙였다. 사뭇 거세게 후려갈기자 다람쥐들처럼 날래게 트럭으로 올라붙었다. 트럭 위의 공수대원들은 그들을 안으로 끌어들여 곤봉으로 갈기고 군홧발로 내리찍었다. 공수대원들은 이번에는 땅바닥에 너부러져 있는 젊은이들을 던져 올렸다. 무거운 걸 공중으로 던질 때 그러듯, 양쪽에서 두 손과 두 발을 잡고, 하나 둘 셋, 하는 동작으로 몸뚱이를 굴렸다가 트럭 위로 훌찍 던졌다. 공중으로 홍청 떠오른 몸뚱이가 트럭 안으로 떨어졌다. 신사복 사내도 그렇게 던졌다. 손목을 묶고 남은 파란 넥타이 꼬리가 공중에 나풀거리며 트럭 안으로 사라졌다. 나는 공수대원들 얼굴을 찬찬히 봤다. 얼굴에서는 무슨 감정이 느껴지지 않았다. 도살장에서 일하는 사람들이 실적만 생각하며 가죽을 벗기고 각을 내고 날렵하게 움직이는 그런 꼴들이었다.

"저것들이 군인이여, 개백정이여?"

트럭은 저쪽으로 서서히 움직이고 트럭 짐칸의 공수대원들은 바닥을 향해 연방 곤봉을 휘두르고 군홧발을 내리찍었다.

"전두환 물러가라!"

어디서 나왔는지 삽시간에 젊은이 오십여명이 소리를 지르며 쫓아가고 군중들이 겁먹은 표정으로 뒤를 따랐다. 젊은이들 속에는 독서실 학생들도 몇 보였다. 나도 이미 몸뚱이가 공중에 붕 떠 있었다. 그러나 몸뚱이를 손으로 붙잡듯 그 자리에 누르고 있었다. 가로수와 건물과 사람들이 갑자기 생소하게 느껴지며 또 몸이 공중으로 떠올랐으나 다시 눌렀다. 나는 미선이를 데리고 가야 한다. 독서실로 발걸음을 돌렸다. 독서실은 난장판이었다. 아까 고개를 젖히고 있던 여학생 자리에는 피가 흥건했다. 내 책가방은 최루탄 가루가 묻지 않았다. 거리로 나오자 시위대가 저만큼 가고 있었다. 나는 일정한 거리를 두고 가다가 골목길로 들어섰다. 시간이 많이 남아 있었으나 어떻게든 약속장소인 천우반점 가까운 곳에서 시간을 보내야 할 것 같았다. 미선이는 내가 걱정되어 기어코 그리 올 것이고, 잘못하다가는 큰일날 것이다. 길가에 공중전화가 보였다. 유용찬이 떠올랐다. 고등학교 일학년 때부터 단짝으로 그도 재수를 하느라 같은 독서실에 다니고 있는데 오늘은 나오지 않았다. 수창초등학교 근처에 있는 유용찬의 집에서 천우반점은 얼마 되지 않았다.

“시내냐? 점심 먹고 나가려다 어머니한테 붙잡혔어. 데모 괜찮아?”
“난리다 난리. 집에 가만있어. 내가 그리 갈게.”
유용찬도 이런 일이라면 집안에 죽치고 있을 성격이 아니었으나 얼마 전에 아버지가 교통사고로 돌아가신 다음이라 아직도 실의에 잠겨 있는 어머니 성화에 꼼짝 못한 것 같았다. 나는 골목길만 골라 중앙로에 이르렀다. 네거리 저쪽 충장로파출소 쪽에 사람들이 몰려 있을 뿐 조용했다.
여기는 그제 저녁 유용찬과 함께 대학생들 횃불행진을 구경했던 곳이다. 독서실에 박혀 있던 나는 그날 처음으로 거리에 나왔다. 대학생들이 도청 앞 광장을 점령했다고 할 때도 나는 그저 그런가보다 했고, 다음날은 시민들이 몇만명 모였다고 떠들썩했지만 거기는 내가 갈 데가 아니라고 완강하게 책에다 눈을 박고 있었다. 유용찬은 그때마다 뛰쳐나갔으나 나는 꿈쩍도 하지 않았다. 재수생 주제에 대학생들 시위 주변에 얼씬거리는 건 입시에 낙방한 녀석이 대학 강의실을 기웃거리는 것만큼이나 얼뜬 짓으로 여겨졌던 것이다. 그날도 유용찬한테 끌려나오기는 했지만 남의 잔치 바라보듯 한참 뒷전에서 군중들 어깨 너머로 구경만 했다. 그러다가 횃불행렬이 거리를 누비자 군중들의 열광에 덩달아 어느새 나도 환성을 질렀다.
이만여명이 기름 적신 솜뭉치에 불을 댕겨 거리를 누비는 횃불행진은 장관이었다. 횃불행렬은 금남로를 주축으로 여러 갈래로 길을 나누어 온 시가지를 누볐고, 거리거리 쏟아져나온 시민들은 박수를 치고 함성을 지르며 열광했다. 나흘 전 교문 앞에서 전투경찰의 저지선을 뚫고 시내로 뛰쳐나온 전남대학교 학생들은 도청 앞 광장을 차지하고 사흘 동안이나 연달아 민주화 대집회를 열다가 그날 횃불시위를 마지막으로 정부의 태도를 보자며 헤어졌던 것이다.
나는 골목길만 골라 수창초등학교 쪽으로 갔다. 금남로에는 몽둥이든 대학생들이 몰려다니고 있었다. 몽둥이를 든 것부터가 본격적인 시위대 같았다. 초등학교 가까이 가서 조심조심 금남로 쪽으로 나갔다. 유용찬의 집은 금남로 건너편 좁은 골목이었다. 그 골목 어귀에 동네 사람들이 몰려 한쪽을 보고 있었다. 그들이 보고 있는 곳에는 군용트럭이 세 대나 멈춰 있고 장교로 보이는 공수대원들이 여럿 서성거리고 있었다. 트럭 하나에는 짐칸에서 공수대원들이 바닥을 향해 곤봉을 휘두르고 짐칸 한쪽에는 하얀 가운을 걸친 웬 여자가 두 손으로 가운자락을 끌어다 앞을 여미고 옹색스런 자세로 서 있었다. 다른 옷은 입지 않고 가운만 걸친 것 같았고, 그나마 여기저기 찢겨 있었다.

트럭 주변에는 상사, 중사, 대위와 소령 등 장교들이 손에 각목과 몽둥이를 들고 서성거리고 있었다. 은백색으로 빛이 번쩍거리는 파이버(fiber)와 시커멓게 탄 얼굴에는 살기가 번득였다. 사병들이 시위대를 쫓고 있는 4가와의 사이는 육차선의 넓은 길이 텅텅 비어 있었다. 나는 4가 쪽을 보며 가슴을 졸였다. 천우반점은 바로 거기 사거리에서 광주천 쪽으로 이십여 미터 거리였다. 아직 시간은 많이 남아 있었다. 그때 도로를 건너는 사람이 있어 나도 얼른 건너 골목에 몰려 있는 사람들 틈에 끼였다.

가까이 보니 가운을 걸친 여자는 가운이 여러 군데 찢겨 있고 팬티도 입지 않은 듯 찢긴 가운 사이로 엉덩이가 보였다. 가운자락이 무릎 위로 한참 올라간 게 가운이라기에는 너무 짧고 와이셔츠보다는 좀 길었으며 서 있는 자세도 묘하게 뒤틀려 있었다. 바닥에 깔린 사내들 몸뚱이 사이에 발을 디디고 앉지도 서지도 못하고, 더구나 찢겨진 천으로 앞을 가리자니 저런 자세가 되는 것 같았다.

그때 4가 쪽에서 택시 한대가 운동장처럼 비어 있는 도로를 달려오고 있었다. 몽둥이를 꼬나든 중사가 성큼 가로막았다. 급정거를 했다. 각목을 든 장교가 다가갔다. 안에 탄 사람들을 끌어내렸다. 하얀 와이셔츠에 말끔한 감색 양복을 입은 젊은이와 색동저고리에 연분홍 치마를 입은 색시가 내렸다. 여기는 공항으로 나가는 길목이었다. 몽둥이와 각목이 순식간에 후닥닥 신랑과 신부를 난도질했다. 경황중에도 신부를 막아서던 신랑이 갑자기 두 손으로 얼굴을 싸안으며 고꾸라졌다.

"아이고, 내 눈, 눈 빠졌네. 내 눈, 내 눈."

신랑은 눈을 싸안고 땅바닥에 떼굴떼굴 굴렀다. 마치 불속에서 짐승이 비명을 지르며 뒹구는 꼴이었다. 손가락 사이로 피가 벌겋게 흘렀다.

"사람 살려, 사람 살려!"

나동그라졌던 신부가 신랑을 싸안으며 골목을 향해 악을 썼다.

"사람 살리시오. 눈이 빠졌소, 눈이!"

색동저고리 옷고름이 뜯겨 가슴이 나온 신부는 길길이 뛰며 골목 사람들을 향해 소리를 질렀다. 사람들은 그냥 보고만 있었다. 나도 온몸이 굳어 있었다.

"얼른 꺼져, 이 쌍년아!"

대위가 신부를 걷어찼다. 신부는 뒹굴고 있는 신랑을 부축해서 차로 떼밀었다. 신랑은 한 손으로 눈을 싸안은 채 차문에 윗몸을 걸쳤다. 신부가 안으로 밀어올렸다. 치마가 발에 밟혀 반쯤 벗겨졌다. 그때 우리 곁에서 젊은이가 한사람 뛰어나갔다. 열예닐곱살 되어 보이는 젊은이가 신랑 다리를 떠메올렸다. 서성거리고 있던 상사가 다가갔다.

"너는 뭐야, 새꺄!"

몽둥이로 젊은이 머리를 내리쳤다. 젊은이는 머리를 싸안고 도망쳤다. 신부는 신랑을 차 안으로 밀어넣고 문을 닫았다. 그때야 어디 숨었던지 기사가 뛰쳐나와 운전석으로 홀딱 올라앉았다. 차가 부르릉 움직였다. 택시 문짝에 분홍색 치맛자락이 책보만하게 물려 도로를 쓸었다. 치맛자락은 길바닥에 엉겨붙은 핏자국을 어루만지다가 이내 깃발처럼 드세게 나부꼈다.

택시가 떠난 자리에는 윤이 나는 꽃신 두 짝이 짝짝으로 뒹굴고, 신랑을 거들다 얻어맞은 젊은이는 저쪽에서 피묻은 손으로 자꾸 머리를 만지며 손바닥을 들여다봤다. 빗맞은 것 같았는데 다행히 크게 다치지는 않은 것 같았다. 손이 유독 시커먼 게 구두닦이 같았다. 나중에 나는 그를 헌병대 영창에서 만났다. 그게 쓰빠 김봉식이었다.

그때 저쪽에서 시위대를 쫓던 공수대원들이 붙잡은 젊은이 서너 명을 끌고 왔다. 팬티만 찬 젊은이들이 고개를 앞사람 가랑이 사이에다 처박고 손으로 앞사람 엉덩이를 붙잡은 자세로 끌려오고 있었다. 그들도 여기저기에 피를 흘리고 있었다.

“개백정놈들아, 네놈들도 사람이냐?”

느닷없이 내 곁에서 젊은이 하나가 악을 썼다. 공수대원들이 우르르 쫓아왔다. 사람들은 골목으로 도망쳤다. 저렇게 떼로 몰려가면 위험할 것 같았다. 나는 주변을 두리번거렸다. 그때 골목에 면한 건물 철문이 열렸다. 고개를 내밀던 사람이 깜짝 놀라 문을 닫으려는 순간 내가 문을 틀어잡았다. ‘얼른 들어와. 얼른!’ 사내가 악을 쓰며 문을 닫고 문을 잠갔다. 계단을 뛰어올랐다. 사무실 출입문인 듯한 문을 밀치고 들어갔다. 썬팅을 한 창문에 눈을 대고 아래를 내려다보던 사원들이 돌아봤다. 나는 책가방을 서류함 뒤에 쑤셔넣고 숨을 골랐다.

사원들은 다시 아래를 내려다봤다. 나도 사원들 사이에 끼여들어 창문에 눈을 댔다. 예상했던 대로 트럭 짐칸에는 젊은이들 몸뚱이가 돼지처럼 포개져 있고, 가운을 걸친 여자는 사내들 몸뚱이 사이에 발을 딛고 옹색스런 자세로 서 있었다. 여자는 건물 쪽으로 몸을 돌리고 있었으므로 정면에서 내려다본 모습은 저쪽에서 보았던 것과는 달랐다. 스무살쯤 되어 보이는 여자는 한 손은 찢긴 옷자락을 끌어다 아래를 가리고, 다른 손은 가운 앞섶을 여며 가슴을 가리며 발발 떨고 있었다. 아래를 조금이라도 더 가리려고 잔뜩 오므린 다리는 소아마비 걸린 것처럼 뒤틀려 있고 얼굴은 맹수한테 물린 짐승 꼴이었다. 사내들 몸뚱이가 빼곡이 뒤얽혀 있으므로 여자는 그 자세밖에는 다른 자세를 취할 수 없을 것 같았다. 바닥에 너부러진 젊은이들은 거의가 팬티와 러닝셔츠만 걸친 채 손목이 묶여 있고 몸뚱이를 조금만 움직이면 곤봉과 군홧발이 내리찍었다.

"쌍년, 꼴 좋다."

곤봉을 휘두르던 공수대원이 곤봉으로 여자 옆구리를 쿡 찔렀다. 여자 손이 옆구리로 가는 순간 가운자락이 벌어지고 말았다. 나는 먹먹한 기분이었다. 여태 나는 성숙한 여자의 몸이라면 허벅지도 제대로 본 적이 없었다. 이 세상 그 수많은 여자들이 그렇게도 여미고 저미고 감싸던 치부가 내 눈에 드러나자 세상 풍경이 생소해진 것 같았다. 절대적으로 감추어져야 할 것이 저렇게 드러날 때는 절대적으로 단단한 지구 같은 것도 깨져버려야 할 것 같고, 이 세상은 깜깜한 암흑이 되든지 그래야 할 것 같은데, 땅도 하늘도 산도 건물도 그 모양새로 아무렇지 않았다.

그때 어디서 나타났는지 사십대 사내 하나가 손에 새 가운을 들고 트럭 곁으로 갔다. 근처 병원에서 나온 듯했다. 그 사내를 보자 나는 다시 현실감이 살아났다.

"새꺄, 누가 갔다주랬어?"

가운을 차 위로 던지려는 사내 등짝에 대위의 각목이 불을 냈다. 중사와 상사도 두들겨팼다. 수없이 떨어지는 몽둥이에 사내가 땅바닥에 고꾸라졌다. 그때 유용찬의 집 골목에서 아까 도망쳤던 사람들이 붙잡혀나오기 시작했다. 머리가 깨지고 옷이 벗겨진 젊은이들이 끌려왔다. 곤봉으로 갈기며 트럭으로 몰아치자 젊은이들은 정신없이 짐칸으로 뛰어올랐다. 맥을 논 사람들은 양쪽에서 팔다리를 잡고 하나 둘 셋, 하는 동작으로 던져올려졌다. 첫번째 몸뚱이가 짐칸에 떨어지는 순간, 나는 아이고 했다. 유용찬이었다. 몸뚱이가 짐칸에 떨어지자 공수대원 군화가 높이 올라가 유용찬의 가슴을 내리찍었다. 가슴이 불뚝 위로 솟아올랐다가 내려앉으며 맥을 놨다. 또 몸뚱이 하나가 공중으로 홍청 떠올라 몸뚱이들 위에 떨어졌다. 그때 부르릉 차가 움직였다. 여자가 사내들 몸뚱이 위로 쓰러졌다. 여자는 경황중에도 두 손으로 다급하게 가운을 여몄다.

나는 시계를 봤다. 다섯시가 가까워지고 있었다. 가방을 꺼내들고 허겁지겁 계단을 뛰어내려갔다. 문을 나서자 저쪽에서 악다구니를 쓰며 달려오는 여자가 있었다. 유용찬의 어머니였다. 그도 얼굴이 피범벅이었다. 까무러쳤다가 깨어난 것 같았다.

"우리 용찬이, 용찬이 못 봤냐?"

그는 나를 알아보았으나 이미 제정신이 아니었다. 나는 다른 사람들 도움을 받아 근처 병원으로 옮겼다. 머리에 상처가 엄청나게 컸다. 다행히 머리뼈가 꺼지지는 않았다고 했다. 나는 수술준비 하는 걸 보고 병원을 나와 천우반점으로 달렸다. 십여분 전이었다.

천우반점 네거리에 군중들이 몰려 있었다. 나는 정신없이 내달았다. 도청 쪽에서 공수대원 네 명이 이쪽으로 오고 있었다.

"이 개백정놈들아!"

젊은이들이 돌멩이를 던졌다. 공수대원들은 뚜벅뚜벅 걸어왔다. 젊은이들이 연거푸 돌멩이를 던졌다. 길바닥에서 튀긴 돌멩이가 공수대원 옆으로 아슬아슬하게 날아갔다. 젊은이들은 계속 돌멩이를 던졌다.

"잡아라."

공수대원들이 쏜살같이 쫓아왔다. 군중들은 네거리에서 세 방향으로 흩어졌다. 나도 왔던 길로 되돌아 도망쳤다. 공수대원들은 두 사람씩 직각으로 꺾어 양쪽으로 쫓아갔다. 나는 다시 되돌아 네거리로 달렸다. 공수대원들은 천우반점을 지나 광주천 쪽으로 쫓고 있었다. 맨 뒤에 쫓기던 아이들이나 여자들은 좁은 골목으로 쏠려들어갔다. 공수대원들은 그들은 놔두고 그대로 쫓았다. 돌 던진 젊은이들이 목표 같았다. 공수대원들은 그쪽 네거리에 멈춰 사방을 둘러봤다. 그때 좁은 골목으로 들어갔던 사람들이 내다보고 있었다. 거기 미선이가 보였다. 공수대원들이 갑자기 두 방향으로 뛰기 시작했다. 한사람은 좁은 골목으로 뛰고 한사람은 사거리에서 오른쪽으로 쫓았다.

나는 길가에 멈춰 있는 트럭 밑에 책가방을 던져놓고 쫓아갔다. 공수대원이 골목으로 쏠려들어갔다. 나는 돌멩이를 주워들며 뛰었다. 골목 맨 안쪽 대문 앞에 군중들이 무더기로 뒤엉켜 있고, 공수대원은 그 위에다 정신없이 곤봉을 휘두르고 있었다.

"야, 이 자식아!"

나는 고함을 지르며 있는 힘을 다해서 돌멩이를 던졌다. 돌멩이가 공수대원 머리를 아슬아슬하게 스쳤다. 깡, 철대문에서 튀겼다. 공수대원이 돌아봤다.

"이 개백정놈아!"

나는 공수대원 얼굴을 향해 돌멩이를 던졌다. 공수대원 가슴에 정통으로 맞았다. 나는 덤빌 테면 덤비라는 몸짓을 하며 주먹을 을렀다. 나는 달리기에는 자신이 있었다. 공수대원은 이를 악물고 쫓아왔다. 나는 공수대원을 달고 트럭 있는 데로 도망쳤다. 네거리 건너편에서 아까 그리 쫓아갔던 공수대원들이 이쪽으로 오고 있었다. 아차 했다.

"그놈 잡아!"

나는 트럭으로 달렸다. 짐칸으로 훌딱 뛰어올랐다. 트럭 옆 담장을 넘을 생각이었다. 그러나 그리 들어갔다가는 독 안에 든 쥐일 것 같았다. 나를 쫓던 공수대원의 두 손이 짐칸 울어리를 붙잡았다. 한 손은 곤봉을 쥔 채였다. 공수대원 얼굴이 훌쩍 올라오는 순간이었다. 나는 발로 공수대원 얼굴을 걷어찼다. 공수대원은 뒤로 나가떨어졌다. 차에서 뛰어내렸다. 공수대원은 얼굴을 싸고 주저앉아 있었다.

"저 새끼 죽여."

네거리에서 달려오던 공수대원들이 쫓아왔다. 나는 있는 힘을 다해서 뛰었다. 공수대원들도 정신없이 쫓아왔다. 그러나 간격이 점점 벌어지고 있었다. 좁은 골목에는 아무도 없었다. 아까 저쪽으로 쫓아갔던 공수대원이 이제야 천천히 저만큼 오고 있었다. 천변 가까이 이르자 군중들이 악을 쓰며 돌멩이를 던졌다. 쫓아오던 공수대원들이 멈췄다.

"오빠, 괜찮았어?"

"이렇게 멀쩡하잖아?"

"나는 오빠가 붙잡히는 줄만 알았단 말이야. 오빠, 정말 싫어!"

미선이는 뛰듯이 제자리에서 두 발을 구르며 악을 썼다. 어서 가자고 미선이 어깨를 끌던 나는 걸음을 멈췄다.

"또 왜 그래?"

"책가방! 너 여기 가만있어."

"오빠, 그냥 가!"

나는 그대로 뛰었다. 네거리에는 다시 군중들이 몰려들고 있었다. 트럭 밑에서 책가방을 챙겨들고 되돌아 뛰었다. 천변 도로에는 택시가 다니고 있었다. 빈 택시가 왔다. 나는 미선이를 밀어넣으며 책가방을 던지고 몸뚱이도 던졌다.

"오빠는 정말 어쩔려고 그랬어? 공수대가 쫓아갈 때는 영락없이 잡히는 줄 알았단 말이야."

미선이는 내 어깨를 마구 쥐어박았다. 나는 몸을 등받이에 눕혔다. 몸이 물속으로 가라앉는 것 같았다. 미선이는 연방 뭐라 주워섬겼으나 내 눈앞에는 트럭 울어리로 올라오던 공수대원 얼굴이 항아리 뚜껑만하게 어른거리고 있었다. 한순간만 늦었더라면 저쪽에서 쫓아온 공수대원들한테 작살이 났을 것이고, 나는 그 자리에서 맞아죽었을 것이다.

집에는 아무도 없었다. 열쇠로 대문을 따자 미선이가 달려가 냉장고에서 물통을 들고 나왔다. 나는 두 컵이나 마시고 미선이도 한 컵을 다 마셨다.

"야, 우리가 이렇게 살아 있다니!"

나는 미선의 허리를 덥석 끌어안았다.

"정말."

미선이도 몸을 맡긴 채 나를 쳐다보며 환하게 웃었다. 발그레 익은 얼굴에는 콧등에 송알송알 땀방울이 맺혀 있었다. 나는 더 힘을 주어 끌어안았다. 그도 내 가슴에 볼을 기댔다. 나는 두 손으로 미선이 얼굴을 싸쥐고 내려다봤다. 까만 눈이 말똥거리고 있었다. 미선이는 엄마 품에 안긴 어린애처럼 온몸을 맡기고 까만 눈으로 나를 빤히 쳐다보았다. 내 입술이 미선이 입술로 가려는 순간이었다.

—찌이.

"미선이 왔냐? 미선이 왔어?"

초인종 소리와 함께 탕탕탕, 대문 두드리는 소리가 벼락을 쳤다.

"오빠가 나가봐."

미선이가 퉁기듯 내 몸을 떼밀었다. 미선이는 화장실로 들어가고 나는 누나냐고 소리를 지르며 뛰어나갔다.

"미선이 왔냐?"

금방 왔다며 나는 천연스럽게 대문을 따주었다.

"너는 언제 왔길래 그렇게 전화를 걸어도 안 받냐?"

나도 조금 아까 왔다고 시치미를 뗐고, 미선이는 수건으로 얼굴을 닦고 나오며 왜 야단이냐고 능청을 떨었다.

"이럴 때는 빨리 들어와얄 게 아냐."

"그럼 언니는 뭐했어?"

"공용터미널에 가서 할머니 모시고 왔잖아? 할머니가 오신다고 진작 숙실로 전화를 했었다는데 그 늘낙지 같은 당숙님이 아침에야 말하잖아? 까맣게 잊고 있었더니 오늘 저녁이 증조할아버님 제삿날이었어."

할머니는 짐 때문에 타고 오던 택시로 숙실로 가셨다며 어서 가자고 서둘렀다. 그때 또 초인종이 울렸다. 이번에는 우리 누나가 새파랗게 달려들었다. 얼른 들어오지 않고 뭐했느냐고 또 한바탕 야단이 났다. 두 누나들은 금방 공수단 이야기로 떠들썩했다. 유동 골목에서는 대검으로 여학생 젖가슴을 도려냈다거니, 칠십객 할아버지 머리를 곤봉으로 때려 실신시켰다거니, 경상도 군인들이 전라도 씨를 말리러 왔다고 했다거니, 정신없이 주워섬겼다. 미선이가 간혹 끼여들었을 뿐 나는 듣고만 있었다. 한참 떠들다가 할머니가 기다리시겠다며 영선이가 일어섰다.

"작년에 소안도 바닷가에서 소리 하시던 할아버지 계시잖아? 그 할아버지도 오셨대. 그 바람 같으신 분도 부모님들 제삿날은 안 잊으셔."

영선이가 깔깔거렸다.

"제사떡 많이 가져올게 자지 말고 기다려. 요새는 시골사람들도 제사를 일찍 지내니까 별로 늦지 않을 거야."

"오빠, 늦어도 기다려!"

미선이는 그 찬물 날리는 소리를 유독 시원스럽게 날리며 현관문과 대문을 탕탕 여닫고 나갔다. 이게 내가 미선이 자매의 환한 얼굴과 명랑한 목소리를 보고 들은 마지막 순간이었다.

그들이 나간 뒤 저녁을 먹고 나는 그대로 곯아떨어졌다가 길게 울리는 초인종 소리와 다급한 목소리에 잠이 깼다.
"미선이 왔냐, 미선이 왔어?"
"아까 같이 갔잖아? 옷은 왜 그래?"
"오매오매, 이 가시네."
영선이는 숨 넘어가는 소리를 하며 되돌아서는 것 같았다. 골목으로 달려가는 발자국 소리가 사뭇 다급했다. 나는 부리나케 옷을 입고 뛰어내려갔다. 현관문을 박차고 나갔다. 대문은 열린 채였고 우리 누나도 보이지 않았다. 나는 골목으로 달려나갔다. 큰길에 나서자 우리 누나가 배고픈다리 둑길로 돌아서고 있었다. 나는 뒤따라 달려가며 무슨 일이냐고 소리를 질렀다.
"너는 오지 마!"
누나가 사뭇 거세게 손을 저었다. 나는 그 자리에 우뚝 멈췄다. 영선이는 저만큼 숙실을 향해 둑길로 정신없이 뛰어가고 있었다. 가로등에 드러난 영선이 꼴은 말이 아니었다. 하얀 블라우스 등과 소매가 진흙 감탕이었고 머리는 까치집이었다. 달려가던 누나가 걸음을 멈췄다. 개천둑으로 미선이가 내려오고 있었다. 영선이가 달려가서 껴안았다. 미선의 몰골은 영선이보다 더 험한 것 같았다. 내 가슴속에서는 와크르 소리와 함께 몸뚱이가 아득히 밑바닥으로 가라앉고 있었다.
"너는 얼른 집에 가!"
누나는 소리를 지르며 두 손바닥으로 마구 허공을 밀었다. 나는 무춤무춤 뒷걸음질을 쳤다. 자매는 추위에 떠는 사람들처럼 꼭 끼고 내려오고 있었다. 나는 배고픈다리께서 길을 꺾으며 다시 돌아봤다. 개울둑 너머 보리밭을 배경으로 가로등 불빛에 환하게 드러난 자매의 모습은 무슨 영화장면 같았다.
나는 내 방으로 올라가 그들이 들어오는 대문 소리와 현관문 소리와 방문이 여닫히는 소리를 듣고 있었다. 방문 닫히는 소리를 마지막으로 집안은 조용했다. 누나가 내 방으로 올라왔다. 누나는 멍하니 방 한쪽에 눈을 꽂고 있었다. 우리는 그대로 한참 말이 없었다. 책상 귀퉁이에 선인장도 오들오들 떨고 있었다. 한참 서 있던 누나가 나더러 자라며 힘없이 문을 열고 내려갔다. 나는 아래층에다 귀를 모았다. 아무 기척도 없었다. 죽음 같은 적요에 집안이 터질 것 같았다.

나는 숨이 가빠오르고 있었다. 조선대학교에 주둔하고 있다는 공수대원들 짓이 틀림없었다. 나는 숙실 동네 뒤로 고개를 넘어 조선대학교에 가본 적이 있으므로 그쪽 지리를 환히 알고 있었다. 그들이 운동장에 주둔했다고 했으므로 숙실 쪽 능선이 그 부대의 마지막 경계지역일 것 같았고, 그 능선에는 경계병들이 잠복을 하고 있거나 순찰을 돌 것 같았다. 오늘 낮에 하던 짓으로 보아 그런 짓쯤 눈썹 하나 까닥하지 않고 저질렀을 것이다.

벽시계가 시간을 알렸다. 열두시였다. 나는 다락문을 열었다. 골판지 상자를 끌어내렸다. 등산화를 꺼냈다. 그 밑에 등산용 대검이 있었다. 등산화를 신고 끈을 질끈질끈 맸다. 대검을 집어들었다. 칼집에서 칼을 뽑자 시퍼런 날이 불빛을 받아 날카롭게 반사했다. 칼을 칼집에 꽂아 허리춤에 찔렀다. 뒤란에 보일러를 수선하고 남은 쇠파이프가 있었다. 조심스럽게 방문을 열고 옥상 뒤쪽으로 갔다. 두 팔로 난간을 잡고 아래로 몸뚱이를 늘어뜨렸다. 몸무게가 거의 느껴지지 않았다. 체력장 턱걸이 때는 그렇게 무겁던 몸뚱이가 허깨비 같았다. 손을 놓고 사뿐 내려섰다. 쇠파이프도 이렇게 기다리고 있노라는 듯 담 너머 가로등 불빛에 모습을 드러내고 있었다. 쇠파이프를 하나 골라 들었다. 헌 장갑도 있었던 기억이 났다. 장갑을 찾아 끼었다. 대문은 여닫는 소리가 너무 컸으므로 담을 넘었다.

골목을 빠져나갔다. 아까 미선이 자매를 비추던 가로등이 나를 가로막았다. 여기를 지나면 죽음이 기다리고 있다고, 여기가 죽음과 삶의 경계선이라고 말하고 있었다. '오냐, 안다.' 나는 온 세상을 향해 대답하듯 불빛 아래로 뚜벅뚜벅 걸어갔다. 불빛 아래 훤하게 드러난 내 모습을 보며 나는 이제 돌아설 수 없는 경계를 넘고 있다고, 공수단이라는 짐승들이 득시글거리는 세상으로 나서고 있다고 스스로에게 다짐했다.

길에는 아무도 없었다. 가로등은 내 등뒤에서 저놈들이 보고 있다고, 그렇게 몸을 드러내면 죽음을 자초하는 거라고, 그렇게 죽는 것은 개죽음이라고 말하고 있었다. 나는 알고 있다고, 몸을 드러내어 그놈들을 유인하겠다고, 나는 온 신경을 앞뒤로 늘이고 간다고, 이렇게 말하며 천연스럽게 걸어갔다. 숙실 동네에 이르도록 아무 기척이 없었다.

그들은 틀림없이 다시 나타날 것이다. 조선대학교로 넘어가는 골목길로 들어섰다. 작은 동네라 골목이 짧았고 뒤쪽은 깜깜했다. 나는 걸음을 멈췄다. 초병들이 저만치 어딘가 잠복해 있을 것 같았다. 그들은 어둠속에 안전하게 몸을 숨기고 있다가 누구여, 할 것이고 대답하지 않으면 쏴버릴 것이다. 지금은 비상계엄이고 그들은 짐승들이었다. 나는 잠시 주변을 살피다가 담 밑에 몸을 숨겼다. 여기쯤 잠복하고 있으면 이번에는 내 쪽이 유리할 것이다. 멀리서 비춰오는 가로등 불빛도 은신하기에 알맞았다. 동네로 오는 길은 이 길밖에 없었다. 순찰조는 항상 둘이 다닌다고 했다. 여기라면 둘도 해치울 것 같았다. 앞선자가 지나가기를 기다렸다가 뒤엣놈부터 덜미를 갈긴 다음 돌아서는 놈을 갈기면 될 것이다. 등성이 쪽에다 귀를 모으고 곤충이 더듬이로 더듬듯 소리를 더듬었다. 아무 기척이 없었다.

허리춤에서 칼집을 꺼내 칼을 뽑았다. 칼날이 시퍼렇게 번득였다. 등산용 칼이지만 군용대검을 본뜬 것이었다. 칼자루가 손에 제대로 안겼다. 마지막 처치는 꼭 이 칼로 해야 할 것이다. 칼로 몸뚱이를 쑤셔 칼이 살속으로 들어가는 감각을 느끼며 몸뚱이가 늘어지는 꼴을 보고 싶었다. 나는 그렇게 할 수 있다. 어제 나는 누구 못지않게 민첩했고, 내 스스로도 놀랄 만큼 침착했다. 칼을 칼집에 꽂아 뽑기 좋게 허리춤에 꽂았다.

시계는 한시에 가까워지고 있었다. 사방은 꺼진 듯이 숨을 죽이고 있었다. 나를 싸고 있는 어둠은 기어코 그들을 처치하라고, 쇠파이프로 작살을 내고 칼로 쑤셔 그자들 숨이 멎는 것을 확인하라고 속삭이고 있었다. 나는 그러겠다고 대답했다. 내가 그들을 처치하고 나면 숨죽였던 산천도 소리를 지르며 환호할 것 같았다.

— 솥적다.

멀리서 소쩍새 소리가 들려왔다. 소쩍새는 또렷또렷한 소리로 울고 있었다. 벌써부터 울고 있었는데 내 귀에는 이제야 들린 것 같았다. 이불 속에서 껴안고 있을 미선이 자매 모습이 다가왔다. 그들은 내일 날이 새면 그 절망을 어떻게 수습하고 어떤 얼굴로 우리들 앞에 나설 것인가? 나는 또 어떤 표정으로 그들 앞에 나타날 것인가? 내가 그들 앞에 나서려면 기어코 그 작자들을 한놈쯤 작살을 내야 한다.

— 솥적다.

소쩍새는 이불 속 미선이 자매를 위해 울고 있는 것 같았다. 소쩍새는 이 세상 사람들은 똑똑히 들으라는 듯이 솥, 적, 다, 솥, 적, 다, 마디마다 똑똑 끊어 밤하늘을 울리고 있었다. 멀리서 개가 짖었다. 허투루 짖는 소리였다. 시계바늘이 한시 반을 가리키고 있었다. 이 시간에는 이렇게 멀리까지 경계할 필요가 없는 것일까? 그들은 지금 쿨쿨 자고 있는지 모른다. 내일 다시 날뛰려고 지금 푹 자고 있을 것 같았다. 그렇다면 이렇게 용을 쓰고 있는 나는 그만큼 손해였다. 힘을 비축해야 한다. 나는 자리에서 일어섰다.

아침 일찍 눈이 뜨였다. 아래층 동정에 귀를 모았다. 누나가 미선이 자매 방을 들락거리는 것 같았고 그들 자매는 방에서 나오지 않는 것 같았다. 누나가 밥상을 내 방으로 들고 왔다.

"나는 집에 없는 게 나을 것 같잖아? 이제 데모는 더 못할 것 같아. 독서실에 가 있겠어."

집을 나갈 핑계로 말했으나 말을 하다보니 정말 시위를 더 못할지도 모른다는 생각이 들었다. 그렇다면 낭패였다. 누나도 내가 집에 없는 게 좋겠다는 생각인 듯했으나 시위 때문에 얼른 대답을 못하는 것 같았다. 나는 밥을 먹고 집을 나섰다. 허리춤에는 칼이 꽂혀 있고 책가방에는 등산화가 들어 있었다. 쇠파이프가 아쉬웠으나 독서실 안집 헛간의 잡살뱅이 살림살이가 떠올랐다.

버스가 다니고 있었다. 나는 도청 못 미쳐 버스를 내렸다. 노동청 앞으로 가자 공수대원과 전경들이 도청 앞에 바리케이드를 치고 있었다. 전일빌딩 쪽으로 갔다. 골목에 사람들이 쭈뼛거리며 도청 쪽을 보고 있었다. 보이스카웃 건물 골목에 홀랑 벗은 여자들이 서너 명 서 있었다. 브래지어와 팬티만 입은 여자들을 세워놓고 군복들이 손으로 팬티와 브래지어를 당기고 손가락으로 배를 꾹꾹 찌르고 있었다. 나는 가슴이 싸했다. 안도감이 몸을 감쌌다. 오늘은 태도를 바꾸어 시민들을 회유하려고 나오지 않을까, 나는 은근히 그걸 걱정했던 것이다.

나는 바삐 독서실로 갔다. 독서실은 웬만큼 정리되어 있었으나 학생들은 없었다. 나는 가방에서 등산화를 꺼냈다. 등산화 끈을 힘껏 당겨서 고를 내지 않고 아주 홀매버렸다. 어제 시위가 벌어진 현장에 나동그라졌던 신짝들이 떠올라 두벌 세벌 단단히 묶었다. 장갑을 끼고 아래로 내려갔다. 안집에는 낯선 사내가 서성거리고 있었다. 아주머니는 아직 입원중인데 별로 심하지 않고 학생들도 모두 생명에는 지장이 없다더라고 했다. 다행이었다. 사내가 전화를 받으러 안방으로 들어가는 사이 나는 헛간으로 갔다. 이 집에도 보일러를 수리했던지

쇠붙이 사이에 쇠파이프가 있었다. 하나 뽑았다. 어제 저녁 것보다 더 묵직했다.

나는 쇠파이프를 꼬나들고 문화방송국을 지나 가톨릭센터 앞 금남로로 갔다. 도청 쪽에는 페퍼포그 차와 전투경찰들만 몰려 있었다. 사람들은 호기심과 공포가 엇갈린 눈알을 뒤룩거리며 계속 몰려들고 있었다. 나처럼 쇠파이프나 몽둥이를 든 젊은이들도 있었다. 열시쯤 되자 금남로에 사람들이 더 몰려들고 하늘에는 군용 헬리콥터가 선회하고 있었다.

"온다. 살인마들 물러가라."

도청 앞에 있던 페퍼포그 차와 장갑차가 가톨릭센터 앞으로 천천히 압박해오고 있었다. 공수단은 보이지 않고 방석모를 쓴 전경들이 뒤따르고 있었다. 최루탄이 터지고 페퍼포그가 날아왔다. 군중들은 손수건으로 코를 막고 쿨룩거리며 흩어졌다.

빵. 뒤쪽에서 갑자기 포탄 터지는 소리가 났다. 충금동 지하상가 공사현장 쪽이었다. 폭발소리가 좀 둔탁한 것 같더니 시위대들이 기름탱크를 폭파했다는 것이다. 군중들이 다시 가톨릭센터 앞으로 서서히 몰려들었다.

"공수단이다."

충장로파출소 옆에 군용차가 멈춰 있고 공수대원들이 내리고 있었다. 그들은 차에서 내리자마자 닥치는 대로 후려갈겼다. 공수대원들은 골목을 누비고 다니며 무지막지하게 갈겼다. 방법이 어제와 달랐다. 골목으로 도망치면 끝까지 쫓아가서 집안까지 샅샅이 뒤졌다. 금남로와 충장로 일대 상가들은 거의 철시했으므로 그들은 다방 여관 민가를 뒤져 곤봉으로 치고 총에 꽂은 대검으로 쑤셨다.

나는 시위대에 휩쓸리지 않았다. 멀찍이 배돌며 공수대원들이 군중을 쫓는 걸 유심히 보았다. 그들은 두 사람씩 붙어다니고 있었다. 두 사람이 최소 전투단위 같았다. 그들이 시위대를 쫓는 걸 찬찬히 보자 허점이 보였다. 시위대를 쫓다가 골목에서 돌아설 때였다. 골목에 은신하고 있다가 그들이 돌아서는 순간 쫓아가서 후려갈기면 될 것 같았다. 나는 시위가 벌어지면 미리 그런 자리에 목을 잡고 기회를 노렸다. 그러나 좀처럼 기회가 오지 않았다.

정오가 넘자 군중들은 엄청나게 불어났다. 중앙로 사거리를 중심으로 군중들이 수천명 몰려들었다. 전투경찰들은 도청 쪽에 포진만 하고 있고 공수대원들만 설치고 다녔다. 내가 중앙교회 옆 골목에 목을 잡고 있을 때였다. 가톨릭센터 앞에서 함성이 터졌다. 군중들이 가톨릭센터 건물을 쳐다보며 함성을 지르고, 몽둥이 든 젊은이들이 가톨릭센터 건물 정문으로 쏠려들어갔다. 공수대원들이 가톨릭센터 건물 옥상에서 어디론가 무전을 치다가 들켰다는 것이다. 나도 뛰어갔다. 삼층을 지나 사층으로 올라갔다. 젊은이들이 방화용 붉은 곡괭이로 문을 부수고 방으로 들어갔다. 나도 쇠파이프를 꼬나쥐고 이 방 저 방 휩쓸고 다녔다. 한창 쓸고 다닐 때였다.

"공수단이 올라온다."

창문을 내다보던 젊은이가 고함을 질렀다. 아차 하며 나도 내다봤다. 캘리버60 기관총을 겨눈 장갑차가 도청 쪽에서 육박해오고 페퍼포그 차가 페퍼포그를 엄청나게 쏘아대며 다가오고 있었다. 건물 앞을 가득 메운 군중들은 중앙교회 쪽으로 파도처럼 밀려가고 공수대원들이 건물 입구로 돌진했다. 아까 들어올 때 좀 켕겼던 일이 현실로 나타나고 있었다. 거리에 가득 찬 군중을 믿었던 셈인데 독 안에 든 쥐가 되고 말았다.

복도와 층계는 수라장이었다. 건물 안의 젊은이들은 삼백명도 넘을 것 같았다. 모두 아래로 몰려내려갔다. 무작정 내려가면 공수대원들 대검에 몸뚱이를 던지는 꼴이었으나 군중에 밀려 나도 떠내려가고 있었다. 삼층으로 내려가자 아래서 비명소리가 찢어지고 군중들이 다시 위로 밀고 올라왔다. 나는 복도 창문 쪽으로 붙었다. 창밖을 내려다봤다. 천막 지붕이 내려다보였다. 비닐하우스 모양의 차고 같았다. 파란 천 노란 천으로 팽팽하게 골이 진 지붕이 눈앞으로 다가왔다. 사람들이 이층에서 뛰어내렸다. 지붕이 휘청하며 몸을 받쳐주었다. 서커스 단원들이 그물로 뛰어내린 꼴이었다.

나도 창틀로 올라앉았다. 차고의 입구 앞 건물 후문에서는 공수대원들이 그리 쏟아져나오는 군중들을 갈기고 있었다. 섣불리 뛰어내렸다가는 그들한테 작살이 날 판이었다. 그러나 사람들은 계속 뛰어내렸다. 나도 쇠파이프부터 저만치 던졌다. 지붕 위로 몸을 날렸다. 지붕이 푹 가라앉았다가 훙청 떠올랐다. 천을 받치고 있는 철주를 붙잡고 골을 기어넘었다. 사람들이 계속 뛰어내리고 그때마다 몸뚱이가 퉁겨올랐다. 그 탄력을 이겨내며 지붕을 기었다. 어찌된 일인지 후문에 공수대원들이 보이지 않았다. 나는 이때다 하고 뛰어내렸다. 그때였다. 공수대원이 한사람 뛰쳐나오며 미처 일어나지 못한 내 가슴에다 칼을 겨누었다. 나는 허공에 두 손을 벌리고 허투루 칼을 막았다. 칼날이 내 가슴에 꽂힌다 하는 순간이었다. 턱, 누가 지붕에서 뛰어내리며 공수대원 목을 싸안고 나뒹굴었다. 공수대원 손에서 총이 퉁겼다. 나는 벌떡 일어나 총을 집었다. 그대로 공수대원 가슴을 향해 푹 찔렀다. 순간 공수대원이 총열을 붙잡았다. 칼끝이 갈비뼈에 툭 받쳤다. 다시 찌르려고 힘껏 총을 잡아당겼다. 총열을 틀어잡은 공수대원은 윗몸이 따라오며 버텼다. 그 공수대원 눈이 강렬하게 나를 쏘아봤다. 나는 잠시 무춤했다가 그대로 푹 찔렀다. 그는 총열을 붙잡은 채 몸을 홱 틀었다. 칼끝이 시멘트 바닥을 찍었다. '새꺄.' 뒷문에서 다른 공수대원이 악을 쓰며 쫓아왔다. 나는 총을 놓고 도망쳤다. 몰려나오는 군중들에 싸여 도망쳤다. 공수대원은 혼자라 더 쫓지 못했다.

저쪽 골목에는 사지(死地)를 빠져나간 젊은이들이 이쪽을 보고 있고, 멀리 더 저쪽에는 넋나간 꼴로 줄줄이 늘어앉아 숨을 헐떡거리고 있었다. 나도 그리 가서 아무데나 엉덩이를 던졌다. 허리춤에 칼은 그대로 있었으나 쇠파이프가 없어 허전했다. 내 손에서는 아까 공수대원 갈비뼈에 받쳤던 칼끝의 감각이 살아나며, 두번째 찌르려 할 때 나를 쏘아보던 공수대원 눈이 커다랗게 다가왔다. 처음 찌를 때는 다급하게 찌르느라 자세가 불안한데다 그가 총열을 잡았기 때문에 제대로 찌르지 못했고, 두번째는 제대로 자세를 잡고 총을 잡아당겼지만 총열을 붙잡은 그의 눈길이 고함이라도 지르듯 나를 쏘아봤다. 당신이 찌르면 나는 그만이라는 혼겁과, 아까 나는 당신을 충분히 찌를 수 있었지만 찌르지 않았다는 항의가 칼날처럼 나를 쏘고 있었다. 순간이었으나 그런 혼겁과 항의가 너무 뚜렷했다. 나는 그래도 찔렀지만 그가 총열을 붙잡고 몸을 틀었으므로 예상대로 칼끝이 시멘트를 찍었던 것이다. 그는 넘어지면서 팔꿈치를 찧었던지 총열을 잡은 손에 힘이 없었으므로 내가 제대로 찔렀더라면 그는 죽었을 것이다.

골목에서 쭈뼛거리던 사람들이 조심조심 가톨릭센터 쪽으로 가고 있었다. 나도 그쪽으로 갔다. 주차장 저쪽에 내 쇠파이프가 있었다. 달려가서 주워들었다. 거리에는 공수단도 물러가고 신짝과 몽둥이와 드럼통이 너절했다. 신짝은 중앙교회 앞까지 겨울 들판의 까마귀떼였다.

나는 다시 시위하는 데마다 쏘다니며 골목에 자리를 잡고 기다렸으나 좀처럼 기회가 오지 않았다. 외로운 늑대처럼 시위대 뒤에 자리를 잡고 끈질기게 기회를 노렸지만 허탕이었다. 날이 어두워지자 부슬비가 내리기 시작했다. 군중들이 줄어들고 전경들만 여기저기 패잔병들처럼 몰려 있었다. 공수단은 보이지 않았다. 사기가 떨어질 대로 떨어진 전경들은 이미 허수아비였고 시위 군중은 그들을 거들떠보지도 않았다. 금방 거리가 한산해졌다. 인적이 뜸해지고 사람들은 바쁜 걸음을 치고 있었다. 나는 갑자기 올데갈데없는 외톨이가 되고 말았다. 시외버스 공용터미널 앞을 지나자 공중전화가 눈길을 끌었다. 잠시 눈이 멈췄으나 누나한테 전화를 걸면 미선이 말이 튀어나올 것 같아 겁이 났다. 그는 그 성격에 자살을 해버리든지 무슨 수가 나고 말 것 같았다.

"임동파출소로 가자!"

어디서 나타났는지 젊은이들이 이십여명 몰려가며 소리를 질렀다. 나도 그 패에 끼여들었다. 그들 떠드는 게 다른 파출소도 부수고 온 모양이었다. 유리창이 모두 깨진 임동파출소에는 아무도 없었다.

"불을 질러버리자."

앞장선 패들이 유리창을 뛰어넘었다. 나도 뛰어넘었다. 쓰레기통을 뒤엎어 라이터를 켜댔다. 신문철이며 의자며 책상이며 잔뜩 쌓아올렸다. 서류는 이미 치워버렸는지 서류함은 비어 있었다. 삽시간에 불길이 올랐다. 우리는 밖으로 뛰어나왔다. 건물이 연기를 뱉어내기 시작했다. 시커먼 연기가 꾸역꾸역 몰려나왔다. 연기는 시커먼 솜뭉텅이가 말려올라가듯 둘둘 말려 하늘로 치솟으며 그 속에서 벌건 불길이 혓바닥처럼 날름거렸다. 불은 엄청난 기세로 타올랐다. 연기와 불길은 건물을 하늘로 끌고 올라갈 것 같았다. 얼굴에 끼쳐오는 열기에 모두 뒤로 물러섰다. 나는 이제야 조금 분이 풀리는 것 같았다.

"누문동파출소로 가자."

우리는 또 정신없이 내달았다. 그 파출소도 이미 유리창이 작살났고 안에는 아무도 없었다. 나는 맨 먼저 창틀을 뛰어넘었다. '빨리, 라이터!' 신문지를 구겨들며 소리를 질렀다. 날래게 불을 붙였다.

"전경들이 온다!"

깜짝 놀라 밖으로 뛰쳐나갔다. 패거리들은 벌써 저만치 도망치고 있었다. 전경들이 엄청나게 몰려왔다. 전경들 기세는 아까하고 달랐다. 한참 도망치다 뒤를 돌아봤다. 그들은 더 쫓지 않았다. 누문동파출소에서는 연기가 오르지 않았다. 임동파출소는 지금도 엄청나게 연기를 내뿜고 있었다. 역전파출소로 가자. 우리는 그리 몰려갔다. 거기도 다른 패가 한바탕 휩쓸고 지나갔는지 이미 유리창이며 책상이 작살나 있었다.

"공수단이다."

저쪽에서 째지는 소리가 났다. 공수대원들을 가득 실은 군용차가 전남대학교 쪽에서 오고 있었다. 시내에 불길이 오르자 철수했던 공수단이 다시 출동한 것 같았다. 도망치다 뒤를 돌아봤다. 그들은 역사 근처에 포진해 있었다. 우리는 계림동파출소로 갔으나 전경들이 차지하고 있었다. 우리 패는 수가 여남은 명으로 줄어 있었다. 나중에는 네댓 명이 남아 여관으로 들어갔다. 여관 주인은 깜짝 놀라며 손부터 활활 저었다. 경찰들이 검문을 한다는 것이다. 이 여관에서도 금방 대여섯 명이 잡혀갔다고 했다. 우리는 올데갈데가 없어지고 말았다. 패거리들은 모두 집이 멀었다. 젊은이 하나가 자기 자취방이 송정리 쪽 시골이라며 그리 가자고 했다. 우리는 골목만 골라 시내를 빠져나갔다.

무슨 소리가 나는 것 같아 깜짝 놀라 눈을 떴다. 날이 새어 있고 가랑비가 내리고 있었다. 길가 슬레이트집 처마밑이었다. 길 아래 지붕위로 광주천이 내려다보이는 게 우리가 잠들었던 자리는 양동 골목이었다. 곁에는 두 녀석이 시멘트 담장에 기대고 쿨쿨 자고 있었다. 나는 허리춤을 만졌다. 칼이 그대로 꽂혀 있고 쇠파이프는 곁에 있었다. 잠들어 있는 녀석들 꼴은 가관이었다. 한 녀석은 벌린 입에 김밥이 물려 있고 다른 녀석은 김밥이 사타구니께서 뒹굴고 있었다. 어젯밤 여기서 김밥을 먹었던 것이다.

신발도 한 녀석은 한쪽 발에만 끼어 있고 벗은 발은 상처투성이였다. 다른 녀석 신발은 운동화끈으로 발등째 꽁꽁 묶여 있었다. 나도 신발이 운동화였고 그나마 짝짝이었다. 어제 아침에 단단히 홀맸는데도 끈이 늘어졌던지 저녁 무렵 한짝이 벗겨져 운동화를 주워 신었으나 굽높이가 맞지 않아 절뚝거리고 다니다가 그 짝마저 벗어던지고 또다른 운동화를 주워 신었던 것이다. 김밥을 물고 있는 녀석 각목은 끝이 동강이 났고, 다른 녀석 수양버드나무 몽둥이는 껍질이 홀랑 벗겨져 있었으며 내 쇠파이프도 허옇게 녹이 벗겨져 있었다.

어젯밤 우리는 자취방을 찾아가다가 여기 가로등 아래서 김밥을 먹었는데 김밥을 먹다가 그대로 잠이 든 것이다. 김밥은 한 녀석이 파출소에 들어갔다가 도망칠 때 책상 위에 있는 걸 들고 나왔다고, 수건에 꿰찼던 걸 낄낄거리며 풀어놨었다. 나는 슬그머니 장난기가 동했다.

"손 들어!"

입에 김밥이 물려 있는 녀석 가슴에다 쇠파이프를 들이대며 소리를 질렀다. 눈을 씀벅였다. 내가 거듭 고함을 지르자 벌떡 허리를 세웠다. 이내 나를 알아보고 비죽이 웃었다. '이름이 뭐야?' 우리들은 무인도에 표류한 원시인들처럼 새삼스럽게 반가웠다. 그들 두 사람은 고향친구들이라며 나이는 열일곱살 동갑이고, 하나는 목공으로 이름은 김만호고, 하나는 인쇄공으로 최덕삼이라 했다. 나는 재수생이라고 하자 자기들도 돈벌어서 대학 가는 게 꿈이라고 했다. 김만호는 야학에 다니며 중학과정을 공부하고 최덕삼은 야간고등학교에 다닌다고 했다. 그런 깐으로는 둘이 다 얼굴도 밝고 구김이 없었다.

"형, 엊저녁에 멋있더라. 창문을 부수고 창틀을 넘어가는 품이 중국무술영화 빰치겠더라구."

우리들은 한참 웃었다. 나는 무술영화에서 대장이 졸개 거느리듯 두 사람을 거느리고 양동 시장거리로 나갔다.

"오매, 그새 데모 붙었어?"

음식점으로 들어서자 아주머니가 우리 몽둥이를 보며 놀랐다. 아니라며 밥을 달라고 하자 오매오매 소리를 연발하며 시위대한테는 오늘부터 모두 공짜니까 많이 먹으라고 그릇그릇 밥을 퍼주었다.

"시장통 여자들이 쌀이랑 반찬이랑 시방 걷고 댕개. 김 도매집서는 김을 저렇게 내놨고 아침부터 시방 집집마다 쌀이야 반찬이야 걷고 댕기는구먼. 공수단 그놈들은 사람도 아녀. 오매오매, 신도 벗겨져부렀구먼."

손도 바쁘고 입도 바쁘던 아주머니는 어느새 신발까지 보고 오매오매 소리가 또 한참 요란스러웠다. 신은 사 신겠다고 하자 그럼 양말이라도 이걸 신으라며 빨아놓은 양말을 두 켤레나 내놨다. 우리는 느긋하게 밥을 먹고 신발가게로 갔다. 신발가게 주인도 흠이 있어 반품하려던 거라며 그냥 신으라고 농구화를 한 켤레 내놨다. '신이 벗겨지는 건 뒷사람한테서 밟혀서 벗겨져. 운동화는 아주 뒤꿈치에 구멍을 뚫고 끈을 꿰서 묶어.' 그는 송곳과 끈을 내줬다.

부슬비는 계속 내리고 거리에는 공수대원과 전투경찰들이 벌써 배치되어 있었다. 우산 쓴 시민들이 가방이나 서류봉투를 끼고 쫓기듯 출근길을 재촉하고 있었다. 언제 여기서 시위가 있었느냐는 표정들이었다. 거리에 서 있는 공수대원과 전투경찰들 꼴이 머쓱할 지경이었다.

"오늘은 데모 못하는 거 아냐?"

"비 개면 모두 나올 거여."

우리는 공수대원과 전경을 피해 시내로 들어갔다. 충장로에서 충금동 동사무소 골목을 빠져 가톨릭센터 앞 금남로로 나갔다. 골목을 나서던 우리는 우뚝 걸음을 멈췄다. 금남로 넓은 도로에 위아래를 홀랑 벗은 남녀 삼십여명이 길바닥에 뒹굴고 있었다.

"앞으로 취침, 뒤로 취침!"

공수대원 구령에 맞춰 네 줄로 늘어선 남녀 몸뚱이들이 절도있게 뒹굴고 있었다. 여자도 십여명이나 되었다. 우리는 무슨 헛것이라도 본 것 같았다. 남자들은 팬티만 걸치고 여자들도 팬티에 브래지어만 걸치고 있었다. 얼굴이 유독 시커먼 공수대원이 구령을 하고 다른 공수대원들은 줄 사이로 다니면서 사정없이 곤봉을 휘둘렀다. 여자들 하얀 등에는 빨간 곤봉자국이 죽죽 그어져 있었다. 여자들은 거의 이십대 초반이고 남자들은 이삼십대였다. 여자들은 뒹굴 때마다 물에 젖어 찰싹 붙은 팬티가 아슬아슬했다. 저쪽 길가에는 그들이 벗어놓은 옷과 신과 가방과 핸드백과 종이백과 우산들이 아무렇게나 널려 있었다. 지나가는 사람들을 무작정 붙잡은 것 같았다.

"일어서! 이번에도 네가 시범을 보인다."

구령을 하던 공수대원이 앞줄 사내를 가리켰다. '대가리 박아!' 사내는 절도 있는 동작으로 머리를 땅에 박았다. '일어서!' 벌떡 일어섰다. 기계처럼 정확하고 날랬다. '이년들아, 잘 봐.' 줄 사이 공수대원들이 여자들 등짝을 갈겼다. 여자들은 맞은 쪽 어깨를 조금 움찔할 뿐 똑바로 서 있었다.

"잘 봤을 것이다. 실시한다. 대가리 박아!"

모두 날래게 머리를 땅에 박았다.

"일어서! 박아! 일어서! 박아! 서! 박아! 서! 박아! 서!"

줄 사이를 서성거리는 공수대원들 곤봉이 정신없이 날았다. 동작이 기계처럼 맞았으나 곤봉은 그치지 않았다. 인도로 지나가는 사람들은 겁먹은 눈을 힐끔거리며 사뭇 바쁜 걸음을 쳤다. 아차 하는 순간에는 자신들도 저 꼴이 될 판이라 불똥 디딘 걸음으로 뒤를 당겨 내달았다.

"야, 너, 이번에는 올챙이포복. 엎드려!"

아까 그 사내가 땅바닥에 배를 깔고 엎드렸다. '기어!' 양손을 등 위로 올리고 배를 도로 바닥에 붙이고 몸을 비틀며 발로 몸뚱이를 밀었다. 올챙이가 기어가는 꼴이었다. '소대 엎드려!' 모두 날랜 동작으로 엎드렸다. '기어!' 배를 땅에 붙인 올챙이들이 움직였다. '빨리, 빨리!' 곤봉들이 아까보다 더 거세게 날았다.
나는 구령하는 사내 얼굴을 유심히 뜯어보았다. 은백색 파이버 아래 시커먼 얼굴에서 번득이는 눈은 흰자위가 유독 허옇게 희뜩거리고 있었다. 이 세상 사람 같지 않았다. 이 세상에 잔뜩 원한을 품고 죽은 원귀가, 특히 여자들한테 원한을 품은 원귀가, 여태 지옥에서 험하게 떠돌다가 비가 오자 잠시 이 세상에 퉁겨나와 저렇게 발광을 하는 것 같았다. 내일은 부처님 오신 날이라 물기로 출렁거리는 가로수에는 봉축 연등이 화려하고 도청 앞 광장에는 봉축 글귀들이 덩실했다. 그 아래서 여자들의 하얀 몸뚱이들이 원귀의 호령에 따라 치욕의 덩어리로 뒹굴고 있었다.
우리가 있는 골목에 사람들이 불어나자 공수대원들이 쫓아왔다. 우리는 충장로로 도망쳤다. 충장로 양쪽에도 공수대원들이 지키고 있었다. 건너편 골목으로 몸을 숨겼다.
"오늘 우리는 데모에 휩쓸리지 말고 공수대원을 한놈 작살내자."
나는 골목에서 목을 지키고 있다가 처치하는 방법을 설명했다. 그들은 영락없겠다고 대번에 눈을 밝혔다. 쫓기다가 흩어졌을 때 만날 장소도 정했다. 헤어진 장소에 따라 가톨릭센터 뒷골목과 한일은행 골목 등 세 군데 중 가까운 데서 만나기로 했다.
비가 그치자 군중들이 몰려들기 시작했다. 열두시 무렵에는 엄청나게 쏟아져나왔다. 구름처럼 몰려들었다. 어제가 백명이나 천명 단위였다면 오늘은 천명이나 만명 단위였고 표정들도 어제와는 달랐다. 멀찍이 구경하며 쭈뼛거리던 공포는 사라지고 눈에 살기가 돌고 있었다. 젊은이들은 거의가 몽둥이를 들고 있었다. 연탄집게나 낫을 든 젊은이도 있고, 큼직한 쇠스랑을 둘러멘 사람도 있었다.
대인시장 사거리에서 맨 먼저 붙었다. 우리는 골목에 자리를 잡고 있었다. 최루탄이 쏟아졌다. 군중들이 골목으로 몰려왔다. 엄청나게 몰려드는 군중에 우리도 시장통으로 한참 떼밀려 들어갔다. 김만호와 최덕삼이 보이지 않았다. 아무리 찾아도 없었다. 약속한 장소에 가봤으나 보이지 않았다.

공수대원들은 어제처럼 골목까지 쫓지 못했다. 악에 받친 시민들의 몽둥이에 기세가 꺾인 것 같았다. 나도 골목을 버리고 거리에서 맞섰다. 젊은이들은 네댓 명씩 떼를 지어 몽둥이를 휘두르며 공수대원을 향해 압박해들어갔다. 그들은 점점 밀리기 시작했다. 오후 세시경에는 거리에 공수대원들이 보이지 않았다. 시민들한테 밀려 모두 도청으로 몰린 것이다. 싸움판은 도청 앞 광장으로 축소되었다. 시민들은 광장 세 갈래 도로에서 압박해들어갔다. 동쪽은 노동청 앞, 서쪽은 충장로 입구, 북쪽은 금남로였다. 시위대가 공격해 들어가면 공수단은 페퍼포그와 최루탄에 의존해서 조금 쫓아오다가 금방 물러났다. 그들은 겁먹은 표정이 완연했다.

오후 네시경에는 금남로가 군중으로 가득 차버렸다. 적을 잃은 시위대는 서로 어깨를 맞댄 군중으로 변했다. 금남로 군중은 끝이 보이지 않았다. 건물 옥상에까지 사람들이 가득했다. 십만명도 넘을 것 같았다. 군중들 얼굴에는 여유가 넘치고 있었다. 이제 공수단이 물러가는 것만 기다리는 표정들이었다.

"우리의 소원은 통일……"

군중들 속에서 노래가 흘러나왔다. 노래는 금방 군중들 전체로 퍼졌다. 군중들은 무슨 장렬한 의식이라도 치르듯 모두 숙연한 표정으로 노래를 불렀다. 노랫소리는 파도처럼 군중 속에서 무겁게 일렁이고 있었다. 노래는 애국가로 이어졌다. 사람들 눈에서 눈물이 흘러내리기 시작했다. 지금까지 처참했던 장면들 하나하나가 눈앞을 지나가는 것 같고, 어쩌다가 나라가 이 꼴이 되었는지 멀리까지 되돌아보는 표정들이었다. 노래가 시작되면서 동구청 앞 저지선도 잠시 소강상태였다.

"확성기가 필요합니다. 확성기 모금입니다."

젊은이들이 상자를 들고 군중 속을 뚫고 다녔다. 너도나도 돈을 냈다. 나도 동전만 남기고 모두 털어넣었다. 노래는 '선구자'로 이어졌다.

"여러분, 감사합니다. 여러분이 내주신 돈으로 이 확성기를 샀습니다."

확성기 소리가 우렁찼다. 군중들은 손뼉을 치며 함성을 질렀다. 확성기 소리가 나자 군중들은 말을 잃었던 벙어리가 말을 찾은 듯했다.

"위대한 광주시민 여러분! 공수단은 이제 궁지에 몰렸습니다. 우리 힘으로 기어코 몰아냅시다. 죄없는 우리 형제들이 처참하게 죽었습니다. 공수단을 몰아내지 못하면 우리들도 우리 형제와 자식들을 따라 모두 이 자리에서 죽읍시다."

"죽읍시다."

함성이 하늘을 찔렀다. 힘차게 구호를 외치다가 다시 노래를 선창했다. 노래가 두어 곡조 지나갔다.

"아리랑 아리랑 아라리오. 아리랑 고개를 넘어간다."

아리랑 가락이 흘러나오자 나는 온몸에 찌르르 전류가 흘렀다. 무겁게 흐르는 아리랑 가락은 땅바닥을 조용히 공중으로 떠올리는 듯했다. 아까 애국가를 부를 때와는 또다른 감격에 목이 메고 몸이 떨렸다. 사람들 눈에서 눈물이 줄줄 흘러내렸다. 내 앞 할아버지도 메마른 주름살로 눈물이 흘러내리고, 여고생들은 노래를 부르다 말고 서로 붙잡고 흐느끼고 있었다. 내 눈에서도 한없이 눈물이 흘러내리고 몸 속에서는 피톨이 하나하나 살아 요동을 치는 것 같았다.

"나를 버리고 가시는 님은 십리도 못 가고 발병 난다."

노랫가락이 쑥 올라가자 땅바닥이 한꺼번에 공중으로 붕 떠오르며 나는 몸속을 흐르는 전류에 부들부들 떨었다. 감동이 아니라 전율이었다. 내 앞 여학생들은 부둥켜안고 엉엉 울었다. 전율을 감당하지 못하고 통곡을 터뜨리고 있었다. 두 여학생 모습에 이불 속 미선 자매가 겹치며 내 입에서도 노랫소리가 더이상 나오지 못했다.

그때 도청 쪽에서 페퍼포그 차가 파파파파 엄청나게 쏘아대며 육박해왔다. 최루탄이 새떼처럼 허공을 날았다. 최루탄 가루가 안개처럼 부옇게 몰려왔다. 목과 코를 찢는 최루 가스에는 당하는 재주가 없었다. 군중들이 얼굴을 싸쥐고 흩어졌다. 그때 낭랑한 여자 목소리가 다른 확성기에서 흘러나왔다.

“시민 여러분, 한발도 물러서지 맙시다. 한발도 물러서지 맙시다. 우리 동생과 자식들이 아무 죄도 없이 처참하게 죽었습니다. 위대한 광주시민 여러분, 우리 위대한 광주시민의 힘을 보입시다. 우리도 이 자리에서 함께 죽읍시다. 저 살인마들을 우리 힘으로 몰아냅시다.”

카랑카랑한 여자 목소리가 하늘을 울렸다. 오늘 내내 시내 골목골목을 돌며 시민들에게 호소하던 전옥주라는 여자였다. 그 카랑카랑하고 힘찬 목소리는 듣기만 해도 몸이 떨렸다. 아파트 창문에 붙어 쭈뼛거리던 사람들도, 이불을 뒤집어쓰고 웅크렸던 사람들도 저 목소리를 듣고는 뛰쳐나오지 않을 수가 없었다.

“돌격! 죽여라!”

젊은이들이 공수단 저지선을 향해 무서운 기세로 몰려갔다. 나도 내달았다. 질풍 같은 공격에 공수대원들이 멀찍이 물러섰다. 돌진하고 물러서고, 돌진하고 물러서고, 한참 동안 치열한 공방이 벌어졌다. 공수대원들 저지선이 분수대까지 밀리고 있었다. 나는 최루 가스에 목이 찢어지듯 타들어갔다. 가톨릭센터 뒤로 갔다. 여기저기 물동이가 있었다. 물을 들이켰다. 물을 켜고 나자 배가 고팠다. 그러고 보니 점심도 먹지 않았다.

날이 어두워지고 있었다. 그러나 군중들은 조금도 줄어들지 않았다. 그때 3가 쪽에서 들려오는 함성소리가 좀 다른 것 같았다. 그쪽을 보던 나는 그 자리에 주저앉을 뻔했다. 자동차들이 환하게 불을 밝히고 몰려오고 있었다. 경적을 울리며 위협적인 모습으로 다가왔다. 수백대였다. 군중들을 한달음에 뭉개버릴 기세였다. 이제 끝장인가? 나는 손발에 맥이 빠지고 말았다.

"택시 기사들이다. 기사님들이 일어섰다. 만세, 기사님들 만세."

나는 어리둥절했다. 맨 앞에는 버스와 트럭들이 도로를 가득 메우고 그 뒤로 아득히 따라오는 차들은 택시들이었다. 차들은 경적을 요란스럽게 울리며 몰려왔다. 군중들은 미친 듯이 환호하며 도청까지 길을 훤하게 내주었다. 차들은 앞이 툭 트인 도로로 천천히 다가오고 있었다. 전조등 불빛과 요란스런 경적소리에 시민들 함성이 묻혀버렸다. 저쪽 공수대원들은 멍청하게 보고만 있었다. 느린 속력으로 천천히 육박해오는 자동차 행렬의 기세는 도청을 밀어버리고 무등산까지 뚫어버릴 것 같았다. 차량행렬은 끝이 보이지 않았다. 너무도 엄청난 광경 앞에 나는 한참 동안 멍청하게 서 있었다. 몽둥이 든 젊은이들이 차량행렬 옆으로 서서 함께 진격해왔다. 나도 끼여들었다.

공수대원들은 분수대 앞에 드럼통을 굴려다가 길을 막았다. 차들은 그대로 육박해갔다. 페퍼포그 차를 앞세우고 공수대원들이 다가왔다. 페퍼포그를 엄청나게 쏘았다. 차량행렬 선두가 멎고 난장판이 벌어졌다. 공수대원들은 차 유리창을 깨고 안에다 최루탄을 던졌다. 자동차마다 닥치는 대로 작살을 내고 운전사들을 두들겨팼다. 우리들도 지지 않았다. 말 그대로 목숨을 걸고 맞섰다. 안개처럼 부연 최루 가스 속에서 치고 박고 쓰러지고 비명소리가 찢어졌다. 최루 가스에 숨이 막힌 젊은이들이 밀리기 시작했다. 방독면을 쓴 공수대원들을 당해낼 수가 없었다. 나도 금방 까무러칠 것 같아 비칠비칠 물러섰다. 그때였다. 차 유리창을 깨는 공수대원이 눈에 들어왔다. 나는 그자를 목표로 돌진했다. 택시 안으로 최루탄을 넣으려는 팔을 후려갈겼다. 그는 팔을 싸안으며 최루탄을 떨어뜨렸다. 내 머리에 떨어지는 다른 공수대원 곤봉을 아슬아슬하게 피했다. 나는 비칠거리며 동구청 골목으로 도망쳤다.

최루탄의 부연 안개 속에서 사람들이 움직이는 모습은 그림자들이 그렇게 서성거리고 있는 무슨 환상 같았다. 그때 다리를 절뚝거리며 비칠비칠 이쪽으로 다가오는 그림자가 있었다. 달려가서 붙들었다. 나이가 들어 보이는 게 운전사 같았다. 거의 몸을 가누지 못했다. 나는 있는 힘을 다해서 동구청 골목으로 끌었다. 사람만 겨우 비켜다닐 수 있는 좁은 골목이었다. 골목에 들어서자 둘이 다 맥을 놓고 말았다. 그의 머리에서 피가 흘러내렸다. 골목으로 쏠려들어오는 사람들과 함께 그를 끌고 뒤로 나갔다. 뒷길에 나서자 저쪽에서 젊은이가 달려와 등을 돌려댔다. 우리는 양쪽에서 떼밀어올렸다.

"오매, 내 새끼들 으째사 쓰꼬?"

등에 업히며 사내 입에서 잠꼬대처럼 힘없는 소리가 흘러나왔다. 나는 뒤쪽 골목으로 빠져나갔다. 저만큼 길가에 네댓 명이 번듯하게 누워 숨을 헐떡거리고 그 곁에 물동이가 있었다. 벌컥벌컥 물을 들이켜고 나도 네 활개를 펴고 길바닥에 몸을 던졌다. 살 것 같았다. 편했다. 눕는 것이 이렇게 편한 것인가, 경황중에도 한가한 생각이 스쳤다. 땅바닥 냉기도 너무 시원했다. 금남로에서는 계속 함성이 쏟아지고 있었다. 함성소리를 자장가 소리로 들으며 나는 몇년 만의 휴가병처럼 너무도 편한 그 안락을 잠시 즐기고 있었다.

다시 물을 들이켜고 금남로로 나갔다. 아까 격전이 붙었던 자리에는 자동차들이 불타고 있었다. 이십여대쯤 되는 것 같았다. 불타는 택시를 보자 아까 그 사십대 운전기사가 떠올랐다. 그 사람은 살아나기나 했을까? 살아났더라도 저 택시가 전재산일 텐데 어떻게 살아갈까?

오매, 내 새끼들 으째사 쓰꼬? 시골 아낙네들이나 함직한 그 힘없는 소리가 귀에 남아 있었다. 군중들 함성 속에서 나는 불타는 차들을 잠시 보고 있었다.

아홉시경에는 MBC 방송국에 불을 질렀다. 터무니없는 계엄사 발표만 되풀이하고 있었기 때문이다. 공수단의 만행은커녕 공수단의 공자도 들먹이지 않고, 시민들 난동을 전투경찰이 진압하고 있는 것처럼 경찰 부상자가 몇명이라고 경찰 부상자만 강조하며 시민 연행자들은 잘 보호하고 있다는 소리만 되풀이했던 것이다. 잘 보호하고 있다는 소리는 귀한 손님 모시듯 떠받들고 있다는 소리로 들릴 지경이었다. 방송국 불기둥은 삼사십 미터나 솟아올랐고 밤중까지 탔다. 밤 열두시경에는 세무서에도 불을 질렀다. 국민의 세금으로 존재하는 군인들이 국민들을 이렇게 학살할 수 있느냐,고 앞장선 사람이 소리를 질렀고 불을 지를 때는 나도 뛰어들었다.

다음날인 21일도 군중들은 세 갈래 도로에서 도청을 압박했다. 젊은이들은 어젯밤 그대로 밤을 새우며 몰려다녔고 그 기세가 그대로 이어진 것이다. 군중들도 어제보다 더 많았다. 어깨를 부딪치는 사람과 사람 사이의 밀도가 그걸 말해주었다. 공수단은 도청이라는 조그마한 섬에 포위되어 도청 앞 광장 분수대를 중심으로 겨우 저지선을 확보하고 있었다. 사기도 완전히 떨어졌다. 시민들은 그들에게 열두시까지 광주시내에서 철수하라고 통고했다. 시민들의 서슬 퍼런 기세는 마지막으로 그들의 목을 죄었다. 공수단 저지선과 시민들의 거리는 가까운 데는 5미터 사이였다. 젊은이들은 공수대원들과 얼굴을 맞대고 농을 하기도 하고 놀려대기도 하며 히히덕거렸으나 그들은 허수아비처럼 빳빳하게 서서 눈알만 굴리고 있었다. 그렇게 험하게 날뛰던 자들이 우리에 갇힌 맹수처럼 공포에 질려 있었다.

그때 시민들 사이에서 함성이 터졌다. 시민들이 탄 버스와 트럭 십여대가 군중 속에서 나타났다. 수는 적었으나 어제 저녁 차량시위를 연상시키는 위세였다. 버스와 트럭 들은 어디 또 한번 작살내보라는 듯이 육박해갔다. 분수대 옆에는 캘리버60 기관총을 겨눈 공수단 장갑차가 버티고 있었다. 시민군 차들은 장갑차 앞으로 가다가 조금 거리를 두고 맞섰다. '밀어버려라, 박아라.' 함성소리가 하늘을 찔렀다. 시민군은 이런 버스와 트럭이 수백대였고, 아직 여기에는 나타나지 않았지만 장갑차도 십여대나 확보하고 있었다. 장갑차는 군장비 납품 업체인 아시아자동차 공장에서 탈취한 것이다.

"한시 십오분 전!"

시민들 확성기가 카운트다운을 시작했다. 그 소리와 함께 앞에 버티고 있던 시위대 차량들이 빵빵 길게 경적을 울렸다. '밀어버려라, 박아라.' 시민들은 열광했다. 공수단 쪽에서는 아무 반응이 없었다. 그때 시민군 버스와 트럭 들이 요란스럽게 경적을 울리며 공수대원들을 향해 돌진했다. '피해라.' 공수대원 대열이 대번에 무너졌다.

타다당탕탕. 공수대원들이 버스에 총을 쐈다. 맨 앞에 나가던 버스 운전사 고개가 옆으로 꺾였다. 그 차는 가로수를 들이받으며 멈추고, 다른 차들은 더 거세게 경적을 울리며 육박해들어갔다. 그때 여태 꼼짝 않고 있던 공수단 장갑차가 갑자기 뒤로 급발진을 했다. 장갑차 뒤에 피해 있던 공수대원들이 후닥닥 튕겼다. 뒤얽혀 도망치던 공수대원 한사람이 나동그라졌다. 순간 장갑차가 공수대원 몸뚱이를 덮쳤다. 캐터필러에 하반신이 깔린 공수대원 상체가 벌떡 일어났다. 그는 자기 다리 위로 굴러가는 캐터필러에 얼굴을 박았다. 시뻘건 피를 토하며 허물어졌다. 공수대원들 사이에는 일대 혼란이 일어났다. 시민들도 겁에 질려 지레 도망치는 사람들이 있었다.

공수대원들이 다시 대열을 정비했다. 팔열 횡대로 늘어선 공수대원들은 군중들을 향해 '무릎 쏴' 자세와 '서서 쏴' 자세를 취했다. 궁지에 몰린 호랑이들이 발톱을 세운 꼴이었다. 시민들은 눈이 둥그레졌다. 잠시 긴장이 흘렀다. 앞에 섰던 시민들이 슬금슬금 피하기 시작했다. 그러나 대부분 설마 하는 표정으로 그들을 보고 있었다. 그때 도청 옥상 확성기에서 애국가가 흘러나왔다. 곡만 흘러나왔다. 군중들은 눈이 커지면서도 그대로 있었다.

타타타타타타타. 총구가 불을 뿜었다. 금남로 거리는 글자 그대로 아수라장이 되고 말았다.

"제대로 쏘란 말이야. 정조준해서 쏴. 이 쌔끼들아!"

장교들이 미친 듯이 총 쏘는 사병들을 곤봉으로 갈기고 발로 차며 고함을 질렀다. 공수대원들 총구는 거의가 군중이 아니라 공중을 향하고 있었다. 장교들이 미쳐 날뛰며 후려갈기자 공중을 향했던 총구가 아래로 내려가기 시작했다.

── 타타타타타타타.

삼사분간의 사격이 끝나자 거리에 가득 찼던 사람들은 씻은 듯이 없어져버리고, 텅 빈 길바닥에는 남녀 삼사십명이 버르적거리고 있었다. 필름이 멈춘 스크린처럼 텅 빈 거리에는 버르적거리는 사람들말고는 무슨 움직임도 소리도 없었다. 총을 쐈던 공수대원들도 꼼짝 않고 버르적거리는 사람들만 보고 있었다. 한참 만에 골목에서 사람들이 나왔다. 공수대원들을 힐끔거리며 슬금슬금 부상자들 곁으로 갔다. 부상자들을 둘러업고 달렸다. 여기저기서 나와 부상자들을 업고 달렸다. 저쪽에서는 몸을 피했던 군중들이 다시 거리로 나서기 시작했다. 공수단의 사정거리를 벗어난 중앙로 저쪽이었다. 군중들이 금방 거리를 메웠다. 군중들 속에서 애국가가 흘러나왔다. 납덩이처럼 무거운 소리였다. 피를 토하는 비분의 목소리들이 먹구름처럼 거리를 메우고 하늘을 메웠다. 분수대 앞 공수대원들은 그대로 보고만 있었다. 나는 얼얼한 기분으로 공수대원들을 보고 있었다. 그들이 처음부터 군중을 향해 제대로 쏘았더라면 수백명, 아니 천명도 더 죽었을 것이다. 그저께 가톨릭센터 뒷마당 그 공수대원 눈이 떠올랐다. 그때 엉뚱한 사람들이 나타났다.

"이놈들아, 너희들은 어느 나라 군대냐?"

군중 맨 앞에서 젊은이들이 대형 태극기를 앞세우고 공수단 쪽으로 나갔다. 대여섯 명이 연방 같은 소리를 지르며 태극기를 방패처럼 앞세우고 앞으로 나가고 있었다. 군중들은 말뚝처럼 멈춰 있고 공수대원들도 보고만 있었다. 움직이고 소리를 내는 것은 그들뿐이었다.

"우리는 대한민국 국민이다. 너희는 어느 나라 군대냐?"

타타타타타타. 총구가 불을 뿜었다. 젊은이들이 툭툭 나가떨어졌다. 태극기를 뒤집어쓰고 나동그라졌다. 가슴과 배에서 피가 쏟아졌다. 총소리가 그치자 다시 온 세상이 조용해졌다. 길바닥에 나가떨어진 젊은이 가운데 두 사람이 버르적거리고 있었다.

"전두환 물러가라. 광주시민 만세!"

또 청년 네댓 명이 뛰쳐나가 피묻은 태극기를 주워들고 소리를 질렀다.

── 타타타타타타.

젊은이들이 핑핑 돌며 나동그라졌다. 이번에는 도청 앞 양쪽 건물 옥상에서 불을 뿜은 것이다. 거기 배치됐던 저격수들이었다. 저쪽 골목에서 한사람이 나와 주변을 두리번거리며 버르적거리는 사람들 곁으로 갔다. 서너 사람이 뒤따라나왔다. 버르적거리는 사람들을 둘러업고 나갔다.

"대한민국 만세. 전두환 죽여라!"

또 젊은이 서너 명이 뛰쳐나갔다.

── 타타타타타타.

그들도 비칠거리다가 나동그라졌다. 이번에도 시민들이 뛰쳐나가 부상자들을 업고 나왔다.

"이 살인마들아, 광주사람 다 죽여라."

이번에는 웃통을 벗은 젊은이 한사람이 뛰쳐나갔다. 달랑 한사람이었다.

— 타타타타타타.

그도 빙글 돌며 휘청거리다가 쓰러졌다.

"공수단 물러가라. 광주시민 만세."

또 서너 명이 악을 쓰며 뛰어나갔다.

— 타타타타타타.

그들도 똑같은 모양으로 나동그라졌다. 또 시민들이 달려가서 버르적거리는 사람을 떠메고 나왔다. 군중들은 이를 갈고 주먹으로 땅을 치고 시멘트 벽을 쳤다. 멍청하게 입만 벌리고 있기도 하고, 눈물을 줄줄 흘리기도 하고, 하늘을 쳐다보기도 하고, 땅에다 무릎을 꿇고 부들부들 떨기도 했다. 나는 쇠파이프를 들고 멍청하게 서 있었다. 사람들이 달려나가 시체를 떠메고 나왔다.

그때였다. 3가 쪽에서 장갑차 한대가 군중을 뚫고 도청 쪽으로 돌진했다. 장갑차 해치에는 웃통을 벗은 젊은이 한사람이 상반신을 내놓고 양손으로 태극기를 수평으로 휘날리며 소리를 질렀다.

"위대한 광주시민 만세!"

머리에 흰 띠를 두른 젊은이는 태극기를 날리며 목이 찢어져라 거듭거듭 같은 소리를 질렀다. 태극기를 허공에 수평으로 날리며 달리는 젊은이는 조금 아까 길바닥에 나동그라졌던 젊은이들이 금방 저렇게 살아나기라도 한 것 같은 환상적인 분위기였다.

"위대한 광주시민 만세! 만세!"

— 타타타타타타.

젊은이 고개가 툭 꺾였다. 상체가 해치에 허물어졌다. 태극기가 힘없이 뒤로 날아갔다. 장갑차는 해치에 젊은이 몸뚱이를 걸치고 도청 앞 광장을 돌아 오른쪽으로 사라졌다.

나는 쇠파이프를 쥐고 떨고 있었다. 온몸이 얼음으로 얼어 조각조각 부서지는 것 같았다. 내 곁에는 오십대 사내 한사람이 풀썩 주저앉아 두 손으로 땅을 긁고 있었다. 밭 매는 시골 아주머니처럼 허투루 시멘트 바닥만 긁고 있었다. 분수대 앞의 공수대원들은 넋나간 꼴로 서 있었다. 그들을 보는 순간 내 머리를 치는 게 있었다. 이제 졸병 한두 놈이 문제가 아니었다. 저런 명령을 내린 책임자를 언젠가 기어코 죽이고 말겠다고 쇠파이프를 틀어쥐었다. 땅에다 무릎을 꿇고 천지신명께 두 손 모아 맹세하고 싶었고, 내가 이 맹세를 잊고 허랑하게 살아가거든 벼락을 내려달라고 간청하고 싶었다. 나는 쇠파이프를 틀어쥐고 다시 떨었다. 쇠파이프에 맹세하듯 거듭 쇠파이프만 틀어쥐었다. 내 곁의 사내는 그대로 땅만 긁고 있었다. 나는 이를 악물며 쇠파이프를 틀어쥐고 다시 맹세를 다졌다. 거듭 맹세를 하고 나자 질식할 것 같던 가슴이 조금 터지는 듯했다. 공수단 사병들이 새롭게 보이고 세상과 군중들도 달리 보였다.

나는 그때부터 차근해졌다. 그날 오후 무기를 탈취할 때는 나주경찰서에서 무기를 탈취하는 패에 끼여 트럭에 총을 실어다가 침착하게 나눠주었고, 공수단이 물러갈 때는 조선대학교 앞에서 총을 갈기기도 했다. 그렇게 나대면서 그 맹세를 몇번이나 되새겼다.

나는 그사이 김만호와 최덕삼을 찾았으나 보이지 않았다. 공수단이 물러간 다음날인 22일 오전까지도 만나지 못했다. 그들한테 무슨 일이 일어난 것만 같아 병원마다 쏘다니며 명단을 보기도 하고 상무관에 안치된 시체를 살펴보기도 했다. 병원에는 복도까지 부상자가 밀려 아우성이고 상무관 시체는 구타와 총상으로 꼴들이 말이 아니었다. 얼굴 전체가 날아가버린 시체를 나는 한참 동안 보고 있었다. 말로만 듣던 엠십육의 위력에 새삼스레 몸서리를 쳤다. 월남전 때 호치민이 엠십육을 짚고 통곡을 했다는 말이 떠올랐다.

도청으로 들어갔다. 도청에는 시민군들이 오백명도 더 몰려 난장판이었다. 카빈총을 작대기처럼 휘두르고 다니는가 하면, 수류탄의 안전핀이 그게 그렇게 걸고 다니라는 고리인 줄 알고 옷에다 줄레줄레 걸고 다녔으며, 여기저기서 빵빵 총소리가 났다. 오발이거나 재미로 한방씩 쏘아보는 소리였다. 공수단을 물리쳐버리자 공격목표를 잃어버린 시민군들은 삽시간에 오합지졸이 되어버린 것이다.

"형, 찬우형. 나야, 나."

도청에서 나오자 시민군 트럭 하나가 저만큼 급정거를 했다. 김만호였다. 차로 뛰어올랐다.

"살았구나."

나는 그를 얼싸안으며 얼굴에다 박치기를 했다. 그는 방석모를 쓰고 있었다.

"최덕삼이는?"

"덕삼이는 그때 헤어지고 못 만났어. 나는 어제 바로 여기서 꼭 죽는 줄 알았어. 내 옆 사람은 죽었어. 어제 저녁에는 조선대학교 앞에서 공수단 놈들한테 원없이 갈겼구먼."

나도 거기서 갈겼다고 하자 같이 싸웠는데도 몰랐다고 한참 웃었다.

"이 차에도 이순신 장군 많구나."

내 말에 김만호는 방석모를 고쳐쓰며 웃었다. 시민군들은 전투경찰들이 버리고 간 방석모를 뒤집어쓰고 신바람이 났는데 그들한테는 금방 이순신 장군이란 애칭이 붙었다. 방석모에 붙은 방석망을 뒤로 돌려쓴 꼴이 영락없이 서울 광화문 앞 이순신 장군 동상 모습이었다.

차에 탄 이순신 장군들은 총을 흔들고 고래고래 노래를 부르며 내달았다. 차는 학동 쪽으로 달렸다. 무슨 목적이 있어서가 아니라 그냥 그렇게 갈기고 다녔다. 길가에는 여기저기서 여자들이 손을 들고 불쑥불쑥 차 앞으로 나서며 소리를 질렀다. 골목골목에 김밥이며 음료수를 모아놓고 실어주려는 사람들이었다. '여기도 많소.' '냅두시오.' 시민군들은 손을 흔들며 그대로 쌩쌩 지나쳤다. 이 차에도 골판지 상자에 김밥 과자 음료수 라면이 그득했다.

차가 학운동 배고픈다리 쪽으로 달렸다. 우리집이 가까워지고 있었다. 미선이 자매가 떠올랐다. 배고픈다리에서 시민군들이 차를 저지했다. 더는 못 간다고 했다. 여기는 공수단이 퇴각했던 골짜기라 공수단이 다시 쳐들어올 수 있는 중요한 길목이라는 것이다. 여기 시민군들은 표정도 차근하고 경계하는 모습도 짜임새가 있어 보였다. 다리 양쪽에는 모래 부대로 진지까지 구축해놓고 경계를 하고 있었다.

"형, 정찬우형!"

저쪽에서 최덕삼이 쫓아왔다. 김만호와 나는 차에서 뛰어내렸다.

"너, 이 자식 살았구나."

최덕삼이 주먹으로 김만호의 등을 쳤다. 최덕삼도 우리들 걱정에 병원을 쏘다니고 상무관 시체까지 돌아봤다고 했다.

"우리도 여기서 싸웁시다. 엊저녁에 조선대 공수단이 저 산자락으로 후퇴했고 공수단이 시내로 쳐들어올라면 틀림없이 이리 올 거라요. 아까는 여기서 공수단 간첩도 한놈 잡았다요. 민간복으로 갈아입고 내려오는 놈을 잡아서 조금 아까 도청으로 넘겼답디다."

첩보병을 간첩이라 하고 있었다. 여기는 이 지역 예비군 소대장이 시민군 이백여명을 모아 부대를 편성하여 방어를 하고 있다는 것이다. 그때 안 탈 거냐고 우리 차에서 소리를 질렀다. 김만호가 가라고 손짓을 했다. 이런 차는 얼마든지 있었다.

"여기 부대에 우리도 들어갈 수 없소?"

지휘자인 듯한 사람이 지나가자 김만호가 물었다.

"여기는 다 찼어. 저기 소태동 골짜기로 가봐. 거기도 이렇게 지키고 있어."

우리는 그리 가기로 했다. 길가 공중전화가 눈을 붙잡았다. 잠시 망설였다. 나는 이따금 누나한테 전화를 했지만 걱정 말라는 말만 남기고 전화를 끊어버렸다. 더 끌고 있으면 미선이가 자살해버렸다는 소리가 튀어나올 것만 같아 겁이 났던 것이다. 차근한 전화는 기어코 한 녀석 작살을 낸 다음에 걸 참이었다. 그러나 지금은 사정이 달랐다. 번호를 돌렸다. 전화를 받지 않았다. 전에도 전화를 받을 때는 밤중이었다. 미선이 자매는 지금도 이불을 뒤집어쓰고 있는 것일까? 그 드세던 계집애가 그렇게 당하다니, 바보 같은 것.

우리는 화순 쪽으로 가는 큰길로 나섰다. 그쪽은 시민군 차도 다니지 않고 인적도 뜸했다. 좀 으스스했지만 한참 가다가 길을 꺾어 골짜기로 올라갔다. 길가 집들에는 거의 인적이 없었다. 동네를 벗어나자 담요 같은 보온덮개를 씌운 비닐하우스 같은 집들이 나타났다. 김만호가 자개농 공장일 거라며 여기에 이런 공장 있다는 말을 들은 적이 있다고 했다. 똑같은 집들이 여남은 채 길가에 늘어서 있었고 모두 자물쇠가 채워져 있었다.

"시민군들은 어디 있지?"

한참 올라가다 김만호가 걸음을 멈췄다. 여기도 배고픈다리처럼 몇백명 몰려 부산하게 움직이고 있을 줄 알았는데 아무도 보이지 않았다.

"우리가 잘못 왔을까?"

"모두 숲속에 잠복하고 있는지 몰라. 아까 배고픈다리 그 간첩도 잠복하고 있다가 잡았대."

한참 올라가도 기척이 없었다.

"아무도 없잖아? 우리가 잘못 온 거 아냐?"

"여기까지 왔으니까 좀더 올라가서 우리끼리 잠복합시다. 배고픈다리처럼 간첩이 내려올지 모르요. 조금만 더 올라갑시다."

최덕삼이 앞장을 섰다.

"저 논두렁이 좋겠소."

최덕삼이 조금 높은 논두렁을 가리켰다. 우리는 논두렁에 엎드려 길목에다 총을 겨눴다.

"그 자식들, 둘이나 셋이 오면 하나만 남기고 쏴버립시다."

"잘 봐서 쏴야 해. 공수대원들은 긴다 난다 하는 놈들이야. 지금 몇 시지? 나는 시계도 날아가버렸어."

열두시가 조금 넘었다고 했다. 우리는 가늠자에다 눈을 대고 앞을 노려보고 있었다. 산속은 조용했다. 한창 녹음이 짙어가는 산은 봄이라 매미소리도 들리지 않고 이따끔 산새소리만 났다. 김만호가 과자 봉지를 뜯어 과자를 한움큼씩 건넸다. 우리는 앞쪽에 눈을 꽂은 채 과자를 씹었다. 끄르륵. 저쪽에서 산새가 크게 울었다. 우리는 과자 씹던 입을 멈췄다. 한참 만에 다시 과자를 우물거렸다. 상당히 시간이 지났는데도 아무 기척이 없었다.

"저기!"

숲속에서 뭣이 언뜻 스쳤다. 길목이 아니고 산자락이었다. 나는 숨을 죽이며 바로 그 앞에다 겨냥했다.

"저놈들이 우리를 먼저 발견하고 우리를 포위하려고 저리 돌아오지 않으께라?"

——빵.

"오매?"

김만호가 가볍게 비명을 질렀다. 블라우스 하얀 등에 생머리가 풍성하게 나풀거리며 언덕 아래로 고꾸라졌다.

"여자그만 멀라고 쐈소?"

최덕삼이 놀란 눈으로 나를 봤다. 아래로 처박힌 몸뚱이는 모습이 보이지 않았다. 언덕 아래 숲속으로 처박힌 것이다. 김만호도 겁먹은 눈으로 나를 봤다. 나도 멍청하게 그들을 보고 있었다. 나는 여자라는 걸 직감하면서도 방아쇠를 당겼던 것이다. 아래로 처박힌 여자는 모습이 나타나지 않았다.

"저 뒤에서 또 움직인 것 같소."

"오매, 갑시다."

최덕삼이 다급하게 속삭이며 뒷걸음질을 쳤다. 우리들은 엎드린 자세로 뒤로 물러섰다. 최덕삼이 후닥닥 뛰쳐나갔다. 김만호가 뛰어나가고 나도 뒤따랐다. 뒤를 돌아봤으나 쫓아오는 사람은 없었다. 우리는 자개농 공장을 지나 큰길로 달렸다.

도로에 나섰다. 노래를 부르며 이쪽으로 오던 시민군 트럭이 저만치서 돌아가려고 방향을 돌리고 있었다. 김만호와 최덕삼이 총을 흔들며 소리를 질렀다. 트럭이 잠시 멈춰서 우리를 보고 있었다. 거듭 소리를 지르자 이쪽으로 돌아섰다. 차에 탔다. 타고 왔던 시민군들은 다시 노랫소리가 목이 찢어졌으나 우리는 멍청하게 앉아 있었다. 도청 앞 분수대 주변에 군중들이 잔뜩 몰려 있고 확성기가 왕왕 울려대고 있었다. 고함을 지르며 박수소리가 쏟아졌다. 차가 멈췄다. 김만호와 최덕삼도 일어나서 그쪽을 보고 있었다. 나는 차에서 내렸다. 차가 갑자기 떠나는 바람에 그들은 내가 내린 줄도 모르는 것 같았다.

내리기는 했으나 나는 갈 데가 없었다. 확성기는 계속 전두환 일당을 규탄하는 악다구니를 쏟아내고 부처님 탄신 봉축 현수막과 가로수에 매달린 연분홍 연등이 오월의 햇살 아래 눈이 부셨다. 나는 그대로 서 있었다. 확성기 소리며 군중들이며 시가지 건물들이 딴 세상 모습처럼 낯설어 보였다. 멍청하게 서 있던 나는 정신이 번쩍 들었다. 그 여자가 죽지 않았을지 모른다는 생각이 머리를 친 것이다. 나는 다급했다. 그때 시민군 트럭이 왔다. 손을 들며 앞을 가로막았다. 소태동으로 가자고 했다. 차는 부르릉 속력을 냈다. 도청에서 급한 연락 임무라도 띠고 가는 줄 아는 것 같았다. 노래만 부르며 허투루 갈기고 다니던 그들은 일거리를 만나자 신바람이 났다. 학동 삼거리에 이르자 시민군들이 차를 가로막았다.

“더 못 가. 위험해. 저 앞에서 공수단하고 금방 한판 붙었어.”

나만 내리고 차는 돌아섰다. 어떻게 붙었냐고 하자 그놈들이 느닷없이 저기 시내버스 종점 주유소 아래서 총을 갈겼다는 것이다. 그들이 총을 쐈다는 지점은 아까 우리가 갔다 왔던 골짜기보다 더 아래쪽이었다. 나는 저기 볼일이 있다며 상점에다 총과 탄띠를 맡기고 그쪽으로 갔다. 큰길에는 아까처럼 사람도 차도 다니지 않았다. 골짜기로 올라갔다. 길가 집들은 거의 비어 있는 것 같았다. 자개농 공장들을 벗어나려 할 때 할아버지 한사람이 공장 앞에 서성거리고 있었다. 위쪽에 공수단 있느냐고 하자 자기도 공장이 못미더워서 금방 왔다고 했다.

“혹시 여자 한사람 내려오는 것 못 보셨습니까?”

“아이갸, 잡혀갔는가?”

나는 대답하지 않았다. 공장들을 벗어나자 으스스했다. 금방 어디서 총알이 날아올 것 같았다. 몸뚱이가 스멀스멀했다. 쏠 테면 쏘라고 그냥 올라갔다. 총을 쏘았던 자리가 나타났다. 우리들이 버린 빨간 과자봉지가 유독 선명하게 눈을 끌었다. 여자가 쓰러졌던 곳으로 갔다. 아무것도 없었다. 주변을 살폈으나 아무 기척도 없었다. 쓰러졌던 자리를 살폈다. 풀이 조금 뭉개진 흔적이 있고 풀잎에 피가 묻어 있었다. 주변을 더 멀리 살폈으나 아무 흔적도 없었다. 위쪽으로 올라가며 살폈지만 마찬가지였다. 다시 그 자리로 왔다. 피가 생풀잎에는 망울져 있고 마른 풀잎에는 고루 묻어 있었다. 땅속으로 잦아들었을 것이므로 얼마나 흘렸는지도 알 수 없었다. 신음소리가 나지 않나 귀를 쫑그렸다. 역시 기척이 없었다.

"부상당하신 분 안 계시나요?"

조심스럽게 소리를 질렀다. 다시 주변을 살피며 소리를 질렀다. 아무 기척이 없었다. 산자락을 따라 올라갔다. 한참 올라가도 흔적이 없었다. 살아서 내려갔을까? 살았다면 동네로 내려갈 수밖에 없을 것 같았다. 나는 한참 서 있다가 힘없이 돌아섰다. 자개농 공장을 지날 때였다.

"손 들엇!"

나는 번쩍 손을 들었다. 양쪽 공장 뒤에서 예닐곱 명이 튀어나오며 총부리를 들이댔다. 시민군들이었다.

"공수단이지?"

"아닙니다."

"그럼 저기는 뭣하러 갔어?"

나는 말이 막히고 말았다.

"움직이면 쏜다. 몸 뒤져. 움직이면 정말 쏴버려. 혼자 보낸 놈이라면 보통 놈이 아닐 거야."

"대검이다. 이게 무슨 대검이지?"

"이 새끼가 대검까지 민간인 걸로 위장했잖아. 이래도 공수단이 아니라고?"

"묶어. 빨리!"

끈을 주워다가 내 손을 묶었다. 내 양쪽 팔을 틀어잡고 내달았다. 큰길 가까이 이르자 거기 빈집으로 들어갔다.

"여기서 차분하게 조져."

몽둥이를 주워들고 둘러쌌다.

"뭐하러 내려오는 거야? 너희 부대 어딨어?"

"나는 공수단이 아닙니다."

"공수단이 아니면 저기는 무엇 하러 갔어?"

나는 도무지 둘러댈 말이 없었다.

"말이 말 같잖아. 너 이새끼, 우리들을 우습게 본다 이거지. 이새끼 여기서 죽여버려."

몽둥이가 정신없이 들어왔다. 나는 마당에 나동그라졌다.

"너희 부대 어딨어? 언제 시내로 쳐들어오지? 바른 대로 말해. 무얼 알아보러 오는 거야? 너 이새끼, 전두환한테 끝까지 충성하겠다, 이거지. 좋다. 한번 죽어봐라. 내 친구도 죽었다."

정신없이 몽둥이가 들어왔다. 나는 학운동이 우리집이라고 하려다 말았다. 그랬다가 집으로 끌고 가면 이만저만 낭패가 아니었다. 약이 오를 대로 오른 작자들은 무지막지하게 몽둥이를 휘둘렀다. 나는 까무러치고 말았다. 정신을 차리자 나를 끌고 큰길로 갔다. 저쪽 시민군 트럭이 보였다.

"야, 공수단 간첩 잡았다. 빨리 도청으로 싣고 가라!"

공포를 쏘며 소리를 질렀다. 트럭이 왔다. 나를 트럭에 밀어올렸다.

"그 새끼 악질인게 철저히 조사하라고 해. 이건 그 자식이 허리에 꽂고 왔던 대검이야. 달랑 이 대검 하나만 꽂고 온 거야. 이런 것까지 철저하게 민간인 걸로 위장을 했다구."

그들은 또 잡으러 가자고 소리를 지르며 돌아섰다. 차에 타고 있던 시민군들은 간첩 얼굴 좀 보자고 내 고개를 들추고 발로 차고 야단이었다.

"야, 너, 찬우 아니냐? 이게 웬일이냐?"

누가 내 어깨를 흔들었다. 중학교 동기였다. 시위할 때 두 번이나 만났던 친구였다. 그는 튀어나올 것 같은 눈으로 도대체 어떻게 된 거냐고 거듭 내 어깨를 흔들었다.

"여럿이 잠복 나갔다가 시계를 떨구고 와서……"

혼자 시계 찾으러 갔다가 공수대원으로 오해를 받았다고 했다. 그 시계는 졸업선물이라는 소리까지 했다. 살았다는 생각과 함께 저절로 말이 굴러나왔다. 아까는 막막하기만 했던 말길이 물길 터지듯 했다.

"이 칼은 뭐야?"

"그놈들한테 붙잡히면 쑤셔버리려고 집에서 가지고 갔던 거야. 등산용 대검이잖아?"

"그런다고 간첩으로 몰려? 똑똑한 줄 알았더니, 이런 병신."

그는 허허 웃었다. 곁에 있던 시민군들은 어리둥절한 표정이었다. 나를 족쳤던 시민군들은 타지 않았으므로 그렇지 않다고 우길 사람은 없었다.

"야야, 저기 병원 앞에 차 멈춰!"

친구가 소리를 질렀다. 도청에다 넘겨야 한다는 축이 있었으나, 내 중학교 동기라지 않느냐고 그가 윽박질러버렸다. 나는 경황중에도 칼을 챙겨 허리에 꽂고 친구의 부축을 받으며 병원으로 들어갔다. 작은 병원이라 시민군 부상자는 별로 없었다. 침상에 눕자 가슴이 저려오고 다리며 어깨며 뼈마디가 쑤셨다. 엑스레이를 찍고 주사를 놓고 한참 치료를 했다.

"다행히 큰 상처는 없구먼. 거기서 한숨 푹 자라구."

나이 먹은 의사는 자기가 더 안심이 된다는 표정이었다. 잠이 깨자 다섯시였다. 아직도 몸이 찌근찌근했으나 더 누워 있을 수가 없었다. 얻어맞은 깐으로는 견딜 만했고 바깥소식이 막히자 눈과 귀를 가려버린 것처럼 답답했다. 나는 고맙다는 인사를 남기고 병원을 나왔다. 도청으로 갔다. 도청이라야 일판 돌아가는 것도 제대로 알 것 같고 쉴 장소도 많았다.

시민군들이 아까보다 더 북적거리고 있었다. 사무실에 어디 누울 데 없을까 하고 현관 왼쪽 민원실로 들어갔다. 내가 세모눈을 본 것은 이때였다. 민원실 안쪽 방으로 들어가자 대학생들이 학생수습위원회를 결성한다고 회의를 하고 있었다. 사십대 사내도 한사람 끼여 있었다. 오전에 시민수습위원회가 조직되어 일곱 개 항목의 수습조건을 결의하여 계엄사령부로 가는 등 활동을 하고 있었지만 그들은 시민군을 장악하지는 못했다. 시민수습위원 가운데는 전형적인 기회주의자들이 여러 명 끼여 있었으므로 시민군들한테 말발이 서지 않아 수습위원회와 시민군들은 따로 놀고 있는 셈이었다.

"여기서는 뭐하고 있는 거요?"

그때 엠십육을 옆구리에 꼬나든 세모눈이 나타났다. 학생 하나가 학생수습위원회를 만든다고 설득조로 말했다.

"수습이 뭐요, 수습이. 지금 공수단이 쳐들어오려고 준비를 하고 있어요."

세모눈은 공중을 향해 꼬나든 엠십육에 힘을 주며 소리를 질렀다. 그도 시민수습위원회를 불신하는 것 같았고, 여기 모인 학생들도 그들한테 놀아나는 걸로 보는 것 같았다.

"공수단들이 그렇게 노리고 있는데 시민군들은 이렇게 오합지졸이니까 학생들이 나서서 질서를 잡자는 거네."

사십대 사내가 나섰다.

"당신은 뭐야?"

세모눈은 대번에 사내 턱밑에다 엠십육 총구를 들이댔다. 총부리로 턱을 치켜올렸다. 턱밑 오목한 데 총구가 박혀 사내가 고개를 돌리면 총구가 그대로 따라갔다. 사내는 얼굴이 공중으로 쳐들린 채 눈만 세모눈을 보고 있었다. 엠십육의 성능으로 보아 방아쇠를 당겨버리면 머리통이 몽땅 날아갈 판이었다. 나는 상무관 시체에서 엠십육의 위력을 보았으므로 지레 몸서리를 쳤다.

"자식아, 총 안 비켜. 이천명이면 많이 죽었어!"

사내가 꽝 고함을 질렀다. 이천명은 그때 소문나 있던 사망자 숫자였다.

"이분은 민주화투쟁 하시다 감옥살이를 하고 엊그제 나오신……"

학생 한사람이 조심스럽게 말하자 세모눈은 슬그머니 총을 내렸다. 드세게 들이댔던 만큼이나 또 쉽게 누그러졌다. 이 판이 어느 판이라고 먹물들까지 설치느냐고 비위가 상했다가 민주화투쟁이란 말에 금방 태도가 달라진 것이다.

"수습이든 뭐든 질서부터 잡자는 거네. 질서를 잡아야 공수단이 쳐들어오더라도 제대로 싸울 수 있잖아?"

사내가 설득조로 말했다. 그때 아까부터 저쪽에서 느긋하게 노려보고 있던 젊은이가 벌떡 일어섰다.

"대학생들이 뭔데요? 첨에만 설치다가 십구일부터는 전부 도망쳐버리고 코빼기도 안 보였잖아요."

"그래도 시민군들이 모두 인정할 수 있는 사람들은 대학생말고 누가 있어?"

사내가 달래듯 말했다. 젊은이가 다시 대들려고 하자 세모눈이 제지했다.

"이분 말이 맞아. 잘들 해보시오."

세모눈은 한마디 던져놓고 나가버렸다. 내가 세모눈을 본 것은 이것이 전부였다. 들어오자마자 대번에 판을 휘어잡아버린 위세며, 수습이란 말에 일판을 끝내자는 걸로 알았다가 질서를 잡자는 소리에 금방 수긍하는 태도며, 끊고 맺는 행동거조가 칼로 베듯 확실했다.

나는 세모눈이 나간 뒤 거기서 조금 서성거리다가 밖으로 나왔다. 몸이 다시 쑤시기 시작했다. 병원에서 진통제를 놓았던 모양이고 약발이 떨어진 것 같았다. 어디 누울 데 없느냐고 하자 숙직실을 가르쳐주었다.

숙직실에는 두어 사람이 누워 있었다. 나도 이불을 펴고 누웠다. 나는 어디 꿈속을 헤매고 있는 것 같았다. 생머리 여자가 떠올랐으나 그것도 꿈속에서 일어났던 일 같았다. 상무관의 시체와, 병원의 그 수많은 부상자와, 소태동에서 나를 두들겨팼던 시민군들과, 가톨릭센터 공수대원의 그 혼겁과 항의가 엇갈리던 눈과, 장갑차 해치에 상반신을 내놓고 달리던 젊은이, 이런 모습들이 대중없이 눈앞을 스쳤다.

나는 사흘 동안 숙직실에서 잠만 잤다. 잠이 오지 않아도 그대로 누워 천장을 쳐다보고 있었다. 어디 얼씬거리고 다니기도 싫었고 누구와 이야기하고 싶지도 않았다. 밖에 나가면 밥이 있었으므로 먹고 나서 그대로 누워 있었다. 생머리 여자를 쏘았던 일이 머리에서 떠나지 않았다. 나는 분명히 그가 여자라는 걸 직감하면서도 쐈다. 왜 그랬는지 알 수 없었다. 그때 일을 하나하나 곰곰이 새겨보았지만 알 수 없었다.

25일부터 도청에는 새로운 긴장이 감돌기 시작했다. 계엄사와 끈질기게 벌여오던 협상이 끝내 결렬되고, 계엄사는 무조건 투항을 강요하고 있었다. 시민군 지도부는 끝까지 항전하자는 축과 무기를 놓고 퇴거하자는 축으로 맞섰다. 항전파는 정부의 사과 없이는 절대로 물러설 수 없다는 것이고, 퇴거파는 시민들의 생명을 담보로 무작정 싸울 수는 없다는 주장이었다. 다음날은 더 날카롭게 맞섰고 항전파들이 총을 들이대고 퇴거파를 몰아냈다.

"우리는 절대로 전두환 일당을 용서할 수 없습니다. 마지막까지 싸워야 합니다. 그러나 상대는 공수단입니다. 우리가 싸운다는 것은 여기서 그들과 싸우다가 이 자리에서 죽는다는 것입니다. 마지막까지 싸우다가 죽을 사람만 남으시오. 살아남을지도 모른다고 생각하는 사람은 남지 마시오. 싸우다가 도망치면 그런 사람은 우리가 쏴버릴 것입니다. 우리 시민군 명예를 위해서 그런 사람은 용서할 수 없습니

다."

항전파 젊은이는 싸우다가 죽을 사람이라는 말을 몇번이나 강조했다. 그러면서 어린 학생들은 억지로 돌려보냈다. 나는 공수단이 발포하던 날 맹세가 떠올라 내가 죽을 자리는 여기가 아니라는 생각이 들었으나 이 자리는 이 자리대로 피해서는 안될 것 같았다. 나는 딱히 결론이 나지 않아 망설이다보니 시간이 흘렀고 밤중이 가까워지자 돌아설 수가 없었다. 일판이 어떻게 되는가, 상황실이 있는 이층으로 올라갈 때였다.

"YWCA에서도 기동타격대 모집한다."

젊은이들이 몰려 내려오며 말했다. 기왕에 도청에서 활동하던 기동타격대와는 달리 시 외곽으로 나가서 싸울 기동타격대를 모집한다는 것이다. 나도 그들을 따라갔다. 거기 강당에 오륙십명쯤 몰려 있었다. 나도 지원했다. 기동타격대 지원자는 서른 명쯤 되었다. 다른 사람들은 여기 남아 싸울 사람들이라고 했다.

오늘 저녁에 마지막까지 싸울 시민군 총수는 육백명쯤 된다는 것이다. 도청 이백오십여명을 비롯해서 광주공원 백여명, 학동 이백여명 등 육백여명쯤 될 거라고 했다. 그들말고도 지금 길 건너 YMCA에도 지원자들이 몰려 있다는 것이다.

나는 죽기로 작정한 사람들이 이렇게 많다는 사실에 놀랐다. 처음에는 죽음을 너무 쉽게들 말하는 것 같아 그런 소리 하는 사람들이 실없이 보였으나 돌아갈 사람들이 다 돌아가고 나자 남아 있는 사람들은 달리 보이기 시작했다. 죽음을 각오한 사람들의 비장한 분위기 속에서 조용한 활기가 넘치고 있었다. 이런 사람들은 어떤 사람들일까, 나는 한사람 한사람 얼굴을 뜯어보았다. 모두가 평범한 얼굴들이고 겉보기에는 시원찮게 보이는 사람도 있었다. 앞으로 두세 시간 뒤면 죽는 건데 죽음 따위는 안중에도 없는 것 같았다. 헤실헤실 웃고 다니는 사람도 있었다.

우리 부대는 육칠명씩 조를 편성하여 엠원과 실탄을 두 클립씩 나눠주었다. 조원들끼리 몰려 앉아 자기 소개를 했다. 우리 조는 여섯 명이고 나이는 모두 스무살 전후였다. 공원이 둘, 식당 종업원 하나, 전문대생이 하나, 재수생은 나하고 두 사람이었다. 고향을 묻고 이야기하고 있을 때 한쪽에서 무얼 열심히 적고 있던 공원들이 서로 적는 걸 훔쳐보며 낄낄거렸다.

"우리가 죽으면 부모님들이 시체라도 찾아 가얄 게 아냐. 상무관에서 본게 임자 없는 시체는 정말 불쌍하더만. 시체를 못 찾은 식구들도 고생이고, 그래서 주소하고 이름하고 부모님들한테 남길 말을 적었어."

낄낄거리던 젊은이가 말했다. 부모님들께는 뭐라 썼느냐고 식당 종업원이 물었다.

"간단해. 주소하고 이름 쓰고, '어머니 아버지 죄송합니다. 불효자 박창수' 이것뿐이야. 히히."

"나도 수첩 한장 찢어줘. 증명도 없고 아무것도 없으니까 나도 죽으면 임자 없는 시체 되겠어."

너도 나도 나섰다. 볼펜이 하나뿐이어서 나는 맨 나중에 썼다. 부모님들께는 뭐라 할말이 없어서 쓰지 않았다. 그때 박창수가 친구 쪽지를 낚아챘다.

"어머니 죄송합니다. 내동댁한테서 이만원 꾸었습니다. 제 월급 타다가 갚아주십시오. 어머니, 오래오래 사십시오. 죄송합니다. 최삼동 올림. 히히."

그는 쪽지를 돌려주며 웃었다.

"야, 그 꿨다는 돈은 무슨 돈이냐? 혹시 집에서 도망쳐나올 때 빌린 거 아냐?"

식당 종업원이 놀란 눈으로 물었다. 최삼동은 머쓱한 표정으로 그렇다고 했다.

"인마, 그러면 곤란하잖아. 그이가 돈을 빌려줬기 때문에 네가 나가서 죽었다고 그이하고 원수가 될 거 아냐?"

"정말 그러겠다. 떼어먹는 것이 낫겠다. 그 소리 지워버려."

박창수가 거들었다.

"그래도 그 돈은 갚아줘야 하는데."

얼굴이 너부데데한 최삼동은 어색하게 웃으며 고개를 갸웃거렸다.

"비상! 출동이다. 빨리 모여!"

우리들은 총을 들고 후닥닥 일어섰다. 모두 밖으로 뛰어나가 차에 올랐다. 새벽 세시였다. 차는 금남로를 지나 계림동 쪽으로 달렸다. 건물과 가로수들이 시커멓게 웅크리고 우리를 지켜보고 있었다. 우리는 계림초등학교 앞에 배치되었다. 삼십여명이 육교를 중심으로 좌우에 적당히 자리를 잡았다. 나는 육교 계단에 몸을 숨기고 교도소 쪽을 향해 총을 겨누었다. 계단 아래참에는 최삼동이 똑같은 자세로 총을 겨누고 있었다. 껌껌한 어둠속에는 아무것도 보이지 않았다.

산수동 쪽에서 시민군 선전차의 여자 목소리가 아스라하게 들려왔다. 진작부터 시내를 누비고 다녔던 것 같았다.

"광주시민 여러분, 지금 계엄군이 쳐들어오고 있습니다. 모두 함께 막아냅시다. 광주시민 여러분, 지금 시민군들은 도청에서 최후까지 싸울 것입니다. 우리는 이대로는 물러설 수 없습니다. 광주시민 여러분, 우리는 공수단의 만행을 용서할 수 없습니다. 우리 모두 함께 막아냅시다. 지금 공수단이 쳐들어오고 있습니다……"

여자의 카랑카랑한 목소리가 어둠을 뚫고 얼음장 깨지는 소리로 퍼지고 있었다. 그때 내 앞에 얼굴이 하나 다가왔다. 가톨릭센터 뒤뜰에서 그 혼겁과 항의가 엇갈리던 공수대원 얼굴이었다. 그는 충분히 나를 찌를 수 있었는데 찌르지 않았고, 나도 그의 눈을 보고 나서 칼을 헛찔렀다. 그가 지금 이쪽으로 쳐들어온다면 어떤 모양으로 오고 있을까?

“광주시민 여러분, 지금 계엄군이 쳐들어오고 있습니다. 우리는 이대로는 물러설 수 없습니다. 도청에서 시민군은 최후까지 싸울 것입니다……”

낭랑한 목소리는 점점 가까이 다가왔다. 하늘에는 별이 떨고 땅에서는 여자 목소리만 세상을 울리고 있었다. 목소리는 저만치 우리 앞을 지나 광주역 쪽으로 천천히 멀어지고 있었다. 나는 어둠속에서 총구 끝만 노려보고 있었다.

“야, 볼펜 있냐?”

최삼동이 내 다리를 꾹꾹 찔렀다.

“없어. 볼펜은 뭐하게?”

“내 쪽지에 아까 그 소리 지워버려야겠어.”

“이 어두운 데서 어떻게 지워?”

“저기 가로등 밑으로 얼른 달려가서 지우고 오면 될 텐데 누구 볼펜 없을까?”

“정신 빠진 소리 말아.”

내가 윽박질렀다. 그는 입을 다물었다.

두두두. 타타타. 멀리서 총소리가 들려왔다. 도청 쪽이었다. 나는 총을 움켜쥐고 앞을 응시하고 있었다. 그러나 칠흑 같은 어둠속에서는 아무것도 보이지 않았다. 도청 쪽에서는 계속 총소리가 울려왔다. 여자 목소리는 광주역 근처에서 애절하게 밤하늘을 흐르고 그에 대답하듯 총소리는 계속 울렸다.

끼르륵. 느닷없이 우리 뒤에서 엠십육 연발음이 터졌다. 육교 시멘트에 투두둑 총알이 튕겼다. 나는 후닥닥 계단 반대쪽으로 돌아갔다.

최삼동은 그대로 있었다.

"뭐하고 있어. 빨리!"

나는 그의 머리를 쳤다. 그는 총에다 고개를 처박고 있었다. 비릿한 피냄새가 물씬 몰려왔다. 어라, 그는 비명도 몸부림도 없이 동작과 생명이 딸각 멈춘 것 같았다.

끼르륵 끼르륵. 저쪽에서 계속 엠십육 연발음이 쏟아졌다. 나는 방아쇠를 당기려 했으나 몸이 굳어 꼼짝할 수가 없었다. 꼭 가위눌린 것 같았다. 우리 쪽에서는 총소리가 나지 않았다. 모두 나처럼 몸이 굳어버린 것 같았다. 끼르륵 끼르륵, 엠십육 소리만 요란스러울 뿐 우리는 아무도 총을 쏘지 못했다. 모두 아래다 머리를 처박고 있었다. 나도 머리를 처박았다.

빵, 빵. 저쪽에서 엠원 소리가 몇방 나다 말았다. 끼르륵 끼르륵, 엠십육은 계속 갈겨댔다. 내 곁에 있던 시민군들이 뒤로 물러섰다. 나도 뒤따랐다. 다리가 후들거렸다. 우리는 하수구 속으로 들어갔다. 그 속에서 오들오들 떨고 있었다. 모두 등신이 되어버린 것 같았다. 이미 죽음을 각오하고 얼마 전까지 그렇게 의젓했던 사람들이 모두 이 꼴이 되다니 도무지 믿어지지가 않았다. 엠십육 총소리에 모두 정신이 나가버린 것 같았다. 무기의 우열이 사람을 이렇게 만들어버릴 수도 있는 것인가. 나는 내 자신과 옆사람들의 처참한 모습을 보며 오들오들 떨고 있었다.

날이 밝아오자 우리 위치가 발각되었다. 나오라고 소리를 질렀다. 나오지 않으면 수류탄을 터뜨리겠다고 을렀다. 손을 들고 나갔다. 우리들의 초라한 꼴이 훤하게 드러났다. 내 앞 전문대생 등에는 붉은색 매직으로 '극렬. 교전 후 체포. M1소지'라 씌어 있었다. 그 붉은 글씨를 보는 순간 내 눈에 보이는 것은 죽음이었다. 나중에 보니 내 등에는 '사제대검 소지'가 하나 더 씌어 있었다. 그때부터 차고 박고 찍고 우리는 이미 사람이 아니었다. 상무대 연병장에 내려 건물 안으로 끌려갔다. 레슬링 선수 같은 사람들이 열댓 명 둘러 서 있었다.

"오, 전남공화국 용맹한 국군 용사들이여, 환영합니다."

열댓 명이 차고 밟고 패고 말 그대로 작살을 냈다. 이른바 '번개딱돌림빵'이었다. 그들은 잡아온 짐승 갈무리하듯 파지를 만들어 영창으로 처박았다. 이제 숨을 좀 쉬는가 했으나 곧바로 헌 군복으로 갈아입히더니 다시 끌고 나갔다. 수사관들의 다음 요리 공정이 기다리고 있었다. 나는 대검 때문에 더 악질로 찍혔다.

그날부터 날마다 '통닭구이' '물고문' '송곳찌르기' 등 갖가지 고문으로 밤이 새고 날이 갔다. 고문을 당할 때 유일한 바람은 이대로 숨이 끊어져버렸으면 하는 한가지뿐이었다. 전등불 꺼지듯 딸깍 숨이 멎으면 얼마나 편할까? 육교에서 딸각 동작이 멈췄던 그 친구가 정말 부러웠다. 밤이 되면 화장실 모서리에다 머리를 찧거나 숟가락을 시멘트 벽에 갈아 배를 긋는 사람들이 여럿이었다. 그들은 그 때문에 또 안 죽을 만큼 공매를 맞고 특별 계호대상이 되었다. 저녁 내내 끙끙 앓으며 몸을 뒤치다가 날이 밝아오면 눈오는 날 굴속 산짐승처럼 퀭한 눈으로 밖을 내다보며 다시 떨기 시작했다. 우리한테 날이 밝아온다는 것은 수사실로 끌려나간다는 것밖에 다른 의미가 없었다. 날이 밝아오는 만큼씩을 죽음의 발걸음 소리로 들으며 자살의 유혹이 온몸을 감쌌다. 그 유혹은 감미로웠다. 그러나 영창 헌병들의 일차적인 계호 임무는 자살 방지였으므로 자살할 기회도 방법도 없었다.

"이북서 내려온 너희 외삼촌 언제 만났지?"

"만난 일 없습니다."

"이 새끼가 정말 죽고 싶어 환장했구먼."

몽둥이가 들어왔다. 나는 처음에는 그게 무슨 소린지 몰랐다. 몇번 두들겨 맞고서야 6·25 때 입산해서 죽었다는 외삼촌이 떠올랐다. 그가 살아서 월북한 것으로 가정하고 그런 소리를 하는 것 같았다. 이런 터무니없는 소리로 시달린 것만도 여러번이었다. 집안에 실제로 그런 사람이 있는 사람들은 더 말할 것이 없었다.

잔혹, 혹독, 수사관들의 행위는 이런 경우에 쓰는 어떤 언어도 공허했다. 그들은 공수대원들과도 달랐다. 시위대와 맞붙었던 공수대원들은 흥분한 상태였지만 수사관들은 웃고 여유있게 농담까지 하며 고문을 했다. 그들은 인체의 어디를 어떻게 하면 어떤 반응이 나타난다는 것을 잘 알고 있었고, 그런 데를 찾아 고문하는 방법도 기계 다루는 숙련공들처럼 능란했다. 판소리를 즐기는 사람들이 소리가 꺾임소리로 극점에 이를 때 그 극점에서 감동을 느끼듯 수사관들은 비명소리의 극점에서 오르가슴 같은 쾌감을 느끼는 것 같았다. 그들은 비명소리를 얼마나 처절하게 내게 할 수 있는가에 골몰했으며 극한적인 소리가 날 때 자신의 행위에 쾌감과 함께 성취감을 느끼는 듯했다. 인간이란 잔인성까지도 기교를 부려 즐길 줄 아는 짐승이었다.

한달쯤 지나자 불려나가는 횟수가 사나흘 간격으로 떴다. 날마다 수십명씩 새로 잡혀왔으므로 초기에 잡혀온 사람들은 뒤로 밀릴 수밖에 없었다. 마음에 조금 여유가 생기자 우리들을 모두 죽이지는 못할 거라는 생각이 들기 시작했다. 죽음의 공포가 조금 가시면서 생머리 여자가 떠올랐다. 언덕 아래로 엎어지며 블라우스 등에 가득히 퍼지던 그 생머리가 파도처럼 나풀거리며 내 얼굴을 덮쳤다. 그는 어떻게 되었을까? 그 아랫동네 여자여서 그 식구들이 업어다가 치료를 했을까? 그렇지만 거꾸로 박히던 모습은 치명상이었다. 하얀 등에 가득히 생머리를 나풀거리며 곤두박히던 소태동 여자 모습에 흙감태기가 된 미선이 모습이 겹쳤다. 미선이는 이미 자살해버렸을 것만 같았다. 그의 성격으로 그런 험한 처지를 감당해냈을 것 같지 않았다.

나는 그때부터 김만호와 최덕삼이 잡혀오지 않나 눈을 밝혔다. 그들이 잡혀오면 생머리 여자 사건이 드러날 것 같았다. 그들은 거의 붙어다녔으므로 다른 것은 몰라도 그들 둘이 함께 다녔던 행적은 숨길 수 없을 것이다. 수사관들의 노회한 솜씨와 몽둥이의 공포 앞에서는 없는 말도 지어내는 판이었다. 나는 신입자가 들어올 때마다 가슴을 졸이며 눈을 밝혔고 제발 그 여자가 살아 있게 해달라고 빌었다. 내가 지금까지 당한 고문 전부를 열 번 당해도 좋으니 미선이도 살아 있고 그 여자도 살아 있게 해달라고 어느 신에겐가 간절히 빌었다. 그 신이 스무 번을 요구하면 어쩔까? 스무 번? 나는 실없이 찔끔했다가 이를 악물고 그것도 용납하고 나면, 백번을 요구할 것 같아 겁이 났고, 그것도 용납하고 나면 이백번 삼백번, 나는 숨이 막혀 머리를 싸안고 몸뚱이를 뒤치었다. 그들은 꿈에 나타나기도 했다. 소안도 수평선 선홍빛 까치놀 속에서 생머리 여자가 미선이와 짝을 지어 그 풍성한 머리를 휘날리며, 끼룩끼룩 갈매기들과 드넓은 하늘을 위아래로 휘젓고 다녔다.

그런 하루하루가 얼마를 지났는지도 모르는 어느날이었다. 그날도 도살장에 끌려나간 소처럼 불려나가 목을 늘인 자세로 수사관 앞에 다소곳이 앉았다. 수사관은 빙그레 웃으며 말씨가 여간 부드럽지 않았다. 한두 번 당해본 일이 아니므로 오늘은 또 무슨 짓을 하려고 이러는가 떨고 있었다.

"반성문을 쓴다."

느닷없는 소리를 했다. 그는 부드러운 소리로 반성문 내용을 불러주었고 나는 이건 또 무슨 수작인가 발발 떨며 한마디 한마디 받아썼다. 이번에는 각서를 쓴다며 또 내용을 불러주었다. 밖에 나가면 여기서 있었던 일은 절대로 발설하지 않겠으며 발설할 경우 어떤 처벌도 달게 받겠다는 내용이었다. 나는 무슨 야료 속인가, 멀건 눈으로 수사관의 표정을 힐끔거리며 그가 하라는 대로 이름을 쓰고 손도장을 찍었다. 그는 곁에 두었던 옷보따리를 풀어주며 갈아입으라고 했다. 나는 깜짝 놀라 수사관과 옷보따리를 번갈아봤다. 여기서는 헌 군복을 입고 있었고 붙잡힐 때의 옷은 영창 한쪽에 개켜두었는데 보자기에서 나온 것은 내가 집에서 입던 옷이었다. 수사관은 여유있게 웃고 있었다. 다시 옷을 봤다. 분명히 내 옷이었고 옷에서 사람냄새가 물씬 풍겨왔다. 나는 얼얼한 기분으로 다시 수사관을 봤다. 그때야 그의 웃음이 사람의 웃음으로 보이며 비로소 인간이 느껴졌다. 나는 옷을 갈아입고 그가 붙여준 사병을 따라 밖으로 나갔다. 헌병대 구역의 샛문에 남녀 여남은 명이 눈을 밝히고 있었다.

그 속에서 누나가 앞으로 다가왔고 십년은 더 늙어 보이는 아버지가 사람들 속에서 이쪽을 보고 있었다. 누나가 내 손을 잡았다. 수감자 가족들은 한여름인데도 잔뜩 얼어붙은 얼굴에 카메라 렌즈처럼 퀭한 눈으로 내 몸을 핥고 있었다. 밖에서 소문으로 듣던 혹독한 고문의 실상을 확인하려는 눈들이었다. 저승이 있다면 그 문턱에서 서성거리는 사람들은 이런 모습일 것 같았다. 나는 그제야 몸이 떨리기 시작했다. 그들의 눈과 아버지 모습을 보자 내가 풀려나는 경위를 알 것 같았다. 면회 한번에 삼백만원이고 석방은 집 한채 값이라던 영창 안의 소문이 떠올랐다. 나는 그런 소리를 들으면서도 그런 일은 기동타격대한테는 꿈 같은 소리여서 남의 일로만 생각하며 귀여겨듣지도 않았었다. 나는 영창 건물을 돌아보았다.

"몸은 괜찮냐?"

아버지 말에 나는 '예' 하고 대답했다. 아버지는 그 말말고는 아무 말도 하지 않고 앞장을 섰다.

"미선이는 그때 다행히 무사했던 것 같다. 영선이는 지금도 이불만 뒤집어쓰고 꼼짝을 않는다마는 미선이라도 무사했기 다행이지 뭐냐. 미선이는 지금 학교 다닌다."

누나가 바짝 다가서며 귓속말로 속삭였다. 미선이가 살아 있고 더구나 무사했다는데도 그게 무슨 감동으로 다가오지 않았다. 야수의 잔혹과 비명으로 가득한 수사실과, 내가 옷을 갈아입고 가족들과 함께 걷고 있는 이 두 개의 현실이, 너무도 가까운 시간과 너무도 가까운 거리에 분명한 사실로 존재하고 있다는 게 내내 황당하기만 했다.

거리에 나서자 요란스런 간판들이 압도해왔다. 이렇게 화려한 간판이 그대로 있다는 것도 생소하고, 그런 간판 아래로 사람들이 태평스럽게 걸어다니고 택시들이 쌩쌩 달리고 있다는 사실이 도무지 생소하기만 했다. 이 생소함, 이것이 내가 처음으로 느끼는 석방에 대한 실감이었다. 택시를 타자 행선지를 엉뚱한 데로 댔다.

"학운동 집에서 이사했다. 미선이 식구들은 방림동으로 방을 얻어갔다. 소안도에서 할머니가 올라와서 돌보고 계시다마는 그 집 일이 큰일이다."

새로 이사한 집은 두 칸짜리 전세방이었다. 이삿짐은 아직도 풀리지 않고 있었다. 누나가 음식점에 음식을 시키는 사이 나는 목욕탕으로 들어갔다. 거울 앞에 섰다. 몇달 만에 처음 보는 얼굴이었다. 얼굴이 홀쭉할 뿐 몸이 별로 축난 것 같지는 않았다. 옷을 벗고 거울로 등을 돌렸다. 검붉은 피멍과 꺼먼 딱지와 하얀 딱지자국과 진물이 추상화처럼 어지러웠다. 딱지는 피멍 든 자리를 다시 맞아 곪았다가 아문 딱지고, 하얀 자국은 그런 딱지가 떨어진 자국이었다. 양쪽 어깻죽지 뼈에는 송곳에 찔린 자국이 여남은 군데 아물어 있고, 팥알만큼씩 한 딱지가 서너 군데 붙어 있었다. 샤워기를 틀어 물을 뒤집어썼다.

"이따 어머니가 올라올 것이다. 어머니만 만나고 내일 아침 바로 서울로 가거라. 다친 데 있거든 치료를 해도 서울서 하고 놀아도 서울서 놀아. 유용찬인가 걔하고 같이 있기로 한 것 같다."

나는 정신없이 밥을 퍼넣으며 아버지 말을 듣고 있었다. 아버지는 술잔을 기울이며 연방 담배만 빨았다. 유용찬은 그때 금방 풀려났고 그의 어머니도 며칠 만에 퇴원했다는 것이다. 유용찬은 지금은 서울서 학원에 다닌다며 거의 날마다 전화를 한다고 했다.

"합동수사본부 네 수사기록은 모두 없어졌다. 이십칠일 아침에 친구 집에서 자고 집에 오다 붙잡힌 단순가담자여서 훈방된 것으로 처리됐다. 훈방이니까 전과기록도 없을 것이다. 그런 줄 알고 앞으로는 언제든지 그랬던 것으로만 대처하면 된다."

그 서릿발치던 수사관들의 위세가 이렇게도 될 수 있다니 무슨 요술에라도 걸린 기분이었다.

"다친 데 있거든 지금 잘 다스려야 한다. 몸은 한번 상해놓으면 평생 간다. 내가 내려오라고 할 때까지 내려오지 마라. 여기서는 아무 데도 얼씬거리지 말고 내일 아침 바로 올라가. 내가 늘 서울로 전화할 것이다."

아버지는 만원짜리 한뭉치를 밀어놨다. 내려오지 말라는 말을 다시 남기고 일어섰다. 그동안 소를 돌보지 못했을 것이므로 마음이 바쁠 터였다. 서울로 늘 전화하신다는 말이 귀에 남았다. 지금까지 한번도 해본 적이 없는 말이었다.

"학운동 집을 처분해서 그 돈을 다 털어넣은 것 같다. 네가 기동타격대로 싸우다가 붙잡혔다니 아까울 게 뭐겠냐? 네 생사를 알려고 백방으로 나대시다가 네가 총을 들고 싸우다가 헌병대 영창에 갇혔다는 말씀을 듣자마자 바로 집을 내놓으셨다. 복덕방 여남은 군데다 내놓고 불같이 채근해서 내놓은 다음날 주겠다는 대로 넘기고 그 돈을 고스란히 바친 것 같다. 네가 살았는지 죽었는지 생사를 알아내는 데만 삼백만원 들었다면 말 다 했지 뭐냐?"

평소 아버지다운 솜씨였다. 기동타격대로 싸우다 잡혔다면 영락없이 사형감이라고 생각했을 것이다. 수사기록을 없앤 것은 훈방처리를 하려는 절차상의 문제이기도 하겠지만 6·25를 겪으며 살아온 아버지 세대가 터득한 삶의 지혜이기도 할 터였다.

"지금 광주경제가 무슨 꼴인 줄 아냐? 돈은 구경하고 준대도 구경할 수가 없다. 계라고 생긴 계는 모두 박살나버리고, 일할짜리 딸라 돈도 없어서 못 쓴다. 광주에서 이름 있다는 화가들 그림이라고 생긴 그림은 싹싹 쓸어 서울 장성집으로 장관집으로 다 올라갔다는구나. 미선이는 학교를 다닌다마는 영선이가 큰일이다. 아무래도 정신이 이상한 것 같다. 내가 가도 말 한마디 하지 않고 먼산바라기만 하고 있다. 엎친 데 덮친다고 걔 어머니까지 몸이 안 좋아 집안 꼴이 말이 아니다. 아버지는 전부터 술이 과하시다더니 날마다 술로 지새고, 그 집에 온전한 사람이라고는 미선이하고 칠십 가까운 할머니뿐이다. 이따 미선이 불러내서 저녁이나 먹자. 그 우환중에도 날마다 전화를 한다. 아참, 영선이 말이다."

누나는 갑자기 목소리를 낮추었다.

"영선이가 그렇게 된 건 말이다, 그날 저녁 나하고 어디 다녀오다가 공수대원 곤봉에 머리를 맞아 그렇게 된 걸로 하자고 미선이하고 말을 맞췄다. 그날 저녁 일은 미선이말고는 그 집 식구들도 모른다. 그 일을 아는 사람은 우리들 네 사람뿐이야."

나는 고개를 끄덕이며 잠깐 다녀올 데가 있다고 일어섰다.

무슨 일이냐며 같이 가자고 했으나 얼른 다녀오겠다며 택시비만 받아들고 집을 나섰다. 택시를 타고 소태동으로 갔다. 차를 내려 골짜기로 올라갔다. 가슴이 몹시 뛰었다. 그 산자락이 나왔다. 가까이 가던 나는 깜짝 놀라 우뚝 걸음을 멈췄다. 빨갛고 노란 과자봉지가 파란 풀 위에서 유난히 밝은 색깔로 소리를 질렀다. 그때 우리들이 버린 과자봉지였다. 네가 그 여자를 쏜 자리가 바로 여기라고, 과자봉지는 그 선명한 색깔만큼 크게 소리를 지르고 있었다. 나는 여자가 쓰러졌던 숲을 건너다보았다. 풀이 더 자랐을 뿐 모든 것이 그대로였다. 그 여자가 어디서 나를 보고 있는 것 같았다. 그가 넘어졌던 자리를 한동안 보고 있다가 그 자리로 갔다. 핏자국이 있던 데를 살폈다. 핏자국도 없어져버리고 다른 흔적은 아무것도 없었다. 산자락으로 올라가 그가 총 맞았던 자리에 섰다. 내가 총을 쐈던 자리를 건너다보았다. 한동안 보고 있다가 그 자리에 엉덩이를 내려놨다. 내 얼굴은 총알이 날아왔던 바로 그 위치였다. 총을 겨누고 있는 건너편 나를 바라보며 그대로 앉아 있었다.

녹음이 무르익은 여름 한낮, 칠월의 폭양을 가르는 매미소리만 온 산에 가득하고, 만삭의 여인처럼 생명으로 충만한 산은 더하면 넘칠 것 같은 충일의 극점에서 숨을 죽이고 있었다. 날짜를 가늠해보았다. 오십오일 전이었다. 나는 멍청하게 앉아 있다가 다시 내가 총을 겨눴던 자리로 갔다. 금방 내 얼굴이 있었던 공간을 건너다보았다. 다시 발 아래 과자봉지로 눈을 떨구었다. 과자봉지 색깔은 너무도 선명했다. 이 빨간색 노란색은 몇년이 지나도 퇴색하지도 않고 썩지도 않을 거라고 안쪽에서 번쩍이는 은박이 말하고 있었다. 나는 한숨을 내쉬었다.

동네로 내려오며 자개농 공장들을 기웃거렸다. 모두 문을 열어놓고 일을 하고 있었다. 자개농에 자개들이 번쩍번쩍 빛났다. 동네로 내려오자 할머니 한분이 올라오고 있었다.

"지난번 싸울 때 저 위에서 여자 한사람이 총 맞고 오는 것 못 보셨습니까?"

"그 죽일 놈들이 저런 데까지 여자를 데려다가 총을 쐈던가?"

"이 동네에서는 그런 피해 없었나요?"

"없어. 이 동네사람들은 그때 모두 시내로 피해버렸어. 당한 여자가 누구여? 총각 누님이여, 동생이여?"

나는 고개를 저으며 돌아섰다. 집에 오자 누나가 써늘한 얼굴을 하고 있었다.

"미선이는 시골 갔단다. 어머니가 많이 안 좋으신 것 같다. 증상이 아무래도 어려운 병 같던데 진찰을 한번 받아보래도 한사코 마다하신다더니 결석까지 하고 간 걸 보면 병세가 심상찮은 모양이다. 내일은 토요일이라 내일 올 것 같지도 않구나."

나는 다음날 서울로 갔다. 미선이가 시골에서 돌아올 시간을 기다려 일요일날 느지막이 미선이한테 전화를 걸었다.

"오빠, 몸은 괜찮아?"

목소리가 뜻밖에 너무도 맑았다. 조마조마한 기분으로 다이얼을 돌렸던 내가 되레 당황할 지경이었다. 그는 몸은 괜찮으냐고 거듭 다그쳤다.

"괜찮아. 수사관이 때리면서 맷집 좋다고 하더니 그게 그냥 놀리는 소리가 아니었던 것 같아."

미선의 맑은 목소리에 나도 모처럼 힘을 얻어 너스레를 떨었다.

"그래도 몰라. 무리하지 말고 조심해얄 거야. 나이 먹으면 나타난대."

"어머니는 어때?"

"전부터 몸이 약하신 분이라 그저 그래. 이번에는 진찰을 한번 받아보자고 단단히 약속을 하고 왔어."

"미선이가 고생하겠구먼."

"괜찮아. 오빠 목소리 들으니까 살 것 같네."

"나도 그래."

나는 미선의 맑은 목소리를 듣자 그때 무사했다던 누나 말이 떠올랐다. 그는 정말 무사했는지도 모를 일이었다.

내 서울생활은 좀처럼 안정되지 않았다. 몸뚱이를 책상에 앉힐 수는 있지만 천방지축 헤매는 마음을 붙잡을 수는 없었다. 유용찬도 마찬가지였으나 그는 나하고는 또 달랐다. 그는 광주항쟁 소리만 나오면 눈에 살기가 돌았다. 그러나 나는 곁에서 덤덤하게 듣고 있거나 슬그머니 자리를 피해버렸다. 더구나 견딜 수 없는 것은 악몽이었다. 거의 날마다 악몽에 시달렸다. 소태동 생머리 여자가 산발을 하고 깔깔거리며 다가오기도 하고, 몽둥이를 들고 쫓아오는 수사관을 피해 죽어라 도망치기도 하고, 흙탕을 뒤집어쓴 영선이가 살려달라고 소리를 지르기도 하고, 계림초등학교 육교 아래서 총 맞은 최삼동이 이게 그때 총 맞은 자리라며 세숫대야만큼 패어나간 가슴을 벌려 보이기도 하고, 가톨릭센터 뒤뜰에서 나한테 가슴이 찔렸던 공수대원이 멀리서 나를 건너다보고 있기도 했다. 그는 꿈에 나타날 때마다 옆에다 총을 세우고 멍청하게 앉아 멀리서 나를 건너다보고 있었다. 나는 비탈에서 내리박힌 바윗돌처럼 멍하게 앉아 있는 시간이 많았다. 유용찬은 그럴 때면 나를 끌고 당구장으로 갔다. 우리는 애꿎은 당구알이나 찍어대다가 그 다음은 술이었다.

나에게 유일한 위안은 미선이하고의 전화였다. 그러나 마음은 쉽사리 책상으로 따라오지 않았고 그런 생활이 계속되고 있을 무렵 유용찬의 어머니가 올라왔다. 우리들 생활을 어느만큼 눈치챈 것 같았으나 너희들을 믿는다는 말만 남기고 내려갔다. 성화에 한바탕 시달릴 줄 알았다가 살아난 기분이었다. 그러나 성화는 엉뚱하게 나타났다. 학원강사 한분이 우리를 부른 것이다. 이기호라는 수학담당 선생이었다. 유용찬의 어머니가 지나가는 말처럼 학원강사 가운데서 존경할 만한 선생이 있더냐기에 그를 댔던 것인데 바로 그이였다.

"용찬이 네 어머님 뵈었다. 알고 보니 너희들도 오일팔 때 험하게 당했더구나."

우리를 맥줏집으로 데리고 간 이기호 선생은 우리 잔에 술을 따르며 웃었다. 선생보다는 친구 같은 장난기가 비치고 있었다. 자식을 걱정하는 부모와 선생 사이에 있음직한 무슨 밀계가 도사리고 있는 것 같아 경계심이 앞섰다.

"험하게 당했지요. 그 때문에 우리는 선생님께 지도를 받아야 할 문제아가 되어 있는가요?"

유용찬이 문제아에 힘을 주며 웃었다. 뒤틀린 웃음이었다.

"너희 어머니가 계시는 한 너희들은 절대로 문제아가 될 수 없겠던걸. 너희들을 닦달하시되 이렇게 한 쿠션 돌려서 때리는 솜씨부터 단수가 다르잖아? 나도 오일팔 잔학상은 대충 들어서 너희들 충격을 짐작할 만한데, 한가지 방법이 있다. 보복을 하는 거야."

엉뚱한 소리에 우리는 멀뚱한 눈으로 그를 건너다보았다.

"치는 거야. 죽도록 쳐. 권투 있잖아?"

그는 제법 가락수가 있어 보이는 몸짓으로 치는 시늉을 했다. 몸놀림이 여간 자연스럽지 않았다.

"지금은 모래주머니를 치고 파트너를 치고 그렇게라도 쳐. 좀스럽게 당구알이나 치는 것보다 샌드백이 훨씬 나아. 하루에 삼십분씩만 쳐봐. 땀을 쫙 흘린 다음 샤워를 하고 도장을 나서면 신새벽 나뭇가지 산새 기분이 따로 없어. 그때 수학문제 같은 걸 풀어보라구. 더구나 권투가 좀 익으면 무엇이든지 할 수 있겠다는 자신감이 솟아. 나는 고등학교 때 작살내버릴 녀석이 하나 있어서 권투를 시작했는데 샌드백을 그 녀석 대가리 치듯 치다보니까 어느새 울화는 삭아버리고 솜씨만 남더군. 너희들도 치고 또 치고 아무리 쳐도 분이 안 풀리면 그때는 진짜로 그 작자들을 칠 수도 있잖아?"

그는 주먹으로 손바닥을 딱 치며 또 엉뚱한 소리를 했다. 하얀 피부에 얼굴이 수려한 그는 얼굴 생김새와는 달리 떡벌어진 몸매가 여간 다부지지 않았다.

"당구는 칠 때뿐이고 시간을 너무 많이 죽여. 술은 깨고 나도 술찌꺼기가 머릿속, 뱃속에 지저분하잖아. 쌘드백을, 이게 그 불한당들 대가리라고 생각하고 신나게 치라구, 신나게."

그는 유쾌하게 웃으며 술을 비우고 잔을 넘겼다. 우리는 그냥 덤덤하게 듣고만 있었다.

"우리나라 젊은이들은 너무 안쓰러워. 그 지긋지긋한 입시 지옥에, 그 답답한 외국어에, 그 지겨운 군대생활에, 정치가 또 이 모양이니 거기까지 참견해야지, 곤충으로 치면 다른 나라 젊은이들은 한두 번만 탈바꿈을 하면 성충이 되는데 우리는 탈바꿈을 몇번이나 해야 하니 말이야. 거기다가 너희들은 뼈를 저미는 고통을 하나 더 겪었잖아."

그는 웃음이 일그러졌다. 그의 말이 번지레할수록 나는 앞으로 이런 소리에 또 얼마나 시달려야 할는지 새로운 걱정이 앞섰다.

"빨리 극복하라구. 극복이라니까 원한을 잊으란 소리가 아냐. 원한을 날것으로 지니고 있으면 위험해. 그걸 다스려서 가슴속에다 제대로 자리를 잡아 앉히는 거야. 불은 잘 다스리면 물도 끓이고 쇠도 녹이지만 잘못 다스리면 거꾸로 물에 먹히거나 제집을 태워버려. 원한이나 증오의 불덩어리도 마찬가지야. 잘 다스리면 복수의 에너지가 될 수 있지만 잘못 다스리면 제집을 태워. 너희들의 증오는 지금 너희들 육신을 태우고 있는 중이야. 가슴속에 화로를 단단하게 만들어서 잘 다스리라구. 화병이란 게 뭐야? 암도 스트레스가 가장 큰 원인이라잖아."

유용찬은 사승의 법문에 감동하는 사미처럼 눈을 끔벅이고 있었다. 그러나 나는 덤덤한 기분이었다.

"감사합니다. 저는 그자들을 절대로 그냥 두지 않을 것입니다."

유용찬이 주먹을 쥐었다. 그의 눈에는 빛이 번득이고 있었다. 이 소리는 허투루 하는 소리가 아니었다. 그는 벌써부터 그런 작정을 하고 자기를 달래고 있었다. 그는 그런 결심을 한 뒤부터 눈빛이 달라졌고 말수도 적어졌다. 그는 외아들답게 고집이 세고 한번 작정하면 물러설 줄을 몰랐다. 그래도 자기 어머니하고는 부딪치는 일이 별로 없었는데 그건 어머니 편에서 미리 피해버리기 때문이었다. 이번처럼 직접 나서지 않고 이기호 선생한테 맡기는 그런 식이었다.

"한병 꼴로 마셨군. 술은 이 정도가 좋아. 가보자구. 가까운 데 내가 다니는 도장이 있어."

그가 계산대로 가자 유용찬이 달려갔다.

"인마, 상담료에다 보너스까지 두둑이 받았어. 너희 어머니 손 큰 줄 알잖아?"

도장에 들어서자 땀을 뻘뻘 흘리던 수련생들이 이기호 선생한테 반갑게 인사를 했다. 그는 활활 옷을 벗고 주먹을 어르며 스파링 풍선 앞으로 갔다. 타다닥 타다닥, 풍선이 경쾌하게 춤을 췄다. 한참 치다가 쌘드백을 쳤다. 다시 풍선을 치고 허공에 주먹을 날리고 정신없이 나댔다. 몸속에 들어 있는 힘이 모두 두 주먹으로 몰려 그 주먹에 몸뚱이가 매달려서 두 발은 슬슬 마룻바닥을 스치기만 하는 것 같았다. 우리는 구석에 세워놓은 쌘드백 꼴로 멍청하게 보고 있었다. 십여분 나대자 몸에 땀이 범벅이 되었다. 그는 환하게 웃으며 몸을 씻고 나왔다.

"어때? 보기만 해도 시원하지?"

그는 입관원서를 달래서 우리 앞에 한장씩 내밀었다. 유용찬은 두말 없이 원서를 써내려갔으나 나는 마지못해 썼다.

다음날부터 나는 유용찬한테 끌려 도장에 다녔다. 억지로 힘을 내어 나대다보면 땀이 흘렀고 샤워를 하고 나면 기분이 좀 풀렸다. 유용찬은 권투에 폭 빠졌고 그때부터 그는 공부에도 빠져들기 시작했다. 그러나 내 기분은 모랫자루처럼 무겁기만 했다. 유용찬은 나를 채근하느라 수학문제를 같이 풀어보자고 대들기도 하고 역사문제 같은 건 차근하게 토론을 걸어오기도 했다.

이기호 선생도 계속 관심을 가졌고 이따금 도장에도 함께 가서 뛰다가 저녁도 사주고 술도 사주었으며 모의고사를 봤을 때는 우리를 따로 불러 틀린 문제를 바닥에서부터 꼼꼼히 설명해주었다. 그러는 사이 나는 악몽의 횟수도 뜸해지고 유용찬과 이기호 선생한테 업혀 그런대로 공부를 할 수 있었다. 이기호 선생은 겉으로는 껄렁한 소리로 곧잘 너스레를 떨었으나 그는 수학선생답게 세심하고, 수학뿐만 아니라 다른 분야에도 여간 해박하지 않았다. 수학을 강의할 때는 장이 바뀔 때마다 기본원리를 밑바닥에서부터 여러가지 비유며 수학사에 얽힌 재미있는 일화까지 곁들여 손에 쥐여주듯 했다. 무리수와 허수가 나타났을 때 수학자들의 경악과 그에 얽힌 일화며, 무한대를 불교의 세계 인식과 관련해 흥미롭게 설명하고, 숫자와 도형으로 이루어진 건조한 수학을 팔팔 살려내어 학생들의 흥미를 돋우었다.

내가 그해 학력고사를 웬만큼 보았던 것은 유용찬과 이기호 선생 덕이었다. 특히 수학이 제일 처졌던 나에게는 그의 덕이 결정적이었다. 유용찬은 의예과에서 사학과로 진로를 바꾸었기 때문에 대학을 마음대로 골라갈 수 있을 것 같았고, 나도 웬만한 대학에는 들어갈 수 있을 것 같았다. 나는 오랜만에 해방된 기분으로 광주에 내려갔다.

"우리 집안은 여자들이 대를 이어갈 집안인가봐. 나는 백화점에 취직하기로 했어. 공부를 그만두는 게 억울하지만 나보다 못한 사람도 많잖아?"

미선이는 이런 소리를 아무렇지도 않게 늘어놓으며 지레 깔깔거렸다. 진작 마음을 정리하고 단단히 도사린 것 같았다. 나는 누나한테서 그 집 사정을 듣고 있었으므로 웃음소리에서 느껴지는 작위에 가슴이 쓰렸다.

"지금 생각해보니까 그동안 나는 할머니한테서 이렇게 살아갈 훈련을 단단히 받아오고 있었던 것 같애."

그는 드센 척 웃었으나 한없이 깊어 보이는 눈에는 고독의 그림자가 짙게 드리우고 있었다. 미선이 집안 사정은 말이 아니었다. 그동안 술로 지새던 아버지는 한겨울에 취한 채로 김발에 나갔다가 배에서 떨어져 익사했고, 전부터 시난고난 앓던 어머니마저 위암 진단이 나서 수술을 받고 입원중이었다. 더 어이없는 것은 정신병원을 들락거리던 영선이가 임신 칠개월째라는 것이다. 그동안 식구들도 까맣게 몰랐다고 했다. 대중없이 병원을 들락거린데다 근래는 아버지 치상이야 어머니 병수발에 경황없이 나대다가 불룩한 배를 보고서야 깜짝 놀랐다는 것이다.

"이 일을 어쩌면 좋니? 애를 낳게 되면 임신한 경위부터 불거지잖겠어? 그런데 낙태 소리만 나오면 눈에 살기가 돈다는 거야. 그것만은 의사 말도 소용이 없대. 의사 말이라면 다 고분고분하면서도 그 소리만 나오면 대번에 앵돌아진다잖니. 의사 이야기는 병세로 봐서는 애를 낳는 것이 좋을지도 모르겠다고 한다는데 그 꼴에 애까지 낳아놓으면 도대체 뭐가 되는 거지? 얼마 전에는 병세가 좀 나은 것 같다길래 내가 가서 이런저런 이야기 끝에 넌지시 그 말을 꺼냈더니 대번에 눈이 오끔해지는 거 있지? 미선이 그 기집애가 너를 보낸 거냐며 새파래지는 거야. 잘못했다가는 살인날 것 같애."

누나는 절레절레 고개를 저었다. 그렇지 않아도 난파선의 짐짝 꼴인 그에게 애까지 덤이 붙으면 무슨 꼴이 될 것인지 어이가 없었다.

그 얼마 뒤 미선이 어머니는 세상을 떴고 영선이는 애를 낳았다. 나는 애 낳았다는 소리를 듣는 순간 소름이 끼쳤다. 그 핏덩어리를 미선이와 할머니는 우선 정신적으로 어떻게 감당하고 있는지, 그 생각을 하면 머리가 막막했다.

여름방학 때도 미선이는 그대로 명랑했다. 평범한 이야기도 농을 섞어 되도록 재미있게 늘어놨다. 그의 웃는 얼굴에 옛날 가로등 아래 흙감태기 모습이 겹쳤다. 그는 그때 무사했을 리가 없었다. 그렇지만 그는 바로 저런 억척으로 그 일을 이겨내버린 것 같았다. 이미 당해버린 것, 아무리 땅을 쳐도 돌이킬 수 없는 일이라 생각하며 그런 일 자체를 아예 없었던 일로 치부해버렸을 것 같았다. 나는 티없는 미선의 웃음을 보며 그런 억척이 새삼스런 감동으로 가슴속에 물결치고 있었다.

겨울방학 때는 그런 웃음 사이로 언뜻언뜻 냉소가 스쳐갔다. 무너지고 있는 징조가 아닌가 조마조마했으나 그는 눈발을 휘젓는 댓가지처럼 이겨나갔고, 내가 군대생활을 할 때는 거의 일주일 간격으로 편지를 했다. 언니는 그저 그렇다고 가볍게 넘기고 거의가 백화점에서 있었던 일만 재미있게 늘어놨다. 한달도 더 지난 화장품을 바꾸러 와서 까탈부리는 손님 이야기, 사람들이 북적거리는 진열장 곁에서 머릿기름을 바르고 거울을 보며 요리조리 맵시를 다듬는 사내 이야기, 그런 이야기들만 골라 되도록 익살스럽게 썼다.

"이제부터 오빠한테 쓰던 호칭을 바꾸기로 했어."

내가 제대하고 왔을 때 불쑥 내뱉는 소리였다. 나는 무슨 소리냐고 멀뚱하게 건너다봤다.

"형으로, 찬우형으로. 찬우형, 좋잖아?"

"뭐야, 형?"

내 입에서는 모래 튀기듯 건조한 소리가 튀어나갔다.

"그래. 형이야, 찬우형. 요사이 애들은 모두 그렇게 부르잖아?"

웃음에는 장난기가 서려 있었으나 그 속에 도사리고 있는 단단한 결의가 가슴을 찔러왔다.

"왜?"

으르고 있는 주먹 앞에 얼굴을 디밀 듯 한발 내쳤다.

"그럴 때가 된 것 같아. 내 생애는 흔한 말로 이미 차압당했잖아? 자기들 발로는 이 세상에 제대로 설 수 없는 사람들이 셋이나 내 어깨에 얹혀 있어. 처음에는 어이가 없고 원망스러우면서도 어떻게 되려니 했었는데 그게 아냐. 현실은 냉혹하고 조금도 에누리가 없어. 그동안 나는 꿈이며 뭐며 내 것을 하나씩 하나씩 버리며 나를 달래왔어."

그는 탁자 위에서 찻잔을 두 손으로 싸쥐며 계속했다.

"그렇게 한참 지내다 나를 돌아봤더니 나는 그동안 별로 고민 없이 내 처지를 수용하고 있더군. 할머니의 생애, 어머니의 생애가 나를 그렇게 만든 것 같아. 도리니 뭐니 그런 게 아냐. 그이들이 살아온 생애가 원망이나 한탄 같은 게 고개를 들지 못하도록 다독이고 있는 것 같애."

미선이는 담담하게 말하며 싸쥐고 있던 찻잔에서 손을 풀어 차를 한모금 마셨다.

"오빠, 아니, 형!"

그는 말을 고치며 웃었다. 형이라는 소리가 돌멩이처럼 가슴을 쳤다.

"나는 먹여살릴 식구들이 셋이나 되는 한마리 작은 산새잖아? 그들은 아득한 나무 꼭대기 비좁은 둥지에서 나만 바라보고 있어."

미선이는 소리없이 웃었다. 웃음도 그냥 해맑고 투명하기만 했다. 원망도 아니고 자조도 아니었다. 늦가을 산골 시냇물처럼 마음속 깊은 데까지 그대로 환히 들여다보였다. 파쇄기에서 금방 쏟아져나온 생자갈 같던 지난날의 모습은 그의 얼굴이나 어투 어디에서도 볼 수가 없었다. 나는 얼빠진 사람처럼 담배연기만 거푸 뿜었다.

"내 걱정은 하지 마. 나한테는 할머니가 계셔. 어렸을 때부터 귀에 익은 정다운 소리를 지금도 날마다 들어. '어따어따 내 새끼야' 할머니는 걸핏하면 이 소리를 해. 철들 때부터 조그마한 일에도 그렇게 대견해하시며 내 등을 다독거렸고, 내가 자라는 것만 보고도 자라는 게 대견해서 그렇게 등을 다독거렸어. 둥지 속 고달픈 내 하루하루는 할머니의 어따어따 소리로 피로가 풀리고 완결이 된다고 할까?"

완결, 나는 완결이란 말을 씹으며 그의 얼굴만 보고 있었다. 그는 찻잔 싸쥐고 있는 손에 힘을 주었다 늦췄다 하며 말을 이었다.

"짐작하겠지만 내 생활은 여간 고달프지 않아. 생활비가 문제가 아니야. 언니가 한번 발작을 하면 얼마 동안 내 생활은 엉망이 돼버려. 미친 여자를 찾으러 쏘다니고 미친 여자를 찾아 집으로 끌고 오는 모습 상상할 수 있을 거야. 온 세상 사람들의 구경거리가 되어 고래고래 악을 쓰는 미친 여자를 끌고 오는 스물세살짜리 처녀의 심정은 참담 바로 그거야. 창피는 아무리 당해도 단련이 안되더군. 그렇지만 집에 와서는 짜증을 낼 여유도 괴로움을 추스를 틈도 없어. 할머니한테는 웃음을 보여야 하고, 이 세상에 눈을 뜨고 있는 아이한테 신경을 써야 하고, 가게 주인 눈치 보며 시간에 쫓겨야 해. 이게 내 생활이야. 그렇지만 나는 그런 일로는 눈물을 흘린 적이 없어. 그렇지만 형하고 관계를 작정하면서 처음으로 눈물을 흘렸어. 내 눈물은 그것으로 마지막이 돼야 해."

미선이는 담담하게 말했다. 나는 멍청하게 그의 얼굴만 보고 있었다. 얼마 전에는 영선이가 자살소동을 벌이는 바람에 야단이 났다는 이야기를 누나한테서 듣고 있었다. 몇달 동안 아무렇지도 않아 긴가민가하고 있는데 느닷없이 소안도 자기 동네까지 가서 바다로 뛰어들었다는 것이다. 다행히 동네사람들이 쫓아가 붙잡았지만 하필 고향에 가서 그 야단을 벌이는 바람에 창피도 창피지만 그를 데려오느라 미선이가 이만저만 곤욕을 치른 게 아니었다고, 누나는 설레설레 고개를 저었다.

"언니 병이 나을 기대는 하지 않아. 언니 병은 내가 잘 알아. 나는 반쯤 의사가 되었어. 내 억척 알잖아. 그런 관계 책이라면 우리말로 씌어진 책은 거의 다 찾아 읽었어. 나한테 언니라는 사람은 내 업이라면 업이고 숙명이라면 숙명이야. 내 처지가 비참해지면 비참해질수록 나는 형이 부담스러워."

미선의 생활은 이미 깊은 산속 높은 가지에 매달린 둥지로 굳어버리고 있었다. 역사선생한테 대들고, 교과서 저자한테 편지를 쓰던 그런 억척으로, 자기 처지를 아득히 나무 꼭대기로 끌고 가서 아무도 범접할 수 없는 그만의 세계로, 그의 말마따나 완결을 시키고 있었다. 그런 과정에서 내가 마지막 정리대상이 된 것 같고, 그는 진작부터 이를 사려물고 결심을 한 것 같았다. 그는 오빠라는 호칭이 거느린 정감과 그 속에 들어 있던 약속이며 그의 가계에 편입되었던 나의 정신적 소속감까지 모두 거둬가고 있었다. 나는 무어라 할말이 없었다. 바람받이 나무 꼭대기에 좁은 둥지로 완결되어버린 그의 생활 속에 내가 끼여들 틈은 없었다.

"늦었네. 이만 가야겠어."

미선이가 자리에서 일어섰다. 고개를 까닥하고 돌아섰다. 탁자 사이를 지나가는 그의 뒷모습을 나는 멍청하게 보고 있었다. 간동하게 말아올린 머리 아래 하얀 블라우스 등이 훤하게 비어 있었다. 출입문을 밀치던 그가 깜짝 놀라 돌아섰다. 그가 앉았던 자리에 작고 까만 핸드백이 오도카니 남아 있었다. 나는 핸드백을 집어 주었다. 핸드백을 받아들고 돌아서던 그는 손수건이 눈으로 가고 있었다. 바삐 탁자 사이를 지나 두어 단의 계단을 내려서서 출입문을 열고 사라졌다.

나는 출입문에다 눈을 꽂고 있었다. 멍청하게 보고 있는 출입문에 신병훈련소 사격장 타깃이 어른거렸다. 하얀 타깃 까만 정곡에 생머리가 풍성하게 나풀거리고 있었다.

실탄사격을 하는 날이었다. 훈련과정 중에서 사격훈련은 기간도 길고 기율도 엄했다. 며칠 동안 사격자세며 조준방법을 익힌 훈련병들은 비로소 실탄을 쏘아본다는 흥분에 어느 때보다 긴장했다. 이백 야드 사격장 저 건너편 하얀 타깃에는 돌멩이 떨어진 수면의 물살처럼 동심원이 퍼져 있고 그 한가운데 5점짜리 정곡은 유독 까맸다. 정곡은 실제 크기가 사람 머리통만했다. 타깃 뒤 산자락은 날마다 수천발씩 날아간 실탄에 황토가 벌겋게 뒤집혀 있고, 그 앞에 한줄로 늘어선 타깃은 황토색과 대조를 이루어 더 하얬으며 정곡도 그만큼 또렷했다. 다섯 발씩 쏘고 나면 타깃이 참호 속으로 내려갔다가 탄착점에 까만 표지를 달고 올라오게 되어 있었다.

지휘탑 확성기에서 사격자세를 취하라는 지시가 잔잔하게 흘러나왔다. 처음은 엎드려쏴 자세였다. 침착하게 엎드려 가랑이를 넓게 벌리고 안전하게 자세를 잡았다. 조교들은 자기들이 담당하고 있는 훈련병 너댓 명의 자세를 일일이 고쳐주었다. 이내 사격지시가 흘러나왔다. 확성기에서 흘러나오는 사격지시는 느리고 부드럽고 침착했다.

"숨을 죽이고, 정조준하여, 방아쇠 일단을 당기고, 방아쇠 이단을 서서히 당긴다."

사격지시에 따라 나는 숨을 죽이고 가늠자 구멍으로 타깃 한가운데 까만 정곡에다 조준을 했다. 그때 갑자기 정곡이 살아 움직이듯 꿈틀거리며 치렁한 생머리가 훨훨 춤을 추었다. 나는 깜짝 놀라 다시 보았다. 그대로 생머리가 움직이고 있었다. 가늠자 구멍에서 눈을 떼고 맨눈으로 건너다보았다. 정곡만 보였다. 다시 가늠자 구멍에 눈을 댔다. 까만 머리가 다시 치렁치렁 나풀거리고 있었다.

빵빵빵. 곁에서 다른 훈련병들 총소리가 콩을 볶았다. 나는 총을 쏘지 못하고 맨눈으로 타깃만 건너다보고 있었다.

"숨을 죽이고, 정조준하여……"

다시 지휘탑에서 사격지시가 느리고 정확하게 흘러나왔다. 나는 다시 숨을 죽이고 가늠자 구멍을 들여다봤다. 또 까만 정곡이 꿈틀거리며 생머리가 나풀거렸다. 하얀 블라우스 등에 생머리가 풍성하게 나풀거리고 있었다. 등에서 식은땀이 났다. 나는 총신에다 이마를 처박았다.

"쌔꺄, 뭐하고 있어?"

조교가 엉덩이를 걷어찼다. 다른 훈련병 총소리가 또 요란스러웠다.

"쌔꺄, 정신차려. 유급당하고 싶어? 유급당하면 어떻게 되는지 알지?"

조교는 거듭 엉덩이를 걷어차며 을렀다. 훈련병들한테 가장 두려운 게 유급이었다. 유급을 당하면 뒤따라오는 낯선 훈련병들한테 섞여 병신 취급을 받으며 사격자세부터 사오일간의 훈련을 다시 받아야 한다. 유급 소리는 사격훈련 첫단계 때부터 조교들 입에 붙어 있는 소리였다.

세번째 사격지시가 흘러나왔다. 다시 조준을 했다. '저건 그 여자가 아니다. 허상이다. 그냥 쏘아버리자.' 나는 이를 악물고 방아쇠를 당겼다. 이건 또 뭔가? 이번에는 손가락이 말을 듣지 않았다. 방아쇠에 건 집게손가락이 마비된 것처럼 움직이지 않았다. 손가락을 꺼내 움직여보았다. 움직여졌다. 다급한 김에 조준하지 않고 아무렇게나 당겼다. 마찬가지였다. 가운뎃손가락으로 당겼다. 그 손가락도 마찬가지였다. 다른 손가락들도 모두 말을 듣지 않았다. 아무리 기를 써도 방아쇠는 당겨지지 않았다. 마지막 다섯 발째도 쏘지 못했다.

"쌔끼, 너 한방도 안 쐈지?"

조교가 일어서는 내 정강이를 걷어찼다. 아래로 내려갔던 타깃들이 탄착점에 까만 표지를 달고 올라왔다. '와!' 훈련병들은 환성을 질렀다. 내 타깃에는 아무것도 붙어 있지 않았다. 조교들이 몰려왔다.

"너, 여호와의 증인이냐?"

조교들 가운데서 계급이 제일 높은 병장이었다. 금방 쥐어박을 것 같은 서슬이었다. 아니라고 했다.

"아니면 저게 뭐야?"

나는 대답을 못했다.

"학교는 어디까지 다녔어?"

"대학 재학중입니다."

"상판도 멀쩡하고 대학까지 다니던 새끼가, 무슨 또라이가 이런 또라이가 또 나타났지? 야, 새꺄, 왜 안 쐈어? 말해봐."

나는 할말이 없었다. 이유를 말해보라며 정강이를 걷어찼다.

"야, 정말, 사람 미치게 만드네. 어디서 또 이런 또라이가, 정말 환장하겠구먼."

병장은 한심하다는 표정으로 내 볼을 쥐어박았다. 그때 뒤에 섰던 상병이 병장을 제지하며 나를 한쪽으로 끌었다. 계급은 낮았으나 병장하고는 무관한 사이인 듯했다.

"나 모르겠어?"

나는 눈을 씀벅였다. 바로 우리 대학 같은 과 선배였다.

"왜 그러지?"

"손가락이 이럴 때는 괜찮은데 총을 쏘려면 안 움직입니다."

나는 손가락을 폈다 오므렸다 해 보였다.

"그렇게 멀쩡한 손가락이 왜 그래? 요사이 여호와의 증인에다 엉뚱하게 숭 쓰는 자식들이 연거푸 나타나는 바람에 조교들이 지금 선임하사부터 쫄병들까지 뿔따구가 날 대로 나 있어."

선배는 손가락으로 뿔난 시늉까지 해보이며 애가 닳는 표정이었다.

"숨을 죽이고, 정조준하여……"

"너, 이 새끼, 제대로 안 쏘면 뼈도 못 추릴 줄 알아."

병장이 을러놓고 저쪽으로 갔다. 선배는 우리 구역 담당조교하고 자리를 바꿨다. 마음을 차근하게 먹고 쏘아보라고 했다. 나는 깊이 숨을 들여마신 다음 사격지시에 따라 조준을 했다. 생머리가 나타나지 않았다. 나는 용을 쓰고 손가락을 당겼다. 역시 말을 듣지 않았다. 다른 손가락도 마찬가지였다. 나는 선배가 미안해서 손가락을 바꿔가며 연거푸 당겼지만 마찬가지였다.

"도대체 왜 그러지?"

"아무리 쏘려고 해도 안됩니다."

그때 병장이 왔다.

"쏘았어?"

"예. 저한테 맡기십시오."

"너 이 새끼 끝까지 숭 썼다가는 정말 죽을 줄 알아."

병장이 을러놓고 저쪽으로 갔다.

"숨을 죽이고, 정조준하여……"

"뒤에 서 있어!"

선배가 '조교' 글자가 크게 써진 파이버를 내 것과 바꿔쓰고 내 자리에 엎드렸다. 선배가 쏘고 있을 때 병장이 왔다.

"새끼. 이게 뭐가 이런 게 다 있지?"

나를 잔뜩 노려보다가 정강이를 걷어차고 지나가버렸다.

나는 그날 밤에도 악몽에 시달렸다. 옛날 가톨릭센터 뒷마당의 그 공수대원이 흩날리는 눈발 속에서 옆에다 총을 세우고 멍하니 앉아 있었다. 그의 머리 위에는 수많은 갈매기와 새떼들이 어지럽게 날고 있었고, 나는 사격장 타깃이 세워진 참호 같은 구덩이 속에서 눈을 헤치며 기어오르고 있었다. 아무리 기어올라도 미끄러지고 또 미끄러졌다. 나는 그에게 소리를 질렀으나 아무리 소리를 질러도 그는 들은 척도 않고 멍하게 앉아 있었다.

"성님, 니우스 봤소? 금방 일곱시 테레비에 지난참에 얘기했던 중만이성님이 나왔는디라, 뭘라고 그런 것을 샀는가, 권총을 샀다가 걸렸그만이라."

쓰빠 김봉식이었다.

"김중만씨가 권총을 샀어?"

안지춘 형사가 나대던 수수께끼가 풀리며 등줄기가 서늘했다.

"총을 고쳐서 폴아묵은 사람들한테서 샀는디, 산 사람이랑 폴아묵은 사람이랑 몽땅 걸렸그만이라. 그 자식들은 겁없이 집에다 공장까지 채려놓고 총을 새로 맨들다시피 해갖고 폴아묵었소. 아따, 나는 니우스를 보다가 깜짝 놀랬소. 니우스가 솔찮이 길게 나온 것 본게 다른 방송에도 나올 것 같소."

"그이가 무엇하러 권총을 샀지?"

"금매 말이요. 하여간 이따 보시오. 여럿이 나오는디 밤색 잠바 입은 사람이 중만이성님이오."

'그 자식들 사면만 하면 대번에 갈겨버려야 합니다.' 전에 전화기에서 흘러나왔던 김중만의 말이 귀에서 웅웅거리고 있었다. 또 전화기가 울렸다. 나는 전화기를 보고 있다가 호흡을 가다듬으며 수화기를 들었다. '여보세요.' 대답도 없이 전화가 끊어졌다. 안지춘이 아닐까? 내가 집에 있는지 확인하려는 것인지도 모른다. 언론에 사건을 터뜨렸으므로 관련자로 의심가는 사람들 동태를 살필 법했다. 광주까지 형사를 파견할 정도라면 혐의자들 감시방법도 이만저만 치밀하지 않을 것이다. 사건을 터뜨릴 때는 의심가는 사람들에 대한 거미줄부터 단단히 늘여놓고 터뜨렸을 것이다.

다음 뉴스가 나올 시간이 가까워지고 있었다. 희뜩거리는 광고에 눈을 박고 있던 나는 바삐 서랍을 열었다. 비디오테이프를 뒤져 녹화준비를 했다. 뉴스가 시작되었다. 대통령선거 관련 뉴스가 상당히 길게 나왔다. 다른 사건이 서너 건 지나간 다음 그 사건이 나왔다.

—집에 살상용 총기 제조시설을 차려놓고 22구경 소총 세 자루를 만들어 판매한 박○○씨와 철공소를 운영하며 제조작업을 도와준 김○○씨 등 아홉 명을 총포도검류단속법 위반혐의로 구속 기소했습니다. 검찰은 일본에서 밀수입한 22구경 소총과 실탄을 판매한 다섯 명을 지명수배하는 한편 총기를 구입 소지한 사람 가운데 식료품상 종업원 김중만씨는 구속하고 두 명은 불구속 입건했습니다. 총기를 제조한 박○○씨는 자신의 아파트에 정밀계측기와 바이스 등 총기 제조시설을 갖추고 공기총 총열을 뽑아내고 가공한 총열에 공이를 설치하는 수법으로 22구경 소총을 제조하여 실탄 이백발과 함께 삼백만원에 판매했으며, 김○○씨는 일본에서 수입한 22구경 11연발 브라우닝 권총을 실탄 백발과 함께 삼백만원에 김중만씨에게 판매한 혐의입니다.

화면은 구속자들과 총기를 여러 각도에서 비추다가 마지막으로 구속자들 모습을 다시 비추며 끝났다. 구속자들 가운데 짙은 밤색 잠바를 입은 김중만은 태연하게 얼굴을 들고 있었다. 다른 사람들은 윗도리를 뒤집어쓰고 고개를 처박았으나 그는 찍을 테면 찍으라는 듯 대범하게 얼굴을 들고 있었다. 그는 일본에서 수입한 22구경 11연발 브라우닝 권총을 실탄 백발과 함께 삼백만원에 산 것이다.

총기를 판 사람들은 모두 구속이거나 지명수배였고, 총을 사들인 사람들 중 김중만 혼자만 구속이었다. 총을 산 사람들을 더 엄하게 닦달하는 줄 알았더니 그게 아니었다. 구입 용도는 말하지 않았으나 김중만을 제외한 다른 사람들은 거의가 사냥용인 것 같았고 그렇게 용도가 확실한 사람들은 엄하게 다스리지 않는 것 같았다. 김중만은 실탄과 함께 권총만 산 것이다.

텔레비전을 끄고 녹화 테이프를 틀었다. 김중만은 너무도 태연했다. 그들 앞에 늘어놓은 총기가 화면에 가득했다. 화면을 정지시켰다. 장총은 너댓 종류였으나 거의 사냥총인 것 같고 권총은 서너 가지였다. 권총 가운데는 소음기가 장착된 것도 있었다. 화면을 다시 김중만으로 돌렸다. 그는 내가 무슨 잘못이 있느냐는 표정으로 얼굴을 들고 있었다. 혹시 권총 구입과 관련된 무슨 조직이 있는 게 아닐까? '나는 이렇게 걸려들었으니 너희들은 모두 알아서 대처하라.' 조직원들에게 그런 뜻을 저렇게 전하고 있는지 모를 일이었다.

옛날 영창에서 김봉식이 속삭이던 말이 떠올랐다.

—그 성님은 참말로 용감합디다. 차량 데모가 도청 앞에까지 갔을 때 막판에 난리가 안 났소? 그 성님은 그 무시무시한 쇠루탄 속에서도 공수들하고 맞붙었다가 일판에는 칼에 장딴지가 찔렸는디 그래갖고도 치료를 받고 나서는 진통제를 한주먹씩 묵음시로 쩔뚝거리고 댕겠지라. 다음날 공수단이 발포할 때 청년들이 태극기를 들고 만세를 부름시로 나가다가, 총에 맞아 쓰러지면 또 나가고 또 나가고 할 적에는 그 절뚝거리는 다리로 두 번이나 쫓아나가서 총 맞은 청년들을 업고 나왔소.

김봉식한테서는 다시 전화가 오지 않았다. 역시 그다웠다. 구두닦이로 잔뼈가 굵었으므로 이런 일에 조심하는 것쯤 도가 트였을 것이다.

나는 안지춘의 감시를 의식하자 사방에 총구가 있는 허허벌판에 덜렁 혼자 노출된 기분이었다. 나야 아무것도 거리낄 게 없지만 아무래도 유용찬이 마음에 걸렸다. 그는 지난번 김중만의 이야기를 듣고도 그랬고 안지춘 이야기에도 덤덤한 표정이었다. 그렇지만 그는 속이 캄캄하기가 원체 우렁잇속이라 그것만으로는 모를 일이었다. 고등학교 때부터 친구였지만 그 때문에 얄미울 때가 한두 번이 아니었다. 그는 항쟁 직후 서울서 학원에 다닐 때부터 광주항쟁 가해자들은 국민들이 응징해야 한다는 것이 신념이었고, 그런 논리도 날이 갈수록 치밀해졌으며 신념도 그만큼 강해졌다. 그러던 그가 후배들하고 그런 이야기를 하다가 도청되어 경을 친 다음부터는 뚜껑 닫은 소라처럼 아예 입을 처깔해버렸고 그런 소리라면 곁에서 아무리 열을 올려도 길 아래 돌부처였다. 그러나 나는 그런 유용찬을 예사롭지 않게 지켜보고 있었다. 그런 모습을 볼 때마다 포장도로에 차선 긋는 도색차가 떠올랐다. 쌩쌩 빵빵, 차들이 다니는 도로 한가운데 곰처럼 고개를 처박고 차선의 오차에만 숨을 죽이며 정확히 선을 긋는, 그 도색차 꼴이었다. 그는 그렇게 집념이 강한 만큼 승산이 없는 일에는 아예 덤비지 않았다.

광주항쟁을 겪고 나서 의예과에서 사학과로 진로를 바꾸었던 유용찬은 입학하자마자 학과 공부는 아예 제쳐놓고 운동 관련 책만 끼고 살았다. 그러면서도 민주화운동 관련 동아리 같은 데는 들어가지 않았으며, 군대에 다녀왔을 때는 대학이 민주화시위로 바글바글 끓고 있었으나 그런 시위에도 휩쓸리지 않았다. 아무리 시위가 격렬해도 그는 저만치 뒷전에서 판세만 바라보는 태도였고 문화패들 마당굿판에는 더러 얼리는 것 같았지만 거기에도 깊이 간여한 것 같지는 않았다. 그때 시위판에 끼지 않기는 나도 마찬가지였다. 군대에서 총을 쏘지 못했던 충격과 미선이가 결별을 말한 뒤라 나는 말라붙은 개울바닥처럼 황량한 기분으로 항상 혼자였다. 구름 근처 낮달처럼 있는 듯 없는 듯 강의실만 드나들었으며 아무리 시위가 격렬해도 철도 건널목 차단기 저지대 모양으로 멀찍이 서서 구경이나 하다가 하숙집에 틀어박혔다.

나중에 개헌문제가 중심적인 정치쟁점으로 떠오르자 대학가의 시위는 더 격렬해지며 학생들의 끔찍한 분신자살이 잇따르고, 그 열기는 사회로 번져 시민들까지 들썩이기 시작했다. 드디어 6월항쟁으로 개헌을 했고 대통령 선거가 실시되었으나 야당의 분열로 정권교체는 실패하고 말았다. 우리들은 두루 앞이 막막한 허탈감 속에서 이듬해 졸업을 했다. 처음부터 취직에는 관심이 없던 유용찬은 운동단체 주변에서 그런 사람들하고만 얼렸고, 나는 대학원에 진학할까, 취직을 할까 망설이다가 웬만한 출판사에 채용시험을 보아 합격했다. 진학을 생각했던 것은 학문에 대한 무슨 열정보다는 그렇게나마 묻혀 살고 싶어서였다. 그러나 부모님들한테 더 의존하기가 부담스러워 포기하고 말았다.

나는 오랜만에 좀 차근한 기분으로 광주에 내려갔다가 광주에 5·18 연구소가 생긴다는 말에 귀가 번쩍했다. 일차 사업으로 항쟁자료를 수집한다는 것인데 특히 참여자들 구술자료를 철저히 수집하여 참여자들의 구술로 항쟁의 전모를 재생하다시피 한다는 거였다. 나는 대번에 생머리 여자가 떠오르며 가슴이 철렁했다. 그렇게 철저히 조사하면 그 사건도 밝혀지고 말 것 같았다. 어디 막다른 골목에서 갑자기 그 여자와 마주친 기분이었다. 나는 멍한 기분에 싸여 있다가 마음을 가다듬었다. 그 사건과 정면으로 맞닥뜨리기로 작정한 것이다. 그 여자가 죽었다면 어떻게 해야 할 것인지 그것은 막막했지만 어떻게든 진상부터 알아놓고 봐야 할 것 같았다.

독지가들한테서 돈을 얻어다 운영하는 사설연구소라 조사는 조사 실비만 주고 자원봉사자들에게 의존한다고 했다. 나는 대학 때 사회조사 경험이 있었으므로 상근을 조건으로 생활비 정도의 월급을 받기로 하고 연구소에 들어갔다.

내가 맡은 일은 조사계획을 세우고 조사원들이 채록한 글을 검토 정리하는 일이었다. 조사계획은 먼저 도청 항쟁 지도부와 부상자 사망자 행방불명자를 중심으로 짰다. 구술을 받을 때는 자신의 활동 이외에 시체나 부상자를 보았을 경우, 장소 인상착의 상처부위와 모양이며 신이나 머리 모양 같은 특징을 자세히 물으라 했고, 특히 옷 색깔과 머리 모양을 강조했다. 나는 조사원들도 소태동 쪽으로 많이 내보냈다. 조사원들은 이만저만 열심이 아니었다. 많을 때는 하루에 이십여명이 조사를 나갔고 그들이 정리해서 내놓은 채록을 나는 한 자도 빠뜨리지 않고 읽었다. 조사원들은 면담하고 돌아오면 그날 조사한 이야기로 사무실이 떠들썩했다. 나는 그런 이야기판에도 귀를 쫑그렸다. 그러나 생머리 여자로 짐작될 만한 여자는 좀처럼 나타나지 않았다. 유족회와 부상자회에 가서 사망자와 부상자 서류를 보기도 하고, 내가 직접 소태동 쪽으로 나가 샅샅이 뒤지기도 했다.

유용찬은 광주에 내려오면 연구소에 들러 조사원들한테 저녁도 사고 나한테 용돈도 내놨다. 그는 연구소 설립 초기에 적잖은 돈을 내놓기도 했다.

"선배님, 전두환 그 작자가 하필 첩첩산중 절간에 들어가서 불공이랍시고 폼 잡고 있는 건 뭐죠?"

국회에서 광주항쟁 청문회 문제가 한창 쟁점으로 떠들썩할 무렵 유용찬이 조사원들한테 저녁을 사는 자리였다.

"그게 쇼인 줄 몰라? 허허실실은 전술용어야. 그 일당은 특수부대 지휘관 출신에다 더구나 그 자신은 심리전 전문가야."

유용찬을 젖히고 다른 조사원이 끼여들었다. 허허실실이라니까 재미있는 일이 한가지 생각난다며 유용찬이 말문을 열었다.

"그 사람이 대통령이 되어 초도순시랍시고 항쟁 뒤 처음으로 광주 왔었잖아? 일년 전에 자신이 초토화시킨 피의 현장 금남로를, 승전국의 황제처럼 카퍼레이드로 당당하게 지나 도청에서 브리핑 따위 일정을 마치고 그날 밤 어디서 잤지?"

"고서에서 잤잖아요? 그때 정말 미치겠더군요."

"그래. 대통령이 오면 으레 자는 호텔이 있으니까 누구든지 거기서 잘 줄 알았지만 그는 그런 상식을 깨고 광주 변두리 한가한 농촌 동네 고서에서 잤어. 다음날 텔레비전은 동네사람들이 작자 앞에 굽실거리고 작자가 환하게 웃으며 악수하는 장면이 요란스러웠잖아? 광주사람들이 나한테 적의를 보이기는커녕 이렇게 반갑게 맞아들이고, 나는 이렇게 평화로운 동네에서 편안하게 자고 간다, 이런 모양새를 연출했던 거지. 텔레비전은 그 화면을 다음날까지 시간마다 틀어댔고 광주사람들은 그걸 보며 자네처럼 미칠 지경이었어. 그런데 사실은 그런 선전효과는 부차적인 거고 더 큰 이유는 다른 데 있었어."

"더 큰 이유라니요?"

"경호 때문이었어. 그가 잤던 고서 동네는 널찍한 들판 한가운데 있는 동네잖아? 경호상으로는 그만큼 안전한 곳도 없을 거야. 그는 그렇게 허를 찔러 두가지 세가지 효과를 냈던 거지. 안전하게 자고 가는 실속은 실속대로 챙기고, 광주사람들이 굽실거리는 장면을 계속 틀어 세상사람들을 속이고, 기왕 짓밟았던 광주사람들은 철저하게 짓밟았던 거지."

"듣고 보니 정말 그렇군요. 그 교활성에 잔인성이라니."

"지금 첩첩산중 절간도 그런 개념으로 봐야겠는걸요. 그동안 전국에서 가장 안전한 장소를 물색했을 것이고, 보통 머리로는 상상도 할 수 없는 방법으로 경호를 하겠지요. 부처님 앞에 절하는 것도 아까 고서 사람들하고 악수하는 짓과 다를 게 없고."

"정말 미쳐. 절이나 교회에 들어가면 죄가 없어도 두렵고 경건해지는 게 사람인데 생사람을 학살한 자가 쇼를 해도 어떻게 하필 부처님을 끼고 쇼를 하지요? 백보를 양보해서 그게 쇼가 아니라 하더라도 부처님 앞에 나서려면 제가 학살한 사람들한테 용서를 비는 시늉이라도 한 다음에 기도를 하든지 빌든지 해얄 게 아녜요."

"인마, 그자 눈에 불상이란 게 글자 그대로 나무로 만든 부처님 형상이지 제대로 부처님이겠어? 텔레비전 화면만 의식하고 나무토막 앞에서 요가 하는 셈치고 앉았다 섰다 절하는 시늉을 하고 있는 거야."

"그러고 보니까 절은 경호상의 안전도 안전이지만 그를 노리는 사람들을 유인하는 덫일 수도 있겠는걸요. 원한을 품은 사람들이 이때다 하고 겁없이 달려들지도 모르고, 그랬다가는 영락없이 덫에 걸리겠지요. 그들은 지금 가만히 앉아서 오는 족족 붙잡아다가 그 첩첩산중에서 귀신도 모르게 처치하고 있는지 모르겠는걸요. 그동안 수천억 걸터듬었을 테니 돈이 없겠어요, 충복이 없겠어요?"

"정말 그런 산중은 삼중 사중 효과가 있겠는걸. 그동안 수십명 걸려들지 않았을까?"

조사원들은 모두 눈알을 뒤룩거렸다.

"선배님, 그것도 그거지만 요사이 청문회를 연다고 요란법석인데 청문회를 열면 뭘 좀 밝혀낼 것 같습니까?"

"야, 야, 그런 걸 말이라고 묻고 있냐? 정치꾼들 하는 짓 뻔하잖아? 그렇게 무얼 하는 척 잔뜩 바람만 잡으며 앞거래 뒷거래 챙길 주머니 다 챙기고 나서 그 작자들한테 면죄부 주자는 거지 뭐야."

조사원들은 오랜만에 술을 거나하게 마시자 모두 기분이 한껏 풀린 것 같았다. 술자리를 옮겨가며 조사원들은 울분을 터뜨렸고, 유용찬은 그런 소리를 하나하나 챙겨 듣고 있었다. 그는 술을 마시면서도 눈빛은 되레 더 빛났다. 대학 다닐 때 멀찍이 시위판을 건너다보며 자기대로 무언가 챙기고 있던 그런 모습이었다. 그는 광주에 올 때마다 연구소에 들렀고 더러는 조사원들을 자기 회사 협력회사에 취직을 시켜주기도 했다.

연구소가 설립된 이듬해 정부는 그동안 논의되어왔던 광주민주화운동보상법을 제정하여 피해자들의 보상신청을 받기 시작했다. 나는 새롭게 긴장하며 신청이 끝나기를 기다렸다가 시청에 가서 보상신청 서류를 뒤졌다. 그 서류는 대외비였으나 담당 부서에 아는 사람이 있어 구술대상자를 고른다는 목적을 내세워 서류를 자세히 볼 수가 있었다. 서류를 샅샅이 뒤졌으나 생머리 여자로 짐작되는 여자는 없었다. 서류에 붙은 사진으로 세모눈도 찾았지만 그도 보이지 않았다. 김만호와 최덕삼도 없었다. 그 두 사람은 그때 무사했던 것 같고 그 뒤 서울이나 어디로 새 직장을 찾아 광주를 뜬 것 같았다.

그 무렵 이상한 채록이 하나 나타났다. 나처럼 훈련소에서 총을 쏘지 못한 사람의 구술이었다. 항쟁 당시 열일곱살짜리 고등학생으로 5월 21일 저녁 버스로 야간순찰을 나가 교도소 쪽 외곽도로를 달리다가 도로 아래 잠복하고 있던 계엄군의 집중사격을 받아 총을 일곱 발이나 맞은 사람이었다. 엠십육을 그렇게 맞고도 살아난 것은 총알이 아래서 차체를 뚫고 들어오는 사이 위력이 약해졌기 때문이었다는데 처음에는 버스 바닥에서 불이 번쩍번쩍하기에 왜 저럴까 했다가 자기가 총 맞은 줄은 한참 나중에야 알았다는 것이다. 기적적으로 치명상은 없어 서너 달 치료를 받고 나서 겉은 멀쩡했으나 통증 때문에 날마다 아침저녁으로 주사에다 알약을 한움큼씩 먹어야 견딜 지경이어서 학교도 작파하고 하루하루를 통증과 싸우며 살아가고 있는 참인데 방위병 영장이 나왔다는 것이다. 군대 가면 죽을 것 같아 지레 치료받았던 병원마다 쫓아다니며 진단서를 끊어달라고 했으나, 이건 또 어찌된 일인지 그 쥐어짜는 통증에 대한 진단은 어느 병원에서도 내리지 못했으며 군 신체검사에서도 통증을 인정하지 않고 입대를 시키더라는 것이다. 훈련소에서는 진통제도 주지 않아 그 살인적인 통증을 견디며 훈련을 받다가 실탄사격 과정에서는 또 멀쩡하던 손가락이 움직이지 않아 곤욕을 치른 것이다. 조교들은 '숭 쓴다'고 두들겨팼지만 아무리 기를 써도 손가락은 움직이지 않았고, 조교들은 숭을 써도 이렇게 멍청하게 쓰는 놈은 처음 본다며, 마치 자기들이 모욕이라도 당한 것처럼 무지막지하게 패더라는 것이다.

—사격장에 들어설 때부터 옛날 총 맞을 때 그 총소리가 콩을 볶는 바람에 정신을 차릴 수가 없었습니다. 손가락이 안 움직이자 나는

더 미치겠는데 조교들이 숭 쓴다고 치고 박고 조지는 데는 정말 환장하겠더군요. 나는 악이 받쳐 타깃이 광주항쟁 원흉들 대가리라 생각하며 이를 물고 방아쇠를 당겼지만 소용없었습니다. 이 손가락뿐만 아니라 다른 손가락도 움직이지 않아요. 평소에는 이렇게 멀쩡하게 움직이는데 말입니다.

나는 그를 만나볼까 하다가 그만두었다. 그런 일 자체를 되새기고 싶지가 않았던 것이다.

구술 조사는 이년 만에 끝냈다. 칠백여명 정도로 마무리하고 그 가운데서 오백명을 골라 자료집으로 묶기로 했다. 나는 원고를 다시 검토하고 색인과 항쟁일지를 작성하는 등 마무리 작업에 계속 참여했다.

생머리 여자는 끝내 수수께끼였다. 그때 죽었다고 할 수도 없고, 그렇다고 살아 있다고 할 수 있는 근거도 없었다. 그가 거기서 죽었다면 여러가지 암매장 사례로 보아 그 근처에 주둔하고 있던 부대에서 암매장해버렸을 가능성이 가장 높았으나 그랬을 경우 가족들이 행방불명자로 신고를 했을 법한데 시청 행방불명자 신고서류에는 그 여자로 짐작되는 사람은 없었다. 그렇다면 그때 총을 설맞아서 지금 살아 있다고 생각해볼 수 있었다. 그랬을 경우 보상신청을 하지 않은 것이 의문인데 그건 자신이 당했던 일을 숨기려고 보상까지도 외면하고 있다고 볼 수밖에 없었다. 보상신청을 하려면 신청서에다 그런 엉뚱한 곳에 갔던 이유부터 자세히 기록하고 두 사람의 증인을 세워 역시 기록으로 입증해야 하기 때문이었다. 그때 여러가지 소문으로 미루어 수많은 여자들이 그렇게 당했겠지만 칠백여건이나 되는 채록 가운데서 능욕을 당했다거나 그런 사건과 관련된 구술은 단 한건도 없었고, 삼사천건의 보상신청서에도 마찬가지였다.

결국 그 여자의 행방은 이런 정도의 추측말고는 어느 경우라고 할 만한 아무런 꼬투리도 나타나지 않았다. 나는 그 여자 행방을 찾는 사이 그런 피해사례가 한건도 표면으로 드러나지 않고 있다는 사실을 발견하고, 우리 깐에는 철저히 조사를 한다고 열을 올렸지만 항쟁 피해의 그런 큰 덩어리에는 근처에도 접근하지 못했다는 직업적인 아쉬움과 함께 여자들이 가슴속에 꽁꽁 묻어두고 있을 한의 실체를 보는 것 같아 두루 허탈한 기분이었다.

자료정리와 편집이 끝나자 나는 원고를 가지고 서울로 갔다. 출판사와는 이미 계약이 되어 있었으므로 바로 원고를 넘기고 오랜만에 유용찬한테 전화를 걸었다. 그는 조그마한 아파트를 얻어 자취를 하고 있었으므로 그 집에서 잘 생각이었다. 그는 금방 차를 몰고 달려왔다. 좀 한가한 데로 가자고 교외로 차를 몰았다.

"나는 요새 도깨비한테 홀려 있다."

유용찬은 무슨 일인지 나를 돌아보며 어이없다는 표정을 지었다.

"내가 우리집에서 후배들하고 했던 이야기가 모두 도청이 됐어. 그런데 도청이 문제가 아니라 이자들이 무슨 꿍꿍이속인지 그 도청 테이프를 나한테 보내왔어. 이게 그 테이프야."

그는 양복 안주머니에서 테이프를 꺼내 보였다. 엉뚱한 소리에 나는 그를 보고만 있었다.

"기관원들 짓이 분명한데 도청한 것은 그렇다 치고 이걸 나한테 보낸 속셈이 무언지 갈피를 잡을 수 없어. 도청은 두어 달 전에 한 거고 테이프를 보내온 것은 보름 전이야. 한번 들어봐."

목소리 1: 나는 미국이 별로 부럽지 않은데 딱 한가지 부러운 게 있어. 총이야. 총문화라고 할까? 얼마 전 신문에 보니까 미국사람들 전 가구의 절반인 이천오백만 가구가 총을 가지고 있고, 그 절반은 항상 총에다 실탄을 장전해놓고 있더군.

목소리 2: 그 신문은 나도 봤어. 옛날 서부를 개척하며 악당들이 나타나면 연장을 버리고 총을 들고 나섰던 바로 그 개척시대의 연장이지. 미국처럼 법이 엄정한 나라도 주먹이 법보다 가까우니까 주먹을 총으로 강화시켜 자신들을 지키고 있는 거지.

목소리 1: 미국에 지금 널려 있는 총은 일억자루 가량이라는데 그걸 정치적 관점에서 보면, 그 일억자루의 총이 개인들의 권리는 물론이고 민주주의를 지키고 있는 거지. 그런 나라에서 독재자가 나타나면 우리처럼 기껏 맨주먹으로 데모나 하다가 개 끌리듯 끌려가겠어?

목소리 2: 그 기사에는 미국 어느 도시 중학생들 절반이 총을 가지고 등교한 경험이 있다는 통계도 나와 있었잖아. 나는 그게 더 부럽더라구. 나는 중학교 때 폭력에 시달리면서 날마다 총을 구하는 공상으로 거의 한 학기를 지샜거든.

목소리 1: 나는 한 학기가 아니라 학년이 올라갈 때까지 일년 동안이나 그랬어.(웃음) 우리나라도 미국이나 유럽처럼 가까이 총이 있다면 학원폭력이 발을 붙이겠어?

유용찬: 주먹이나 칼은 솜씨에 따라 위력에 우열이 있으니까 센 놈이 약한 놈을 제압하지만 맞으면 죽는 총은 위력에 우열이 없으니까 죽을 각오를 하지 않고는 폭력을 쓸 수가 없다, 이런 이야기가 되나?

목소리 1: 그렇지요. 그 사람들은 폭력이 개인 단위에서는 쏘면 죽는 총으로 평준화되어 있는 셈이지요. 개척시대부터 지금까지 미국은 유럽 역사의 축소판이고 미국 아이들은 미국 현실의 축소판인데 미국 아이들이라고 장난으로 총을 가지고 등교하겠어요? 개척시대부터 총문화가 일상화되어 항상 곁에 총이 있는 그런 사회에서는 단언하거니와 뒷골목 폭력은 있을지언정 학원폭력이나 일본의 이지메 같은 건 있을 수 없을걸요. 학원폭력이나 이지메를 견디다 못해 자살하는 아이들이 있는데 자살할 정도의 고통이라면 죽더라도 쏘아죽이고 죽겠지요. 그런 사건이 한두 건만 일어나봐요. 어느 통빼가 또래 아이들을 괴롭히겠습니까?

목소리 2: 미국 어느 도시에서 이런 일이 있었다는 이야기를 들은 적이 있어. 월남전 뒤 미국으로 건너간 월남 난민아이들 이야기야. 그 아이들이 처음에는 미국 아이들 놀림감이 되어 이만저만 설움을 당하지 않았던 모양인데 얼마 뒤 월남 아이들이라면 슬슬 피하는 현상이 벌어졌다는 거야. 월남 아이들을 놀리고 괴롭히던 미국 아이들이 귀신도 모르게 없어져버리는 사건이 몇건 벌어지고 그런 일이 언론에 보도되면서 나타난 현상이었다는 거야.

목소리 1: 그럴 법하군.

목소리 2: 미국에 간 월남 난민아이들은, 죽이고 죽는 것이 생활이던 전쟁 속에서 태어나고 자라난 아이들이라 약한 놈도 강한 놈한테 결정타를 먹일 수 있는 폭력의 질서라면 질서랄까, 그런 걸 생활 속에서 터득했던 거지. 월남전 때 미군은 지상에서 공중에서 폭탄을 쏟아붓다 못해 아예 고엽제까지 살충제 뿌리듯 퍼부어댔지만 그들은 끝끝내 굴복하지 않았어. 함정을 파서 빠뜨리고, 덫으로 발목을 낚아채서 나무에 매달고, 아오자이 속에 권총을 숨기고 다니다가 도시의 으슥한 골목에서 쏘았어. 그 아이들은 땅굴 속에 숨어살며 덫 만드는 곁에 쭈그려앉아 구경하고, 함정 파는 아버지를 도와 파낸 흙을 담아다 멀리 버리면서 그때 배운 방법을 이번에는 미국 본토에 가서 써먹었던 거지. 그런 폭력 뒤에는 우리들을 여기까지 굴러오게 만든 것은 너희들이라는 항의도 뒷받침되었을 테니 정신적으로도 꿀릴 것이 없었을 거고.

목소리 3: 결국 테러인데, 그렇지만 테러는?

목소리 1: 폭력은 폭력을 부르고 작은 폭력은 큰 폭력을 정당화시킨다, 이거지? 그런 점이 있지만 그런 논리를 일반화시킬 때 그건 강자의 논리가 되고 만다는 사실을 알아야 해. 월남전 때 미군들이 베트콩

더러 '이놈들아, 비겁하게 숨어서 뒤통수치지 말고 당당하게 나와서 싸우자' 이런 소리하고 뭐가 다르며, 너희같이 힘없는 놈들은 불란서나 미국처럼 힘센 놈 밑에 눌려 살라는 소리하고 다를 게 뭐야? 거꾸로 베트콩 전투본부에 스며들어 폭탄을 던진 미군 그린베레가 한 짓은 미군들이 한 짓이니까 테러가 아닌가?

목소리 3: 모택동은 전쟁중에도 테러를 금했다는 글을 읽은 기억이 있어. 백범만 하더라도 팔일오 뒤 테러가 극성을 부릴 때 테러의 희생자가 되었잖아?

목소리 2: 그렇지만 진독수는 안중근 의사가 이등박문을 저격했을 때 우리 중국인들도 안중근을 본받자고 했어. 이것은 모택동과 진독수 어느 쪽이 옳으냐가 아니고 당시 상황에 따른 전술적 선택의 문제였을 뿐이야. 모택동이 그때 테러를 금한 것은 일종의 자기방어 전술이었다고 볼 수 있지. 모택동이 거느린 군대조직의 성격상 자신을 비롯한 지도부가 거의 테러에 노출되어 있었거든. 장개석도 테러의 악순환이 자기한테 미칠 건 당연하므로 묵시적으로 동조를 했던 것 같고. 백범이 테러의 희생자라고 했는데 이등박문을 살해한 안중근의 테러와 백범 살해범 안두희의 테러를 테러라는 방법만 가지고 똑같이 비난할 수 있어?

목소리 3: 그런 경우는 그렇다 하더라도 건뜻하면 총을 들고 나올 때 사회의 혼란은 걷잡을 수가 없잖겠어.

목소리 2: 총을 들고 나서는 것은 목숨을 거는 일이라 정신병자라면 모를까, 더구나 건뜻하면 총을 들고 나서는 사람은 없어. 웬만한 집은 다 총을 가지고 있는 유럽이나 미국사람들은 모두가 성인군자여서 그 사회가 저렇게 평온한가? 무엇이나 그렇듯 총도 부작용이 있기 마련이야. 전기도 화재에다 감전사고가 엄청나잖아. 더구나 사회적 응징 방법을 총으로 극단화시켜 비난할 때 부당한 일을 보고도 못 본 체하는 패배주의를 합리화시키는 소리가 된다구. 새치기하는 사람은 말로 꾸짖거나 꿀밤을 먹이고 안두희처럼 민족 지도자를 죽인 자나, 국민을 학살하고 정권을 찬탈한 자들은 총으로 쏴야지. 서양사람들 보라구.

유용찬: 서양사람들 말이 나왔으니 말인데, 싸르트르가 이런 말을 한 적이 있어. 유럽인들의 삶의 기초는 폭력의 변증법 위에 있다. 유럽의 자유주의자들이 교활한 위선으로 그걸 감추고 있을 뿐이다.

목소리 1: 폭력의 변증법이오? 폭력의 변, 증, 법? 그러니까 유럽사람들이 지금 평화롭게 살아가고 있는 상태는 폭력에는 폭력으로 겨루다가 폭력이 변증법적으로 조정되어 있는 상태라는 이야기가 되는가요? 그러니까 지금 그들 개인이나 국가들 사이에 유지되고 있는 평화는 폭력이 조정되어 있는 상태, 그러다가 그 균형이 깨지면 언제든지 폭력이 등장한다? 역시 싸르트르군요.

목소리 2: 그러고 보니까 지금 정치 선진국들은 모두 개인들이 총을 지니고 있는 나라들이네요. 그걸 싸르트르의 관점에서 보면 그들은 국민 각자가 자기 몫의 권리를 지킬 폭력수단을 지니고 있다가 균형이 깨지면 언제든지 빼들 준비가 되어 있는 상태군요. 그런데 그들이 교활한 위선으로 숨기고 있다는 건?

유용찬: 그게 과거 제국주의 시절에 한 말이니까 뻔하잖아? 이차대전이 끝나고 백범이 상해에서 처음 귀국할 때 미군들이 백범의 입국을 거부했던 표면적인 이유 가운데 한가지는 그가 테러리스트였다는 거였어.

목소리 1: 허허, 그럼 미국 대통령의 명령으로 미군이 일본에 던진 원자폭탄과 백범의 지시로 이봉창 의사가 일본군 장성한테 던진 폭탄은 어떻게 다르지요?

목소리 2: 위선도 그쯤 되면 국제 수준이군요. 그러고 보면 무조건 폭력을 배척하는 엠네스티도 문제가 있는걸요. 만약 그때도 엠네스티가 있었고 백범이 홍구공원 사건 조종자로 감옥에 있었더라면 백범도 그들의 사면요구 대상에서 제외되고 국제적인 기피인물이 되었겠군요.

목소리 1: 지금 전두환 저 작자들이 국민을 학살하고도 오만방자한 저런 태도가 어디서 나온 겁니까? 두말할 것도 없이 폭력의 독점에서 나온 거지요. 그 오만에는 폭력밖에는 약이 없어요.

목소리 2: 지금 우리를 누르고 있는 저 천박한 오만, 그건 절대로 용서할 수 없어. 우리도 어느 국면에서는 폭력으로 그런 자들부터 깨끗이 한번 정리해야 한다구.

"다음 이야기는 모두 비슷한 소리들이야."

유용찬은 스위치를 끄고 나를 돌아보며 멀겋게 웃었다.

"저런 테이프를 너한테 보낸 의도가 무어지?"

"도무지 알 수가 없어. 그 생각만 하면 등골에서 식은땀이 나는데 저런 걸 보내놓고도 아무 말이 없는 거야. 우편으로 보냈으니까 쪽지를 끼워넣을 수도 있고 전화를 할 수도 있잖아? 그런데 지금까지 보름이 넘도록 아무 말이 없어. 오늘이 꼭 보름째야."

그 아파트는 관리인도 없는 서민아파트라 그런 사람들 솜씨라면 자기 집 드나들듯 했을 거라고 했다.

"기관원 짓이 틀림없는데 저거 들으면서 너는 뭐가 짐작 가는 게 없어?"

뚝머슴한테 법문하는 꼴이라 나는 멍청하게 그를 보고만 있었다.

"좀 양심적인 어느 기관원이, 너희들은 이렇게 부처님 손바닥 안의 손오공이다, 쓸데없는 객기 부리지 말고 가만히 엎뎌 있어라, 내가 보름 동안 생각한다는 건 기껏 이런 어린애 같은 망상 정도야."

유용찬은 다시 나를 돌아봤다.

"저렇게 녹음까지 했다면 혼자 한 짓이 아닐 텐데 그런 경고로 끝낼 수 있을까?"

"정보수집 단계에서는 혼자 할 수도 있겠지. 사실은 내 주변에 몰려 있는 후배들은 과격한 아이들이 많아 그렇지 않아도 기관원들 눈이 쏠리고 있는 낌새가 있었거든."

유용찬이 이렇게 당황하는 모습을 본 건 처음이었다. 그는 아무리 갑작스런 일을 당해도 곰처럼 눈동자가 잠시 멈추는 게 고작이었으나 이번에는 그게 아니었다.

한달쯤 뒤 유용찬은 엉뚱한 곳에서 전화를 했다. 건설회사에 취직했다며 그 회사 부산출장소로 발령이 났다는 것이다. 이런 데서 몇년 동안 누구도 만나지 않고 깊숙이 박혀 있을 테니 그런 줄 알라고 했다. 테이프 사건을 누군가의 엄중한 경고로 여기고 그 경고를 받아들인다는 뜻을 그렇게 행동으로 대답해주자는 것이 아닐까, 나는 어렴풋이 그런 짐작을 했다. 그는 나더러도 제대로 취직을 하라며 마땅한 데가 없으면 자기 회사 박사장을 찾아가라고 했다.

나도 그럴 생각을 하고 있던 참인데 박사장한테서 먼저 전화가 왔고 나는 그 회사에 취직을 했다. 그 뒤 유용찬은 나한테도 일절 소식을 끊어버렸다. 그가 광주에 나타난 것은 이년 뒤였고 그가 내민 명함에는 그 회사 광주출장소 소장 직함이 찍혀 있었다. 현장에 가봤더니 그는 작업복에 헬멧을 쓰고 인부들한테 소리를 지르며 제대로 일을 하고 있었다. 자기 아버지가 자기 앞으로 남긴 땅을 거기 아파트 공사에 투자했다는 소문도 있었다. 그때는 아파트 경기가 한창일 때였다.

그 회사는 이년 뒤에 광주에서 철수했는데 그는 따라 올라가지 않고 광주에 눌러앉았다. 그때부터 그는 자기 아내 이름으로 전자제품 가게를 내고 사장 행세를 했으나 그 가게도 아내한테 맡기고 낚시나 다니며 빈둥거렸다. 내가 돈이 많이 드는 바다낚시를 다니게 된 것도 경비를 그가 댔기 때문이다.

3

음식점에 자리를 잡아 앉자 미선이가 먼저 나타났다. 화사한 차림에 종이백을 들고 들어섰다. 백화점 상호가 선명한 종이백에는 옷상자가 든 것 같았다.

"강지연씨는 서울서 내려왔어요?"

"금방 올 거야."

"어제 유족회 아주머니 만났더니 강지연씨 칭찬이 대단하더군요. 말을 받아쓰랴, 눈물을 닦으랴, 정신이 없더래요."

미선의 표정은 어제 저녁 술 마실 때처럼 밝았다. 그동안 풍상에 할퀸 자국은 어떤 모양으로 남아 있을까, 나는 그의 얼굴을 살폈으나 농익은 과일처럼 고운 피부에서 그런 흔적은 얼른 짚이지 않았다. 웃을 때 보조개가 패는 모습이며 장난스런 눈웃음은 열일곱살 때 모습 그대로였다.

강지연이 바삐 들어섰다. 작은 배낭을 메고 한 손에는 그도 종이백을 들고, 늦었어요, 미안해요, 호들갑을 떨며 다가왔다. 종이백이 두 사람 것 다 인쇄잉크가 묻어날 것 같게 선명하고 안에는 비슷한 모양의 옷상자가 들어 있었다. 옷상자들을 보자 아무래도 자리를 같이 한 게 잘못인 것 같아 지레 조마조마했다.

"조사하느라 애쓰시네요."

"조사랍시고 수선만 피우고 다니는 것 같아요."

미선이는 밥을 시키며 나한테 물어 술도 시켰다.

"가슴에 쌓인 것이 많은 사람들이라 그런 소리를 털어놓기만 해도 속이 후련할 거예요. 어제 유족회 아주머니 만났더니 강지연씨 칭찬에 침이 마르데요."

"고맙습니다. 그 사람들 이야기 듣다가 요사이 선거판 꼬락서니 보면 정말 화가 나요. 화해니 사면이니 그런 무책임한 소리 하는 사람들 전부 모아다가, 그이들 앞에 앉혀놓고 귀에다 확성기를 틀어주고 싶어요."

밥이 들어왔다. 미선이는 술병을 따서 술을 따랐다. 도수가 낮은 매실주였다. 잔을 부딪쳤다.

"객지라 여러가지로 어려움이 많지요?"

"모두 친절하고 현지 지도교수님이 그 방면에 도사라 편하게 하고 있네요."

"여기에도 지도교수님이 계시나요?"

바로 이분이라고 나를 가리키며 장난스럽게 웃었다. 나는 미선의 눈길을 피해 안주를 집었다.

"며칠 전에는 총을 일곱 발이나 맞았던 허씨라는 분을 조사했거든요. 그렇게 총을 맞고 살아난 것도 기적이지만 지금까지 살아온 것은 더 기가 막히더군요. 지금도 통증 때문에 아침저녁으로 주사는 주사대로 맞으면서 알약은 알약대로 한움큼씩 먹어야 견딘다는데 그런 사람이 어쩌면 그렇게 낙천적이지요? 자기 부인 만난 이야기하면서는 뭐라고 한 줄 아세요. 인생이 막힐라니까 몸뚱이가 일곱 군데나 빵빵 구멍이 나도 콱콱 막히기만 하더니 뚫릴라니까 가만히 있어도 저절로 뚫리더라고 익살을 부리는 거예요."

그이 말씨를 흉내내며 한참 웃었다. 미선이는 자기도 그 사람 이야기 들은 적 있다며 그 부인은 정말 대단한 사람이라고 거들었다. 그가 바로 방위병으로 입대해서 총을 못 쏜 사람이었다.

"정말 그 부인은 세상에 그런 사람도 있는지, 정말 알 수 없는 것이 사람이더군요. 그이는 그 부인 아니었더라면 그 성깔에 벌써 무슨 일이 났을 것 같아요. 부인은 인물도 인물이지만 집안이야, 뭐야 아쉬울 게 없는 사람이 도대체 그런 사람한테 결혼을 자청했다니 아무리 생각해도 이해할 수가 없어요. 그 부인이 어느날 느닷없이 결혼하자고 하자 혹시 이렇게 된 여자가 아닌가 했다고, 손가락을 이렇게 한참 돌리는 거 있죠?"

강지연은 귀 곁에서 손가락을 뱅뱅 돌리며 웃었다. 그 부인은 허씨가 진통제를 타러 다니다 알게 된 보건소 간호사 출신이었다.

"척추 상한 산수동 이씨 부인도 만나봤나요?"

척추장애에다 다른 부위의 통증 때문에 그도 거의 진통제로 살다시피 하는 사람이었다.

"그분 역시 대단한 분이지요. 그이들도 그전부터 좋아하던 사이도 아니고, 저는 그런 사람들을 보면 철학자가 된다니까요. 한쪽에서는 무지막지하게 죽이는 자들이 있고, 또 한쪽에는 그렇게 자기 인생을 온통 바쳐서 살려내려는 사람들이 있고, 이쪽과 저쪽 끝이 너무 아득해서 뭐가 뭔지 모르겠어요. 여기 피해자들 살아가는 모습들을 보면 사람 살아가는 박물관에 들어온 것 같아요. 그 가운데서 이 두 경우가 시쳇말로 가장 모범적인 성공사례 같은데 어느 경우든지 부인이나 가족들 애정이 절대적이더군요. 우리나라 가족제도가 사람 많이 살린 것 같아요. 그 하고많은 사람들이 그런 원한들을 품고 어떻게들 살아왔는지 정말 기가 막혀요."

강지연은 한참 그런 이야기로 흥분하다 웃다 했다. 나는 미선의 처지가 떠올라 조마조마했다.

"세월도 약이라면 약이지."

나는 미선이를 힐끔거리며 허투루 한마디 끼였다.

"선배님도 그 세월 타령이신가요? 조사하면서 들어보면 세월 소리를 너무 남발하는 것 같아 저는 그게 제일 못마땅하더군요. 그 말에는 함정이 도사리고 있잖아요? 당장 요사이 정치꾼들 사면 소리만 하더라도 그런 세월 타령의 틈을 비집고 끼여든 거라구요."

"허허, 뭐라더라? 상주보다 곡쟁이가 더 서러워한다던가?"

"뭐라구요, 곡쟁이요? 어째서 제가 곡쟁이지요? 그 일당은 국민을 학살한 악당들이고 저도 이 나라 국민이에요."

강지연은 정색을 하고 따졌다. 나는 웃을 수밖에 없었다. 그는 근래 조사한 피해사례를 또 한참 늘어놨다. 엄마 품에서 총을 맞아 팔다리가 짝짝으로 자라고 있는 젊은이, 알코올중독자 마약중독자와 정신질환자들의 참상이며 그 가족들의 고통을 낱낱이 주워섬겼다.

"마약중독자들은 겉으로는 제대로 드러나지 않는 것 같은데 그 수도 만만찮을 거예요. 그런 통증이라면 마약에 손을 대지 않을 수 없겠지요. 더 처참한 건 정신질환자들이에요."

정신질환자 이야기를 할 때는 아슬아슬한 기분으로 미선이를 힐끔거렸다. 식사를 끝내고 나서도 강지연의 이야기는 그칠 줄을 몰랐다. 나는 시계를 봤다.

"오늘도 조사 가시는 모양인데 시간 괜찮겠어요?"

시골이라 시간이 좀 걸릴 거라며 나는 담뱃갑을 챙겼다.

“이거 입어봐요.”

강지연이 종이백에서 옷상자를 꺼내 포장을 뜯고 훌쩍 옷을 펼쳤다. 감청색 잠바였다. 미선의 눈길이 날카롭게 나를 스쳤다. 강지연은 자기 가슴에 옷을 펴 보이며 어떠냐고, 미선이와 나를 번갈아 봤다. 그는 깔깔거리며 입어보라고 했고, 나는 여기서 어떻게 입느냐고 퉁겼다.

“어때요? 벗은 옷은 여기 담으면 되잖아요.”

더 버티면 투정하는 꼴이 될 것 같아 하는 수 없이 저고리를 벗고 잠바를 걸쳤다.

“어울리지요?”

강지연이 자랑스런 듯이 미선이를 봤다.

“새 인물 나네요.”

미선이는 천연스럽게 받았다. 강지연은 내가 벗은 저고리를 둘둘 말아 배낭에 쑤셔넣었다.

“이건 러닝셔츠하고 팬티예요. 싸길래 많이 샀네요.”

배낭을 챙기다가 종이뭉치를 하나 들어 보이며 깔깔거렸다. 미선이 눈에서 놀라움과 낭패감이 그릇 깨지는 소리를 냈다. 나는 가슴속에서 우크르 무너지는 소리를 듣고 있었다. 깔깔거리는 강지연의 웃음소리가 가슴을 찔러왔다. 나는 술잔을 들었다. 노란색 술이 더 노랗게 보였다. 미선이는 종이백을 들고 계산대로 갔다. 백 속에 든 아까 강지연의 것과 똑같은 모양으로 포장된 옷상자가 내 눈을 잡아당겼다. 미선이와 나 사이를 묶고 있는, 질긴 악연이 저 모양새로 단단하게 포장이 되어 있는 것 같았다. 미선이가 계산을 하는 사이 강지연은 뭐라 주절댔으나 내 귀에는 아무 소리도 들리지 않았다.

“고맙습니다. 다음에는 제가 한번 살게요. 차 가져오셨지요? 우리는 이 아래 상점에서 뭘 좀 사가지고 가야겠네요.”

“나와줘서 고맙습니다. 조사 잘하세요.”

미선이는 고개를 꾸벅하고 돌아섰다. 강지연은 저 아래 슈퍼 있더라며 내 어깨를 끌었다. 종이백을 들고 가는 미선의 뒷모습을 보고 있던 나는 강지연을 세워놓고 라이터를 켜서 담배에 불을 붙였다. 미선의 모습이 건물 모퉁이를 돌아가고 있었다. 종이백을 들고 사라지는 미선의 하얀 등이 훤하게 비어 있었다. 나는 담배연기를 뿜으며 한참 서 있다가 돌아섰다. 새 잠바를 입은 내 모습이 생소하게 느껴졌다. 이렇게 될 수도 있을 거라 예상하면서도 나는 일판이 굴러가는 대로 어정쩡 내맡기고 있었다.

“조사하면서 미선씨 이야기 잠깐씩 들었는데 정말 어렵게 살아왔더군요.”

나는 대답하지 않았다. 강지연은 내 팔을 끼고 걸으며 계속 조잘거렸다. 그때 미선의 차가 우리 곁을 지나가고 있었다. 차창으로 미선의 뒷모습이 보였다. 차 안 거울에 우리 모습이 그대로 비치고 있을 터였다. 강지연한테 팔을 맡긴 나는 발 아래에 물컹물컹 밟히는 미선의 몸뚱이를 느끼며 등신처럼 발을 옮기고 있었다. 차가 저만치 가다가 속력을 줄였다. 네거리 신호등에 붉은 불이 켜져 있고 신호를 기다리는 차들 꽁무니에 미선의 차가 멈췄다. 깔깔거리는 강지연의 웃음소리를 들으며 나는 차 안에 석상처럼 꼿꼿한 미선의 뒷모습을 힐끔거렸다. 강지연은 나를 쳐다보며 계속 조잘거렸고 우리는 미선의 차 곁을 지나가고 있었다. 우리들이 한참 내려가자 차 물결이 움직이기 시작했고 미선의 차가 다시 우리 곁을 천천히 지나갔다. 이내 차들은 속력이 빨라지고 미선의 차도 빠르게 내달았다. 미선의 차는 노을 속으로 사라지는 갈매기처럼 멀리 차 물결 속으로 사라지고 있었다. 수평선 아득히 선홍빛 까치놀 속에서 위아래로 하늘을 휘저으며 윤무하는 갈매기들과 함께 미선이도 춤을 추며 날아가고 있었다. 끼룩끼룩, 갈매기

소리에 맞춰 드넓은 하늘 저쪽으로 멀리멀리 사라지고 있었다.

"하하, 낚시에 걸려 금방 아가리가 찢어졌던 놈이 다시 물었더란 말이오? 그 녀석들 기억력이 영점 몇초라던가요. 그렇게 좋았던 걸 하필 그 판에 급체가 날 게 뭡니까?"

결재를 하다가 김성보 전화를 받은 박사장은 한참 동안 너털웃음이 요란스러웠다. 그때 유용찬이 들어왔다.

"서울 갔다더니 왔구나. 모레 낚시 갈 수 있지? 김이사는 그 담날 소안도 고기를 싹 훑었구먼. 바다낚시 십수년에 그런 재미는 처음이었다잖아."

박사장은 낚시 이야기로 한참 떠들썩하다가 모레 낚시를 다짐하며 점심약속이 있다고 일어섰다.

"혹시 지난번 무기밀매사건 뉴스 봤어? 총기를 변조해서 팔다가 붙잡힌 사건 말이야. 텔레비전에도 나고 신문에도 났는데."

유용찬은 고개를 저었다.

"지난번 그 김중만이란 사람이 권총을 샀다가 붙잡혔어."

"그이가 권총을?"

"실탄 백발을 합쳐 삼백만원에 샀더군. 총을 산 사람들은 거의가 사냥꾼들 같고 그런 사람들은 모두 불구속인데 그중에서 김중만씨만 구속이더라구. 서울 그 형사가 여기 올 때는 이미 그이를 붙잡아 수사를 끝내고 왔던 모양이야. 이상한 건 다른 사람들은 텔레비전 화면에서 얼굴을 숨기려고 잠바를 뒤집어쓰고 정신이 없는데 그이는 카메라 앞에 태연스럽게 얼굴을 내놓고 있는 거야."

"그이가 권총을 샀다면 목적이 뭐야?"

"그건 말하지 않았는데 지난번 그 안지춘 형사 움직임이 심상찮아. 오일팔 연구소에까지 가서 항쟁자료를 검색하면서 당시 내 행적도 검색을 했더군. 나야 거리낄 게 없지만 작자 나대는 게 내 주변 사람들까지 집적거릴 것 같아 기분이 지저분한걸."

'내 주변'에 힘을 주며 유용찬의 표정을 살폈다.

"우리 주변에는 걱정할 사람이 없잖아?"

"나하고 늘 얼리니까 당장 네 뒤도 캘지 모르잖아?"

"나야 캐든 털든 그런 일로는 먼지날 게 없어."

나는 어리벙벙한 기분이었다. 정말 아무 일도 없는 것인지 위장에 그만큼 자신이 있다는 것인지 알 수 없었다. 조금도 찜찜한 구석이 없어 저렇게 태연할 수 있는 것인지, 도무지 알 수가 없었다. 회사 곁에 있는 식당으로 자리를 옮겼다.

"김미선씨가 가게를 내논 모양이던데 알고 있어?"

식당에 자리를 잡아 앉으며 엉뚱한 소리를 했다. 나는 입으로 가져가던 물잔을 멈췄다.

"서울로 가게를 옮긴다는 것 같아. 우리 집사람이 듣고 와서 그러더군."

나는 얼빠진 표정으로 그를 보고 있었다. 유용찬의 아내는 그 백화점에 가게를 두 개나 세를 놓고 있었고 미선이 가게도 그가 소개했다.

"서울 갔다고 어제도 가게에 나오지 않았더래. 가게 보러 간 모양이야. 너하고 강지연씨 관계는 그도 진작 알고 있었겠지?"

나는 대답하지 않고 담배를 빼 물었다. 내 머릿속에서는 엔진이라도 돌아가듯 수많은 일들이 뒤얽히며 윙윙 소리를 내고 있었다.

"섭섭하지만 미선씨가 여기를 뜨는 게 서로 좋잖겠어? 그 언니 병세도 좋아진 모양이던데 그이로 봐서도 그렇고, 그 아이 처지는 더 그렇지. 전에야 옴나위를 할 수 없었지만 이제 형편도 웬만큼 폈으니 피차에 옛날 짐을 조금씩 벗어야겠지. 역시 오일팔 보상금이 그런 발목도 놔주는구먼."

그는 술병을 따서 내 잔에 기울이며 계속했다.

"특히 그 아이로 봐서는 진작 여기를 떠나는 것이 좋았을 거야. 그런 환경에서도 비뚤어지지 않고 그만큼 자랐다니 대견스럽지만, 사실은 초등학교 입학 전에 서울 같은 넓은 곳에 묻혀버려야 했어. 벌써 고등학생이라던데 그동안 사귈 친구 다 사귀었으니 이제 어디 가서 살든지 과거를 숨기고 살기는 어렵게 됐잖아?"

그랬다. 숨기지 말았어야 미선이 자신부터 활발했을 것이다. 그런데도 그는 여기를 떠나지 않았다. 미친 여자를 데리고 병원에 들락거리고, 도망치면 잡아오고, 그러면서도 한사코 여기서 버티던 그가 이제 여기를 떠나는 것이다. 서둘러 떠나고 있었다.

미선이가 광주를 떠난다고 생각하자 나를 지탱하고 있던 무슨 큰 틀이 무너지는 기분이었다. 지구가 중력을 잃어 지상의 사물들 사이에 균형이 깨지는, 그런 무중력 상태가 느껴졌다. 내 생활은 뒤죽박죽 흐트러질 것 같고 강지연과의 관계도 허물어질 것 같았다. 강지연과 내 관계도 미선이를 중심으로 무슨 인력의 틀 속에서 유지되고 있었던 듯했다.

나는 어쩌자고 이런 파국을 자초했던 것일까? 그도 나와 강지연의 관계는 언제 알든 알 수밖에 없겠지만 그날은 일부러 무슨 복수를 한대도 그리 못할 만큼 잔인했다. 미선이가 강지연과 점심을 하자고 할 때부터 그런 파국을 내다보면서도 나는 어정쩡 그러자고 했고 일판이 벼랑으로 가는 것을 그냥 보고만 있었다. 나는 전에 결혼할 때도 이런 꼴로 무책임했다. 곁에서 서두는 대로 내맡겨두었고 결국 파국이었다. 옛날 생머리 여자를 쏴버렸듯이 나라는 인간 속에는 어느 구석에 원래 이런 잔인성이 도사리고 있는 것일까?

"걸렸다."

김성보의 낚싯대가 살 먹은 활등처럼 휘어졌다.

"물건 하나 올라오는군."

김성보는 능란한 솜씨로 낚싯대를 조절하며 슬슬 줄을 감기 시작했다.

"앙탈이 제법이구먼."

고기는 거세게 저쪽으로 한참 갈짓자를 그어갔다. 다시 반대방향으로 길게 그어가다가 휘딱 꼬리로 물을 쳤다.

"박사장님, 저만하면 생각하는 바가 계시겠지요?"

"조짐이 조옿습니다."

도미는 뱃전 아래로 끌려와서도 사뭇 거세게 휘저었다. 김성보는 뜰채를 조심스럽게 물속으로 집어넣었다. 방향을 바꾸던 도미가 제집 들어가듯 대가리를 처박았다.

"물건 한번 제대로 빠졌구먼, 허허."

허연 도미가 공중에서 거세게 파닥거렸다. 김성보는 바닥에다 고기를 누르고 뜰채를 벗겼다. 차관호가 자를 들고 달려왔다. 김성보는 자 위에다 도미 주둥이를 정확히 맞춰 누르고 한 손은 머리에서 꼬리 쪽으로 빠듯이 훑어내려갔다.

"사십삼점 오 센티! 이만하면 방불하구먼, 허허."

"축하합니다. 그렇지만 기록은 깨지라고 있다는 거 알고 계시죠?"

"말씀 잘하셨습니다."

김성보는 고기를 살림칸에 던지며 너털웃음을 터뜨렸다. 살림칸이 사뭇 요란스러웠다.

배 안은 다시 조용해졌다. 낚싯대는 까닥도 하지 않았다. 아침부터 붕장어며 노래미 따위 잡어만 몇마리씩 올라오다가 느닷없이 김성보한테 그놈이 하나 붙더니 다시 입을 싹 씻어버렸다. 사리가 가까운 때라 물힘이 너무 센데다가 샛바람까지 살랑거리며 하늘도 점점 오므라들고 있었다. 배가 파도에 울렁거리고 내 낚싯대 끝에서는 옛날 미선이 동네가 오르락내리락하고 있었다.
"점심이나 먹읍시다."
박사장이 소리를 질렀다. 차관호가 점심 보자기를 들고 선복으로 왔다. 두시였다. '고놈 참 의젓하다.' 양주병을 들고 오던 김성보가 오달진 표정으로 살림칸을 내려다봤다.
"한잔들 하시고 힘들 내시오. 나는 거푸 사흘 저녁이나 술통에 빠졌습니다. 그제 저녁에는 원자폭탄에다 수소폭탄에다 폭탄주로만 집중포격을 당했더니 아직도 어리바리합니다."
김성보는 술잔을 들어올리며 웃었다. 큼직한 종잇잔에 양주가 치면했다.
"김이사는 장삽디다. 나는 그렇게 마시면 도저히 못 견딥니다."
"아이구, 술에 장사 있습니까? 지금까지 속이 쓰려서 아까는 혼자 한잔 했지요."
모두 밥을 먹었으나 김성보는 술만 들었다. 곡기를 좀 하라고 박사장이 여러번 채근해도 그는 거푸 술잔만 기울였다. 큼직한 양주병이 바닥이 났다. 작은 게 또 하나 있다며 차관호한테 자기 배낭을 가리켰다. 이따 하라고 했으나 어서 가져오라고 소리를 질렀다.
"이게 뭐야?"
밥을 먹다가 낚싯대를 챈 박사장이 줄 감던 손을 멈췄다. 길쭉하고 시커먼 고기가 굼뜨게 물을 휘저었다. 양태라며 차관호가 고기를 땄다.
"양태, 양태 하더니 양태란 놈이 저렇게 생겼군. 숫제 장작개비지 고기라고 그게 어디 살 붙을 데가 있나?"
"그래서 개가 이놈 대가리를 물고 갔다가 하품한다는 놈입니다. 그래도 고기 중에서는 양반 축에 들어 제상에 오르지요."
"박사장님, 어째서 대구는 입이 헤벌어지고 병어는 입이 병 주둥이로 삐쭉한지 아십니까?"

술이 거나해진 김성보가 술잔을 들고 웃었다.

"대구야 너 병어한테 장가가고 싶으냐, 이러자 대구는 헤헤 입이 바지개가 되고, 병어야 너 대구한테 시집가겠니, 하니까 피이 하고 입이 병 주둥이가 되었답니다."

김성보는 한참 웃었다. 박사장은 김성보한테 밥그릇을 디밀며 김치가 잘 삭았다고 김치를 따로 덜어 내밀었다. 김성보는 마지못해 밥그릇을 받아 몇숟갈 뜨다가 다시 차관호 앞으로 빈 잔을 디밀었다. 차관호는 너무 많이 드신다며 술병을 옆으로 감췄으나 김성보가 버럭 소리를 질렀다. 유용찬은 제자리로 가고 나도 내 자리로 돌아앉았다. 김성보는 박사장과 차관호를 상대로 연방 너털웃음을 터뜨리며 술잔을 기울이다가 한참 만에 그도 자기 자리로 갔다.

"구름발 퍼지는 게 이거 날씨가 심통을 한번 부리려나?"

박사장이 하늘을 쳐다보며 구시렁거렸다. 날씨가 더 끄무러지고 바람이 나기 시작했다. 다른 낚싯배들도 이리저리 옮겨다니고 있었다.

"장어도 아니고 이게 뭐야?"

박사장이 낚싯대를 올리며 소리를 질렀다.

"물뱀입니다. 낚시째 잘라버리십시오."

차관호가 소리를 질렀다.

"낚시가 안될려니까 별것이 다 나오는구먼."

박사장이 상을 찌푸리며 칼로 낚싯줄을 잘라버렸다.

"바람이 나는 게 아니오?"

배가 멈춘 자리에서 저절로 서서히 방향을 바꾸자 여태 말이 없던 유용찬이 차관호를 돌아봤다.

"높새로 도는 것 같습니다. 이 바람은 괜찮습니다."

차관호가 하늘을 둘러보며 말했다. 낚싯대는 차관호 낚싯대까지 열네 개가 까닥도 하지 않았다.

“아이고, 조심합쇼.”

차관호가 소리를 지르며 김성보를 붙잡았다. 그가 휘두르던 낚싯대는 저만큼 바다로 날아가고 있었다. 마침 낚시를 던지려던 내가 김성보 낚싯대 끝 부분에다 던졌다.

“내가 취했나?”

김성보는 껄껄거리며 자세를 바로잡았다. 내 낚시에 걸린 김성보 낚싯줄을 그쪽으로 디밀었다. 차관호가 붙잡았다.

“저기 가서 지난번처럼 농어치기나 한번 해볼까?”

김성보가 저쪽 섬 끝을 가리켰다.

“거기는 소문난 울댓목이라 이 시간이면 물살이 아주 셀 겁니다.”

“조금 위쪽으로 붙으면 괜찮을 거야. 그리 가자구.”

김성보가 서둘렀다. 차관호는 닻줄을 풀고 시동을 걸었다. 섬을 오른쪽으로 끼고 한참 달렸다. 섬 모퉁이에 이르자 물살이 이랑을 일으키며 흘러갔다. 이만저만 거세지 않았다. 두 사람은 한참 의논을 하다가 배를 멈췄다.

“안되겠습니다. 물살이 너무 셉니다.”

부통을 붙잡고 버티던 차관호가 손을 놓으며 고개를 저었다. 배는 다시 왔던 쪽으로 머리를 돌렸다. 다른 낚싯배들은 보이지 않았다. 모두 들어간 모양이었다. 바람이 나면서 갈매기들이 끼룩끼룩, 갈린 소리를 가쁘게 내지르며 거세게 날아올랐다.

“저게 뭐야?”

박사장이 소리를 질렀다. 바로 우리 앞에서 말 엉덩이처럼 시커먼 게 불끈불끈 솟아올랐다. 상괭이였다. 떼로 몰려가며 시커먼 등짝을 물위로 연방 불뚱거렸다.

“저게 무슨 배죠?”

바람을 등지고 앉은 우리 시야에 큼직한 화물선이 들어왔다.

"LPG라 씌어 있잖아?"

배에는 돔 모양의 커다란 탱크 세 개가 선복을 가득 채우고, 노란색 탱크마다 영문자 LPG가 한 자씩 커다랗게 씌어 있었다.

"멋있다. 저렇게 큰 배도 내해에서는 한가롭구먼."

자잘한 화물선과는 달리 선체도 깨끗하고 돔형 탱크가 여간 산뜻하지 않았다. 푸른 바다 위에 멀리 섬들을 배경으로 떠가는 화물선은 한 폭의 정물화처럼 안온한 분위기를 연출하고 있었다. 부산에서 인천쯤으로 가는 것 같았다.

"부산과 서울 사이는 다른 화물도 저렇게 배로 나를 수 없나요?"

"저 크기면 몇톤쯤 될까요?"

"오천 톤쯤 될까?"

그때였다.

—퍽.

"아이고, 중대장님!"

차관호가 고함을 질렀다. 김성보 몸뚱이가 바다로 들어갔다.

"배 돌려!"

박사장이 벌떡 일어서며 소리를 질렀다. 배는 이미 전속력으로 돌고 있었다. 김성보는 거세게 허우적거렸다. '빨리, 빨리!' 박사장이 고함을 질렀다. 김성보는 헤엄을 치려는 것 같았으나 손만 허투루 허우적거리고 있었다. 배는 급회전을 했다. '빨리, 빨리.' 박사장은 거듭 악을 썼다.

"워매!"

우리들은 모두 선복으로 나동그라지고 말았다. 급회전하던 배가 김발 부통에다 머리를 처박은 것이다. 엔진 소리도 그쳤다. 차관호는 기관실에다 머리를 처박고 시동을 걸었다.

"뭘 하고 있는 거야?"

박사장이 발을 굴렀다. 내가 기관실로 달려갔다. 차관호는 연방 열쇠를 돌렸으나 엔진은 끄덕도 안했다. 배터리 사용 표시등이 하얬다. 김성보는 물속에서 사뭇 텀벙거리고 있었다. 차관호는 연방 열쇠를 돌렸다. 자동차 엔진이라 열쇠를 돌리는 것밖에 다른 방법이 없었다.

"뭣하고 있어?"

박사장은 거듭 악을 썼다.

"배터리가 나간 것 같네요."

"뭐야, 그런 것도 점검 안했어?"

박사장이 발을 굴렀다. 김성보는 머리가 물속으로 들어갔다 나왔다 했다. 헤엄을 못 치는 것 같았다. 공수단 장교 출신이 헤엄을 못 치다니 이상했다. 차관호는 김성보를 힐끔거리며 거푸 열쇠를 돌렸고, 배는 거센 물살에 머리를 돌리며 떠내려가고 있었다.

"배 좀 묶으시오."

차관호가 소리를 질렀다. 유용찬이 삿대로 부통 줄을 걸어 닻줄로 묶었다. 차관호는 윗도리를 벗어던지며 선복으로 뛰었다. 양말까지 벗고 팬티만 입었다. 경황중에도 두레박으로 물을 떠서 뒤집어썼다. '빨리, 빨리.' 박사장이 고함을 질렀다. 차관호가 바다로 뛰어들었다. 힘차게 물살을 갈랐다. 헤엄 솜씨가 여간이 아니었다. 그러나 역류인데다 물살이 너무 거세 손놀림만큼 시원스레 나가지 않았다. 김성보는 허우적거리며 저쪽으로 떠내려가고 있었다. 물 흐르는 방향이 배하고 45도쯤 사선이고 김성보와 거리는 100미터도 넘었다.

"아이고매."

박사장이 소리를 질렀다. 김성보 머리가 물속으로 잠겨버렸다. 모두 숨을 죽였다. '나온다.' 조금 아래서 떠올랐다. 차관호가 가까이 갔다. 김성보는 차관호를 향해 두 팔을 거세게 허우적거렸다. 차관호가 김성보한테 뭐라 소리를 지르며 뒤로 물러갔다. 다시 차관호가 소리를 지르며 가까이 갔다. 김성보가 차관호를 붙잡았다. 두 사람이 뒤엉켰다. 차관호는 김성보가 붙잡은 팔을 떼어내려 하는 것 같았고 김성보는 무작정 틀어잡았다. 몸뚱이가 뒤엉켜 승강이를 쳤다. 몸뚱이들이 물속으로 들어갔다. 차관호 두 발이 물위로 솟았다가 물속으로 사라져버렸다.

"웬일이야?"

박사장이 소리를 질렀다. 우리는 놀란 눈을 맞댔다. 한참 기다려도 떠오르지 않았다.

"웬일이야?"

"나온다. 어라?"

차관호 혼자만 나왔다. 차관호는 주변을 두리번거렸다.

"어찌된 거야?"

차관호가 다시 물속으로 쑥 들어갔다. 두 발이 힘차게 공중을 찼다.

"웬일이지?"

"나온다."

김성보가 한참 아래서 혼자 떠올랐다.

"아이고, 저이가 왜 저래?"

물위로 떠오른 김성보는 엎어진 채였고 그대로 떠내려가고 있었다. 맥을 놓은 것 같았다. 차관호가 물속에서 나왔다. 다급하게 쫓아갔다. 김성보 몸뚱이를 뒤집었다. 왼손으로 김성보 머리를 받쳐올렸다. 물그릇을 귀 옆에 받쳐들듯 왼손으로 김성보 머리를 받치고 오른손으로 헤엄을 치기 시작했다. 김성보는 얼굴을 위로 하고 차관호 곁에 붙어 잠이라도 든 것처럼 꼼짝하지 않았다. 김성보 머리를 떠받친 차관호는 한 손으로 거세게 물을 갈랐다. 바닷가에서 사니까 저런 가락수도 있는 것 같았다. 그러나 사람을 옆에 끼고 한 손으로 물을 헤치는 꼴은 곰이 곰을 끼고 허우적거리는 꼴이었다.

"저쪽으로 떠내려가겠는걸."

차관호는 배를 향해 헤엄을 쳤으나 물살에 밀려 저쪽으로 가고 있었다. 차관호 옆구리에 붙은 김성보는 꼼짝도 하지 않았다.

"술을 너무 많이 하더니 쥐가 난 것 같아. 저 물살에 이거, 정말."

박사장은 어쩔 줄을 몰랐다. 나는 다시 기관실로 달려갔다. 엔진에 꽂혀 있는 열쇠를 힘껏 틀었다. 꼼짝도 하지 않았다. 다시 틀었다. 차관호는 배를 향해 기를 썼지만 배하고 각도는 점점 벌어지고 있었다. 저렇게 떠내려가면 삼사십 미터 저쪽으로 배를 지나쳐버릴 판이었다. 차관호는 지칠 대로 지쳐 하염없이 떠내려가고 있었다. 나는 발 아래 밟히고 있는 닻줄을 사려 들었다.

"얼른 던져!"

박사장이 소리를 질렀다. 굵은 닻줄이 물까지 먹어 제대로 나갈 것 같지 않았다. 양손에 반반씩 사려 들고 뱃전에 왼발을 버텼다. '던져!' 박사장이 소리를 질렀다. 그러나 너무 멀었다. 나는 다시 자세를 잡았다. '던져!' 박사장이 악을 썼다. 있는 힘을 다해서 던졌다. 왼손에서 풀려나가던 줄이 중간에서 얽혀버렸다. '이리 줘봐!' 박사장이 달려들었다. '놔두세요.' 나는 다시 줄을 사렸다. 차관호는 떠내려가지 않으려고 기를 썼지만 소용없었다. 흠뻑 물을 먹은 닻줄은 쇳덩어리 무게였다. 박사장 재촉을 무시하고 한참 물을 뺐다. 있는 힘을 다해서 던졌다. '아이고매.' 닻줄 끝이 차관호 앞에 아슬아슬하게 떨어졌다. 차관호가 닻줄을 잡으려고 김성보를 놓으려다 말았다. 다시 닻줄을 사렸다. 물을 빼가며 사렸다. 자세를 몇번 가다듬어 힘껏 던졌다. 줄이 공중에서 활짝 펴지며 쭉 뻗어나갔다.

"됐다."

유용찬과 둘이 줄을 당겼다. 차관호는 김성보 머리가 위로 향하도록 유지시키며 끌고왔다. 박사장과 내가 김성보를 끌어올렸다. 김성보 얼굴은 이미 백지장이었다.

“발을 거꾸로 치켜들고 물을 토해내시오.”

뱃전을 붙잡은 차관호가 헐떡거리며 소리를 질렀다. 유용찬과 박사장이 발을 하나씩 잡고 공중으로 치켜들었다. 입에서 물이 쏟아져나왔다. 김치줄거리며 밥알이며 속엣것이 한참 쏟아졌다.

“반듯하게 눕히시오!”

차관호가 소리를 질렀다. 차관호는 김성보 코를 틀어쥐고 입에다 숨을 불어넣었다. 나는 김성보 심장께에 손을 대보았다. ‘어때?’ 박사장이 물었다. 박동이 느껴지지 않았으나 멎었는지 확실하게는 알 수 없었다. 내가 고개를 갸웃거리자 박사장이 손을 댔다. 그도 고개를 갸웃거렸다. ‘비켜요!’ 내가 차관호를 밀쳤다. 김성보 입가에는 김치줄거리며 토사물이 너저분했다. 김성보 코를 틀어쥐고 있는 힘을 다해서 숨을 불었다. 두번 세번 불었으나 김성보는 꿈쩍도 안했다. 차관호가 다시 달려들어 김성보 팔을 가슴 위로 모았다가 뒤로 펴며 가슴을 눌렀다. 여러번 되풀이했지만 꿈쩍도 안했다. 유용찬이 대들었다. 그도 코를 틀어쥐고 있는 힘을 다해서 불었다. 차관호가 김성보 심장께에 손을 댔다. ‘어때?’ 박사장이 물었다. ‘모르겠는걸요.’ 박사장이 다시 손을 댔다. 그도 고개를 갸웃거렸다. 우리는 다시 가슴을 쩌누르고 승강이를 쳤다.

“여보시오!”

그때 느닷없이 박사장이 소리를 질렀다. 윗도리를 벗어 멀리 가는 배를 향해 휘저었다. 배는 너무 멀었다. 구름 사이로 얼굴을 내민 해가 수평선으로 기울고 있었다. 차관호가 기관실로 달려갔다.

부르릉. 엔진은 숭이라도 쓰고 있었던 것처럼 부웅 소리를 냈다. 차관호는 날렵하게 키를 조작했고 배는 제대로 물을 갈랐다. 유용찬이 달려가자 차관호는 키를 맡기고 이쪽으로 달려왔다. 다시 숨을 불어넣고 승강이를 쳤으나 김성보는 꼼짝하지 않았다.

"이 일을 어쩌지요?"

차관호가 바닥에 퍼질러앉으며 맥을 놨다. 우리는 김성보 얼굴만 보고 있었다.

"어쩌다가 빠졌지?"

"소변을 보려다 그런 것 같소."

차관호는 넋나간 꼴이었다.

"여보시오. 나는 어쩌란 말이요?"

차관호가 김성보 얼굴에다 칼끝 같은 시선을 꽂고 부르르 떨었다. 맹수의 비명 같았다. 서쪽 하늘에는 저녁놀이 빨갛게 물들고 갈매기 떼들이 끼룩끼룩 선회하고 있었다. 저녁놀은 눈이 부셨고 갈매기들은 한가롭게 하늘을 날고 있었다.

배는 어스름에 완도항에 도착했다. 신고를 받은 경찰은 바삐 움직였다. 김성보 신분이 밝혀지자 퇴근했던 서장까지 나오고 경찰서가 발칵 뒤집혔다. 시체는 대충 점검한 다음 광주 대학병원으로 보내고 우리 세 사람은 조사를 받았다.

수사관은 사고경위를 대충대충 물었다. 사건 전모를 파악하자 조서 용지를 들고 자리를 떴다. 박사장과 유용찬은 다른 방에서 받는 것 같았다. 한참 만에 다시 수사관이 왔다. 본격적인 신문이 시작되었다. 김성보를 알게 된 경위와 함께 낚시를 가게 된 경위며, 사고경위와 처치과정을 꼬치꼬치 물었다.

"차관호가 김성보씨 곁으로 헤엄쳐 가서 김성보씨와 뒤얽혔다가 둘이 다 물속으로 들어갔다고 했는데 그때 누가 먼저 들어갔습니까?"

"잘 모르겠습니다."

"차관호가 김성보를 끌고 들어가지 않았습니까?"

"둘이 뒤얽혔다가 들어가기는 했는데 끌고 들어갔는지 어쨌는지 그건 모르겠습니다."

그러고 보니 차관호가 끌고 들어간 것 같기도 했으나 그랬다면 보통 문제가 아니었다.

"함께 들어갔던 차관호가 물속에서 나온 시간은 얼마나 된 것 같습니까? 하나 둘 셋 넷 다섯, 이런 간격이 일초씩입니다."

"글쎄요. 하도 겁이 난 판이라 잘 모르겠습니다만 십초는 넘은 것 같고 이십초는 안됐을 것 같습니다."

"너무 오래 있다고 생각하지 않았습니까?"

"그렇게 생각했지만 다급한 판이라 시간이 더 길게 느껴졌는지 모르겠습니다."

몇가지 더 묻다가 수사관이 조서를 검토하고 있을 때였다. 경찰 한 사람이 와서 수사관한테 쪽지를 넘겼다.

"김성보와 차관호가 오일팔 때 출동한 공수단 출신이란 사실을 알고 있었습니까?"

"몰랐습니다."

"정찬우씨는 오일팔 때 광주에 있었습니까?"

"재수하고 있었습니다."

"시위에 가담했습니까?"

"그때 광주사람치고 시위에 가담하지 않은 사람이 누가 있겠습니까?"

"검거되지는 않았습니까?"

"끌려갔지만 단순가담자로 훈방됐습니다."

"오일팔 연구소에 근무한 적이 있지요?"

"그렇습니다."

"그 연구소에 입소한 동기는 무엇이지요?"

"그게 이 사건하고 무슨 관계가 있습니까?"

"좋습니다."

수사관은 조서지를 챙겨들고 자리를 떴다. 새벽 세시였다.

아무래도 분위기가 심상찮았다. 수사관은 얼른 나타나지 않았다. 김성보가 내 목을 껴안고 주먹으로 내 볼을 쥐어박았다. 수사관은 잡아먹을 것 같은 눈으로 나를 내려다보며 뭐라 악을 썼다. 나는 김성보 팔에서 빠져나오려고 발버둥을 쳤다. '놔요, 놔.' 나는 악을 쓰며 소스라쳤다. 저쪽에 앉아 있던 경찰이 놀란 눈으로 나를 보다가 고개를 돌렸다. 나는 후유 한숨을 내쉬었다.

날이 훤해지고 있었다. 화장실에서 고양이 세수를 했다. 경찰들이 출근하기 시작했고 아침밥이 들어왔다. 입안이 까칠했으나 억지로 먹었다. 내 눈앞에는 악몽 속에 나타났던 김성보의 성난 얼굴이 어른거렸다. 아무리 기다려도 수사관은 나타나지 않았다. 무슨 연락도 없었다. 나는 꾸어다논 보릿자루처럼 무료하게 앉아 있었다.

수사관은 열한시가 넘어서야 나타났다. 조서지를 내밀며 읽어보고 날인하라고 했다. 대충 읽어보고 손도장으로 간인을 찍고 이름을 쓴 다음 역시 손도장을 찍었다. 손도장을 찍자니 옛날 헌병대 수사실에서 수백번도 더 찍었던 손도장이 떠올라 어이가 없었다.

"다시 부를지 모르니 어디 가실 때는 바로 연락이 되도록 반드시 행방을 알려놓고 가야 합니다."

경찰서를 나서자 늦가을 햇살이 눈부셨다. 경찰서 문을 돌아봤다. 옛날 헌병대를 빠져나올 때 생각이 났다. 회사 상무가 달려왔다. 박사장과 유용찬도 나왔다고 했다. 박사장은 김성보 가족들한테 가고 유용찬은 사장 기사하고 낚시도구 챙기러 갔다고 했다.

"벌써 김이사 가족들이 왔나요?"

여러 사람이 온 것 같다고 했다. 나는 상무를 따라 다방으로 갔다. 커피를 입에 대자 몇년 만에 마신 것 같았다. 한참 만에 박사장과 유용찬이 연달아 들어왔다. 박사장은 중병을 앓고 난 사람처럼 얼굴이 해쓱하게 껑더리돼 있었다. 점심은 가다가 먹자고 유용찬이 서둘렀다. 자기 차는 사장님 기사가 몰고 올 거라며 상무더러 사장 차를 몰라고 했다.

"나는 까맣게 몰랐더니 김이사가 오일팔 때 출동했던 공수단 장교였고 차관호는 그 부하였구먼. 지금 여기 온 사람들은 김이사 공수단 동기들 같은데, 그 사람들은 사건을 단순하게 보는 것 같지 않아. 어제 저녁 소식을 듣자마자 달려온 모양인데 나하고 이야기하는 사이에도 휴대전화가 빗발치더구먼."

박사장은 겁먹은 표정이었다.

"단순하게 보지 않으면 어떻게 본다는 겁니까?"

유용찬이 눈살에 빠듯 힘이 올랐다.

"자네들은 어쨌어? 차관호를 살인혐의로 몰고 가는 것 같잖았어?"

"사람이 죽었으니까 여러 각도에서 찔러보겠지요."

"나도 그렇게 생각했는데 김이사하고 차관호 관계가 복잡했던 것 같아. 오일팔 때 차관호가 김이사한테 크게 맺힌 게 있었던 모양이더만. 진압할 때 시위대를 봐준다고 김이사한테 험하게 당했다더군."

"그렇지만 제대한 뒤에는 김이사가 크게 도와줬다던걸요."

"크게 도와줬다면 맺힌 것도 그만큼 컸다는 얘기겠지. 지난주에 김이사가 소안도에서 잤잖아? 그때만 하더라도 여관에서 오일팔 문제로 대판 싸웠다더군. 어젯밤에 그 여관 주인을 데려온 모양이야."

나는 깜짝 놀랐다. 밤중에 여관 주인까지 데려왔다면 싸움판이 컸던 모양이다.

"광주에 출동했던 공수단 출신들이라면 지금도 안기부와 경찰의 국장으로, 무슨무슨 관으로 노른자위마다 틀거지를 틀고 앉았겠지요. 당장 김이사만 하더라도 대양전자 같은 기업체 이사 아닙니까?"

"그런 사람들이 살인으로 몰면 보통문제가 아니잖아?"

"사람 죽이는 것밖에 모르는 작자들이라 그런 생각밖에 못하겠지만 사건이 뻔하잖아요? 물에 들어갈 때는 술을 한두 잔만 마셔도 자살행윈데 며칠 전부터 수소폭탄 원자폭탄, 폭탄주로만 내리 마셨다는 사람이 어제 그 자리에서 마신 술만도 그게 얼맙니까? 양주 한병을 거의 혼자 마셨잖아요?"

"그렇지만 둘이 물속으로 들어갈 때는 좀 이상했잖아?"

"뭣이 이상했단 말입니까? 작자들은 차관호가 김이사를 물속으로 끌고 들어갔다는 가락이던데 김이사가 붙잡으니까 뒤엉켜서 함께 가라앉았지 그게 끌고 들어간 것입니까? 물에 빠진 놈은 지푸라기도 잡는다고 되레 김이사가 무지막지하게 끌어안았잖아요."

유용찬은 어림없는 소리라는 투였고, 박사장은 놀란 눈으로 나를 봤다. 박사장도 그 점을 이상하게 여긴 것 같았고 그렇게 진술한 모양이었다.

"하여간 경찰은 타살로 심증을 굳힌 것 같아."

"그럼 차관호가 기관 고장 때 당황한 것이며, 김이사를 끌고 나와서 살려내려고 발버둥친 것은 뭡니까? 그렇게 완벽하게 쇼를 할 수 있단 말입니까? 지금 공수단 패거리들이 위아래로 총출동한 모양인데 잘못했다가는 차관호 당하는 것은 둘째고 우리까지 얽어맬지 모릅니다."

유용찬이 단호하게 말했다.

"이거 참, 이 사건도 사건이지만 당장 우리 회사일이 큰일이구먼."

박사장은 떡심 풀린 소리로 중얼거렸다. 김성보는 경기가 조금만 삐끗하면 우리 회사부터 챙겼다,고 박사장은 늘 김성보 이야기였다. 원청회사와 하청회사 관계는 원청회사 마음먹기에 달렸고, 거래 끊으면 그것으로 그만이었다.

박사장은 그 길로 서울로 올라갔고 회사 분위기는 초상집이었다.

다음날 내려온 박사장은 너무 신경쓰지 말라고 했으나 그런 말을 하는 그부터 얼굴에 구름이 끼여 있었다.

"김이사도 오일팔 때 상처라면 큰 상처를 입었더만. 그가 낚시에 그렇게 빠졌던 것도 까닭이 있었더라구. 약혼한 여자하고 광주문제로 다투다가 결혼을 코앞에 두고 여자가 돌아서버렸다는 거야. 그 충격이 얼마나 컸던지 지금까지 독신으로 지냈다잖아. 고향이 경상남도 통영 근처 고성 어디라던가, 거기서 농사짓던 동생마저 사오년 전에 교통사고로 세상을 뜨고 홀어머니 한분 모시고 살다가 그 꼴이 된 모양이야. 친구들이 그렇게 발벗고 나선 까닭을 알 만하더라구."

김성보 얼굴에 드리웠던 그늘 뒤에 그런 사연이 있었던가? 유용찬이 광주에 출동했던 장병들도 모두 전두환 일파의 희생자라고 한 말이 새삼스런 모습으로 다가왔다. 유용찬은 그런 소리도 허투루 하지 않았다.

전두환 일당은 군인들의 인격을 파괴하여 광주사람들의 육체를 파괴했던 것이다. 시민군한테 무등산으로 밀려났던 공수단은 며칠 뒤 시 외곽으로 이동하면서 저수지에서 목욕하는 중학생을 오리 사냥하듯 쏘아 죽이고, 도망치다가 벗겨진 신짝을 주우려는 초등학교 오학년짜리한테 엠십육을 일곱 발이나 쏘아 몸뚱이를 벌집을 만들었으며, 논 가운데 칠면조 우리에다 총을 갈겨 사백마리 가운데 절반을 죽였고, 집집마다 쓸고 다니며 젖소고 염소고 가리지 않고 갈겼으며, 하수구 토관 속으로 숨는 아주머니까지 쫓아가서 안에다 총을 갈겼다. '이게 짐승이지 사람이냐?' 전두환 일당은 공수대원들의 인격을 이렇게 짐승으로 파괴하여 광주시민들의 육체를 파괴했던 것이다. 우리는 공수대원들도 전두환 일당과 똑같이 증오하는데 그들은 인격을 파괴당한 단순한 도구였을 뿐이다. 그들을 증오하는 건 우리를 쏜 총이나 우리를 싣고 갔던 자동차 따위 도구를 증오하는 것과 뭐가 다른가? 이걸 제대로 구별해야 광주 학살자들의 실체가 분명해진다. 보기에 따라서는 인격을 파괴한 것이 육체를 파괴한 것보다 더 잔인한 짓일 수도 있다.

다음날은 차관호 가족들이 몰려와서 울고불고 해 회사에 소동이 벌어졌다. 마침 회사에 와 있던 유용찬이 그들을 맡아 전후 사정을 손에 쥐여주듯 자세히 설명하며 재판 때 증인으로 나서달라면 나서주겠다고까지 했다.

며칠 뒤 우리들은 현장검증에 불려가서 또 한바탕 졸경을 치렀다. 의사며 선박수리소 소장이며 적십자사 수중구조 전문가며, 동네사람들까지 배를 타고 와서 구경하는 속에서, 우리들은 죄 없는 죄인이 되어 그 지겨운 짓을 하나하나 되풀이했다.

나는 다시 완도경찰서 호출을 받았다. 다른 사람은 부르지 않고 나만 부른 것이다. 그날은 납품날이라 여간 바쁘지 않았으나 박사장은 어서 다녀오라고 등을 떠밀었다. 나 혼자만 부른 게 이상해서 어리벙벙한 기분으로 경찰서에 들어서자 외딴방으로 데리고 갔다. 나는 문을 들어서다가 우뚝 걸음을 멈췄다. 뜻밖에도 안지춘 형사가 버티고 있었다.

조서뭉치를 여러개 놓고 뒤적이던 그는 나를 슬쩍 쳐다보더니 턱으로 의자를 가리켜놓고 다시 조서 용지로 눈이 갔다. 왔느냐 말았느냐, 말 한마디 없었다. 나는 한참 동안 그를 보고 있다가 의자에 엉덩이를 내려놨다. 조서는 복사한 것 같았는데 접은 데가 여러 군데였고 그는 조서 용지를 뒤지며 다른 종이에다 몇자씩 적고 있었다.

"작년에 차관호 배 타고 낚시한 적 있지요?"

그는 눈은 조서지에 둔 채 낮은 소리로 물었다. 아차, 하며 나는 서슴없이 있다고 했다. 그것말고도 적당히 둘러댔던 일들이 떠올라 가슴이 서늘했다. 당장 '갯바람'에서 들었던 이야기만 하더라도 유용찬은 그대로 진술한 것 같았다.

"지난번에는 차관호를 모른다고 했는데 모른다고 한 이유가 무엇이지요?"

눈은 그대로 조서 용지에 둔 채였다.

"그때 그이 배를 탔지만 낚시꾼들이 많아 그와 이야기 한마디 한 적이 없는데 그걸 가지고 아는 사이라고 할 수 없었기 때문입니다."

"차관호가 오일팔 때 광주에 출동한 공수대원이라는 사실도 몰랐습니까?"

'갯바람' 주인과 술꾼들을 조사한 것 같았다.

"사실은 그것도 알고 있었습니다. 지난주 처음 낚시 왔을 때 그날 저녁 여기 '갯바람'이란 술집에서 술꾼들이 이야기하는 걸 듣고 알았습니다."

"김성보가 공수단 장교라는 것도 몰랐습니까?"

"그것도 '갯바람'에서 알았습니다."

"차관호와의 관계도 몰랐습니까?"

"그것도 그때 알았습니다."

"김중만이하고는 두 번이나 통화를 했으면서도 무엇 때문에 모른다고 했지요?"

안지춘은 처음으로 얼굴을 들고 물었다.

"그 사람은 정말 모르는 사람입니다."

"정말 모르는 사람, 거짓말로 모르는 사람, 모르는 사람도 가지가지군요."

그는 핀잔을 주고 나서 또 조서지로 눈이 내려갔다. 앙바틈하게 발가진 그의 가슴팍이 바위벽만큼이나 완강했다.

"김성보한테 접근한 차관호가 김성보씨를 물속으로 끌고 들어갔지요?"

"차관호씨가 끌고 들어갔는지 그냥 가라앉았는지 그건 모르겠습니

다."
"차관호한테 두 번이나 밧줄을 던졌는데 줄이 미치지 못한 까닭이 무엇이지요?"
"첫번은 줄이 뒤엉켰고 두번째는 줄이 물을 먹어 무거웠기 때문입니다."
"유용찬씨와 정찬우씨는 어떤 관계지요?"
"고등학교 때부터 친한 사이고 재수를 할 때도 같은 학원에 다녔으며 지금도 친한 사입니다."
"유용찬씨는 오일팔 때 어떻게 싸웠지요?"
"그는 싸우지 않고 집에서 공부하다가 끌려갔습니다."
그가 끌려간 경위, 상처 부위와 부상 정도, 보상신청 여부 들을 꼬치꼬치 물었다.
"머리가 깨진 것밖에 다른 상처는 입지 않았습니까?"
"쇄골도 부러졌습니다."
나는 그의 표정을 살피며 말했다.
"머리가 깨지고 쇄골이 부러졌으면 중상인데 어째서 보상신청을 안 했지요?"
"신체검사며 서류작성이며 그런 게 귀찮은 것 같았습니다. 그 집은 부잡니다."
"그 정도 부상이면 보상금이 적지 않을 텐데요?"
"일차 신청 때는 보상금이 얼마 되지 않을 거라는 소문이었고, 보상금이 많은 경우는 후유증이 심해서 노동력을 상실했을 때라는 것입니다."
"광주사태 피해자 가운데서 보상신청을 하지 않은 사람은 몇사람이나 되지요?"
"모르겠습니다."

신부들 몇사람을 포함해서 네댓 명 된다는 말을 들은 적이 있으나 말하고 싶지 않았다.

"당신이 관심이 많은 세모눈은 신청했습니까?"

"모릅니다."

"시청에 가서 보상신청 서류를 뒤져봤잖아요?"

"연구소에 근무할 때 신청서류를 열람했지만 조사대상자를 고르려고 열람했지 세모눈을 찾으려고 열람한 건 아닙니다. 그러나 보는 김에 세모눈도 찾아보았지만 신청서에 붙은 사진은 모두 말끔한 얼굴에다 단정한 차림이라 그때하고는 모습들이 너무 달라 누가 누군지 알 수 없었습니다."

"팔에 상처입은 특징도 있잖습니까?"

"그런 사람은 한둘이 아니었습니다."

"신고서류까지 뒤질 정도로 그를 찾은 이유가 무엇이지요?"

"잡지에 쓴 대로입니다."

그는 다시 조서지를 넘겼다. 이 사람이 보상신청 서류를 보리라는 건 짐작하고 있었지만 십여년 전에 내가 그 서류를 본 사실까지 알고 있다니 놀라지 않을 수 없었다. 더구나 유용찬도 깊숙이 뒷조사를 한 것 같고 유용찬이 쇄골 부러진 사실까지 알고 있는 것 같았다. 유용찬은 붙잡혀갈 때 군홧발에 찍혀 턱 아래 왼쪽 쇄골이 부러졌고 부러진 대로 아물어 갓난아이 오그린 손만큼 꺼져 있었다. 그렇지만 그는 어떤 자리에서도 자신의 개인적 피해는 거의 말한 적이 없고 특히 쇄골 부러진 이야기는 하지 않았다. 그래서 나도 아까 처음에는 머리가 깨진 것만 말했던 것이다.

"오일팔 연구소에 입소한 동기는 무엇이었지요?"

"사회학도로서 학문적 관심도 있었고 광주항쟁의 진상을 밝히는 데 일조하고 싶었기 때문입니다."

"김중만이가 무슨 일을 꾸미고 있는지 지금도 모릅니까?"

"얼마 전에 텔레비전에서 그이가 권총을 샀다는 뉴스를 본 적은 있지만 무슨 일을 꾸미고 있는지는 모르겠습니다."

"그가 김중만이란 건 어떻게 알았지요?"

"텔레비전에서 김중만이라는 이름을 듣고 알았습니다."

그는 또 한참 조서를 들여다보다가 무슨 일인지 밖으로 나갔다. 넓고 구부정한 등짝이 그의 인상만큼이나 단단하게 보였다. 일판을 심상찮게 몰고 가는 것 같았고 내가 아무리 발버둥쳐도 구두 끝의 자동차 타이어처럼 그는 끄떡도 않을 것 같았다.

점심으로 곰탕이 왔다. 점심을 먹고 한참 지나도 그는 오지 않았다. 세시가 되어도 나타나지 않았다. 울화가 치밀었다. 아무 죄도 없이 작자의 위압에 주눅들었던 내 꼬락서니가 얼뜨게 느껴졌다. 그런 꼬락서니는 무슨 혐의를 간접적으로 인정하는 꼴이 될 것도 같고, 그렇게 물러터진 꼴로 나가면 어디까지 짓뭉개고 나올지 모른다는 생각이 들기도 했다. 텔레비전 화면의 김중만의 모습이 다가왔다. 내가 이런 조사를 받으려면 그런 사람하고 무슨 일이라도 꾸미다가 들통이 나서 이러고 있어야 할 게 아니냐는 생각이 들었다. 허공에 눈길을 띄우고 있던 김중만의 허탈한 모습이 계속 어른거리며 그를 배신이라도 하고 있는 것 같아 새로 울화가 치밀었다. 시계를 보았다. 세시였다. 세 시간 가까이 혼자 앉혀놓은 것이다. 나는 자리에서 일어섰다. 아까 나를 안내했던 경찰한테로 갔다.

"나는 피의자도 아닌데 왜 이렇게 앉혀놓지요? 나는 가겠습니다. 간다고 전해주세요."

나는 휑하니 돌아섰다. 잠깐 기다리라고 했으나 그대로 나와버렸다. 바삐 주차장으로 갔다. 차를 돌렸다. 그때 경찰이 달려왔다. 나는 그대로 가버릴까 하다가 참았다. 방으로 들어서자 안지춘은 조서뭉치를 들여다보고 있었다.

"도대체 이게 뭡니까? 내가 피의잡니까?"

안지춘은 이윽히 나를 건너다보며 의자 등받이에 윗몸을 젖혔다. 담배를 꺼내 차근히 불을 붙였다. 내가 피의자냐고 거듭 소리를 질렀다.

"당신 지금 무슨 쇼를 하는 거요? 당신은 살인현장에서 김성보를 살린답시고 차관호하고 빨고 주무르고 법석을 떨었습니다. 더구나 당신은 핵심적인 사실을 숨기고 있어요. 이래도 무슨 말인지 모르겠어요? 살인협의예요. 살인협의!"

안지춘은 비죽이 웃었다. 살인협의란 말이 비수처럼 가슴을 찔렀다.

"뭐요? 살인협의요?"

"살인협의뿐만 아니지요. 당신은 김중만이하고 꾸미고 있는 일도 숨기고 있잖아요? 오일팔 때 단순가담자였다고 했지만 그것도 거짓말이었지요? 내가 말해볼까요? 기동타격대로 지원해서 이십칠일 새벽 계엄군과 싸우다가 붙잡혔지요? 대학을 졸업하자 그런 학력을 가지고 형편없는 월급으로 연구소에 들어가서 세모눈 같은 사람을 시청의 보상 서류까지 뒤지며 찾았고, 글을 써서 광고까지 하며 찾았습니다. 그렇게 찾은 목적이 무엇이지요?"

그는 차근하게 말하며 또 비죽이 웃었다. 나는 멍청하게 그를 보고 있었다. 그는 앉으란 말도 하지 않고 음침하게 웃음을 흘리며 놀리는 가락으로 나를 보고 있었다.

"이번 김성보 사건만 볼까요? 차관호는 김성보한테 기껏 조인트 몇 번 차였을 뿐입니다. 원한으로 치면 공수단 장교인 김성보에 대한 원한이 차관호와 당신 가운데 누가 더 클까요?"

그는 연방 놀리는 가락이었다.

"원한을 갚으려면 내가 김성보 따위 졸때기 하나에다 목숨을 건단 말입니까?"

나는 버럭 소리를 질렀다.

"김성보 따위 졸때기 하나에는 목숨을 걸지 않는다? 이제야 본심을 내놓는군요."

나는 아차, 했다. 이 능구렁이한테 말꼬리를 잡힌 꼴이 되고 말았다. 나는 그의 얼굴만 보고 있었다. 그는 다시 조서지로 눈이 갔다. 그때까지 서 있던 나는 앉을 수도 없고, 서 있을 수도 없는 꼬락서니가 되고 말았다. 앉으라고 할 것 같지 않아 자리에 앉았다. 그는 다시 고개를 들었다.

"당신은 쉽게 입을 열지 않을 테니 내가 더 이야기하지요. 광주사태 부상자나 구속자 가운데서 보상신청을 하지 않은 사람은 다섯 손가락을 넘을까말까 합니다. 신부들에다 변호사 한분을 빼고 나면 납득할 만한 이유 없이 보상신청을 하지 않은 사람은 김중만이하고 세모눈하고 유용찬씨 세 사람뿐입니다. 그런데 당신은 바로 그 세 사람하고 밀접하게 얽혀 있습니다."

그는 또 그 음침한 웃음을 흘렸다.

"내가 김중만이하고 무슨 사건에 관련있다는 증거라도 있습니까?"

"그걸 당신이 불지 않으니까 이렇게 찾고 있는 겁니다. 서로 골치 썩이지 말고 쉽게 끝내지요. 미리 말해두지만 나는 그렇게 만만한 사람이 아닙니다."

그는 또 비죽이 웃었다. 입술 끝이 아까보다 양쪽으로 조금 더 벌어졌다. 그때 문이 열리며 전화 받으라고 했다. 그는 밖으로 나갔다.

나는 어리벙벙한 기분이었다. 그렇지만 내가 김성보 사건이나 김중만 사건에서 거리낄 게 뭔가? 아무리 뒤지고 파보았자 맨땅에서 없는 죄가 솟아날 수는 없었다. 이럴 때일수록 침착해야 한다고 생각했다. 세모눈도 보상신청을 않았다는 걸 보면 그도 신분이 밝혀진 모양이지만 거리낄 게 없었다.

그때 안지춘이 들어왔다. 조서지에 번호를 매겼다. 조금 전에 말했던 것은 적지 않고 그 이전 것만 번호를 매겨 가든그렸다.

"간인 찍고 서명 날인하세요. 많이 해봤겠지요?"

그는 다시 나갈 자세로 조서지를 돌려서 내 앞으로 밀어놨다.

"뭐여, 많이 해봐? 그래, 많이 해봤어."

나는 주먹으로 책상을 탕 치며 벌떡 일어섰다.

"광주항쟁 때 많이 해봤지. 그렇지만 이번에는 못하겠어."

나는 거듭 책상을 치며 이를 악물었다. 그는 나를 건너다보고 있었다. 좀 당황하는 표정이었다.

"허허."

"허허? 나는 이따위 수작에는 응할 수 없어. 나를 잡아들이려면 광주항쟁 때처럼 총 들고 와서 끌어가!"

나는 의자를 확 젖히며 그 기세로 문을 박찼다. 의자가 나가떨어지는 소리가 밖에까지 따라왔다. 복도를 지나 주차장으로 내달았다. 차문을 벼락치게 여닫고 시동을 걸었다. 경찰서에서는 아무도 나오지 않았다. 시동을 걸고 액셀러레이터를 밟았다. 차가 부르릉 나갔다. 깜짝 놀라 브레이크를 밟았다. 이래서는 안된다고 호흡을 가다듬었다. 나는 호흡을 조절하며 침착하게 핸들을 조작했다. 차 밑으로 도로가 어지럽게 빨려들어왔다.

'많이 해봤겠지요?' 빈정거리는 소리가 그대로 귀에서 웅웅거리고 있었다. 나는 이를 사려물었다. '어라.' 브레이크를 밟았다. 속도계가 시속 120킬로를 가리키고 있었다. 침착해야 한다고 생각하며 다시 호흡을 가다듬었다. 속력이 가라앉았다. 그러나 공중으로 떠오른 몸뚱이는 좀처럼 내려앉지 않았다. 그 빈정거리는 소리를 듣는 순간 광주항쟁 전부가 한꺼번에 덮쳐오는 것 같았고, 광주항쟁이 이런 걸레 같은 작자한테 모욕을 당한다는 생각에 온몸의 피가 곤두섰다. 지금 내 몸뚱이를 떠올리고 있는 힘의 정체를 알 수 있을 것 같았다. 살기였다. 미선이 자매가 당하던 날 밤의 그 악마적인 살기였고, 금남로 길바닥에 태극기를 펴들고 쓰러지던 젊은이들을 보며 이를 악물었던 그 살기였다. 지난번 텔레비전 화면에서 김중만 앞에 놓여 있던 갖가지 모양의 총들이 눈앞을 스쳤다. 그 총들이 하나하나 뚜렷하게 살아났다. 그거였구나. 아까부터 뭔가 간절한 갈구가 있었는데 바로 그 총이었다. 항쟁 당시 처음으로 총을 쏘았을 때 귀가 먹먹하던 총소리, 조선대 앞에서 총을 갈길 때 총은 그 엄청난 위력으로 목표물에 실탄을 꽂으며 그 위력만큼 엄청난 소리로 내 행위의 정당성을 소리쳐 말해주었고 나는 미친 듯이 총을 갈겼다. 그 총이 그립고 그 총소리가 그리웠다.

유용찬이 회사에서 기다리고 있었다. 사원들은 거의 퇴근하고 박사장은 서울 갔다고 했다. 나는 호흡을 가다듬었다.

"나를 김성보 사건에다 얽어매서 엉뚱하게 김중만하고의 관계를 캐는 거야. 이 작자가 내 신상은 물론이고 너도 자세히 뒷조사를 한 것 같았어."

나는 그의 반응에 신경을 곤두세우며 조사받은 내용을 대충 늘어놨다.

"그렇지만 너나 나나 김성보 사건이든 김중만이 사건이든 아무것도 거리낄 게 없잖아?"

그는 천하태평이었다.

"나는 너를 걱정했는데 정말 괜찮겠어?"

"지난번에도 말했지만 나는 아무리 털어봤자 먼지날 게 없어."

나는 그를 빤히 건너다보고 있었다. 우렁잇속 같은 작자였지만 너무도 태연했다. 조금이라도 꿀리는 데가 있고서야 저럴 수가 있을까 싶었다. 배신감이 벌레처럼 몸뚱이에 스멀거렸다.

"다행이다. 나는 말이야, 그 작자 집요한 추궁을 받으면서 처음에는 어이가 없었는데 나중에는 늘 김중만씨가 눈앞에 어른거리더군. 그이하고 아무 관계도 없으니까 없다고 할 수밖에 없지만 그렇게 잡아떼고 있는 내가 그를 배신이라도 하고 있는 것 같고, 안지춘이 앞에 주눅들어 있는 내 꼬락서니가 한심하게 느껴지더군. 내 꼬락서니가 한심하게 느껴지면 느껴질수록 붙잡혀온 맹수처럼 감방에서 울분을 씹고 있을 김중만씨를 배신하고 있는 기분이었어. 나는 이제 이대로 있지 않겠어. 돌아오면서 생각해보니까 사실은 안지춘이가 내 선생이었더군. 내가 무엇을 해야 하는지 그가 가르쳐주고 있었던 거야."

나는 담배연기를 피워올리며 허옇게 웃었다. 유용찬은 놀란 눈으로 나를 보고 있었다. 나는 창밖을 보며 담배연기를 길게 뿜었다.

"너 요사이, 미선씨 때문에?"

"무슨 소리야?"

나는 버럭 소리를 질렀다. 내 고함소리는 천장을 울렸다. 유용찬은 눈이 튀어나올 것 같았다. 나는 유용찬의 놀란 표정에서 내 얼굴에 번득이고 있을 살기를 읽으며 그대로 노려보고 있었다. 이야기가 미선이 쪽으로 가자 나도 모르게 울화가 치밀었던 것이다.

"잘 생각해야 할 거야. 그자들은 총이라면 전문가들이야. 더구나 안지춘이는 보통내기가 아닌 것 같아. 그런 집념으로 김중만이도 붙잡은 것 같은데 그가 여기서 수집한 정보를 털어놓으며 너를 어른 것도, 결정적인 단서가 잡히지 않으니까 네가 어떻게 나오는가 보자고 벌인 수작 같아."

듣고 보니 그럴듯했다.

"잘 생각해. 그런 일은 혼자는 어려워. 우선 그 고독을 견딜 수가 없을 거야."

유용찬은 조심스럽게 말했다. 그의 단아하던 얼굴이 마네킹 같은 무기질의 차가운 질감으로 다가오며 말소리도 녹음기가 재생하는 기계음으로 들렸다. 유용찬이 이렇게 멀리 있었던가 싶었다.

한참 동안 침묵이 흘렀다. 저녁이나 하자는 걸 생각없다며 내가 먼저 일어났다. 우리는 회사를 나와 헤어졌다.

'고독을 견딜 수 없을 거라고 했지? 그럴 것이다. 그렇지만 나는 고독에 이골이 난 사람이다. 지금까지의 고독에 비하면 그런 고독쯤 아무것도 아니야. 나는 지금까지 생머리 여자 사건을 너한테도 다른 누구한테도, 말해본 적이 없어. 미선이 자매가 당했던 날 밤 칼을 품고 숙실에 잠복했던 일도, 헌병대의 그 살인적인 고문을 죄값으로 여기고 견뎌낸 일도, 신병훈련소 사격장 타깃에 생머리가 나타나고 손가락이 움직이지 않았던 일도, 대학을 졸업하고 연구소에 들어가서 이년 동안이나 허덕인 속셈도. 이런 것들을 모두 가슴속에다 눌러놓고 수없이 악몽에 시달리며 살아왔어. 나는 그렇게 캄캄한 동굴 속에서 음지를 기어다니는 한마리 벌레였지. 이제 나는 그 동굴에서 나가는 거야. 그 벌레가 햇빛 아래로 나가는 거다.'

며칠이 지나도 안지춘한테서는 소식이 없었다. 나는 무슨 작정도 없이 그저 막막한 기분으로 나날을 보내고 있었다. 바다를 건너려는 사람이 배도 삿대도 없이 바닷가에서 먼 수평선만 건너보고 있는 꼴이었다.

── 국제통화기금 지원을 받게 되는 우리 경제는 내년의 경우 경제성장률은 최저 3퍼센트 대까지 떨어지고 실업률은 최고 5퍼센트, 물가상승률은 최고 7퍼센트까지 각각 치솟을 것으로 예측되고 있습니다. 이에 따라 경제성장률은 현재의 절반 정도로 위축된 상태에서 실업자는 현재의 두 배 수준인 백만명 내외로 늘어나고 물가도 올해보다 거의 두 배 수준으로 뜀박질할 전망입니다……

사원들은 점심을 먹으며 라디오 소리에 귀를 기울이고 있었다. 대통령선거를 앞두고 위기에 몰린 경제문제가 절박한 선거쟁점으로 떠오르고 있었다. 6·25 이후 최대 환란이라는 경제형편은 이제 태풍권으로 진입하는 것 같았고, 바닥을 모르고 내려앉는 경기는 당장 미선한테도 미치고 있었다. 서울 근교에 살림집이 딸린 가게를 계약했다는데 이쪽 가게 전세금이 묶여버렸다는 것이다. 여기 가게를 계약하겠다는 사람이 나서자 서울 쪽 계약부터 서둘렀다가 하루 사이로 이쪽 사람이 나자빠지는 바람에 꼼짝을 못하게 됐다는 것이다. 강지연이 어디서 듣고 온 이야기였다. 부동산 값이 곤두박질을 치는 판이라 그런 거래쯤 사태난 골짜기에 조약돌 꼴이었다.

"정과장님, 안녕하십니까?"

"아, 최형, 오랜만이야. 그렇지 않아도 자네 회사에 한번 가려던 참인데 잘 왔네."

최서홍이라는 서울에 있는 부품회사 사원이었다. 우리 회사에 납품하던 부품회사들이 둘이나 부도가 나는 바람에 그러지 않아도 벌써 몇 회사에서 다녀갔다.

"자네들이 지금 우리 회사에 납품하는 PCV말고 다른 부품은 뭐 뭐 가능하지?"

그는 가방에서 목록을 내놨다. 대충 훑어봤다. 그 회사로 줄 수 있는 게 세 가지나 되었다.

"마침 사장님이 계시네."

나는 그를 데리고 사장실로 갔다. 박사장은 요사이 그 회사 운영형편부터 꼼꼼하게 묻더니 기왕이면 이 회사부터 먼저 가보라고 했다. 부품 선택은 생산과장인 나한테 거의 전권이 있었다.

우리는 회사 근처 식당으로 갔다. 최서홍은 유용찬이 대학 다닐 때 기웃거리던 마당굿패 패거리였고 그 연줄로 우리 회사에 진작부터 납품을 하고 있었다.

"요사이 어떻게 지냈어?"

"그저 그렇게 지냈지요. 한 일이 한가지 있다면 마당굿을 하나 꾸몄습니다. 옛날 굿패들이 요사이는 등산팀으로 얼리는데 박기서씨 있잖아요, 백범 살해범 안두희를 처치한 이 말씀입니다. 그이 이야기를 하다가 즉석에서 판이 벌어졌는데 끼가 있는 친구들이라 금방 판이 짜이더군요."

"그 주제라면 재미있겠는걸."

"재미있습니다. 요사이 선거판에서 떠들고 있는 전두환 일파 사면 때문에 그게 주제가 됐던 거지요. 그런데 줄거리를 제대로 정리하면서 그들 사면을 옛날 안두희 사면과 비교해보니까 문제가 여간 심각하지 않더군요."

"그 사면하고 차이가 있나?"

나는 최서홍의 잔에 술을 따르며 물었다. 널찍한 홀에는 저쪽에 두 자리에만 손님이 앉아 있었다.

"우선 안두희는 총잡이라는 단순한 도구에 불과했지만 전두환 일파는 군사반란과 내란으로 국민을 학살하고 정권을 찬탈했던 장본인들이잖습니까? 또 안두희 사면은 이승만 혼자 결정했지만 지금은 당선 가능한 대통령 후보들이 모두 공약을 하고 있으니 정치권 전체가 거의 만장일치로 합의를 한 셈이지요."

"으흠, 그렇군."

나는 그가 따르는 술을 받으며 고개를 끄덕였다.

"거기다가 선거라는 절차를 거치면 광주의 피해자들을 포함한 전 국민이 그들 사면에 동의하는 결과가 되는 거지요. 국민을 학살하고도 큰소리치는 자들을 국민들 스스로가 사면하는 꼴이 될 판입니다."

"어라, 선거라는 게 그런 절차가 되는가?"

나는 입으로 가져가려던 잔을 멈추고 그를 건너다봤다.

"그렇지요. 사면이란 게 뭡니까? 사면은 용서의 법률적 개념이고,

용서란 잘못을 뉘우칠 때 뉘우침을 받아주는 일입니다. 그런데 국민을 학살하고도 용서를 빌기는커녕 고개 빳빳하게 치켜들고 큰소리치는 자들한테 나는 너를 용서한다, 이런 코미디가 벌어질 판입니다."

"허허, 이게 무슨 꼴이지?"

나는 술잔을 비우며 헤프게 웃었다.

"예수님은 당신을 잡아가는 군사들이나 십자가에 달아매는 사람들을 용서해달라고 하느님께 빌면서 그때마다 이 사람들은 자신들이 무슨 짓을 하고 있는지 모르고 있다는 말을 되풀이했습니다. 죄를 짓고 있으면서도 죄짓는 줄을 모르니까 용서해달라고 했던 거지요. 지금 대통령 후보들은 명분이랍시고 화해니 화합이니 뻔드레한 소리를 하고 있지만, 잘못한 자가 잘못을 뉘우치기는커녕 큰소리만 치고 있는데 누가 누구의 손을 잡고 화해를 하고 화합을 한다는 겁니까? 지금 남아공화국은 우리더러 보고 배우라는 듯이 백인들과 흑인들 사이에 제대로 화해를 하고 있습니다. 진실과화해위원회가 바로 그 기구지요. 그들은 이 기구 이름의 화해 앞에다 진실을 내세우고 있습니다. 잘못을 하나도 숨김없이 사실 그대로 털어놔야 한다는 의지를 이름에까지 못을 박은 겁니다. 진실을 밝히는 것 자체가 용서를 비는 태도이고, 잘못한 자가 용서를 비는 것이 용서와 화해의 절대적인 조건이기 때문이지요."

그는 마당굿 대본을 정리했다더니 이 문제를 그만큼 깊이 생각한 것 같았다.

"그렇구먼. 나는 그런 기사를 보면서도 그런가부다 했더니 듣고 보니 우리 꼴이 말이 아니구먼."

최서홍은 자기는 요사이 술을 않는다고 내 잔에만 술을 따르며 말을 이었다.

"지금 흑인들 힘으로는 백인들을 제압하여 제대로 응징할 수는 없지만 그런다고 그냥 넘길 수는 없기 때문에 그런 현실을 절묘하게 결합시킨 것이 바로 그 위원회지요. 그래서 그들은 한오라기라도 진실을 숨기면 용서가 없습니다. 투쟁기간에 백인들을 테러한 사건에 연루되었던 투투 주교 아들은 지금도 풀려나지 못하고 교도소에 있습니다. 그의 고백이 진실과 다르다고 판단됐기 때문이지요. 투투 주교는 이 위원회 위원장이고 투쟁기간 동안 흑인들의 정신적 지주였습니다."

"맞아. 그 기사는 나도 읽었어."

"그들은 그렇게 엄정하게 일을 처리하여 흑인들과 백인들은 지금 승자도 없고 패자도 없는, 글자 그대로 진정한 용서와 화해를 하고 있습니다. 화해라는 목표를 성취했다는 점에서는 승자라면 양쪽이 다 승자라 할 수 있겠지요. 이 세기적인 과업은 지금 마무리 단계에 있습니다."

나는 거듭 고개를 끄덕이고 있었다.

"지금 우리 정치판은 화해라는 가면을 쓰고 국민의 피를 팔아 그 지역 표를 낚자는, 곱게 말해서 코미디를 벌이고 있는데 정작 그들을 사면해버리면 단순히 코미디로 끝나는 게 아닙니다. 사면은 대통령의 통치행위라는 국가 최고권위의 발동이고, 사면은 국가제도로서는 최후의 절차라 한번 사면을 해버리면 회복할 길이 없습니다. 안두희 사건을 그 다음 정권들이 손을 대재도 댈 수가 없었던 건 그 때문이었지요."

"안두희 사건을 손대려던 정부가 있었던가?"

"어느 정부가 그런 생각이나 했겠습니까마는 일테면 그렇다는 말이지요. 그런데 더 큰 문제는 그들 사면의 정치적 사회적 효과입니다. 자신들의 죄과를 뉘우치지도 인정하지도 않는 그들을 사면하면 국가는 그들이 법정에서 늘어놨던 모든 궤변과 요설은 물론이고 그런 오만방자한 태도까지 수용하여 그대로 인정해주는 것이 되고, 그것은 그들을 승리자로 공인해주는 결과가 됩니다. 국민을 학살한 자를 국가가 승리자로 공인해주는 것입니다."

"그들을 승리자로 공인한다? 어라, 정말 그렇군. 이거 보통 일이 아닌걸."

나는 멍청하게 최서홍을 건너다보고 있었다.

"그들이 승자가 되면 국민들은 어떻게 되는 겁니까? 그들한테 학살당한 사람들을 포함한 국민들은 패자로 떨어지는 거지요. 국민들이 패자가 되는 것입니다. 국가와 국가 사이의 전쟁에서는 국가와 함께 국민이 패자가 될 수 있지만, 어떤 경우에도 개인 앞에서 국민은 패자가 될 수도 없고 되어서도 안되는 거 아니겠습니까? 그런데 우리는 지금 국민 스스로가 자신들을 패자로 만들 판입니다."

"허허, 정말 심각한 문제구먼."

"정치범을 사면할 때 재판과정에서 아무리 죄를 뉘우쳤다 하더라도 다시 뉘우친다는 각서를 받는 것은 그 때문입니다. 그런데 지금 대통령 후보란 사람들 하는 짓을 보면 각서는커녕 업어서 모셔내올 꼬락서니들입니다. 이래 가지고 어떻게 법질서를 말하겠으며 도둑이나 살인자를 처단할 근거는 어디서 찾겠습니까?"

"듣고 보니 정말 심각하군."

"지역감정에 발목이 묶인 우리 정치는 민주정치의 핵심인 선거라는 제도로 천하의 공의를 파괴하고 있는 중입니다. 하여간 이제 그들의 사면으로 우리 정치는 마지막 갈 데까지 가고 말 것 같습니다."

"그 마당굿은 지금 이야기한 바로 이런 내용인가?"

"꼭 이런 내용이라기보다 흐름이 같다고 할 수 있겠지요. 보고 싶으시면 우리하고 산행을 한번 하시지요. 특별공연을 해드리겠습니다."

최서홍은 비로소 웃으며 내 잔에 또 술을 따랐다.

"이번 주말 어때? 그러잖아도 부품회사를 빨리 돌아봐야 할 형편이거든."

토요일로 약속을 했다. 금요일에 올라가서 토요일까지 일을 보고 함께 산행을 할 참이었다. 우리는 더 이야기하다가 주말에 만나자며 헤어졌다.

"용찬이가 일을 너무 크게 벌인 것 같구먼. 그러잖아도 위태위태하더니, 허참."

창밖을 내다보고 있던 박사장이 혼잣소리처럼 말하며 헤프게 웃었다. 내일 출장 다녀오겠다는 인사하러 들어갔던 나는 멀뚱한 눈으로 사장을 건너다보고 있었다.

"몰랐나? 시간마다 귀에다 리시버 꽂고 살잖았어?"

나는 가슴이 철렁했다.

"무슨 말씀이시죠?"

"증권 말이야."

박사장은 쓴웃음을 웃었다. 나는 가슴이 툭 내려앉았다. 대통령선거 뒤를 노리고 한군데다 집중적으로 몰아넣었던 모양인데 그 회사 부도설이 나돌면서 주식이 휴짓조각이 됐다는 것이다.

"이 판에 부도설로 얼병이 들어버리면 그런 기업은 솟아날 구멍이 없어. 무엇이나 그렇지만 증권도 깊이 빠져들면 마약이야, 마약."

나는 어이가 없었다. 이중으로 배신을 당한 기분이었다. 더 듣고 싶지 않아 서둘러 사장실을 나왔다. '마약이야, 마약.' 사장 말꼬리가 따라왔다. 마약, 그러니까 그는 그동안 그런 엉뚱한 마약에 빠져 있었던가?

나는 서울에서 예정대로 회사들을 둘러봤다. 최서홍은 나와 함께 점심을 먹고 그의 산악팀과 만나기로 했다는 데로 차를 몰았다.

"요새 나한테는 묘한 일이 하나 있는데 그 때문에 누가 나를 미행할는지 모르겠어. 그거 신경 좀 쓰라구."

"그런 일이 있습니까? 미행이 쉬운 게 아닙니다만 저도 그런 데는 도가 트였습니다."

그는 속력을 냈다 늦췄다 하며 산굽이를 여럿 돌았다. 재를 넘을 때는 잔뜩 속력을 냈다가 갑자기 멈춰 소변을 보기도 하고, 엉뚱한 데다 차를 세우고 도로를 살피며 상점에서 물건을 사기도 했다. 좁은 산길로 들어서자 이제 안심하라며 골짜기로 한참 올라갔다. 차에서 내려 조금 가자 아늑한 숲속에 카바이드 불이 훤했다. 서너 사람이 달려왔다. 여기에는 마당굿패 네 사람만 불렀다고 했다.

"반갑습니다. 말씀 들었습니다. 오일팔 시민군을 만나기는 처음입니다. 영광입니다."

"선배님도 이순신 장군이었습니까?"

패거리들이 몰려들며 호들갑을 떨었다. 저녁에 잘 방은 저 아래 모텔에다 잡아놨다고 했다.

"시민군 선배님께서 술을 하사하셨다."

최서홍이 배낭에서 소주를 꺼내자 환성이 터졌다. 금방 버너에 불을 당겨 고기를 굽고 술판이 벌어졌다. 최서홍은 여기서도 술을 마시지 않았다. 술이 두어 순배 돌고 나자 두 사람이 앞으로 나섰다.

박호동: 지금 대중 앞에 나와서 우쭐거리려는 너희 놈들은 어떤 물건짝들이냐? 예예, 우리로 말할 것 같으면 대학도 다니다 말다 마당굿판에나 얼씬거리다가 얼마 전에야 겨우 취직을 한 놈들이온데, 요사이는 또 대통령 선거판에 한창 신명이 나서 우쭐거리다가 어느날 느닷없이 사면, 사면 씨알머리없는 소리를 씨부려대는 바람에 선거판에 걸었던 기대도 탈탈탈탈 털어버리고 텔레토비 재롱판으로나 한번 놀

아보자고……

강삼철: 인마, 그게 아니잖아?

박호동: 아이고, 제가 못하는 술을 한잔 했더니만 잠깐 해까닥했사옵니다. 이 판은 그런 재롱판이 아니오라, 때는 지금부터 일년 전, 우리들은 백범 김구 선생을 살해한 안두희를 처단하러 가는 심각한 판이옵나이다. 안두희를 처단하는 까닭이 무엇인가? 과거를 올바로 정리하지 못한 나라는 올바른 미래도 없기 때문이올시다. 그래서 그 작자를 당장 빵빵 갈겨버려야 하는데 저자가 찍자를 놓는 바람에 제가 지금 미칠 지경입니다.

강삼철: 문제는 방법이올시다. 처단을 하더라도 무작정 빵빵 갈겨서는 안됩니다. 왜정 때부터 육이오야, 군사독재야, 총칼에 하도 오갈이 들어온 백성들이라 총이라면 몸서리를 치기 때문에 그자를 처단하더라도 처단을 하지 않을 수 없는 까닭을 국민들한테 충분히 납득시켜 가면서 처단해야 합니다. 무엇보다 공권력을 놔두고 우리가 사사로이 나서는 까닭을 제대로 납득시켜야 한다, 이겁니다.

박호동: 국민들을 우습게 보지 마세요. 국민들이 몸서리를 치는 것은 과거에 총알이 제대로 나가본 적이 없기 때문입니다. 썩은 살은 칼로 도려내고 그런 자들은 빵빵 갈겨버려야 한다는 사실을 알 만한 사람들은 다 알고 있어요.

구경꾼 1·2 : 옳소.

강삼철: 그렇지 않습니다. 그들을 사사로이 처단하는 것은 어찌됐든 법이 금하는 일이기 때문에 우리가 무작정 갈겨버리면 정치권이나 언론은 우리들을 기차나 비행기 폭파범하고 똑같은 악당으로 몰아부칠 것입니다. 우리는 행동거조부터 법 집행에 못지않은 엄격한 자제력과 품위를 유지하며 그런 자세로 국민들부터 납득시켜야 합니다. 안두희와 그 배후자들은 목적도 야비하고 방법도 야만스러웠지만 우리는 그

래서는 안됩니다. 야만은 어떤 경우에도 야만일 뿐 그들의 야만이 우리의 야만을 정당화시켜주지 않습니다.

박호동: 여보시오, 그렇게 야만 찾고 품위 찾고 있으면 경찰들은 숙직실에서 고스톱이나 치고 있을 것 같소? 전에도 여러 사람들이 나섰다가 땡땡 종쳐버렸던 게 바로 그거라구요. 이제 빵빵 갈기는 일만 남았어요.

구경꾼 1·2: 옳소. 당장 갈겨버려야 합니다.

강삼철: 구경꾼들은 구경이나 해요. 당신들까지 그러면 저 작자가 부나비처럼 달려가서 빵빵, 해버린다구요. 내 말 더 들어봐요. 시간이 좀 걸리더라도 결정적인 기회를 노려서 그자를 여유있게 제압한 다음 기자들을 불러 그자를 텔레비전 앞에 세워놓고, 우리들이 이렇게 나설 수밖에 없는 까닭부터 국민들에게 차근히 설명하고 나서, 배후자가 누구였냐, 저격의 명분이 무엇이었냐, 진실을 하나하나 털어놓게 하고, 마지막으로 국민들 앞에 용서를 빌 기회를 주어야 합니다.

구경꾼 1: 국민들 앞에 용서를 빌 기회를 주다니, 용서를 빌면 살려주겠다는 거요? 여보시오, 그런 소리 하려면 절간에 가서 염불이나 하시오.

구경꾼 2: 용서도 문제지만 그 작자가 호락호락 진실을 밝힐 것 같아요? 전에도 무얼 말하는 척 우물우물하면서 핵심은 뭉개버렸다구요.

강삼철: 바로 그렇게 뭉개는 태도를 국민들 앞에 보여야 국민들이 납득을 합니다. 작자를 꼼짝 못하게 닦달하여 죽음밖에 퇴로가 없다는 사실을 알게 되면 그자도 달라집니다. 망치가 가벼우니까 못이 솟았던 거예요. 작자를 야무지게 몰아쳐서 진실을 하나하나 밝혀내면 그 사건이 얼마나 치욕스런 사건인지 국민들도 새삼스럽게 분노할 것이고, 그 일에 무심했던 자신들을 다시 돌아보게 된다, 이거요.

구경꾼 2: 당신은 테러 진압 영화도 못 봤소? 당신은 목숨이 몇개나 있지요? 염라대왕이 당신 외할아버지라도 됩니까?

강삼철: 시간은 우리편입니다. 결정적인 기회를 노려 그자를 차근하게 제압한 다음 우리가 할말부터 충분히 해야 합니다. 그때 국민들에게 또 하나 다짐해야 할 것이 있습니다. 안두희 같은 경우가 아니면 아무리 반인륜적인 범죄라 하더라도 반드시 공권력에 맡겨야지 절대로 사사로이 나서서는 안된다는 사실입니다. 동시에 공권력 담당자들한테도 엄중하게 경고를 해야 합니다. 국민들이 자신들의 폭력을 공권력이란 이름으로 당신들한테 위임한 것은 그 폭력으로 사회질서를 바로잡으라는 것인데 안두희 같은 작자 하나 처단을 못하니까 공권력의 원주인들이 이렇게 나서는 거다, 이러고 경고를 해야 한다, 이겁니다.

구경꾼 2: 아이고, 당신은 절간에 가서 염불을 하든지 유치원에 가서 애들이나 가르치시오. 저런 사람이 나섰다가는 판 버리겠소. 나하고 같이 갑시다.

박호동: 감사합니다. 오랜만에 듬직한 동지가 나타났군요. 반갑습니다.

(그때 구경꾼 1이 저만큼 갔다가 야,야, 소리를 지르며 달려온다.)

박호동: 노만석이 저 녀석은 어디 갔다 이제야 또 저 호들갑이지?

노만석: 당신들 쌍통이 지금도 그 문제로 싸우고 있구먼. 아이고 숨차. 가만있자, 당신은 안두희씨고, 당신은 안두희씨 경호원쯤 되는 것 같구먼.

강삼철: 여보시오, 당신 지금 뭐하는 거요? 남의 옷에다 웬 낚시를 걸고, 이 야단이오?

노만석: 보시다시피 당신들 바지에 단단히 걸린 낚시는 삼사십 킬로짜리 돗돔을 낚는 돗돔 낚시고, 그 낚시를 묶은 낚싯줄은 역시 보시다시피 전선줄을 꼰 철사줄이올시다. 그 철사줄에 여기 이렇게 매달려 있는 이 물건은 무엇이지요?

박호동: 거, 수류탄 아니요? 그런 위험한 물건을 가지고 이게 무슨 짓이오?

노만석: 위험하기 짝이 없는 이 수류탄의 안전핀을 이렇게 뽑아버리면 당신들 목숨은 누구 손에 들어가는 거죠?

박호동: 여보시오. 조, 조, 조심하시오. 조심해요.

노만석: 나도 목숨에 여벌이 없으니까 조심하고 있습니다. 당신들이 도망치거나 경호원들이 나를 쏘면 이 수류탄은 내 손에서 해방이 되고, 우리 세 사람 몸뚱이는 흩어졌다가 모아져 한덩어리가 되는 거 있죠?

강삼철: 여보시오, 장난할 게 따로 있지 도대체 이게 무슨 짓이오?

노만석: 장난은 장난인데 판을 한판 크게 벌이려고 안두희 당신을 텔레비전에 출연시킬 준비를 하고 있는 중이오. 당신들은 지금 낚시에 걸린 물고기 신셉니다. 그 낚시에 그 줄이면 당신들 몸뚱이를 공중으로 끌어올릴 수도 있어요. 텔레비전에 나서고 싶지 않으면 그 낚시 한번 뽑아보세요. 일분 안에 뽑으면 그냥 보내드리지요. 어디, 뽑아봐요.

강삼철: 거, 수류탄 조심하쇼. 아이고 아이고, 옷에 걸려도 이중으로 걸려노니 도무지 뽑을 도리가 없구먼.

박호동: 아하, 이제야 알았습니다. 도대체 이런 기막힌 방법을 어떻게 생각해냈지요?

강삼철: 정말 기똥찬 방법입니다그려. 이렇게 걸어놓으면 꼼짝 못하겠는걸요.

노만석: 뭐가 기막히다는 거요? 그럼 이 방법의 장단점을 한번 말해봐요. 당신이 단점부터!

강삼철: 권총에 비해서 가까이 접근해야 한다는 게 단점 같은데 그것도 접근하기 나름이겠고, 단점은 그것 한가지밖에 없겠는걸요.

노만석: 그럼 장점은, 당신!

박호동: 정말로 기가 막힌 방법입니다. 거, 수류탄 조심하쇼. 총은 이쪽에서 뽑는 순간 즉각 저쪽의 총격을 자초하겠지만 이건 낚시를 걸 때 경호원들이 잠시 당황할 뿐 바로 총을 쏘지는 못할 것 같고, 만약 경찰이 당신을 쏘면 수류탄은 아까 당신 말대로 해방이 되어 우리 세 사람 몸뚱이는 하나가 될 것이고, 이렇게 걸어놓으면 낚시에 걸린 물고기 신세로 꼼짝을 못하겠고, 진압부대가 일개 사단이 몰려와도 소용없겠고, 일반 사람들은 총보다 몸서리를 덜 칠 것이고……

강삼철: 혼자도 두세 사람을 줄줄이 꿰어 제압을 하겠고, 안전핀을 뽑는 순간 판은 완전히 당신 판이고, 그때부터 실패는 있을래야 있을 수가 없고, 이틀이고 사흘이고 버틸 수 있고……

노만석: 더 중요한 게 있어요.

박호동: 뭐지요?

노만석: 당신들과 내가 죽느냐 사느냐의 선택권이 당신들한테 있다는 거요.

박호동: 그렇군요. 야, 이거면 만사 해결이다. 강삼철이 너 살판났다. 그 작자를 이렇게 낚아놓고 텔레비전 앞에서 법률강의도 하고 철학강의도 하겠구나. 정말, 이거 국제특허감인걸.

노만석: 특허는 다음에 내고 이제 나는 안전핀을 꽂겠으니 당신들은 낚시를 뽑아요.

박호동: 이걸 어떻게 뽑지? 옷에 이중으로 걸린데다가 낚시 안쪽에 이놈의 미늘 때문에 옷을 찢지 않고는 못 뽑겠는걸.

노만석: 이렇게 뱌비작거려서 구멍을 키워야 합니다. 낚시 초보자들 제일 골칫거리가 바로 이거요.

박호동: 어디 수류탄 좀 봅시다. 수류탄을 그물 엮듯 촘촘히도 얽었네요. 이것이면 안두희 목숨은 이미 우리 손에 들어왔구먼.

강삼철: 이제 출동합시다. 아니, 나 혼자 가겠소. 당신들은 집에 가서 텔레비전이나 보시오.

노만석: 아닙니다. 세 사람 정도는 가야 합니다. 이런 일에는 돌발적인 일이 많으니까 충분한 대비를 해야지요. 이게 있어도 총은 총대로 필요합니다.

구경꾼 2 : 야 야, 방법은 좋다마는 진작 날새버렸다. 안두희는 벌써 다른 사람이 처치해버렸어요. 신문 봐라, 이 신문 봐.

강삼철: 뭐요? 안두희를 처치해버렸다구? 인 줘봐요. 아이고, 정말이네. 버스 운전사 박기서라. 어어, 이 사람은 몽둥이로 처치해버렸잖아?

박호동: '안두희를 왜 죽였습니까?' '그런 사람이 지금까지 살아 있다는 것이 부끄러웠기 때문입니다.' 뭐라구? 부끄러웠다. 부끄러웠다? 기껏 한다는 소리가 이거야? 이 나라에 정의를 세우려고 처치했다고 해야지, 무식한 사람은 할 수 없구먼. 더구나 무식하게 몽둥이로 패죽이다니?

노만석: 아이고, 맥빠져. 나는 간다. 이따 보자.

박호동: 정말 미치겠네. 입맛 나자 돈 떨어진다더니 이렇게 기똥찬 방법이 나타난 판에 이게 뭐야?

강삼철: 야 야, 저기 저게 사람이냐, 귀신이냐? 머리에는 정자관을 쓰고 신선도 같고 절간 사천왕도 같고, 곁에 따라오는 사람도 그렇고, 둘이 다 생김새나 분위기가 이상하잖아?

박호동: 아이고, 이승 사람들이 아니다. 가만있자, 겁만 먹을 게 아니라, 누구냐고 불심검문 가락으로 한번 대들어볼꺼나? 너는 저만큼 서 있다가 혹시 나한테 무슨 일이 생기면 얼른 이 아래 파출소로 달려가서 신고하는 거야. 허엄, 여보시오. 웬 사람들이 어디를 가시는 거요?

최판관(노만석): 아이고, 대왕님, 우리가 걸려도 된통으로 걸린 것 같사옵니다. 저 사람들 나오는 본새가 산천초목도 발발발발 떤다는 이 나라 기관원들 같사옵니다.

염라대왕(구경꾼 2): 허허, 낭패로다. 백오십오 마일이나 되는 그 무시무시한 철조망을 돌고 돌아 수십군데 검문소를 피하고, 이제 겨우 한숨 돌리는가 했더니 걸려도 제대로 걸렸구나. 기관원한테 걸렸다면 하는 수 없다. 신분을 밝혀라.

최판관: 허엄, 이분으로 말할 것 같으면 당신들 목숨을 쥐었다 폈다 하시는 염라국, 염라국 알지요? 염라국 염라대왕님이시옵고, 나로 말하면 대왕님 곁에서 당신들 명부를 쥐고 대왕님께 죄상을 낱낱이 고해 바치는 최판관이오.

박호동: 여, 여, 염라대왕님이라 하셨사옵니까? 죽을 죄를 지었나이다. 저로 말씀드리오면 조그마한 회사 말단사원이온데 오늘 등산왔다가 최서홍 선배님께서 마당굿을 한판 놀아보라고 하시길래……

강삼철: 인마, 정신 차려. 그게 아니잖아?

박호동: 아이고매, 나는 진짜 염라대왕인 줄 알고 하도 겁이 나서, 후유. 그럼 처음부터 새로 시작합시다. 저리 갔다가 다시들 오시오.

최판관: 여보시오, 그러니까 당신들이 우리 대왕님을 마당굿판에서 가지고 놀려 했다, 이거군요. 으음, 신성모독도 이런 모독이 없구만. 이름이 뭐요? 수첩에다 단단히 적어놔야겠소.

강삼철·박호동: 아이고매, 진짜다 진짜. 아이고, 대왕님, 제발 목숨만 살려주십시오.

염라대왕: 하하, 우리도 기관원인 줄 알고 잔뜩 겁을 먹었더니 다행이다. 기왕 스타일 구겨버린 것, 새로 폼 잡고 말고 할 것 없다. 그냥 파탈하고 좀 쉬었다 가자. 아이고, 다리야. 아이고, 다리야.

박호동: 이 배낭이라도 깔고 앉으십시오.

최판관: 당신들 용서는 해주겠으나 대왕님께서 이승에 나타나셨다는 소문을 냈다가는, 그때는 그저 그냥, 무슨 소린지 알겠지요? 어험. 지금 대왕님께서는 삼만년에 한번씩 하시는 은하계 여러 별들 민정시찰차 거둥중이시오. 당신 나라는 공식 일정에는 없지만 금강산이야 설악산이야 산수가 하도 수려하길래 산천이나 구경하며 지나가는 참인데 아이고, 그 무시무시한 철조망에다 검문소에다, 땀으로 목욕을 할 지경이었소.

박호동: 죄송하옵니다. 하오나 정말 잘 오셨나이다. 진짜 대왕님을 뵙고 보니 할말이 여기 뱃속에서 목구멍까지 가득 차서 생으로 기어나오려 하옵니다.

염라대왕: 잠깐 참아라. 내가 먼저 한가지 물어보자. 너희 나라 저 위쪽에 그 무시무시한 철조망 말이다. 웬 철조망이, 그렇게 길고, 높고, 단단하고, 촘촘한 철조망이 다 있단 말이냐? 내가 은하계 수천 나라를 안 다녀본 나라가 없는데 그렇게 무시무시한 철조망은 보다가 처음 보는구나. 너희 나라에는 무슨 그런 무시무시한 맹수가 살고 있단 말이냐?

박호동: 아니옵니다. 사정이 복잡하온데 하여간 그런 맹수는 없사오니 안심하십시오.

염라대왕: 아이고, 그렇다면 다행이다. 허허. 짐승들 목숨은 내 소관이 아니라 나는 여우만 봐도 간이 벌렁벌렁하는데 안심이다. 하하하.

박호동: 염라대왕님께 꼭 한가지 여쭙고자 하는 것이 있사옵니다. 이 세상에서 꼭 잡아가야 할 사람은 안 잡아가시고, 잡아가지 말아야 할 사람은 잡아가시온데 이승 사람들은 염라대왕님께 가장 큰 불만이 그것이옵니다. 그 까닭이 무엇인지 알고자 하옵나이다.

최판관: 우리 염라국에서 잡아들이는 기준은 당신들이 바라는 것과 달라요. 당신들이 바라는 대로 나쁜 놈들을 다 잡아들이면 당신들은

손 놓고 앉아서 우리만 쳐다보고 있을 게 아니요. 그래서 당연히 잡아들일 사람도 일부러 안 잡아들이는 경우가 수두룩해요. 욕 많이 먹으면 오래 산다는 당신들 속담이 바로 그거요. 어디 컴퓨터에서 한번 봅시다. 이 나라에도 그런 사람들이 쫙 깔렸구먼.

박호동: 염라국에서도 컴퓨터를 사용하다니 거기도 기술이 그렇게 발달했단 말씀입니까?

최판관: 허허. 이 노트북 용량이 일천 기가 바이트라면 짐작하겠소? 당신들은 주먹만한 지구성에서 기껏 인터넷으로나 옥작거리지만, 우리는 은하계 전체를 커버하는 밀키넷에다 우주를 커버하는 유니버넷을 사용해요. 컴퓨터 용어도 염라국 국어뿐만 아니라 어느 나라 말이든 다 통합니다.

박호동: 일천 기가 바이트에다 유니버넷?

최판관: 당신 인적사항을 한번 볼까요? 이름은 박호동에 1970년 4월 19일생. 대학은 육년 만에야 겨우 졸업했고, 직업은 똘똘이물산 사원. 중학교 일학년 때부터 참고서 산다고 어머니한테 거짓말해서 돈 타다가 만화가게 가고 군것질하고, 지능지수는 높은 편이고, 부끄럼지수는 이 나라 평균지수보다 훨씬 높구먼요.

박호동: 내 이름을 넣지 않고도? 어허, 그 마우스 앞에 뾰꼼한 게 감지깁니까?

최판관: 그런 걸 말이라 묻고 있소? 여기 내장된 인공지능 지수가 얼만 줄 아시오? 당신들은 기껏 지렁이 수준이지요?

박호동: 아이고, 인공지능? 그게 얼맙니까?

최판관: 사람보다 몇십배 높다는 것만 알아두시오. 대왕님, 죄송하옵니다. 아까 그 철조망도 여기서 보는 건데 아까는 하도 겁에 질려 컴퓨터 꺼낼 생각을 못했나이다.

염라대왕: 나도 마찬가지였구나, 허허.

최판관: 가만있자, 이 나라가 지구성에 있는 동방민국이라. 국토가 남북으로 두 동강이 나서, 그러니까 그 철조망은 오십년 가까이 양쪽 군대들이 총을 겨누고 있는 군사분계선이군요. 나라 형편은 양쪽 다 유독 정치가 말씀이 아니옵니다. 북쪽은 제 나라 국민들도 먹여살리지 못해서 날마다 굶어 죽어가는 사람이 수두룩하고, 남쪽은 정치란 게 지역감정으로 난장판도 이런 난장판이 없고, 경제는 덩치만 컸지 앞으로 아이엠에프 통제를 받아야 할 지경입니다그려.

염라대왕: 기후며 산수가 이렇게 수려하고 사람들도 저렇게 의젓하고 총명해 보이는데 괴이한 일이로다. 내 컴퓨터 이리 내놔라. 나는 그림으로나 대충 봐야겠다. 가만있자, 사람들이 겉모양은 저렇게 멀쩡한데 어째서 그 꼴인지 어디 속모양을 한번 볼꺼나. 타닥타닥, 깡. 아이고, 이게 뭐냐? 허파가 이거 풍선이냐 허파냐? 간은 또 어디로 가버렸느냐? 으음, 여기 있기는 있는데 콩알만해가지고 허파 밑에 숨어서 놀란 토끼눈이 되어 있구나. 쓸개는 또 어디로 가버렸느냐? 쓸개는 아예 없구나. 허허, 이게 어찌 된 일이냐?

최판관: 사정이 복잡하옵니다. 삼십육년 동안이나 식민지 지배를 받으면서 총칼에 몽둥이에 하도 험하게 당한데다가 또 삼년 동안 미국 군사통치를 받았고, 육이오 때는 동족끼리 싸우느라 수백만명이 살상되었사오며, 그 뒤로도 군인들이 돌려가면서 정권을 잡고 삼십 여년 동안이나 총칼로 쥐 잡듯이 욱대기는 바람에, 내리 일세기 가까이 총칼 밑에 발발발발 떨다보니까 우선 간이 그 꼴이 되었사옵니다.

박호동: 정말 자료가 정확하군요.

최판관: 당신은 좀 가만있어요. 지금은 형편이 조금 나아져서 간도 전에는 좁쌀만하던 것이 그래도 지금은 콩알만큼 커졌고 개인별로는 어린아이 손바닥만한 사람도 있사오며 여기 두 사람만 하더라도 어른 손바닥만하옵니다. 허파는 이 근래 경제가 조금 발전했사온데 옛날에

하도 험하게 빼앗기고 못 먹고 못 입다가 형편이 좀 나아지자 그게 전부인 줄 알고 과시에다 사치에다 허장성세로만 고무풍선처럼 부풀었사옵니다. 그리고 쓸개는 그동안 거의가 녹아버렸거나 빠져버렸사옵고 쓸개가 남아 있는 사람은 전체의 일 퍼센트도 안되옵니다. 간은 원래 복원력이 좋은 장기라 지금 한창 회복이 되고 있는 중이오나 허파는 바람이 빠지려면 한참 걸리겠고, 쓸개는 없어도 생명에는 지장이 없는 장기라 그것까지는 걱정 안해도 될 것 같사옵니다.

박호동: 그러니까 저희들 간도 겨우 손바닥만하단 말씀입니까?

최판관: 그래도 당신들은 이 나라에서 상위 일 퍼센트에 드는 크기요. 어라, 당신들 두 사람은 쓸개도 온전하군요. 앞으로 일 한건 크게 벌이겠는걸요.

염라대왕: 각종 지수를 한번 볼꺼나. 지능지수는 높고, 근면지수는 놀랍구나. 인내지수도 참고 일하는 데는 놀랍고, 허영지수는 허파 크기 그대로고, 염치지수는 아이고, 부끄럼지수는 아이고 아이고, 이게 뭐냐? 부끄럼지수가 이 모양이면 더 볼 것도 없다. 그냥 가자. 아니다. 잠깐! 여기가 동방민국이라 했느냐? 그러고 보니 이 나라가 백범의 전생지가 아니더냐?

최판관: 그렇사옵니다. 하온데 백범이 그렇게 비명에 가셨는데도 그 살해범 하나 처단하지 못한 나라이옵니다.

염라대왕: 허허, 그럼 더 볼 것도 없다. 어서 떠나자. 그런데 가만 있자, 백범은 엊그제도 내가 초청을 해서 차를 마시며 담소를 했는데 내가 자기 전생국을 지나왔다면 필경 이 나라 소식을 물을 터. 백범은 저승에서도 이 나라를 잊지 못하고 앉으나 서나 푸푸 한숨인데 내가 여기까지 왔다가 소식 한장 챙겨오지 못했다면 얼마나 섭섭하겠느냐?

박호동: 백범을 살해한 안두희는 처치했사옵니다.

염라대왕: 뭣이라, 방금 뭐라 했느냐? 백범을 살해한 자를 처치했다

고? 그게 사실이냐?

박호동: 박기서라는 이가 조금 아까 처치했사옵니다.

염라대왕: 박기서라? 어디 보자. 타닥타닥. 어라, '찾는 사람 없습니다.' 이게 뭐냐?

최판관: 박기서라 했습니까? 그런 사람은 없는걸요. 아이고매, 그이 이름도 지난번 스타워즈 바이러스에 날아가버린 것 같사옵나이다.

염라대왕: 이런 변고가 있나. 그러면 그 박기서란 이가 안두희란 자를 처치하다가 혹시 죽었느냐?

박호동: 붙잡혔다 하옵니다.

염라대왕: 후유, 가슴이 철렁했다. 최판관 이놈아, 염라국은 이승 사람들 명부가 생명인데 도대체 이게 뭐냐? 박기서라는 이가 죽어서 저승에 갔더라면 어쩔 뻔했느냐?

최판관: 그것은 염려없사옵니다. 여기 가져온 컴퓨터에 아직 복원을 못했을 뿐이옵고 이승 사람들 명부는 백업을 열 벌도 더 해두었기 때문에 그런 실수는 없을 것이옵니다.

염라대왕: 무엇이라고 아가리를 놀리고 있느냐? 하는 짓들이 이 모양이니까 옛날부터 이런 일로 유언비어가 난무하여 염라국 불신이 어떠했느냐? 저승차사 놈들이 사람 이름자만 보고 동명이인을 잡아왔다느니, 저승에 잡혀왔다가 네놈한테 뇌물을 쓰고 살아났다느니, 열아홉살짜리가 잡혀왔다가 네놈이 졸고 있는 사이에 일자를 구자로 고쳐놓고 도망쳐서 아흔아홉살까지 살았다느니, 동방삭이가 한나라 서왕모의 복숭아를 훔쳐먹고 삼천갑자 일만팔천살을 산 것은 알 만한 사람은 다 아는 일인데 그것도 동방삭의 이름이 우리 명부에 빠졌기 때문에 그랬다고, 지금까지도 그 소문이 파다하지 않았느냐? 당장 오늘만 하더라도 이승 사람들 앞에서 이게 무슨 꼴이냐?

강삼철: 박기서란 이 신분이며 살해동기는 여기 신문에 났사옵니다.

염라대왕: 다행이다. 박기서란 이가 어떤 사람이고 어떻게 처단했는지 소상히 말해보아라.

강삼철: 간단하옵니다. 그 사람은 서울서 시내버스 운전하던 운전기사이온데 안두희를 처단하려고 오래 벼르다가 몽둥이를 들고 가서 처치해버렸사옵니다. 우리나라 사람들은 막된 사람을 욕할 때는 패 죽일 놈이라 하온데 바로 그대로였사옵니다. 신문기자들이 처치한 동기를 묻자 그 대답도 간단하온데 그런 사람이 지금까지 살아 있다는 것이 부끄러웠기 때문이라고 했사옵니다.

염라대왕: 부끄러웠다? 이 나라에도 부끄러워서 자기 목숨을 내건 사람이 있었단 말이냐? 허허, 기특한지고.

최판관: 이 나라에서 부끄러움도 간처럼 한창 회복이 되고 있는 중이온데 그 사람은 제대로 회복이 된 것 같사옵고, 쓸개도 온전한 것 같사옵니다.

염라대왕: 아까 부끄럼지수가 밑바닥에 딱 붙었길래 이 나라 앞날이 뻔할 뻔자라 생각했더니, 그러니까 백범의 죽음이 오십년 만에 부끄럼을 회복한 징조로 나타났다, 이 말이렷다. 허허, 백범의 죽음이 헛되지 않았구나. 그자를 사사로이 처단한 게 안타까운 일이다마는 오죽했으면 목숨을 걸고 나섰겠느냐?

박호동: 사실은 저희들 두 사람도 안두희를 처단하려고 방법을 의논하고 있던 참이었사온데 그만 박기서씨한테 기회를 빼앗겼사옵나이다.

염라대왕: 으음, 그럼 너희는 어째서 그를 처단하려 했느냐?

박호동: 저희들 두 사람은 통탄과 한탄과 개탄을 금치 못하여 정의의 피가 용솟음쳤기 때문이옵니다.

최판관: 박기서씨는 자기가 옷이라도 홀랑 벗은 것처럼 부끄러움을 견디지 못해서 목숨을 걸었는데, 당신들은 남의 일처럼 통탄 한탄 개탄이나 하며 정의가 어떻고 뭐가 어떻고 허공에서 공놀이하듯 이러쿵

저러쿵 말놀이나 하다가 땡 쳐버렸다, 이거군요.

염라대왕: 하여간 이 나라에도 부끄럼이 살아나고 있으니 서광이 비치는구나. 그런 그렇고, 그 안두희란 자는 어떻게 심판을 내렸는지 어서 부대왕한테 핫라인으로 알아보아라.

최판관: 여보세요, 부대왕님이십니까? 백범 살해범 안두희를 어떻게 심판했사온지 알아보라 하옵니다. 아, 예 예, 알겠습니다. 팔열지옥 팔한지옥 열여섯 지옥을 모두 만기로 채우라는 심판을 내려서 벌써 등활지옥에 수감했다 하옵니다.

염라대왕: 빠르게도 조치했구나. 허허, 한 지옥에서 천년씩 열여섯 지옥 일만육천년을 살려면 그 작자 욕깨나 보겠다. 헌데 이 나라 일은 모를 일이로다. 이 나라 공권력은 어찌하여 그런 사람을 처치하지 못했으며 국민들은 또 어찌하여 반세기 동안이나 그런 사람을 보고만 있었단 말이냐?

박호동: 대왕님, 그것은 한마디로 우리 민족의 민족성이 글러먹었기 때문이옵나이다.

최판관: 아니옵니다. 민족성이 아니오라, 아까 말씀드린 바와 같이 이 나라 사람들이 겪어온 역사가 그렇게 험했기 때문이온데 만병의 근원은 일본제국주의 식민지 잔재를 청산하지 못한 데 있사옵니다.

염라대왕: 식민지 지배를 벗어났는데도 그 잔재를 청산하지 못했단 말이냐?

최판관: 그렇사옵니다. 식민지 지배를 받았던 은하계 수백나라 통계를 보면, 식민지 지배를 받는 동안에 뿌리깊게 박힌 비굴성과 열등감과 공포와 절망과 패배의식 등 정신적 상처가 아무는 데는 한 세대가 걸리옵니다. 하온데 이 나라는 해방후에도 과거 식민지 추종세력들이 권력을 잡고 지배를 해버리는 바람에 그 잔재를 청산하기는커녕 식민지 지배가 연장된 것보다 훨씬 더 험한 꼴이 되어버렸사옵니다. 거기

다가 전쟁을 치르고 나면 필연적으로 남게 되는 야수적인 광기까지 곁들여 물심 양쪽 이 모두가 글자 그대로 쑥대밭이 되었나이다.

염라대왕: 허허, 변괴로다. 식민지 추종세력이 처단을 당하기는커녕 그들이 지배를 해버리다니, 변괴도 그런 변괴가 있었더란 말이냐?

최판관: 그렇사옵니다. 그 영향이 지금도 얼마나 심각한지 열등감 한가지만 예를 들어보겠나이다. 일본이 이 나라를 통치하면서 이 나라 사람들이 조금만 잘못한 일이 있으면 조선놈들은 근성이 이 모양이라고 모든 잘못을 민족성으로 몰아붙이며, 명태하고 조선놈은 두들겨패야 말을 듣는다고, 그런 것도 민족성으로 몰아붙여 몽둥이를 휘둘렀사온데, 미워하면서도 배우더라고 몽둥이에 이를 갈면서도 그런 의식은 의식대로 저 밑바닥에 시멘트처럼 굳어버렸사옵니다. 조금 아까 저 박호동씨만 하더라도 대학까지 나온 사람이 이 나라가 이렇게 된 까닭이 민족성이 글러먹었기 때문이라고, 그런 터무니없는 소리가 자판기에서 규격상품 퉁겨나오듯 하는 것만 보더라도 그 피해가 어떠한지 알 수 있사옵나이다. 식민지 잔재가 지금도 이 지경인데 교육방법까지 식민지시대 주입식 교육 그대로라 자기 나라가 옛날에는 일본보다 여러가지로 앞섰다는 사실을 배워서 알고 있으면서도, 저 사람 모양으로 거의가 지식 따로 의식 따로입니다. 저 사람은 보시다시피 상당히 똑똑해 보이고 식민지 지배를 직접 받지 않았는데도 그런 의식이 생활 속에서 대물림된 것이옵나이다.

박호동: 아이고, 창피해.

염라대왕: 허허, 딱한 일이로다.

최판관: 이 나라 사정을 더 말씀드리기 전에 참고로 이 지구성에서 그런 잔재를 모범적으로 청산한 불란서 예를 들어보겠사옵니다.

염라대왕: 불란서라면 드골 장군 전생국 말이냐?

최판관: 그렇사옵니다. 그 나라는 나찌 지배를 사년 남짓밖에 받지

않았지만 드골 장군의 지휘 아래 나찌 협력자 99만여명을 투옥하여, 6,763명을 사형에 처하고 87,877명을 종신강제노동형 유기징역 부역죄형 등으로 철저하게 처단했사옵니다. 대왕님께서도 아시다시피 특히 나찌 지배의 나팔수 노릇을 했던 언론인 문인 학자 들은 초판 서슬로 서릿발치게 처단을 했사온데 언론의 경우 기자들만 처단한 것이 아니오라 구백여개 언론사 가운데 삼분의 이가 넘는 649개 신문 잡지사를 폐간하고 재산을 몰수했사옵니다. 그런 자들을 그렇게 엄하게 다스린 것은 아시다시피 우리 염라국하고 똑같았사옵니다.

염라대왕: 그렇지. 그건 그렇고 아까 사형이 6,763명이라 했느냐? 이런 중요한 숫자는 꼭 수첩에다 적어놔야겠더구나. 총명이 둔필만 못하더라고 숫자는 적는 것밖에는 약이 없느니라.

강삼철: 언론인이나 지식인들을 그토록 엄하게 다스린 까닭이 무엇이옵니까?

최판관: 언론인들은 도덕과 윤리의 상징이고 문인이나 학자 들은 나라의 근본을 세워야 하는 사람들이기 때문입니다. 불란서에서 잔재청산을 진두지휘했던 드골 장군이 저승에 오셨을 때 그들을 그토록 엄하게 다스렸던 까닭을 물었더니 그이가 적용한 기준도 우리 염라국하고 똑같더군요. 그래서 우리 대왕님께서는 대번에 그이를 대왕님 특별보좌관으로 추대를 하셨습니다. 그 뒤부터 그런 자들이 저승에 오면 드골 장군의 자문까지 거치기 때문에 추호도 용서가 없이 몽땅 확확파지옥하고 호호파지옥으로 직행이지요. 그러니까 그런 사람들한테는 그 호랑이 같은 드골 장군까지 염라대왕이 두 분이나 되는 셈입니다.

박호동: 그런 지옥은 어떤 지옥입니까?

최판관: 우리도 갈 길이 바쁜데 그런 것까지 묻고 있습니까?

염라대왕: 기왕 쉬어가는 것, 바쁠 것 없다. 자세히 일러주어라.

최판관: 두 지옥 다 팔한지옥 가운데서도 무시무시하게 추운 지옥이지요. 확확파지옥은 범어로는 하하바(hahava)지옥이고 호호파지옥은 후후바(huhuva)지옥인데 하도 추워서 하하 후후 소리밖에 못 지르는 지옥입니다. 추우면 으레 하하 하거나 후후 하듯이 언론인이나 문인들이나 학자들은 본 대로 느낀 대로 말하고 써야 하는데 너희들은 그렇지 않았으니까, 이렇게 추운 데서 말짱한 정신으로 느낀 대로 하하 후후 하고 있으라고 그런 지옥으로 보낸 겁니다.

염라대왕: 그러니까 이 동방민국은 불란서로 치면 모두 사형을 당했어야 할 사람들이 다시 지배를 해버린 모양인데, 아까 저 사람 말대로 민족성이 글러먹어서 사람들이 모두 그렇게 시원찮은 탓이 아니겠느냐?

최판관: 아니올시다. 아까 말씀드렸듯이 이차대전 뒤에 미국이 일본을 몰아내고 이 나라에 삼년 동안 군정을 실시했사온데, 미국은 전에 일본의 충복이었던 사람들을 강아지 목줄 넘겨받듯 고스란히 그대로 넘겨받아 그들을 앞세워 통치를 했기 때문이옵니다. 하온데 미국의 통치가 끝났을 때는 그 충복들이 삼년 동안 자기들 세력을 엄청나게 키워버렸기 때문에 이 나라에는 그들한테 대항할 세력이 없었사오며, 더구나 남북이 총칼로 대결하는 판국이 되자 반공이라는 강압통치의 명분까지 거머쥐는 바람에 그 사람들은 호랑이 탄 기세가 되어버렸나이다. 반공이고 친공이고 이념하고는 담쌓고 일본에 충복 노릇밖에 한 일이 없는 자들일수록 그 서슬이 더 무서웠사온데, 하여간 그런 사람들 세상이 되자 민족정기는 말할 것도 없고 민족 정체성까지 바다에 그 뼈 없는 해파리 꼴이 되어버렸나이다.

염라대왕: 그럼 그 뒤로 정치는 도대체 무슨 꼴이 되었겠느냐? 어디 내가 한번 보자. 정치는 정당이 건전해야 하는데 정당이라, 타닥타닥, 깡. 어라, 정당들이 이게 뭐냐? 엉뚱한 자리에 웬 사람들이 이렇게 앉

아 있느냐? 이념이나 정책이 들어앉아야 할 자리에 사람들이 덜렁덜렁 들어앉아 있구나. 이건 또 무슨 변괴란 말이냐?

최판관: 그게 각 정당의 맹주들이옵니다. 이 나라는 정당이 이념이나 정책으로 모인 것이 아니옵니다. 나라를 여러 지역으로 나누어서 그 지역들이 정당 꼴을 갖추고 있사온데, 각 지역 맹주들이 옛날 임금님 본새로 그렇게 틀거지를 틀고 앉아서, 짐이 이념이고 정책이고 법이다, 이러고들 버티고 있사옵나이다.

염라대왕: 허허, 보다가 또 한번 희한한 꼴을 다 보겠구나.

박호동: 저는 많이 부끄럽사오나 그 점은 제가 한 말씀 올릴까 하옵나이다.

염라대왕: 어디 한 말씀 올려보아라. 아까부터 입술이 바닷가 말미잘 본새로 옴찔거리고, 똥 마려운 놈 바장이듯 바장이는 게 그냥 뒀다가는 병이 나도 크게 나겠다.

박호동: 감사하옵니다. 아까 최판관님 말씀대로 팔일오 뒤 그 난장판 속에서 나중에는 아예 일본 천황 앞에 충성을 맹세하고 일본군 장교가 되어 독립군을 때려잡던 자가 대통령이 되어버렸사옵나이다. 그는 총칼로 국민을 윽대기면서도 한편으로는 경제개발 정책을 펴서 일정한 성과를 올렸사온데 이자가 그런 업적을 업고 영구집권을 꿈꾸게 되었나이다.

염라대왕: 그 작자 염치 한번 좋구나.

박호동: 하온데 저항이 만만치 않은데다가 자기 과거 때문에 그게 쉽지 않을 것 같자 궁리에 궁리를 거듭한 끝에 자기가 안전하게 들어앉을 수 있는 성곽을 단단히 쌓기 시작했사옵나이다. 그게 일제 통치술이었던 분할통치를 활용한 지역분할이온데 그렇게 지역을 갈라서 지역감정을 부추기자 그 기세는 휘발유에다 불을 댄 꼴이었사오며, 각 지역 주민들은 지역별로 똘똘 뭉쳐서 왕봉한테 벌떼 꼴로 지역 맹

주들한테 엉겨붙었사옵니다. 그리하여 각 지역은 난공불락의 철옹성들이 되고 말았사옵니다.

염라대왕: 맹주를 둘러싸고 있는 것이 벌떼인 줄 알았더니 찬찬히 보니 사람들이구나, 허허. 이거 괴이한 일도 가지가지구나.

최판관: 그 철옹성의 맹주는 원조가 아까 그런 험한 작자라 누구든지 맹주 자리에 앉기만 하면, 그가 국민을 학살한 학살자든 날강도든 허수아비든 철옹성 주민들은 벌떼처럼 에워싸오며, 그 신하들은 신하들대로 그런 맹주들을 근대화의 기수니 구국의 영웅이니 거품을 물고 치켜세워 장관으로 국회의원으로 출세를 하고, 정권이 바뀌어도 그런 경력이 부끄러움이기는커녕 지역안배니 뭐니 하여 문민시대든 무슨 시대든 그게 되레 중용의 조건이 되어 백성들 위에 떵떵거리고 있사오며, 밑바닥 백성들은 백성들대로 그런 사람들 과거 벼슬만 쳐다보고 장관님 의원님, 옛날 사또 앞에 백성들 꼴로 굽실거리고 있사옵나이다.

염라대왕: 일찍이 맹자도 부끄러움을 아는 것이 사람과 짐승을 구별하는 단초 가운데 하나라 가르친 적이 있고, 이 나라는 동방예의지국이라 하여 그 소문이 염라국에까지 파다했거늘, 딱한 일이로다.

강삼철: 저도 한 말씀만 올리겠나이다. 부끄러움을 말씀하셨사온데 위로 올라갈수록 부끄럼하고는 아예 담을 쌓고 있사옵니다. 한때 맹주였던 사람은 군사반란과 내란을 일으켜 무고한 국민들을 수천명 살상하고 정권을 찬탈했사오며, 돈까지 일조원 가까이 갈취한 죄로 지금 재판을 받고 있사온데, 거의 이십여만장이나 되는 수사기록으로 그런 사실이 샅샅이 밝혀지고 돈도 수천억원은 증거가 나와 알몸이 홀랑 드러났는데도 부끄럼은커녕 되레 큰소리를 치고 있사오며, 더 한심스런 일은 그 사람 재판이 끝나기도 전에 앞으로 대통령에 출마하겠다는 사람들은 그자들 사면을 하겠다고 벌써부터 바람을 잡고 있

나이다.

염라대왕: 허허, 그런 해괴망측한 일이 지금 벌어지고 있단 말이냐?

최판관: 그런 것 같사옵니다.

염라대왕: 그런 것 같다니, 컴퓨터를 보면서 그게 무슨 소리냐?

최판관: 죄송하옵니다. 이 부분도 아까 그 바이러스 영향으로 자료가 좀 부실하옵기에 정치가 이 나라와 비슷한 나라들을 참고하고 있나이다.

염라대왕: 그 바이러스 개발한 자들하고 그 해커 녀석들 명부를 철저히 작성하도록 하여라. 내가 돌아가면 특단의 조처를 취하리라.

최판관: 아니되옵니다. 그랬다가는 큰일나옵니다.

염라대왕: 그런 못된 놈들을 조처한다는데 큰일이 나다니 그 무슨 소리냐?

최판관: 지금 우리 명부에는 일흔살, 여든살 먹은 늙은 해커들만도 수만명이 벌통 앞에 벌떼 꼴이온데 해커들 명부를 따로 작성했다가는 젊은 녀석들까지 목숨을 걸고 달려들 것이옵니다. 그러지 않아도 바이러스 백신 사용료에다 해커 방어비가 해마다 배로 증가하여 금년 예산만 하더라도 지옥 신축비와 보수비 예산의 두 배가 넘사온데 젊은 녀석들까지 덤벼들면 감당할 수가 없을 것이옵니다.

염라대왕: 허허, 이 은하계 천지에서 나 염라대왕까지 손을 쓰지 못할 놈들이 생겨났단 말이냐? 말세로다, 말세.

강삼철: 아까 그 학살자들이 사면이 되는 날에는 그자들이 보란 듯이 활개치고 다닐 것 같사온데 그렇게 되면 우리나라 앞날은 어떻게 되겠사옵나이까?

염라대왕: 다른 나라도 이런 나라가 있느냐?

최판관: 검색을 한번 해보겠나이다. 군사반란에다, 내란에다, 수천명 무차별 살상하고 대통령이 되어, 일조원 가까운 갈취에다, 지역 감

정 철옹성도 강화했을 것이고, 그런 자를 대통령 후보로 나설 사람들이 사면을 하겠다고 떠드는 나라라. 어디 빠진 거 없나? 이대로 눌러보자, 깡. 으음, 한 나라 있구나. 아까 제가 참고하던 나라 가운데서 유독 정치가 이 동방민국을 빼다박은 나라가 한 나라 있사옵니다. 여기서 백광년쯤 떨어진 흑명성에 있는 서방민국이라는 나라이온데 이 나라보다 시차가 백년쯤 앞서 가옵니다. 하온데 이거 이거, 도무지 말씀이 아닙니다. 맹주족이라는 귀족이 생겨나서 나라가 온통 그 맹주족들 나라가 되어버렸사옵니다.

염라대왕: 맹주족이란 귀족? 어디 나도 좀 보자. 흑명성에 있는 서방민국이라 했느냐? 타닥타닥, 깡. 어라, 대통령을 지낸 사람들 가계표가 이게 어찌된 거냐? 그 사람들은 아들딸에 손자 증손자 고손자에 사돈에 팔촌까지, 모두가 국회의원에다 자치단체장에다 대통령에다, 하여간 선거로 뽑는 자리는 그 후손들로 싹 발라버렸구나.

최판관: 바로 그 사람들이 맹주족들이옵니다. 지금은 정권도 그 맹주족들끼리만 서로 돌려가면서 잡고, 옛날 선조들 본을 받아서 민족반역자든 학살자든 날강도든 사기꾼이든, 끼리끼리 뒤얽혔다 갈라섰다 하면서 아무리 큰 죄를 지어도 품앗이로 사면을 해버리고, 서로 봐주고 눈감아주면서 치부까지 엄청나서 지금은 GDP 구십 퍼센트가 그 맹주족들 차지옵니다. 국경일도 광복절이니 성탄절이니 그런 것은 모두 없애버리고, '아무개 맹주님 탄신일' '아무개 맹주님 오신 날' 이런 날로만 싹 발라버렸으며, 맹주들 기념관 건립에다 동상 건립에다 그런 예산만도 해마다 국가예산의 반이 넘사옵니다.

염라대왕: 아무리 맹주족들이라 하더라도 국민들이 선거를 하는데 어찌하여 이 모양이냐?

최판관: 서방민국도 이 동방민국처럼 백성들이 모두가 벌떼 백성들이오라 맹주들 자손들이라면 사기꾼이든 허수아비든 대를 이어서 표

를 몰아 충성을 하기 때문이옵니다.

염라대왕: 그럼 이 동방민국도 앞으로 서방민국처럼 그 맹주족들이 천년 만년 지배할 것이다, 이 말이냐?

최판관: 과거 두 나라 역사가 너무도 같기 때문에 그렇다고 밖에는 말할 수 없사옵니다. 남북이 철조망으로 갈라져 있는 한심스런 꼴만 하더라도 그렇사옵니다. 양쪽 지배자들은 겉으로는 통일을 외쳐대면서도, 걸핏하면 저자들이 쳐들어온다고 똘똘 뭉치라며 백성들을 쥐잡듯이 다그쳤사옵니다. 무슨 일로든지 자기들 정권이 조금만 위태로우면 엉뚱하게 저쪽의 침략을 내세워 분단 자체를 정권 유지의 요술방망이로 이용해왔사오며 그 바람에 분단은 되레 더 굳어버렸사옵니다. 통일 통일, 입으로 떠드는 소리와는 달리 속살로는 이렇게 짝짜꿍이로 서로 긴밀한 의존관계를 유지해왔사오며 이런 관계는 사실상 하나의 체제로 굳어 오십여년 동안이나 되풀이되고 있사온데, 그 밑에서 죽살이치는 것은 양쪽 백성들뿐이옵나이다.

염라대왕: 허허, 별 희한한 나라도 다 보겠구나.

최판관: 하온데 이 동방민국의 오늘날 현실을 서방민국의 옛날 바로 이 시점에서 비교해보면 이 동방민국은 그렇지는 않을 것도 같은 실오라기만한 징조가 한두 가지 보이기는 하옵나이다. 이 나라 사람들도 서방민국처럼 옛날부터 압제자들한테 굽실거리며 살아오던 습성대로 정치에다 모든 것을 걸고 위만 쳐다보고 살아왔사오나, 요사이는 이래서는 안되겠다고 여러 분야에서 시민들이 뭉쳐 자기들 목소리를 내는 단체가 수없이 나타나고 있사온데 이것이 가장 뚜렷한 차이오며, 무엇보다 아까 박기서씨처럼 자신들의 부끄러운 모습을 제대로 보는 사람들이 나타나기 시작한 게 서방민국하고는 크게 다른 조짐이옵니다. 이 동방민국 사람들은 경제를 일으킨 것만 보더라도 놀라운 저력을 지닌 사람들이옵고, 전에 민주화투쟁 때를 보더라도 제정신이

나서 자발적으로 뭉쳤다 하면 무서운 힘을 내는 사람들이라 그런 근기로 보아 서방민국과는 조금 다를 것 같다는 전망을 해볼 가능성이 있을 법하다고 말할 수 있을 것 같기도 하나이다.

염라대왕: 전망을 했으면 했지 말꼬리는 어째서 그렇게 돼지꼬리 모양으로 밸밸 꼬이느냐?

최판관: 이 나라는 지역감정이 서방민국보다 더 지독한지라 도무지 자신이 없기 때문이옵니다.

염라대왕: 그렇기는 하다마는 부끄러움 같은 것은 인간 심성의 근원이라 그런 것들만 웬만큼 회복하면 지역감정 같은 것도 차근차근 달라질 것이다. 잘 쉬었다. 그럼 이만 가자. 모두 잘들 있거라. 허허, 너희들 총명한 모습에다 좋은 조짐들을 보고 가니 백범하고 이야깃거리가 걸쭉하겠다, 어험. 역사는 허투루 흘러가지 아니하고 무엇보다 백범의 죽음이 헛되지 않았구나. 이제 박기서란 이를 감옥에 가두어 놓고, 허허허, 역사의 조화가 어쩌면 이다지도 도저하뇨, 하하하.

박호동: 역사의 조화가 어떻게 도저하다는 것이옵나이까?

최판관: 여보시오, 그 무슨 무엄한 말씀이오.

강삼철·박호동: 죄송합니다. 안녕히들 가십시오.

박호동: 역사의 조화가 도저하다니 어떻게 도저하다는 거지?

강삼철: 글쎄 말이야. '박기서란 이를 감옥에 가두어놓고 역사의 조화가 도저하다.' 도무지 알송달송한걸. 참선이라도 해봐야겠구먼.

박호동: 여러분 감사합니다. 제가 초판에 조금 해롱거리는 바람에 이 굿판 제목도 말씀을 못 드렸습니다. 이 굿판 제목은 '백범의 미소'이오며, 속편은 염라대왕 말씀을 깨친 다음에 벌이고자 하옵니다. 기대해주십시오. 오늘은 이만 땡 땡 땡, 하나이다. 감사합니다.

"잘 봤습니다. 아이고, 대왕님, 저도 죄가 많은 놈이옵니다. 잘 좀 봐주십시오."

나는 그들 손을 잡고 너스레를 떨었다. 다시 고기를 굽고 술판이 벌어졌다. 한참 웃고 떠들었다. 술이 다 되어갈 무렵 빗방울이 듣기 시작했다. 모텔로 갔다. 최서홍은 내일 일정이 있으니 일행들한테 일찍 자라고 했다. 나는 최서홍과 둘이 한방이었다.

"역시 꾼들은 꾼들이구먼. 그 수류탄은 생각할수록 기막힌 방법이더만."

"강삼철이란 친구 작품입니다. 특수부대 출신인데 담력도 대단하고 머리 회전이 번개 같습니다. 저는 그 친구하고 저승 문턱 근처에서 저승을 넘나들며 참선하는 기분으로 심신을 단련하고 있습니다."

최서홍은 웃으며 말했다. 그냥 하는 소리가 아닌 것 같았으나 아직도 마당굿 분위기가 남아 어리둥절한 기분이었다.

"저승 문턱 근처라니?"

"한밤중에 공동묘지나 지리산 깊은 골짜기 같은 데지요."

"뭐, 공동묘지?"

나는 대번에 등줄기가 서늘했다.

"그런 걸로 얼마나 단련이 되는지 모르지만 그런 데서 하룻밤씩 그렇게 헤매고 나면 정신도 맑아지고 우선 무엇이든지 할 수 있겠다는 자신감이 생기더군요."

나는 그를 빤히 건너다보고 있었고 그는 웃고 있었다.

"사실은 나도 요사이 마음속에서는 그런 굿판이 요란스럽게 벌어지고 있는데 근래 묘한 일이 한가지 있어. 아까 나를 미행하는 사람이 있는지 모르겠다고 했잖아?"

나는 김중만이 처음 전화했던 일부터 안지춘 형사가 설치고 있는 일을 모두 털어놨다.

"그 형사는 직업의식이 강하고 이만저만 집요한 사람이 아닌 것 같습니다. 그 사람 감시에서 벗어나는 길은 시간밖에는 약이 없겠는걸요."

"나도 그렇게 생각하는데, 자네들이 하고 있다는 그 단련 말이야, 그거 나도 한번 해보고 싶은걸. 그 형사 때문에 자네들하고 만나기도 쉽잖을 것 같고, 요령이라도 좀 가르쳐줄 수 없겠어?"

"요령이랄 게 있겠습니까? 공동묘지 같은 데서 밤중에 공포를 견디며 그냥 버티는 거죠. 그 형사 눈을 피하기 어려우면 기왕 이렇게 나오신 김에 오늘밤에 한번 해보시겠습니까? 여기서 멀지 않은 곳에 공동묘지가 있습니다. 날씨도 이런 날씨가 좋습니다."

그는 훌쩍 일어나서 창문을 열었다. 나도 창밖을 내다봤다. 비는 내리지 않았으나 하늘은 칠흑이었다. 지레 소름이 끼쳤다.

"한번 부딪쳐볼까?"

나는 주먹을 쥐었다. 열한시였다.

"이런 일은 오래 생각하면 못합니다."

최서홍은 자기 배낭에서 작은 배낭을 꺼내 거기다 비옷을 챙겼다. 나는 가방에서 등산복과 등산화를 꺼내 옷을 갈아입고 등산화를 신었다. 그런 데서는 담배밖에 벗이 없을 거라고 담배도 두 갑이나 넣으며 웃었다.

"권총입니다. 이게 있으면 견딜 만합니다."

그는 허리춤에서 권총을 뽑았다. 나는 찔끔했다. 총열을 잡고 나한테 권총을 내밀었다. 나는 겁먹은 눈으로 권총과 그를 번갈아봤다. 권총 자루가 나한테 고개를 숙이고 있었다. 사나운 개가 꼬리를 내리고 고개를 숙인 꼴이었다. 나는 맹견의 목줄을 넘겨받듯 조심스럽게 권총을 받았다. 묵직했다.

"실탄도 들었습니다."

방아쇠에 손가락을 걸던 나는 또 찔금했다. 그는 다시 권총을 가져갔다. 탄창을 뽑아 실탄을 뺐다가 다시 장전하고 안전장치를 조작해 보였다. 탄창을 빼내고 벽에다 겨냥했다. 총구로 벽을 그어내리며 사격 요령을 설명했다.

"해보세요."

내가 권총을 받아들자 사격자세를 잡아주었다.

"실제로 쏠 때는 반동이 의외로 큽니다. 반동을 예상하며 격발을 해야 합니다."

나는 가슴이 뛰고 있었다. 권총에 대한 두려움보다 내가 제대로 총을 쏠 수 있을지, 훈련소 기억이 떠오르며 가슴이 죄어왔다. 방아쇠에 건 손가락을 움직여보았다. 제대로 움직여졌다. 훈련소에서도 그냥은 움직였다. 그렇지만 이제 세월도 지날 만큼 지나지 않았는가?

나는 벽을 향해 권총을 그어내리다가 방아쇠를 당겼다. 딱, 쇳소리의 단절음이 야무졌다. 나는 연방 겨냥하며 방아쇠를 당겼다. 딱, 딱, 딱. 내 생애가 이 권총으로 응축되어버리는 것 같고, 그렇게 응축된 내 인생의 실체가 둔중한 무게로 실감되는 듯했다. 방아쇠를 당겼을 때 엄청나게 큰 소리를 내며 실탄이 나간다는 것, 그 무시무시한 위력으로 실탄이 목표물을 꿰뚫는다는 것, 그것은 단순히 총알이 나간다는 사실로 끝나지 않는다. 막혔던 내 인생이 뚫리는 것이다. 훈련소에서 총을 못 쏘았을 때 나는 눈앞의 유급보다 내 인생이 영영 막힌다는 절망을 느꼈다. 딱, 딱. 묵직한 권총의 무게와 딱, 딱 하는 격발음이 새삼스레 듬직한 신뢰로 다가왔다. 그렇게 실탄이 나갈 때 나는 지금까지 허우적거리던 세계에서 비로소 다른 세계로 들어설 것이다. 그 총소리가 은은하게 귀에 울리며 총소리의 감동이 전율처럼 몸속에 퍼지고 있었다. 이제 죽음 따위는 문제가 아니었다.

"이렇게 꽂으십시오."

나는 권총을 허리에 꽂고 등산복 지퍼를 올렸다. 권총의 무게와 부피의 이물감이 만만찮았다. 현관에 나서자 몸이 굳어졌다. 내 얼굴도 굳어 있겠지. 내 행동은 한동안 물 밖에 나온 오리 꼴일 것이다. 지금 나는 세상의 경계 하나를 넘고 있다.

차에 타며 최서홍을 보는 순간 머리를 치는 게 있었다. 이 사람이 어떻게 나를 믿고 권총까지 내놓는 것일까 했던 의문이 풀린 것이다. 유용찬이 끼여 있는 것 같았다. 최서홍이 우리 회사를 찾아왔던 것부터가 우연이 아닌 듯했다.

"그런 데서 밤을 새고 나면 밤을 샌 것보다 더 어려운 일이 기다리고 있습니다. 다시 인간세상으로 나오는 일입니다. 한밤중이나 새벽에 공동묘지에서 내려오는 사람이라면 귀신 아니면 간첩이지요. 밤중에 거기 무엇하러 갔느냐고 다그치면 멀쩡한 사람이 밤중에 공동묘지에 갈 일이 무엇이겠습니까? 더구나 몸에는 권총을 지녔습니다."

허, 나는 먼지 날리는 소리를 냈다.

"지금 가는 공동묘지는 저로서는 두번째 밤을 샌 곳입니다. 두번째라 그사이 배짱이 생겼던지 새벽녘에 그만 잠이 들었습니다. 아침에 눈을 뜨자 날이 훤하게 샜더군요. 소스라치게 놀랐지요. 누가 봤더라면 영락없는 신고대상이었습니다. 잠이 들었던 것은 여유라기보다 자만이었을 겁니다. 조금 자신이 생기자 자만이 끼여든 거지요."

나는 고개를 끄덕였다.

"그렇지만 총을 지니지 않고는 견디기가 만만치 않습니다. 귀신이 덮치면 어쩝니까. 쏴야지요. 공포가 사뭇 험하게 몰려들 때는 믿을 건 총밖에 없습니다."

차는 큰길로 한참 달리다가 좁은 길로 들어서며 상향등을 켰다.

"동네는 금방 지난 동네가 마지막 동네고 저기 저 집이 묘지관리솝니다. 저 안통에는 묘밖에는 아무것도 없습니다."

산굽이를 돌아서자 전조등에 널찍한 공동묘지가 나타났다. 산비탈이 온통 묘였다. 최서홍은 잘 보라고 천천히 방향을 바꿔 묘역을 비추며 주차장으로 들어섰다. 묘역은 엄청나게 넓었고 묘역 안에는 찻길이 가로세로 나 있었다.

“새벽 네시경에 오겠습니다. 저 아래 산굽이를 돌아서며 전조등을 깜박이면 전 줄 아세요. 그때 뵙지요.”

그는 미운 놈 떨궈놓고 달아나듯 횡허케 주차장을 빠져나갔다. 차가 산굽이로 사라지자 묘역은 칠흑이었다. 나는 권총을 틀어쥐고 묘지를 향해 한참 서 있었다. 아무것도 보이지 않았다. 하늘에는 구름발 사이로 별이 두어 개 반짝일 뿐 산으로 막힌 사방은 온통 칠흑이었다. 등골에 소름이 죽죽 끼쳐내렸다. 눈이 어둠에 조금씩 익는 것 같았다. 주차장에서 묘역 한가운데로 나 있던 큰길을 어림하여 산줄기에 목표점을 정했다. 나는 안전장치를 다시 확인하며 권총을 고쳐쥐었다. 찬바람이 싸늘하게 목덜미를 만지고 지나갔다.

나는 아랫배에 힘을 주고 숨을 크게 들이마셨다. 권총을 앞세우고 발을 옮겼다. 소름이 물결처럼 등줄기를 싸르르 싸르르 스치고 내려갔다. 목에 갈증이 나고 가슴이 답답했다. 담배를 물고 라이터를 꺼냈다. 귀신들은 불을 무서워한다고 했지. 그러나 아무렇게나 라이터를 켤 수는 없었다. 가스 조절장치를 바비작거려 분사량을 조절했다. 잠바자락으로 얼굴을 감싸려다 주변을 둘러봤다. 얼굴을 감싸면 귀신이 덜미를 만질 것 같았다. 주변을 다시 둘러보고 불을 켰다. 잠바 속에 조그마한 세상이 하나 환했다. 불꽃이 앙증맞게 할랑거리며 오들오들 떨었다. 시계를 봤다. 열한시 이십분. 담배에 불을 붙였다. 후유, 연기를 뱉었다. 한결 마음이 가라앉는 것 같았다. 손갓을 단단히 씌우고 또 한모금 깊이 빨았다. 훈련소 야간전투 훈련 때 많이 해본 솜씨였다. 담뱃불은 2킬로 밖에서도 보인다던가.

다시 발을 옮겼다. 아까 새로 쓴 것처럼 보이던 묘가 마음에 걸렸다. 미리 묏자리를 마련해두었다가 이제 쓴 묘일 터였다. 바로 그리 가버릴까? 그리 가자. 다른 데로 가면 거기 묻힌 귀신이 그리 올 것 같았다. 권총을 겨누며 산봉우리를 향해 발을 옮겼다. 발에 잔디가 아니고 맨땅이 밟히는 것으로 제대로 가고 있다는 걸 알 수 있었다. 담배가 다 타들어갔다. 담배를 바꿔 탰다.

발부리에 돌이 차였다. 돌이 부딪치는 소리가 엄청나게 컸다. 주변을 살폈다. 아무 기척도 없었다. 뒤를 돌아봤다. 뒤에도 산줄기였다. 저기에도 목표점을 정해야 할 것 같았다. 아까 정한 목표점과 내가 서 있는 자리가 일직선이 되는 앞산 산줄기 한곳을 가늠했다. 앞뒤 기준점이 확실해진 셈이다. 이제 길이 헷갈릴 염려는 없었다. 천천히 발을 옮겼다. 새 묘까지는 반쯤 올라온 듯했다.

— 어쿠.

몸뚱이가 도랑으로 굴러떨어졌다. 꼭 귀신이 발목을 낚아챈 것 같았다. 벌떡 일어났다. 손에서 권총도 날아가버렸다. 담뱃불이 저만치서 빛을 내고 있었다. 천천히 주변을 살폈다. 아무 기척도 없었다. 담뱃불만 또렷했다. 권총은 팔꿈치가 땅에 받치며 퉁긴 것 같았다. 숨을 몰아쉬며 권총이 퉁겼음직한 방향을 가늠해보았다. 웬만큼 짐작이 갔다. 가만히 허리를 숙였다. 목덜미가 스멀스멀했다. 도랑바닥을 더듬으려다 말았다. 손을 내밀면 귀신이 슬그머니 손등을 붙잡을 것 같았다. 담뱃불이 유독 또렷했다. 조심조심 내려가서 담뱃불부터 밟았다. 위쪽을 향해 잠바자락을 가리고 라이터를 켰다. 권총이 저만큼 총구를 위로 향하고 있었다. 다행이었다. 총을 집어들고 길로 올라섰다. 미끄러졌던 데는 길가에 잔디가 없었다.

팔꿈치가 쓰렸다. 꽤나 되게 찍은 모양이었다. 다시 담배를 탰다. 시계를 보았다. 열한시 사십분, 겨우 이십분이 지난 것이다. 호흡을 가다듬은 다음 발을 옮겼다. 새 묘까지는 얼마 남지 않은 것 같았다.

은박지 같은 게 희뜩거렸다. 진흙이 발에 밟혔다. 다 온 것 같았다. 그 묘는 길에서 오른쪽으로 두어 묘쯤 안쪽 같았다. 권총을 겨누며 묘역으로 들어섰다. 발 아래 잔디가 푹신했다. 이쯤 앉으면 새 묘를 앞에 두고 앉게 되겠지.

"아!"

고개를 드는 순간 입에서 저절로 탄성이 튀어나왔다. 앞산 잘록한 등성이 너머로 아득히 불빛이 반짝이고 있었다. 붉은색과 파란색이 어울려 어지럽게 반짝거렸다. 유흥업소거나 러브호텔일 것이다. 불빛은 숨가쁘게 반짝이고 있었다. 나는 황홀한 기분으로 네온싸인을 보고 있었다. 천박해 보이던 네온싸인이 너무도 아름답고 반가웠다. 지옥에서 인간세상을 본다면 저런 모습일까?

뒤를 돌아보고 나서 조심스레 엉덩이를 내려놨다. 하늘은 그냥 먹빛으로 시커멨다. 빗방울이 떨어졌다. 배낭에서 비옷을 꺼냈다. 위에서 덮어쓰게 되어 있는 군대 판초형이었다. 비옷자락을 골라 단추를 눌렀다. 산줄기 넘어 불빛은 더 요란스럽게 반짝였다. 또 담배를 태웠다. 옛날 이야기가 떠올랐다.

주막집 봉놋방에서 술을 마시던 술손들이 귀신이 있다느니 없다느니 우김질을 하다가 맹랑한 내기판이 벌어졌다. '귀신이 없다는 사람은 누구든지 저 건너 산등성이에 오늘 썼다는 처녀 묘 곁에다 말뚝을 박아놓고 오시오. 그럼 이 술값은 전부 내가 내겠소. 못 박고 오면 술값 낼 사람은 물을 것도 없겠지요.' 말이 떨어지기가 바쁘게 사내 하나가 너털웃음을 터뜨리며 일어섰다. 술값이나 챙겨노라며, 넙죽넙죽 술을 들이켜고 기세좋게 나갔다. 모두 숨을 죽이고 기다렸다. 올 만한 시간이 되었는데도 오지 않았다. 아무리 기다려도 오지 않았다. 영락없이 일이 났다고 횃불을 들고 몰려갔다. 이게 뭔가? 말뚝을 박기는 박았는데 사내는 말뚝 곁에 까무러쳐 있었다. 괜한 짓 하다가 생사람

잡았다고 사내를 일으켜세우던 사람들은 깜짝 놀랐다. 사내를 아무리 잡아당겨도 끌려오지 않았다. 이게 뭔가? 뭣등이 사내 두루마기 자락을 잡아당기고 있었다. 말뚝이 두루마기 자락에 박혀 단단히 물고 있었다.

4

차관호 재판날이었다. 관할법원은 광주지법 해남지원. 개정 시간은 열시였다. 우리는 유용찬의 차로 출발했다. 강지연도 같이 갔다. 세 사람 모두 방청할 이유가 있었다. 나는 검찰측 증인을 수락해놓은 박사장 대신 재판 진행과정을 보러 가고, 유용찬은 변호인측 증인수락을 해놨으며, 강지연은 광주항쟁 연구자로서 재판 자체가 흥미로운 조사대상이었다. 그는 항쟁 가해자인 공수대원을 만날 수 없어 늘 그걸 아쉬워했는데, 가해자들 사이에서 이런 극적인 사건이 터지자 이만저만 흥분하지 않았다. 나는 중립이라면 중립이었으므로 어느 쪽에서도 증인으로는 쓸모가 없었던지 용케 증인석에 앉는 곤욕은 피하게 되었다.

안지춘은 그 뒤 다시 부르지도 않았고 나한테 나타나지도 않았다. 그러나 냄새 맡은 사냥개처럼 지금도 광주에서 싸대고 있었다. 며칠 전에는 5·18연구소에 들러 자료를 보려다가 단단히 무안을 당하고 돌아갔다고 했다. 연구 목적말고는 어떤 일에도 협조할 수 없다고 후배 연구원이 냉정하게 고개를 저었다는 것이다.

나는 요사이 웬만한 데는 권총을 지니고 다녔으나 오늘은 가져오지 않았다. 재판정에 들어갈 때 몸 검색을 받을 것 같아서였다. 공동묘지에서 밤을 새고 나서 나는 권총을 넘겨받았다.

"이거 나한테 넘기게. 값은 제대로 치르겠네."

최서홍은 선선히 총을 넘겼다.

"혹시 권총이 발각되더라도 일반 사람들 앞에서는 당황할 필요가 없습니다. 형사나 기관원으로 여길 테니까요. 혹시 경찰에 발각되어도 침착하게 대처해야 합니다. 무기 불법소지로 입건될 것만 각오하면 됩니다. 저는 그럴 경우에 대비해서 방법을 한가지 생각해놓고 있습니다. 나를 처치하려고 노리는 녀석이 있다. 항상 미행을 하고 밤에는 우리 아파트 주변에서까지 서성거린다. 그 녀석한테 억울하게 당할 수는 없지 않느냐. 전에는 발발 떨기만 했는데 권총을 지니면서부터는 안심이 된다. 이렇게 우길 작정입니다. 잘하면 정신감정 수준에서 끝날 것이고, 입건이 되더라도 벌금 정도겠지요."

그는 웃고 나서 말을 이었다.

"총은 어디서 났느냐고 하면 저를 대십시오. 우리 회사 제품을 써주는 조건이었다고 하는 겁니다. 저는 그만한 대비를 해놓고 있습니다. 그리고 기왕 권총을 가지고 계시려면 웬만한 데는 지니고 다니는 게 좋습니다. 그래야 총에 대한 공포감과 이물감이 줄어듭니다. 꽁꽁 숨겨두었다가 갑자기 꽂고 나서면 그때마다 총에 대한 공포가 새롭고 다른 일에까지 난조가 옵니다. 권총을 지니고 다니면 일상생활에서도 긴장이 연속되는 이점이 있지요. 제가 좋아하던 술을 입에 대지 않는 것은 그 때문입니다."

나는 총을 지니면서부터 악몽의 횟수가 줄어든 것 같기도 했다. 집에서는 틈만 있으면 사격 연습을 했다. 허리춤에서 뽑아 목표물을 겨냥해서 격발하는 동작을 아침저녁으로 이백번씩 했다.

유용찬이 라디오 스위치를 눌렀다. 아홉시 뉴스가 나왔다. 그는 요사이도 어김없이 뉴스를 챙겨듣고 있었다. 나는 유용찬의 표정을 살피고 있었다. 얼마 전 최서홍이 새 부품을 납품하러 왔을 때였다.

“이거, 지난번 그 물건 값일세.”

“그냥 두십시오. 이런 일일수록 형편에 따라 몫몫이 있는 거지요. 다음에 따로 이야기할 기회가 있을 것입니다.”

몫몫이란 말에 유용찬을 떠올리며 더 묻지 않았다. 나는 그들 조직의 변두리에 있는 것 같았으나 그런 걸 따질 계제가 아니었다. 유용찬에 대한 의문은 여러가지로 부풀고 있었지만 그 속내는 폐갱 막장처럼 도무지 깜깜하기만 했다. 그러나 요사이는 그런 태도가 되레 믿음직스럽게 느껴졌다.

법정 마당에는 방청객들이 여남은 명씩 두 패로 몰려 있었다. 양쪽 방청객들은 겉모습부터 흑인과 백인 꼴이었다. 차관호 방청객들은 시컴시컴한 얼굴에 갈아입고 온 옷들도 남의 옷 얻어입고 온 것처럼 새물내가 나지 않았다. 김성보 방청객 가운데 칠십이 가까워 보이는 여인은 김성보 어머니 같았다. 수더분한 얼굴이었다.

“오매, 오시오?”

차관호 어머니와 몇사람이 반색하며 우리한테 몰려왔다. 전에 우리 회사에 찾아왔을 때 낯이 익은 사람들이었다.

“어머, 너 웬일이냐?”

뒤따라오던 강지연이 김성보 방청객 가운데서 자기 또래 여자하고 반갑게 손을 잡았다. 그때 서울 번호판을 단 대형 승용차가 들어왔다. 중년 사내 네댓 사람이 내려 김성보 가족들 쪽으로 갔다. 김성보 어머니인 듯한 여인에게 초등학생들처럼 깊숙이 허리를 굽혔다.

"고맙네. 바쁜 사람들이 여기까지 왔구먼."

"철저하게 진상을 가릴 테니 염려 마십시오. 여러 방면으로 손을 쓰고 있습니다."

"검찰이 어련히 알아서 하겠나?"

김성보 어머니는 말씨도 여간 침착하지 않았다. 또 승용차가 거푸 두 대가 들어왔다. 번호판들이 '전남'이었다. 젊은이들이 쏟아져나왔다. 얼굴들이 시컴시컴했다. 전에 박사장이 급체 났을 때 선착장에서 진료소까지 실어다준 젊은이도 보였다.

"염려 탁 노씨요. 죄 없으면 엎어놔도 대접이고 뒤집어놔도 국그릇인게 걱정 비끄러매시오."

젊은이 하나가 차관호 어머니한테 저쪽 사람들 들으라는 듯이 큰 소리로 왜장을 쳤다. 목소리가 유난히 컸다.

"재판을 할라면 전두환 패거리들 재판이나 똑땍이 할 일이제, 사람을 살려낼라고 기를 쓴 사람을 잡아다가 재판을 해?"

"시방 전두환 쫄따구들이 생사람 물고 들어갈라고 우물귀신 가락으로 빽깨나 쓰는 모냥인디, 설쳐도 자리 봐 감시로 설치라고 해. 완도 갯물 맛은 광주하고는 다를 것이여."

젊은이들은 들떼놓고 큰소리로 을렀다. 김성보 쪽 사내들이 이쪽을 봤다. 눈초리에 힘이 오르고 있었다.

"쓰잘데기없는 소리 그만들 하소."

나이 지긋한 사내가 저쪽을 힐끔거리며 나무랐다.

"뭣이 쓰잘데기없는 소리란 말이오. 기왕 죽은 사람은 죽은 사람이제마는 자기가 술 취해서 물에 빠진 걸 갖고 죄 없는 사람을 끌고 들어갈라고 기를 쓰는디 우리는 우장(雨裝)만 쓰고 있으란 말이오?"

"유죄만 나와 보시오. 뉘 배때기에는 칼 안 들어간다요."

이쪽을 노려보고 있던 사내가 성큼성큼 다가갔다.

“당신들 지금 우리한테 공갈치는 거요?”

“뭣이라우? 공갈이라우? 당신 공갈 사랑하는 모냥인디 누가 누구한테 공갈을 친단 말이오?”

똥똥한 젊은이가 앞으로 썩 나서며 삐딱하게 고개를 젖히고 위아래를 훑었다.

“공갈이 아니고 뭐요?”

“우리는 전두환 쫄다구들한테 하는 소린디, 그라고 본게 당신도 광주서 본 듯한 얼굴 같소 잉. 여그서도 한번 쑤세보겄다, 그거요? 어디 한번 쑤세보시오.”

젊은이가 배를 쑥 내밀었다. 사내는 질린 표정이었다. 저쪽에서 일행들이 몰려왔다. 사내를 끌었다. 사내는 기가 막히다는 표정으로 헛웃음을 치며 돌아섰다. 분을 삭이지 못해 얼굴이 새하얘졌다.

“재수가 없을란게 아침부터 껄쩍거리는 낌새가 뭣이 쪼깐 요상스럽네. 세상이 덩덩한게 지금도 제 할미 메밀떡 굿인중 아는 모냥인디, 설쳐도 물때 짐작해감시로 설쳐 잉.”

“오늘도 올라먼 총 갖고 오제 으째서 맨손으로 왔으까? 옛날 푹푹 쒸시고 여자들까지 옷 벳개서 길바닥에 궁글리던 가락수가 삼삼한 모냥인디 오늘은 네꾸따이까장 차고 미친년 얌전난 것이여, 뭣이여?”

젊은이들이 깔깔거렸다. 그때 김성보 어머니가 이쪽으로 왔던 사내한테 엄격한 표정으로 뭐라 나무라는 것 같았다.

“중학교 동창을 만났네요.”

강지연은 묘한 데서 친구를 만났다며 웃었다. 김성보 이종사촌이라고 했다.

그때 법정 문이 열렸다. 차관호 가족들이 우르르 몰려갔다. 김성보 가족들도 뒤따랐다. 차관호 친구들은 움직이지 않고 있었다. 김성보 쪽 사내들이 이쪽을 힐끔거리며 천천히 다가갔다. 그들이 들어가고 나자 차관호 친구들이 뒤따랐다.

"오래 안 살아도 별별 데를 다 들어와보겄그만 잉."

차관호 친구들은 맨 뒤에 자리를 골라앉으며 이죽거렸다. 그때 법정 옆문이 열리며 수갑 찬 차관호가 들어왔다. 얼굴이 해쓱했다.

"아따, 관호 인품 난다. 너도 전두환 노태우하고 똑같은 유니폼 입었다 잉."

"나는 전두환이 나온 중 알고 깜짝 놀랬등마는 찬찬히 본께 너다 잉."

완도 젊은이들이 낄낄거렸다.

"참은 김에 쪼깐만 더 참아라. 죄 없는 사람 생배 딸라디야. 전두환 쫄따구들이 옛날 갈기고 쑤시던 솜씨로 시방 우아래로 덤벙거리는 모냥이다마는, 덤벙거려봤자 옛날 매이로 생사람은 못 죽일 것인게 안심해라."

"조용히 하세요."

정리가 주의를 주었다. 변호사가 들어오고 검사가 들어왔다. 판사들이 들어오자 정리 구령에 따라 방청객들이 모두 일어섰다가 앉았다.

인정신문에 이어 곧바로 검사의 사실심리로 들어갔다. 공수단 입대 경위와 그 부대로 배속된 경위 등을 물었다. 강지연은 열심히 적고 있었다.

"피고는 일천구백팔십년 오월 광주 민주화운동 당시 진압군으로 광주에 출동했고 그때 김성보는 대위로서 피고의 직속상관인 중대장이었지요?"

"그렇습니다."

"당시 피고는 시위를 진압하고 극렬 시위자는 연행하라는 상관의 명령을 받고 시위진압에 출동했지요?"

“그렇습니다.”

“오월 십구일 시위 진압을 하고 돌아왔을 때 중대장 김성보 대위한테 속칭 기합, 즉 체벌을 받은 적이 있지요?”

“그렇습니다.”

“무엇 때문에 기합을 받았지요?”

“연행하던 사람을 놔줬기 때문입니다.”

“어떤 방식으로 기합을 받았습니까?”

“조인트를 깠습니다.”

“조인트를 깐다는 말은 군홧발로 정강이를 찬다는 말인 줄 아는데 조인트를 몇번 깠습니까?”

“너댓 번 깠습니다.”

“사실대로 말해요. 그때 공수단 분위기로 보아 그런 엉뚱한 짓을 했는데 조인트 네댓 번 정도로 끝났단 말입니까?”

“그렇지만 그게 사실입니다.”

“그 때문에 김성보 대위한테 앙심을 품었지요?”

“그렇지 않습니다.”

“김성보가 금년에 낚시하러 두 번 왔다고 했는데 두 번 다 피고가 초청했습니까?”

“첫번은 제가 오시라 했고, 다음번은 김이사님이 오시겠다고 했습니다.”

“김성보가 자꾸 낚시하러 오자 그가 광주 민주화운동 때 피고의 직속상관이었다는 사실이 소문이 나서 주변 사람들의 손가락질을 받았고, 그 때문에 김성보가 자꾸 오는 것이 몹시 싫었지요?”

“제대한 뒤 김이사님은 저를 많이 도와주셨기 때문에 늘 고맙게 생각하고 있었습니다.”

“낚시하러 오는 것이 싫었는지 그렇지 않았는지 그것만 대답해요.”

“싫지 않았습니다.”

“첫번 낚시한 날, 광주사람들이 돌아간 뒤 김성보가 자는 여관에서 술을 마시며 싸운 적이 있지요?”

“싸운 것은 아니고 김이사님이 술을 많이 마셨기 때문에 목소리가 조금 컸을 뿐입니다.”

“무슨 일로 목소리가 컸지요?”

“그날 우리가 낚시할 때 완도 읍내 젊은이들이 오일팔 노래를 부르며 우리 배 곁을 지나다닌 일이 있는데 그걸 이야기하다가 그랬습니다.”

“무슨 이야기를 했는지 간단히 말해보세요.”

“오일팔 책임자들이 지난번 재판 때 오일팔에 대하여 깨끗하게 사과를 해버렸더라면 그런 일도 없었을 것이라고 했더니, 김이사님께서 무슨 소리냐고 화를 내셨습니다.”

“무엇이라고 하며 화를 냈지요?”

“광주사태는 증거를 못 잡았을 뿐 고정간첩과 불순분자들의 준동으로 일어난 사건이 분명한데 어떻게 사과를 하느냐고 하셨고, 저는 그렇게 생각하지 않는다고 하자 네가 무얼 아느냐고 소리를 질렀습니다.”

“고정간첩 좋아하네, 개자식들.”

완도 젊은이들이 웅성거렸다.

“그래서 피고는 그 말에 승복했습니까?”

“더 대꾸하지 않았습니다.”

“김성보는 더 무슨 이야기를 했습니까?”

“광주사람들은 아무것도 모르고 그런 자들 책동에 순진하게 넘어갔기 때문에 광주사람들이 억울한 건 사실이라고 하셨습니다.”

“환장하겄네.”

완도 젊은이들이 또 웅성거렸다. 재판장이 이쪽을 봤다.

"피고는 고정간첩의 소행이라는 말에 승복한 것은 아니지요?"

"승복한 것은 아니지만 그 문제는 더 이야기하지 않았습니다."

김성보가 소안도로 낚시를 다니기 시작한 것이 언제부터냐, 일년에 몇번씩 왔느냐, 낚시할 때 탔던 그런 배들 엔진의 평균수명은 대개 몇 년쯤 되며, 피고의 배 엔진은 몇년 되었느냐, 그 엔진은 수리한 적이 있느냐, 전에도 기관이 이번과 비슷하게 멈춘 일이 있느냐?고 검사가 물었다.

김이사님은 삼년 전에 제가 오시라고 해서 처음 왔고, 그때부터 일 년에 서너 번씩 왔으며, 이런 데서 부리는 자잘한 배 엔진은 거의 자동차 중고엔진이라 수명은 드리없고, 바다에서는 소금기 때문에 엔진 수명이 훨씬 짧은데 우리 배 엔진은 십만 킬로쯤 뛴 봉고차 중고엔진을 설치하여 이년쯤 썼으며, 벨트 교환 등 자잘한 부품 교환은 했지만 큰 수리는 한 적이 없고, 지금까지 이번처럼 갑자기 엔진이 멈춘 적도 없었다고 차관호는 대답했다.

"사건이 벌어질 때 피고는 배 고물에서 키를 잡고 배를 몰고 있었고, 김성보는 피고 곁에 앉아 있었는데 두 사람 사이의 거리는 얼마나 됐지요?"

"일 미터쯤 됐습니다."

"김성보는 어쩌다가 바다에 빠졌습니까?"

"술을 너무 많이 마셨는데 소변을 보시려다가 빠진 것 같습니다."

"그때 피고는 무얼 하고 있었습니까?"

"낚시질 할 자리를 찾느라 바다를 둘러보고 있었습니다."

"배가 갈 때 심하게 흔들리지 않았습니까?"

"파도가 조금 있었지만 옆질은 거의 없고 뒷질만 조금 있었습니다."

"김성보는 술을 많이 마셨다고 했는데 승객의 안전에 책임이 있는 선장으로서 충분한 주의를 기울였습니까?"

"과음하셨기 때문에 나름대로 신경을 썼지만 낚시 자리를 찾느라고 다른 데를 보는 사이에 일이 벌어졌습니다."

"김성보가 물에 빠지자 어떻게 했지요?"

"바로 배를 돌리다가 김발에 받혀 엔진이 멎어버렸습니다."

"엔진이 멈춘 원인은 무엇이지요?"

"김발에 받혀 엔진에 무리가 갔기 때문입니다."

"어렸을 때부터 배를 부린 사람이 방향을 돌릴 때 거기 받힐 것쯤 짐작을 못했단 말입니까?"

"조금 무리라 생각하면서도 돌릴 수 있을 것 같아 그대로 몰았습니다."

"엔진이 멎자 어떤 조치를 취했지요?"

"시동을 걸었는데 걸리지 않았습니다."

"시동이 걸리지 않은 이유는 무엇이었지요?"

"배터리가 약해서 걸리지 않은 것 같았습니다."

"배터리가 약하다는 것은 어떻게 알았지요?"

"사용 표시등이 하얀색이었습니다."

"처음 출발할 때 점검하지 않았습니까?"

"그때도 하얀색이었지만 그래도 상당히 오래 쓸 수 있기 때문에 괜찮을 거라 생각했습니다."

"배터리 성능이 약해서 엔진이 다시 걸리지 않을 수도 있겠다는 생각은 했지요?"

"그렇지만 얼마 동안은 상관없을 거라 생각했고, 그날도 낚시 자리를 옮길 때마다 새로 시동을 걸었는데 제대로 걸렸습니다."

"그때는 걸리지 않던 시동이 완도항으로 회항하려 할 때는 걸렸지요?"

차관호는 그랬다고 모깃소리만하게 대답했다.
"바로 직전에는 다른 사람들이 걸어도 걸리지 않던 시동이 그때 걸린 이유는 무엇이지요?"
모르겠다고 역시 모깃소리로 대답했다.
"피고가 바다로 뛰어들 때 김성보와의 거리는 어느 정도였습니까?"
"백 미터가 조금 넘은 것 같았습니다."
"피고의 수영실력은 어느 정도입니까?"
"어렸을 때부터 바닷가에서 살았기 때문에 천천히 간다면 쉬지 않고 삼사 킬로도 갈 수 있습니다."
"김성보는 헤엄을 칠 줄 모르는 것 같았습니까?"
"다리에 쥐가 났는데도 그때까지 버틴 걸 보면 잘 치는 것 같았습니다."
"피고가 김성보한테 접근했을 때 김성보는 어떤 상태였습니까?"
"텀벙거리면서 다리에 쥐가 났다고 했습니다."
"그래서 쥐난 데 대한 조치를 취했습니까?"
"아닙니다. 저를 붙잡았기 때문에 붙잡은 것부터 떼어내려고 물속으로 끌고 들어갔습니다."
"왜 손으로 잡아떼지 않고 물속으로 끌고 들어갔지요?"
"물에 빠진 사람은 있는 힘을 다해서 틀어쥐기 때문에 손으로는 뗄 수가 없고 물속으로 끌고 들어갈 수밖에 없습니다. 군대에서 수중구조 훈련을 받을 때도 그렇게 배웠습니다."
나는 유용찬을 돌아봤다.
"물속으로 들어가야 놓는다면 상대방의 고개만 물속으로 내리누를 수도 있잖습니까?"
"팔과 머리털을 붙잡았기 때문에 그럴 수가 없었습니다."
"수중구조 훈련을 받았다면 쥐난 데 대한 조치도 교육을 받았을 텐데 어떻게 받았지요?"

"쥐난 자리에 피만 내면 된다고 했습니다."

"그렇다면 즉시 다리를 물어뜯든지 그런 조치를 취하지 않은 이유는 무엇이지요?"

"김이사님이 그렇게 무작정 붙잡을 줄 몰랐다가 갑자기 틀어쥐는 바람에 그럴 틈이 없었습니다."

"물속으로 끌고 들어가기 전에 피고는 숨을 충분히 들여마셨지요?"

"충분히는 아니지만 숨을 마시고 들어갔습니다."

"김성보한테 붙잡힌 채 들어갔습니까, 붙잡고 들어갔습니까?"

"붙잡힌 채 들어갔습니다."

"김성보는 기진맥진한데다 극도로 당황한 상태였기 때문에 물속으로 조금만 들어가도 숨이 막혀 손을 놓았을 텐데 놓지 않은 이유가 무엇이지요?"

"처음에는 놓지 않다가 나중에는 놓았습니다."

"배에서 본 사람들에 따르면 물속으로 들어간 뒤 한참 기다려도 나오지 않아 서로 얼굴을 돌아보았다고 합니다. 지칠 대로 지친 사람이 숨이 막히는데도 그렇게 오래 붙잡고 따라들어갔단 말입니까?"

"너무 세게 틀어쥐었기 때문에 저는 있는 힘을 다해서 물속으로 들어갔는데 김이사님은 얼른 놓지 않았습니다."

"그 시간이라면 정상적인 사람도 숨이 멎을 시간이라고 생각하지 않습니까?"

"저도 물속으로 들어가면서 지독한 사람이라고 생각했습니다."

"피고는 물에 빠진 사람을 구조해본 적이 있습니까?"

"있습니다. 우리 동네서 뱃놀이하다가 물에 빠진 관광객을 구조한 적이 있고, 군대서 구조훈련 때는 두 사람씩 짝을 지어 실습을 했는데 숨이 멎은 시늉을 하고 있는 짝을 백 미터 가량 쉬지 않고 끌고 나왔습니다."

"김성보를 배로 끌어올렸을 때는 심장이 멎어 있었습니까?"

"숨을 불어넣기에 바빠 확인할 틈이 없었습니다."

"이미 살아나기는 틀렸다고 생각하면서도 살리는 척 인공호흡을 시키고 법석을 떨었지요?"

"아닙니다. 그렇게 하면 심장이 멎었더라도 다시 뛰리라고 생각했습니다."

"피고는 전라도 사람으로서 광주 민주화운동에 대한 원한과 개인적인 사감을 품고 김성보를 감쪽같이 죽이려고 기회를 노려오다가 그날 실행에 옮긴 것이지요?"

"그렇지 않습니다."

"수중구조 훈련 지식을 이용하여 그 익사를 가장한 살해계획을 치밀하게 세워놓고 기회를 기다리고 있다가 그날 여러가지로 조건이 맞아떨어지자 계획대로 실행한 것이지요?"

"절대로 그렇지 않습니다. 김이사님은 저한테 잘 해주셨습니다."

"그렇게 기회를 노리고 있을 때 마침 다른 일행들이 화물선을 구경하고 있는 사이 김성보를 바다로 밀어버리고 배를 돌리다가 일부러 김발에다 부딪치면서 엔진을 꺼버렸지요?"

"그렇지 않습니다."

"김발에 받히는 순간 계획대로 배터리 전선을 뽑거나 다른 방법으로 조작하여 엔진을 꺼버린 다음 시동 거는 시늉을 하며 시간을 끌었지요?"

"절대로 그런 짓은 하지 않았습니다."

"김성보가 쥐가 났다고 말했음에도 불구하고 그에 대한 조치를 취하지 않고, 계획대로 구조를 가장하여 물속으로 깊숙이 끌고 들어가서 숨이 끊어질 때까지 붙잡고 있었지요?"

"아닙니다, 절대로 그렇지 않습니다."

"김성보를 배로 끌어올렸을 때는 살릴 수 없다는 것을 알면서도 살리는 시늉을 하다가 소생이 불가능하다는 것이 확실해지자 엔진 조작을 해제하고 시동을 걸었지요?"

차관호는 절대로 그렇지 않다고 했고 검사는 이상이라고 신문을 끝냈다.

"워매, 저 작자가 시방 생사람 잡고 있구만 잉."

완도 젊은이들이 웅성거렸다.

변호사 반대신문이 시작되었다.

"광주 민주화운동 당시 서울에서 처음 출동할 때 상관들은 광주사건이 어떤 사건이라고 말했습니까?"

"고정간첩과 빨갱이 등 불순분자들 준동으로 일어난 사건이라고 했습니다."

"그 말을 믿었습니까?"

"처음에는 긴가민가했지만 공수단은 전쟁 때도 가장 위험한 지역에 비행기로 투입하는 특수부대인데 전투경찰과 일반 군부대를 놔두고 공수단을 출동시키는 것이나 지휘관들 긴장하는 태도로 보아 사실이라 믿었습니다."

"그러면 피고는 왜 진압에 소극적이었고 붙잡은 시위자를 놔주기까지 했지요?"

"구호를 들어보거나 시민들 태도로 보아 간첩이나 빨갱이들 짓이라고는 생각되지 않았고, 제가 놔준 두 사람 가운데 여자는 곤봉에 맞은 상처가 너무 커서 얼른 치료를 받아야 할 것 같았으며, 다른 젊은이는 제 친한 친구 동생이었습니다."

"그 때문에 김성보씨한테 기합을 받았다고 했는데 그 앙심이 지금까지 남아 있었습니까?"

"당시 분위기로는 그런 기합쯤 아무것도 아니고, 중대장님이 화를 내실 만했기 때문에 그 일은 금방 잊어버렸습니다."

"김성보씨가 퇴역한 뒤 두 사람 사이에 여러번 편지도 오갔고 김성보씨가 개인적으로 여러가지로 도와주었지요?"

그렇다고 하자 변호사는 편지 봉투 세 개를 들어 보이며 이것이 김성보씨가 보낸 편지가 맞느냐고 물은 다음, 편지 알맹이를 하나 꺼내 여기서 읽어도 괜찮겠느냐고, 차관호와 재판장의 허락을 받아 읽기 시작했다.

"이것은 김성보씨가 일천구백구십사년 사월 나도 이제 퇴역했다면서 보낸 편지입니다. ──너는 군인으로서도 성실한 군인이었으니 사회에 나가서도 성실하게 살고 있을 걸로 믿는다. 광주작전 때는 고향에서 그런 일이 벌어져 정신적인 고통이 컸을 것이며 그 때문에 지금도 고향에서 애로가 많을 줄 안다. 그러나 투철한 국가관을 가지고 꿋꿋하게 살아가면 그만한 대가가 있을 것이다. 일상생활이나 사업상으로 애로사항이 있으면 나한테 이야기해라. 힘닿는 데까지 도와주겠다. 무슨 일이든지 좋으니 기탄없이 연락하기 바란다."

변호사는 내용이 맞느냐고 했고 차관호는 그렇다고 했다.

"두번째 편지는 나는 수출회사에 취직을 했다는 소식을 전하면서 여기서도 애로사항이 있으면 무슨 일이든지 도와주겠으니 기탄없이 연락하라고 했는데 맞지요?"

그렇다고 하자 김성보한테 도움을 청한 적이 있으면 모두 말해보라고 했다.

"여러번 있습니다. 축양장 허가와 융자받는 데 도움을 청했더니 들어주셨고, 제 조카 취직을 부탁했더니 취직을 시켜주셨습니다. 또 우리 작은아버지가 공장에 다니다가 퇴직하면서 퇴직금을 못 받은 일이 있는데 그것도 부탁했더니 금방 받아주셨습니다."

"그런 허가나 융자나 취직은 쉽게 하기 어려운 일입니까?"
"그렇습니다."
"그런 일을 해줄 때마다 돈으로 사례를 했습니까?"
"돈으로 사례를 하려다가 야단을 맞고 김이나 멸치, 건어 같은 우리 지역 특산물로 사례를 했습니다."
"김성보씨가 그동안 여러번 낚시를 왔다고 했는데 그때마다 사례금을 받았습니까?"
"사례금을 받은 적은 없고 유명회사의 양복이나 구두 상품권을 사례금보다 더 많이 보내주셨습니다."
"아까 시동이 걸리지 않을 때 배터리 사용 표시등이 흰색이었다고 했는데, 흰색은 수명이 다 되어가니까 교환하라는 예고 표시이지, 연료 경고등처럼 수명이 언제 확실하게 끝난다는 것을 뜻하는 것은 아니지요?"
"그렇습니다."
"아까 바다에서는 소금기 때문에 엔진 수명이 짧고 그 배 엔진은 십만 킬로쯤 뛴 봉고차 중고엔진을 이년쯤 썼다고 했으니 폐기할 만큼 낡은 엔진이지요?"
"그래도 큰 고장은 없어서 그대로 쓰고 있었습니다."
"사고 직후에는 시동이 걸리지 않다가 한참 뒤에는 걸렸는데 엔진이 그렇게 낡으면, 옛날 헌 라디오가 소리가 나지 않을 때 탕탕 치면 소리가 나는 수가 있듯이, 그렇게 낡은 엔진도 어느 부위가 접촉 불량이거나 기름 구멍이 막히거나 원인 모를 고장이 났다가 저절로 복원되는 경우가 있겠지요?"
"그런 경우도 있는 것 같습니다."
"김성보씨는 그때 술을 상당히 많이 마셨다고 했는데 어느정도 마셨습니까?"

"양주 큰 병을 혼자 거의 마시다시피 했고 다시 작은 병에서도 두어 잔 더 마셨습니다. 여기 오기 전날도 서울에서 폭탄주를 많이 마셨다고 했으며 점심때 밥을 좀 드시라고 해도 서너 숟갈만 뜨다 말았습니다."

"군대에서 수중구조 교육을 받을 때 가장 강조한 것이 무엇이었습니까? 자세히 말해보세요."

"첫째로 영웅심은 자살행위라고 했습니다. 바다의 경우 파도며 조류 흐름이며 피구조자와의 거리를 잘 보아 자기 능력으로 충분히 구조할 수 있는지 냉정하게 판단하고 덤벼야지 무작정 뛰어드는 것은 자살행위라 했습니다. 다음에는 물에 빠진 사람한테 접근할 때는 절대로 붙잡히지 않도록 해야 하며 만약 붙잡혔을 때는 무작정 물속으로 끌고 들어가라고 했고, 구조를 하다가도 무리라 느껴지면 단호하게 포기하라라고 했습니다."

"붙잡혔을 때 무작정 물로 끌고 들어가라는 것은 물에 빠진 사람이니까 물로 닦달하는 수밖에 없다는 이야기군요."

"교관님도 그렇게 말씀하시면서, 물에 빠진 사람은 말 그대로 사력을 다해서 틀어쥐기 때문에 떼어내는 방법은 그 방법밖에 없다고 했습니다."

"피고는 김성보씨를 충분히 구조할 수 있다고 생각했습니까?"

"그렇습니다."

"피고가 김성보씨한테 접근했을 때 그가 달려들자 가까이 오지 말라고 하면서 뒤로 물러섰다고 했는데 왜 그렇게 쉽게 붙잡혔습니까?"

"김이사님은 사병들보다 그런 훈련을 더 철저하게 받았을 것이므로 그렇게 무작정 붙잡을 줄 모르고 가까이 갔다가 붙잡혔습니다."

"김성보씨가 그렇게 붙잡은 까닭은 무엇이라고 생각합니까?

"쥐가 심하게 나서 너무 당황하신 것 같았습니다."

“다리에 쥐가 났다고 했는데 다리에 쥐가 나면 본인 스스로는 조치를 할 수 없습니까?”

“너무 심하게 나서 다리를 구부릴 수가 없었던 것 같습니다.”

“김성보씨가 피고를 붙잡고 물속으로 끌려들어갔다가 물위로 떠오른 시간이 꽤나 걸린 것 같은데 그 이유가 무엇이지요?”

“제가 물속으로 깊이 들어가서도 한참 만에야 손을 놨는데 이미 그때는 의식을 잃은 것 같고, 의식을 잃은 상태로 저절로 떠올랐기 때문에 시간이 오래 걸린 것 같습니다.”

“의식을 잃기 전에 손을 놨더라면 허우적거리며 올라왔을 텐데 의식을 잃어 가만히 있는 상태로 떠오르니까 시간이 오래 걸렸다, 이 말입니까?”

“그렇습니다.”

“관광객을 구조한 적이 있다고 했는데 그 사람도 피고를 붙잡았습니까?”

“아닙니다. 제가 접근할 때까지 텀벙거리고 있었는데 가까이 가지 않고 주변을 돌면서 의식 잃기를 기다렸다가 끌고 나왔습니다.”

“물에 빠진 사람을 끌고 나올 때는 의식 잃을 때까지 기다렸다가 끌고 나옵니까?”

“그렇습니다. 그렇지 않으면 붙잡기 때문에 끌고 나올 수가 없습니다. 헤엄을 잘 치는 사람들이 헤엄 실력만 믿고 무작정 뛰어들었다가 같이 죽는 것은 거의가 붙잡혀서 죽습니다. 뒤에서 목이라도 감아버리면 꼼짝 못합니다.”

변호사는 고개를 끄덕이며 판사를 돌아봤다.

“그러니까 김성보씨가 의식을 잃었던 것은 구조과정에서는 피구조자를 끌고 나올 수 있는 정상적인 단계에 들어간 것이군요?”

“그렇습니다. 그 관광객도 끌고 나와서 물을 뱉어내게 하자 바로 숨을 쉬기 시작했습니다."

"구조 교육을 받을 때 의식 잃은 사람은 얼마 후까지 살릴 수 있다고 했습니까?"

"십분이 지난 사람도 살아나는 경우가 있다고 했습니다."

"김성보씨를 끌고 올 때 배에까지 끌고만 가면 살려낼 수 있다고 생각했습니까?"

"처음에는 그랬는데 물살이 급류인데다가 물살이 배와는 대각선 방향이어서 시간이 너무 오래 걸렸습니다. 조금만 빨랐더라면 살렸을 것입니다."

"배에서 물을 토해내게 한 다음 점심때 먹은 김치줄거리며 뭐며 너절한 오물에도 아랑곳없이 입에다 입을 대고 숨을 불어넣고 인공호흡을 시키고 최선을 다했지요?"

"광주분들하고 최선을 다했습니다."

변호사가 신문을 마쳤다. 다시 검사가 나섰다.

"김성보가 피고를 여러가지로 돌봐준 것은 무엇 때문이었습니까?"

"특별한 이유는 없었습니다. 원래 부하들한테 자상한 분이었습니다."

"광주 민주화운동 때 공수단은 잔혹스런 작전을 폈으며 시체를 암매장하는 등 아직도 밝혀지지 않은 진상이 많은 것으로 소문이 나 있습니다. 김성보가 피고를 도와준 것은 그런 비밀을 폭로할까 우려하여 당시 직속상관으로서 특별관리 차원에서 피고를 돌봐준 게 아닙니까?"

"우리 부대에서는 그런 비밀이라 할 만한 일이 없었습니다."

"그런 비밀이 많았을 텐데 지금까지 가해자인 공수단 대원들 증언은 제대로 나온 것이 한건도 없다고 들었습니다. 그것은 김성보가 피고를 관리하듯 조직적으로 관리하기 때문이 아닙니까?"

"그런 것은 모르겠습니다."

검사 보충신문이 끝나자 재판장은 증인을 신청하라고 했다. 긴장이 풀리자 조용하던 방청석이 술렁거리기 시작했다. 그때 언뜻 뒤를 돌아보던 나는 깜짝 놀랐다. 언제 왔는지 안지춘이 뒷문을 나가고 있었다. 두 사람이었다. 다른 사람은 지난번 같이 왔던 광주 형사 같았다. 완도경찰서에서 만난 뒤 처음이었다.

검찰은 증인 세 사람을 신청했다. 박사장과 소안도 여관집 주인과 완도 읍내 선박수리소 사장이었다. 변호사는 유용찬과 적십자사 수중구조 전문가를 신청했다. 모두 채택되었다.

법정을 나오자 강지연이 중학교 동창과 이야기하고 있었다. 김성보 방청객들은 서둘러 차를 탔고 강지연도 친구와 헤어졌다.

"어떻게 된 거지요? 검사 말을 들으면 영화에나 있음직한 완전범죄 같더니 변호사 말을 들으니까 전혀 딴판이군요."

"강지연씨 보기에는 어때요?"

"도대체 모르겠어요. 두 분은 현장에 계셨으니까 짐작이 가실 게 아녜요?"

"글쎄요. 시동이 안 걸린 것도 고의다, 물속으로 끌고 들어간 것도 고의다, 쥐 난 것에 조치를 하지 않은 것도 고의다, 핵심은 이거 아닙니까? 천길 물속은 알아도 한길 사람 속은 모른다더니, 천길 물속도 모르겠고 천길보다 더 깊은 사람 속은 더 모르겠네요."

"꼭 영화 구경하는 것 같네요. 다음 증인신문 때 유사장님과 박사장님 등장이 흥미로운걸요."

"허허, 내가 영화 등장인물이 됐군요. 등장하면서 기껏 엑스트라라니."

"그렇지만 다음판은 증인들 판이잖아요. 멋있게 한번 뒤집어보세요. 배로 끌어올렸을 때 심장이 멎은 줄 뻔히 알면서도 살린다고 쇼를 했다고 하던데, 증인들 증언이 클라이맥스겠던걸요."

"클라이맥스도 좋지만 잘못했다가는 어느 주먹에 작살이 날지 모릅니다. 완도 젊은이들 기세 보세요."

"정말 갯바위 서슬이데요. 만약 유죄가 나면 무슨 일이 나고 말 것 같던걸요."

그 며칠 뒤였다. 쓰빠 김봉식한테서 회사로 전화가 왔다.

"지난번 그 중만이성님이 오늘 광주 왔다 갔소. 재판에서 집행유예 났다고 합디다."

"다행이구먼. 광주는 뭐하러 왔지?"

"이번에도 성묘 왔다고 합디다. 출감하자마자 내려온 모냥인디 술이나 한잔 하자고 해도 차표 사놨다고 마다합디다. 그래도 그냥 갈 수 있느냐고 금방 나가겠다고 해도 차 떠날 시간이라고 전화를 끊습디다."

"총 이야기는 안 물어봤어?"

"총은 뭣할라고 샀냔께는 그럴 일이 있었다고 웃기만 합디다. 총을 사고 그런 것이 껄쩍지근하기는 했제마는 그래도 달려나가서 술이라도 한잔 사는 것인디, 징역을 살고 나와서 전화까지 한 사람을 그냥 보내고 난게 속이 영판 지랄 같그만이라."

김봉식은 말소리가 가라앉아 있었다.

재판정을 빠져나가던 안지춘이 떠올라 나는 더 묻기가 조심스러웠다. 텔레비전에 비치던 김중만의 표정이 떠올랐다. 김중만이 출감했으므로 이제 안지춘의 눈은 더 번득일 판이었다. 지난번 경찰서에서 자기는 그렇게 만만한 사람이 아니라고 하던, 그 능글맞은 표정이 어른거렸다.

나는 저녁에 집에 돌아오자 지난번 비디오테이프 화면을 띄웠다. 장총과 권총 들이 지나가고 저고리를 뒤집어쓴 사람들 곁에 허탈한 표정으로 서 있는 김중만의 모습이 나타났다. 화면을 정지시켰다. 허공에 눈길을 띄우고 있는 김중만의 표정을 유심히 보았다. 징역 따위를 두려워하는 표정도 아니고 가족을 걱정하는 그런 표정도 아니었다. 그의 눈길에는 널찍한 세계가 하나 들어 있는 것 같았다. 김봉식의 말이 떠올랐다. '공수단이 발포할 때 청년들이 태극기를 들고 만세를 부름시로 나가다가, 총에 맞아 쓰러지면 또 나가고 또 나가고 할 적에는 그 절뚝거리는 다리로 두 번이나 쫓아나가서 총 맞은 청년들을 업고 나왔소.' 역시 그에게는 총이 제격일 것 같았다. 작자들을 제압해놓고 무엇을 묻고 따지고 그런 지질한 언어 따위는 그에게 걸맞지 않을 것 같았다. 나는 한참 동안 그의 얼굴을 보고 있다가 비디오를 끄고 책장 책 케이스 속에서 권총을 꺼냈다. 벽을 향해 그어내리며 격발을 했다. 딱, 딱, 딱.

대통령 선거가 끝나자 오십년 만의 정권교체라는 말이 실감날 만큼 전국이 떠들썩했다. 국제통화기금 관리체제로 들어간 경제는 6·25 이래 최대 환란이란 말이 실감날 지경이었으나 사람들은 정권교체에만 신명이 났고, 그 틈에 전두환 일파는 예상했던 대로 성탄절 특사로 풀려났다. 그들이 교도소에서 나오는 모습은 독립투사가 출감하는 것처럼 당당하고 여유만만했다. 그런 느낌은 누구나 비슷했던지 신문에서도 그런 표현을 썼으며 그들 사면에 대한 비판의 목소리가 없지 않았으나 정권교체의 흥분 속에 그런 소리는 묻혀버리고 말았다.

경제환란의 태풍은 우리 회사 같은 하청업체에 먼저 불어닥쳤다. 전자제품 수출이 막혀 하청이 줄어들자 박사장은 몰리는 축구판의 문지기 꼴로 서울로, 어디로 나대고 다녔지만 전반적인 경기가 바닥을 모르고 내려앉는 판이라 회사 분위기는 벌써부터 먹구름에 싸여 있었다. 모두 각오를 한 것 같았고 진작부터 회사를 그만두고 서울로 올라갈 핑계를 찾고 있던 나는 이미 대비를 해오고 있었다. 박사장은 끝내 손을 들었고 사무직부터 절반을 줄인다는 방침이 서자 예상했던 대로 식솔이 없는 나는 영순위가 되고 말았다. 사원들은 정작 발등에 불이 떨어지자 물 밭은 웅덩이에 피라미 꼴이었으나, 나에게는 울고 싶자 빰쳐준다는 속담 그대로였다.

나는 서울에 있는 대학의 대학원에 입학원서를 내놓은 것이다. 요사이는 대학원도 신입생 유치경쟁이 심해 이차 삼차까지 모집하는 대학이 있었고, 선발방법도 학부 성적과 면접만으로 급락을 결정하는 특별전형의 경우가 있었다. 거기다 원서를 냈으므로 합격은 이미 해놓은 것이나 마찬가지였다.

이월 말일자로 퇴직이었으나 회사에는 출근할 필요가 없어 나는 이사를 서둘렀다. 강지연은 생활 걱정을 했지만 다른 길이 없었으므로 역시 그답게 허허 하며 이사를 거들었다. 방 한칸에 부엌과 화장실이 딸린, '원룸'이라는 독특한 살림집이었다. 광주 아파트는 우선 전세를 놓기로 했으므로 거기서 남은 돈에다 퇴직금을 합치면 이자만 가지고도 살아갈 수 있을 것 같았다. 모든 일이 길 내놓고 등 떠밀듯 나를 서울로 밀어올리고 있었다.

이삿짐을 대충 제자리에 놓고 책을 정리하고 있는데 박사장한테서 전화가 왔다.

"자네한테 어려운 부탁이 한가지 있네. 모레가 차관호 선고공판 아닌가? 그때 김이사 모친께서 내려오신다는구먼. 재판결과보다도 전부터 이야기하던 사고현장에 가보고 싶다는 거네. 현장을 아는 사람은 우리 세 사람뿐인데 용찬이가 갈 수는 없잖은가?"

박사장은 어렵게 말을 했다. 나는 잠시 망설이다가 그러겠다고 했다. 고맙다는 박사장 소리는 내가 곁에 있다면 얼싸안기라도 할 것 같았다. 배는 완도에서 제일 좋은 유람선으로 계약을 해놨다고 했다.

내가 망설였던 것은 그 끔찍한 현장에 다시 가기가 지겨웠고 안지춘이 나댈 것도 기분이 나빴기 때문이다. 김중만이 출감한 뒤로 그는 눈초리가 더 번득이는 것 같았다. 우리집에 잘못 걸려온 전화의 빈도가 알아보게 늘고, 미안하다는 말도 없이 끊어버리는 경우도 한두 번이 아니었다. 서울 와서도 벌써 두 번이나 그런 전화를 받았다. 그러나 김성보 사고현장을 안내할 사람은 나밖에 없었다. 유용찬은 재판 때 김성보 쪽에 자극적인 소리를 너무 심하게 했던 것이다. 특히 완도 젊은이들이 5·18 노래를 부르며 그렇게 기세를 보였는데도 다시 낚시를 왔던 김성보의 태도를 비난하는 대목에서는 재판장의 주의까지 들어가면서 목소리를 높였다.

나는 김성보의 모친 고성댁과 함께 해남 대둔사 아래 여관에서 재판 소식을 기다리고 있었다. 법정에는 고성댁 조카 유선희와 강지연만 보냈다. 고성댁은 전부터 현장에 한번 가보고 싶어했던 모양인데 일심 재판이라도 끝나고 가는 게 낫지 않겠느냐고 주변에서 말렸다고 했다.

김성보 재판은 그동안 공방이 치열했다. 차관호가 엔진 조작을 했다는 점은 검사가 입증을 못했으나 차관호가 물속으로 끌고 들어갔다는 부분은 공방이 사뭇 날카로웠다. 검사는 차관호가 김성보를 붙잡고 고의적으로 끌고 들어가지 않았으면 그러지 않아도 지칠 대로 지친 사람을 의식 잃을 때까지 붙잡고 들어갔다는 게 말이 되느냐는 것이고, 차관호는 그런데도 김성보는 놓지 않고 끌려들어왔다는 주장이었다. 이 점에서는 변호사 쪽이 밀렸으나 차관호가 김성보를 죽일 이유가 무엇이었겠느냐는 점에서는, 변호사가 그동안 두 사람의 인간관계를 낱낱이 들어가며 집중적으로 거론하자 검사가 반론을 제대로 펴지 못했다.

그런데 재판결과는 차관호한테 유리하게 날 것 같았다. 고성댁이 판사한테 탄원서를 낸 것이다. 억울하게 죄를 뒤집어쓰는 일이 없도록 공정하게 판단해달라는 내용이었다. 재판 때마다 방청을 하고 나서 사건경위를 나름대로 짐작한 고성댁은 특히 변호사가 두 사람의 인간관계를 하나하나 들어가며 다소 감상적으로 폈던 변론에 크게 영향을 받은 것 같더라고 했다. '피고가 김성보씨를 죽일 만큼 무슨 원한이 있었다면 어떻게 조카 취직 따위 그런 구지레한 부탁을 할 수 있겠으며, 설사 무슨 원한이 있었다 하더라도 세월도 이십년 가까이 지난데다가, 근래는 삼년 동안 십여 차례나 푸른 하늘 아래 어머니의 가슴처럼 드넓은 바다에서 함께 머리 맞대고 밥을 먹고 술을 마시며, 고기가 큰 놈이 물려나오면 같이 즐거워하고……' 이런 대목에서는 눈물까지 흘렸다는 것이다. 그런 결단을 내린 데는 유선희와 강지연의 영향도 컸던 것 같았다. 어느날 두 사람을 불러 한참 의견을 묻더니 탄원서를 내야겠다고 문안을 잡아보라고 하더라는 것이다.

여관 뒷산에는 동백이 한창 꽃망울을 터뜨리고, 직박구리와 동박새가 동백나무숲 사이를 어지럽게 짹짹거리고 다녔다. 새들을 보고 있던 내 눈길이 먼 하늘에 멈췄다. 어젯밤에도 나는 악몽에 시달렸다. 누구한테 쫓겨 새로 이사한 집 골목을 정신없이 도망쳐다니기도 했고, 장총을 멘 낯선 사내들과 함께 어디 산속을 헤매기도 했다. 사내들은 연방 너털웃음을 터뜨리며 앞장을 섰고, 나는 권총과 수류탄을 양손에 틀어쥐고 뒤를 따랐다. 우리는 짙은 숲속으로 한없이 들어가고 있었다.

"이렇게 날씨가 좋으면 바다도 잠잠하겠지요?"

고성댁이 짐을 챙겨들고 방문을 나서며 하늘을 쳐다봤다.

"좋을 것 같습니다. 일기예보도 내일까지 잔잔하겠다고 하더군요."

그때 휴대전화가 울렸다. 강지연이었다. 개정시간 십여분 전이었다.

"미선씨 소식 들으셨어요? 방금 여기 소안도 사람들한테서 들었는데요, 미선씨 언니 있잖아요? 그이한테 일이 벌어진 것 같아요. 소안도에서요."

강지연은 그답지 않게 말이 여간 조심스럽지 않았다. 고성댁은 눈을 밝히며 내 곁으로 다가왔다. 나는 손을 저으며 한쪽으로 발을 옮겼다.

"자살한 것 같네요. 옛날 자기 동네 근처 바위에서 바다로 뛰어내렸대요. 방청객 입정이에요. 끊어요."

나는 그 자리에 멍청하게 서 있었다. 결국 영선이 생애가 그렇게 막을 내리는가? 옛날 그들 집에서 바라보이던 바닷가 아득한 바위가 다가왔다. 거기다 집을 짓고 살면 얼마나 좋겠느냐고 소녀 같은 소리를 하던 바위였다. 나는 그 근처에서 낚시를 할 때면 자꾸 그 바위로 눈이 갔다. 그는 전에도 소안도에 가서 자살소동을 벌인 적이 있었다. 그때도 정신이 멀쩡한 것 같아 마음을 놓고 있는 사이에 그런 일이 벌어졌다는데 그때는 동네 친척들이 쫓아가 붙잡았다고 했다. 이번에는 미선이부터가 얼굴에 구름이 끼여 있었을 것이고, 갑자기 이사하는 일에다 전세금이 빠지지 않아 집안이 뒤숭숭한 판이라 그런 것도 원인이 아니었을까 싶었다. 나는 한참 동안 하늘을 쳐다보고 있었다. 내 귀에는 어디서 소쩍새 소리가 들리는 것 같았다. 사건이 나던 날 밤 숙실 골목에 잠복하고 있을 때 그 소쩍새 소리였다. 이 세상 사람들은 똑똑히 들으라는 듯이 솥, 적, 다, 솥, 적, 다, 마디마디 똑똑 끊어 밤하늘을 울리던 그 소리가 아득히 울려오고 있었다.

나는 114로 소안도파출소 전화번호를 물어 번호를 눌렀다.

"거기서 익사사건 났다던데 시체는 찾았습니까? 그 여자 아는 사람입니다."

"벌써 열흘 전 일입니다. 익사는 익사였는데 신발을 얌전하게 벗어 놓고 유서까지 남겼으니까 자살이지요. 시체는 이 잡듯이 뒤졌지만 찾기는 틀린 것 같습니다. 그 때문에 우리도 골치깨나 아팠습니다. 가족들도 이제 포기한 것 같아요."

투신한 데는 짐작대로였다. 유서까지 남기며 말짱한 정신으로 꿈에 그리던 곳으로 떠난 것이다. 이 세상에서 신었던 신도 얌전하게 벗어놓고 방안에서 문턱 넘듯 쉽게 저세상으로 간 것이다. 바닷가에 치솟은 절벽 위에 뭉게구름이 머물고 절벽 아래 푸른 물이 찰랑거리던 바다, 결국 그는 그런 곳으로 그렇게 간 것이다. 그때 또 전화기가 울렸다.

"차관호씨 무죄 났어요."

고성댁도 저쪽에서 전화를 받고 있었다.

"가족들 좋아하는 걸 보니 저도 덩달아 신이 나네요. 무죄가 나면 바로 석방되는 줄 알았더니 구형이 십년 이상이면 고등법원, 대법원까지 기다려야 한다네요."

"잘됐다. 내 목숨이 중하면 남의 목숨 중한 줄도 알아야지."

고성댁은 담담하게 말하고 있었으나 목소리에는 애조가 얹혀 있었다. 나는 강지연한테 법원 앞에서 기다리라 해놓고 바삐 차를 몰았다.

"그 동네사람들한테서 이모님 치사를 제가 다 받았네요. 이바지 해가지고 서울로 찾아가야겠다고 야단이 났구먼요."

유선희 말에 고성댁은 쓸쓸하게 웃었다.

"정과장님도 해방된 기분이시죠?"

"탄원서를 내실 때 벌써 해방되었지요. 하여간 박여사님께서 큰 결단을 내리셨습니다. 검찰이 몰아세울 때는 그렇게 몰아붙이면 꼼짝없이 당하겠다 싶어 정말 아뜩했습니다. 검찰로서야 그렇게 몰고 가는 게 당연하지만 현장에서 똑똑히 보았던 사람으로서는 법이란 게 이런 것인가, 암담했었지요."

고성댁한테 의혹의 찌꺼기가 조금이라도 남아서는 안될 것 같아 나는 단단히 뒤를 눌렀다.

"배가 잘 나가는군요."

날렵하게 빠진 배는 잔잔한 바다를 시원스럽게 미끄러졌다. 완도에 도착하자 이른 점심을 먹고 곧바로 출발했다. 술이며 간단한 제물과 조화는 유선희가 미리 준비했다. 고성댁은 차근히 가라앉은 표정으로 눈길을 바다에 얹고 있었다. 나는 새삼스럽게 고성댁 얼굴을 훔쳐봤다. 자식이 죽었으니 상대편의 잘못만 귀에 엉기기 마련일 텐데 저쪽에 유리한 탄원서를 낸 것이다. 그의 단아하고 조용한 모습이 예사롭게 보이지 않았다.

내항을 벗어나자 아득히 소안도가 나타나며 하얗게 널린 부통 너머로 미선이 동네 앞 절벽이 아스라하게 모습을 드러냈다. 바다는 숨죽인 듯 잔잔했다. 옛날 미선이 어깨 너머로 아름답기만 하던 이 바다가 이제 내 가까이서 두 사람의 목숨을 삼킨 죽음의 현장이 된 것이다.

나는 이제 다시 여기 올 일이 없을 것이다. 내가 전라도를 떠나는 마지막이 될지도 모르는 발길이 김영선이 죽고 김성보가 죽은 현장에서 시작될 참이었다. 미선이와 그 할머니와 김성보 어머니의 통한 속에서 마지막 발길을 돌리는 것이다. 배는 미끄러지듯 날래게 내달았다. 나는 물비늘이 햇살을 칼날처럼 쪼개는 바다에 눈길을 띄우고 찢겨 번득이는 햇살을 보고 있었다.

"낚시를 떠날 때는 이른 새벽에 떠나는가요?"

유선희가 조심스럽게 침묵을 깼다.

"새벽 다섯시경에 출발하지요. 지난번에도 두 번 다 읍내 들머리 호텔에서 자고, 아까 이 배 곁에 있던 그런 자잘한 배를 타고 떠났지요."

"저런 배는 섬에 다니는 연락선이겠지요?"

"그렇습니다. 요사이 연안 연락선은 자동차가 큰 고객이라 거의가 저런 철선들입니다. 이차대전 때 상륙정을 본뜬 거지요. 저런 철선에다 탱크 장갑차 병사 들을 싣고 모선에서 내려 적의 포탄 속을 뚫고 육지로 상륙했던 겁니다."

"모양이 왜 저러나 했더니 영화에서 본 것 같네요. 저기 저런 게 부통인가요?"

재판정에서도 부통 소리가 여러번 나왔다. 유선희는 침묵이 버거워 자꾸 말을 거는 것 같았다.

"그렇습니다. 김이나 미역이 자라는 김발과 미역발이 물속으로 가라앉지 않도록 지탱해주는 장치지요. 섬에서는 김과 미역 양식이 농촌으로 치면 벼농사나 마찬가진데 저런 스치로폼 부통이 개발되면서 그런 양식에 혁명이 일어났지요. 낚시꾼들은 곁붙이로 저기다 배를 매놓고 낚시를 합니다."

"김이사님도 고향이 통영 근처 고성 바닷가였거든요."

"들었습니다. 저 소안도 왼쪽 섬이 청산도, 오른쪽이 보길도와 노화도, 바로 이 앞에 보이는 작은 섬이 모도인데 김이사님은 저 모도 근처에서도 낚시를 했던 것 같습니다. 겨울인데도 오늘은 날씨가 좋으니까 낚싯배들이 떴군요."

낚싯대를 늘어뜨린 배들이 서너 척 떠 있었다. 봄날처럼 잠포록한 날씨라 낚싯배들이 여간 한가해 보이지 않았다. 고성댁은 멀리 바다 끝에 눈길만 띄우고 있었다. 소안도가 가까워지며 나무와 바위들이 모습을 드러내고 섬과 섬 사이에 전선을 늘어뜨리고 있는 철탑도 철골 형강 구조가 드러나기 시작했다.

영선이 동네가 보이고 절벽이 뚜렷하게 모습을 드러냈다. 나는 선장한테 손짓을 했다. 배는 부통이 허옇게 널린 김발 지역을 오른쪽으로 끼고 천천히 달렸다.

"이 근방에서도 낚시를 했고, 사고났던 데는, 저기 긴 말뚝 보이지요, 그 근처입니다. 김이사님은 여러번 낚시를 오셨다니까 이 섬 근처에서는 어디서든지 낚시를 하셨을 겁니다."

고성댁은 얼굴이 조금 굳어졌다. 현장에 가까워지자 나는 속력을 낮추라는 손짓을 하며 사고지점을 가리켰다. 모두 자리에서 일어섰다. 유선희가 고성댁을 부축하고 강지연이 국화다발을 챙겨들었다. 배가 멈췄다.

"현장이 저깁니다. 저기서 배가 이리 빙 돌다가 저 부통에 매여 있는 김발에 머리를 박았습니다. 저기 섬 끝머리에서 낚시를 하려다가 저리 옮겨가던 참이었지요."

고성댁은 사고났던 자리를 멍하니 건너다보고 있었다. 배가 천천히 그쪽으로 갔다. 검푸른 바다는 굵직하게 물이랑을 들썩이고 있었다. 진초록 바다가 살아움직이듯 꿈틀거렸다.

"이 허망한 놈아, 어미를 두고 먼저 가다니."

한참 바다를 내려다보고 있던 고성댁이 흐느끼기 시작했다. 배는 밀려오는 물살을 가볍게 거스르며 그 자리에 멈춰 있었다.

"구천에 가서도 혼자 떠돌겠구나."

결혼 않은 걸 새기는 것 같았다. 고성댁 흐느낌 소리가 더 커졌다. 유선희 눈에서도 눈물이 흘러내리고 있었다. 강지연이 조심스럽게 국화송이를 건넸다. 국화를 받아든 고성댁은 또 한참 바다를 내려다보고 있었다.

"이승 일은 모두 잊고 부디 극락왕생하여라. 다 잊고 가거라. 다 잊고 잘 가거라. 맺힌 것이 있거든 훨훨 털어버리고 새털같이 가벼운 마음으로 날듯이 가거라. 다 잊고 잘 가거라."

고성댁은 눈물을 쏟으며 국화송이를 던졌다.

"오빠, 저 선희예요. 잘 가세요. 오빠는 극락왕생하실 거예요."

유선희도 애절하게 축원하며 국화송이를 던졌다. 강지연은 나한테도 국화를 건네고 선장한테도 건넸다. 강지연의 눈에도 눈물이 맺혀 있었다. 나도 묵념을 하고 국화를 던졌다. 선장도 나처럼 국화를 던졌다. 물이랑은 김성보의 영혼이 살아움직이듯 굼실굼실 들썩이며 국화

꽃을 둥실둥실 띄워올렸다. 강지연이 나한테 소주병을 들어 보였다. 나는 술병과 잔을 받아 고성댁한테 잔을 건네고 술을 따랐다.

"잘 가거라. 잘 가거라. 오늘 재판은 애먼 사람한테 언걸 안 입히고 잘된 것 같다. 이승 일은 다 잊고 가거라."

고성댁은 술을 뿌리며 손수건으로 연방 눈물을 훔쳤다. 유선희한테도 술잔을 건넸다. 그도 축원을 하며 술을 뿌렸다. 강지연도 뿌렸다. 나는 선장한테도 술을 따라주고 자작으로 내 잔에도 가득 따랐다.

"잘 가세요. 나도 김이사님 처지를 이해하고 있습니다. 김이사님도 광주사람 누구 못지않은 피해자였습니다. 잘 가세요. 광주항쟁의 진상도 제대로 밝혀지고 그 숱한 사람들 원한도 제대로 씻어질 날이 올 것입니다. 그런 날이 오고야 말 테니 지하에서 지켜봐주세요."

나는 허리에 권총의 무게를 느끼며 또렷한 소리로 말했다. 바다에 술을 뿌리고 남은 술을 단숨에 들이켰다. 소주의 냉기가 목을 훑고 넘어갔다. 파도는 고래등처럼 힘지게 꿈틀거리고 멀리 난바다의 흰 물결은 햇빛을 갈갈이 쪼개며 칼날처럼 쏘아올리고 있었다. 모두 한참 동안 말없이 바다만 보고 있었다.

"어떻게 할까요?"

유선희가 나한테 물었다. 선장을 돌아봤다. 여기 오래 있기도 지루할 것 같았다.

"으짜께라? 여그까장 먼길을 오셨는디 여그서 그냥 돌아서기는 영판 섭섭할 것이고라, 소안도 섬이나 한바쿠 휭 돌아서 다시 이리 왔다가 가면 으짜겄소?"

선장이 선선하게 나왔다. 고성댁이 고개를 끄덕였다. 배는 왔던 방향대로 섬을 오른쪽으로 끼고 속력을 냈다. 나는 선장한테 술을 따르고 선장도 나한테 술을 따랐다. 나는 다시 한번 바다에 술을 지우고 남은 술을 주욱 들이켰다. 배는 날듯이 달렸다. 어지간히 큰 섬이었으나 속력이 원체 빨라 반시간 남짓 돌자 출발했던 곳이 보였다.

"저기서는 무얼 하는 거지요?"

강지연이 미선이 동네 쪽을 가리키며 나를 봤다. 나도 보고 있던 참이었다. 동네 앞 모래사장에 사람들이 몰려 있었다. 댓가지에 깃발이 나부끼고 징소리가 바람결에 은은하게 실려왔다.

"저기도 누가 물에서 일이 났는가, 넋 건지는 것 같소."

선장이었다. 나는 깜짝 놀랐다. 강지연도 놀란 눈으로 나를 봤다.

"죽은 사람 넋 건진단 말이오?"

고성댁이 눈을 밝히며 일어섰다. 징소리가 바람에 더 크게 실려왔다. 고성댁이 배를 저리 대보자고 했다. 배가 속력을 줄이며 머리를 돌렸다. 가까이 갔다. 당골이 징을 울리며 바다를 향해 넋두리를 하고 동네 여자들이 몰려 바다를 보고 있었다. 배는 굿에 방해가 되지 않을 만큼 멀찍이 에돌아 갯가에 닿았다.

굿판에는 길쭉한 넋대가 껑충하게 서 있고 한쪽에는 오색기가 한데 묶여 색색으로 나부끼고 있었다. 종이고깔을 쓴 당골이 바다를 향해 징을 두들기며 넋두리를 하고, 남자 당골은 장구를 치고 있었다. 구경하는 여자들 뒤에는 조그마한 장의차가 멈춰 있었다.

길쭉한 넋대를 잡고 있는 것은 미선이었다. 곁에는 고등학생 또래 사내아이가 할머니를 부축하고 있었다. 하얀 상복을 입은 세 사람을 나는 넋 나간 꼴로 보고 있었다. 당골은 빠른 소리로 넋두리를 쏟아냈다. 댓잎이 퍼런 넋대 꼭대기에서 하얀 광목 넋줄이 낚싯줄처럼 바다로 낭창낭창 늘어져 있고, 넋대 꼭대기에서 또 한가닥 아래로 늘어진 광목에는 큼직큼직하게 글씨가 씌어 나풀거리고 있었다. 미선이 가족과 구경꾼들은 넋줄이 물속으로 들어간 데를 낚시꾼들 찌 보듯 지켜보고 있었다. 넋줄 저만치 앞에는 짚북데기에 무엇이 싸여 둥둥 떠갔다. 오리 같았다. 대속물인 듯했다. 넋대에서 아래로 늘어진 광목이 바람에 날리는 사이사이로 글씨가 보였다.

— 南無全羅南道莞島郡所安面榧子里金英善坤命旗(나무전라남도완도군소안면비자리김영선곤명기)

하얀 상복을 입은 미선이는 얼굴이 해쓱하고 할머니는 파파 늙은 얼굴에 바둑알 크기의 저승꽃이 시커멨다. 산동네 불빛처럼 다정하던 할머니가 빌딩 뒤의 폐가처럼 허울만 남아 있었다. 저 아이 이름이 김준일이라고 했다. 어머니의 성을 따서 호적에 올린 것이다. 나이에 비해 덩치가 우람하고 다부진 얼굴에 콧날이 우뚝했다. 내가 저 아이를 본 건 이게 처음이었다. 그를 보는 순간부터 내 가슴속에서는 큼직한 얼음덩어리가 휘젓고 있었다.

징소리와 넋두리 소리가 계속 바닷물결을 타고 울려가고 있었다. 말뚝처럼 서서 바다에 눈을 꽂고 있는 구경꾼들도 이승 사람들 같지 않고, 넋대를 잡은 미선이와 할머니며 김준일도 마찬가지였다. 옛날 가로등 아래 흙감태기가 되었던 영선의 모습이 다가오고 있었다. 치한의 거친 욕정에 덜미를 잡힌 가냘픈 여자의 허리야 꺾이든 말든, 처녀를 빼앗기는 비통이 가슴을 찢든 말든, 치한의 거친 욕정은 칼날처럼 몸을 뚫고 들어갔고, 자궁 속에 쏟아질 것은 쏟아질 대로 쏟아져서, 그 속에 차근히 자리를 잡고 자라면서 제 어미한테 입덧도 내고 배냇짓도 하며 멋대로 자라, 또 이 세상에 나올 적에는 제 할미와 주변 사람들의 수치와 혐오가 하늘을 찌르든 말든, 원한과 한숨에 땅이 꺼지든 말든, 제 목청껏 소리를 지르며 당당하게 태어나, 이 세상 여느 아이와 조금도 다를 것 없이 저렇게 자라버린 아이, 그 아이가 이제 제 어미의 상주가 되어 제 할미를 부축하고 죽은 어미의 넋이 돌아오기를 기다리고 있었다.

"하매, 소식이 있을 때가 되았는디 으째서 소식이 없으까?"

"금매, 어째서 저렇게 굿발이 안 풀리까 잉?"

여인네들이 구시렁거렸다. 그때 할머니가 손에 무슨 천을 들고 넋대 곁으로 갔다. 미선이가 잡고 있는 넋대를 자기도 붙잡았다.

"아가, 영선아, 어서 나오니라. 어서 나오니라아. 이 핼미가 너를 델러 왔다."

할머니는 손에 든 천을 힘겹게 흔들며 애절하게 소리를 질렀다. 징소리와 장구소리가 나직이 깔렸다.

"영선아, 영선아, 이 불쌍한 것아, 어서 나와서 이 옷 입고 밥그릇에 밥 묵어라."

할머니가 흔드는 천은 여자 팬티 같았다. 집에서 챙겨온 모양이었다. 할머니는 팬티를 연방 허공에 내두르며 힘을 모아 소리를 질렀다. 강지연은 저만큼 뒤에서 셔터를 눌러댔다.

"오매오매, 부처님 같은 저 할매."

"아가, 아가, 영선아, 어서 나오니라. 어서 나와서 이 옷 입고 어서 가자."

할머니는 연방 팬티를 흔들며 힘겹게 소리를 질렀다.

"어서 나오니라. 이 늙은 핼미가 너를 델러 여그까장 왔다. 거그서는 뭣이 또 맺힌 것이 있길래 그렇게 못 나오냐? 이 불쌍한 것아, 어서 나오니라. 어서 나오니라."

할머니는 어린아이 달래듯 애절하게 뇌었다.

"저 할매가 뭔 죄가 있다고 또 이런 일을 당하까?"

"오매오매, 참말로, 부처님 같은 저 할매애."

여인네들이 훌쩍거리기 시작했다. 흐느끼는 소리는 낮은 징소리 속에서 물결처럼 여인들 속에 퍼지고 있었다. 여인들의 오매오매 소리에 묻어난 정감이 전류처럼 내 가슴속으로 파고들었다.

징징징. 징소리가 빨라졌다.

"오매, 왔는갑네."

여인들이 눈을 밝히며 넋대 끝 댓가지를 쳐다봤다. 댓가지가 떠는 것 같았다. 여자 당골이 징을 놓고 용왕 밥을 던지며 넋두리를 쏟았다. 남자 당골은 더 힘차게 장구를 쳤다. 넋대가 표나게 떨고 넋줄이 사뭇 출렁거렸다. 단골이 넋줄을 붙잡았다.

"오매오매, 내 새끼가 왔구나."

할머니가 반색을 하며 당골 곁으로 갔다. 당골은 줄을 천천히 잡아당겼다. 여인들도 몰려갔다. 넋줄 끝에 뭐가 뭉툭한 것이 싸여 모래 위로 끌려오고 있었다. 당골이 천을 풀었다. 뚜껑 닫힌 하얀 양은 밥그릇이 나왔다. 당골은 밥그릇을 양동이에 넣었다. 양동이에는 물이 채워져 있었다. 당골은 다시 징을 두들기며 바다를 향해 느린 가락으로 넋두리를 했다. 넋을 보내준 용왕님께 감사하는 모양이었다.

"얼른 안 나오글래 안 나오먼 저 할매 불쌍해서 으째사 쓰고, 나는 가슴만 두근반 서근반 통개통개 하등마는 그래도 즈그 할매가 부른게 나오는구먼, 끌끌."

"나와도 저렇게 깜지게 나온 걸 보먼 그 공수단 놈이 씌어대서 잡아갔다는 소리가 헛소리가 아니그만."

"맞네. 영락없이 그 작자가 잡아갔네. 요새는 병도 멀쩡하게 낫어서 집안 살림도 이정스럽게 했다는디, 씌어댄 것이 없으먼 광주서 여그가 으디라고, 뻐스 타고 배 타고 여그까장 달려와서, 가도 해필 공수단놈 일난 데가 빤히 건너다보이는 데서 가냐 말이여."

유선희가 고성댁 어깨를 끌었다.

"영락없네. 세상에 그 공수단놈들은 죄없는 사람들을 그만치 죽였으면 그만이제, 웬수가 졌으면 뭔 웬수가 얼매나 졌간디 죽어서까지 생사람을 잡아가까?"

"어서들 서두르시오. 가서 씻김굿 할라먼 서둘러야겄소."

남자 당골은 무구를 챙기며 재촉했다. 여자 당골은 양동이를 이고 장의차로 가고 미선이와 김준일은 할머니를 부축하고 뒤따랐다.

"죽은 여자가 오일팔 피해잔가?"

고성댁이 물었다.

"그때 곤봉에 머리를 얻어맞아 정신이상이 됐던 여자랍니다. 요사이는 다 나았다더니 저런 일이 벌어졌네요."

강지연이 카메라 필름을 감으며 말했다.

"아까 씻김굿 한다고 했었지?"

"오늘 저녁에 망월동 오일팔 묘역에서 씻김굿을 하고 장례는 내일 치르는 모양이네요. 시체를 못 찾으면 저렇게 넋을 건져다가 장사를 지낸다는군요."

구경꾼들한테서 들은 것 같았다. 우리가 배 있는 데로 한참 가고 있을 때였다.

"여보시오!"

누가 뒤에서 소리를 질렀다. 웬 남녀들이 세 사람이나 소리를 지르며 달려왔다. 사뭇 헐떡거리며 달려오는 기세가 심상찮았다.

"거그 쪼깐 서 있으시오."

"오매오매, 맞네, 맞아. 허허, 여그까장 뭔 일이다요?"

차관호 어머니가 반색을 하며 다가왔다.

"오매오매, 부처님 같은 양반이 여그까장 뭔 일로 오셨다가 이라고 가신다요?"

차관호 어머니는 제정신이 아니었다.

"우리도 금방 완도서 왔는디, 넋 건진다는 말을 듣고 그 불쌍한 할매 얼굴이나 쪼깐 볼라고 달려왔등마는 전에 한꾼에 방청갔던 저이가 갤쳐줘서……"

함께 달려온 여인을 가리키며 차관호 어머니는 숨이 넘어갔다.

"여그는 뭔 일로 오셨소? 하여간에 우리집으로 갑시다. 여그가 으디라고 여기까지 오셨다가 그냥 가셔사 쓰겄소. 글안해도 우리가 시방 이바지를 해갖고 서울로 찾아가자고 함시로 오던 참이오. 어서 갑시다."

차관호 어머니는 무작정 고성댁 소매를 끌었다. 그 집에는 지금 잔치판이 벌어졌다고 했다. 무죄선고가 나자마자 여기 식육점 돼지고기를 있는 대로 가져다 삶으라고 전화를 했다는 것이다. 고성댁이 쓸쓸하게 웃으며 잠시 들렀다 가자고 했다. 그는 차관호 집이 어떻게 살고 있는지 궁금하기도 할 터였다.

"오매오매, 정과장님도 오셨구먼. 어서 갑시다."

차관호 어머니는 뒤늦게 나를 알아보았다. 차관호 동네는 옛날 미선이 동네와는 서로 멀찍이 건너다보고 있는 동네였다. 섬 두 개가 끊어질 듯 아슬아슬하게 이어진 둑을 사이에 두고 두 동네가 마주보고 있었다. 돌담 골목으로 들어서자 역시 돌담으로 아늑하게 둘러싸인 마당에는 동네사람들이 가득했다. 그들도 고성댁이 왔다는 소식을 들었는지 여자들이 오매오매 소리를 연발하며 몰려나왔다. 마당에는 차일을 치고 마루며 안방에까지 사람들이 그득했다. 사내들도 모두 일어서며 호들갑이 요란스러웠다.

"저런 분네를 보더라도 부처님이 따로 없당께. 부처님이랏 것이 사람 살리는 것이 부처님이제 뭣이 부처님이겄어."

"말은 자네가 한번 똑 떨어지게 했네. 부처님이라고 절간에 틀거지만 틀고 앉았는 것이 부처님이 아녀."

사내들의 부처님 타령이 흐드러지고, 여인네들은 마루로 올라앉으라, 방으로 모셔라, 제정신들이 아니었다. 고성댁은 여기가 좋다고 멍석 한쪽에 자리를 잡았다.

"시방 자리가 자린께 내가 저 양반한테 한 말씀 드려사 쓰겄구만."

얼굴이 발그레 익은 사내가 빈 술잔을 들고 고성댁 앞으로 나섰다.

"저는 이 동네 사는 김윤달이라는 사람이요. 아주머니께서 판사님 한테 뭣이냐, 탄원서를 내셨다는 말씀을, 읍내 갔다가 제가 젤로 몬자 듣고 왔지라. 동네 와서 그 말을 했등마는 동네사람들이 부처님 났다고 야단이 났소. 그 덕분에 오늘 관호가 무죄가 났은게 말만 부처님이 아니고 진짜로 부처님이요. 참말로 잘 오셨소. 이웃동네서 쪼깐 안 존 일이 있어 갖고 당골레가 쇳소리를 내고 그랬소마는, 서천으로 경문 가지러 가는 사람은 경문 가지러 가고, 동네 큰애기한테 장개 드는 사람은 장개 들더라고, 이 판은 또 이 판인께 지가 동네사람들을 대표해서 쓴 술이제마는 술을 한잔 권해 올리겄소."

말 한번 잘한다고 동네사람들이 너털웃음을 터뜨렸다. 고성댁은 감사하다며 잔을 받았다. 우리 상에는 수북한 돼지고기 안주에다 역시 돼지고깃국이 그릇그릇 놓이고, 고성댁한테는 내 술 한잔 받으라고 유리잔 종잇잔이 줄을 섰다.

"귀한 손님 모셔놓고 못 자시는 술에다가 흔한 되아지괴기만 천장 만장 쌓아올릴 것이 아니고 말이여, 잔치판은 역시나 소리판인께 윤달이 자네가 기왕에 동네 대표로 나선 김에 소리도 한 대목 뽑아불소. 그러잖아도 내가 시방 진작부터 북통을 옆에다 놓고 지달리고 있는 참이네."

타당 탕탕. 저쪽에서 걸쭉하게 나오며 탕탕 북을 쳤다.

"나도 시방 그 생각을 하고 있던 참인디 자네가 울고 싶자 뺨쳐주네. 아주머니, 우리 소안도는 백동영감이라고 명창이 한분 나온 데라 웬만한 소리 갖고는 명함을 못 내미는 데요마는, 그래도 소안도 또랑 광대판에서는 이 김윤달이 소리라면 모르는 사람 빼놓고는 다 알아주요. 이 험한 섬구석에까지 귀한 분이 오셨는디, 대접할 것은 없고 지가 못하는 소리제마는 한 대목 뽑아올리겄소. 김윤달이 더늠으로 사랑가 한 대목을 뽑아보는디."

"좋고."

— 타당 탕탕.

— 어하 두웅두웅 내 사랑, 어허 두웅둥 내 사랑. 저만큼 가그라 뒤태를 보자, 이만치 오니라 앞태를 보자. 아장아장 걸어라 걷는 태를 보자. 빵긋 웃어라 잇속을 보자……

'조오타.' 추임새가 쏟아졌다. 김윤달이는 나무젓가락을 부채 삼아 그들먹하게 뽑아나갔다. 소리가 제법이었다. 모두 박수를 치며 한 대목 더 뽑으라고 아우성이었다. 그는 또 박타령 한 대목을 건드러지게 젖혔다.

"가만있자."

그때 저쪽에서 한사람이 자리에서 일어섰다.

"내가 금방 사랑가를 들음시롱 나 혼자 슬그재기 한번 생각해본 것인디 말이여 잉, 그 뭣이냐, 오늘 혼 건진, 그 비자리 큰애기 말인디, 그 큰애기가 애기는 낳다고 하제마는 성혼은 안했은께 처녀나 마찬가진디 말이여 잉, 들어본께 저이 아들 양반도 미장가전이었다던디, 이것이 묘하게 아구가 찰칵 맞는 것 같잖어? 작년에 노화도서 치른, 그 뭣이냐, 죽은 처녀하고 죽은 총각하고 저승혼사 말이여, 그거 어쩌겄어?"

사내는 느닷없는 소리를 하며 눈을 가늘게 뜨고 좌중을 둘러봤다. 사람들은 잠시 덩둘한 얼굴로 서로를 봤다.

"말을 듣고 본게 대차나 그 소리가 그냥 듣고 넹길 소리가 아닌 것 같네."

김윤달이가 정색을 하고 나섰다.

"그 큰애기가 공수단한테 다쳤다고 하제마는 저이 아들이 그런 것도 아니고, 밤 잔 은혜 없고 날 샌 원수 없더라고 이십년 가까이 되았은게 세월도 흘러갈 만큼 흘러갔고, 더구나 저 아주머니 부처님 같은 마음씨를 보더라도 말이여, 이것이 시방 우리가 말로만 하고 말 일이 아닌 것 같구먼."

김윤달이도 말을 마치며 좌중을 둘러봤다. 먼저 말을 꺼낸 사내가 다시 나섰다.

"싸움은 맬기고 흥정은 붙이랬다고 우리들이 한번 나서보면 으쩌? 장개 못 가고 시집 못 간 그런 귀신들 달래는 수는 그 수 내놓고는 없다잖어? 사람이랏 것이 산 사람이나 죽은 사람이나 장개 못 가고 시집 못 간 한이, 그것이 보통 한이겄어? 들어본께 양쪽 나이도 방불하고, 처녀도 대학까지 댕겠겄다, 또 둘이 다 묘하게 바다에서 일이 벌어진 것도 그렇고, 더구나 일이 벌어진 자리도 부르면 대답할 자린께 그런 것도 연이라면 연이고 말이여, 여자가 전에 정신이 쪼깐 으쨌다고 하제마는 폴새 다 낫어부렀은게 그것도 흠이랄 것이 없고, 궁합도 이만하면 찰떡궁합이구먼."

사내는 말을 맺으며 또 좌중을 둘러봤다.

"자네가 참말로 말 한번 니모 빤듯하게 하네. 이런 혼사는 혼사를 할라고 발버둥을 쳐도 혼삿자리가 없어서 못하는디 이만한 자리가 어디 쉽겄어?"

모두 고성댁한테로 눈이 쏠렸다. 고성댁은 어리둥절한 표정이었다.

"허허, 호랭이도 지 말하면 온다등마는 자네가 마침 잘 오시네. 하루이틀도 아니고 이 넓은 소안도 바다를 두벌 세벌 뒤지고, 오늘은 또 굿수발까장 하니라고 고생은 자네가 참말로 큰 고생했네. 머시기 장례차는 잘 보냈는가? 자, 술부터 한잔 들게."

맨숭맨숭한 얼굴로 들어서는 사내한테 김윤달이가 잔을 디밀었다.

"시방 우리가 뭔 말이냐 하면 저기 저이가 이번 차관호 재판에……"

김윤달이는 고성댁을 가리키며 부처님 어쩌고 한참 너스레를 떨었다. 사내는 술을 조금 마시다 말고 고성댁을 보고 있었다. 곱잖은 눈이었다.

"그래서 시방 이 자리에서 나온 소리가 저승혼사 이얘긴디 말이여잉, 총각 죽은 몽달귀신이나 처녀 죽은 처녀귀신이나 시집 못 가고 장개 못 가고 죽은 한이 그것이 보통 한이겄어? 우리가 어렸을 적부터 들어봤은게 말이제마는 그런 귀신을 그냥 두면 산 사람들한테 해코지가 어쩌더냐 말이여. 자기 집안 사람들한테만 해코지를 하는 것이 아니라 아무한테나 해코지를 하는 통에 그런 일이 생기면 모두가 벌벌 떨었잖어? 그래서 두 집 저승혼사를 우리들이 한번 설두를 해보자고, 시방 그 공론이 한참 벌어지고 있는 참인디, 일이 될라고 자네씨가 떠억하니 오시는구만. 자네씨 집안에서야 누구누구해도 김태선이 자네씨말고 누가 있는가? 어쪄, 자네씨 생각은? 존 것이 존 것 아니겄어?"

저쪽에서 수발하던 여자들도 손을 멈추고 김태선이란 사내를 보고 있었다.

"허허, 분다 분다 한게 하루아침에 등재 석섬 분다등마는, 윤달이 자네는 이름이 아무리 본달 놔두고 허드레 윤달이라고, 어째서 꼭 그렇게 윤달 같은 소리만 골라서 하고 있는가?"

사내는 김윤달을 할깃이 노려보며 내갈겼다.

"아무리 저승혼사라고 그 혼사도 사성 가고 날받이 가는 인간대산디 졸가리도 추릴 것은 추리고 알가리도 가릴 것은 가려사제 헌 신짝 짝 맞추대끼 좋니마니 내발기란 말이여?"

사내는 얀정머리없이 쏘았다. 모두 김태선과 김윤달을 번갈아 보고 있었다.

"기왕 우리 집안을 들먹였은게 말인디, 아무리 헌 큰애기 저승혼사래도 광주에 출동했던 공수단 장교라면 뫼등 속에 누워 기시는 갸 증조부 고조부까지 벌떡 일어날 거여. 당장 백동영감만 하더라도 그런 일에야 홍야홍야 하겄어?"

사내는 거듭 뚝배기로 개 패는 소리를 했다. 나간 집 대문 꼴로 헤벌쭉했던 동네사람들도 찬물 뒤집어쓴 꼴이었다.

"서로 좋자고 하는 소린디 자네 말하는 것이 솔찮이 어폐가 있네. 기왕 말이 나왔은게 말인디 내가 시방 익은 밥 묵고 선 소리가 아녀. 두 사람 다 일이 벌어진 자리가 우리 양쪽 동네사람들이 날마다 김발 미역발 배 타고 댕기는 데라 우리도 껄쩍지근해서 하는 소린디, 산 사람들 편히 살자고 하는 일에 묏등 속에 증조부 고조부까지 나서기로 하면 산 사람들은 뭔 일을 하고 살겄어? 툭 까놓고 말이제마는 백동영감만 하더라도 당신 살림도 길 아래 돌부천디 내둥 밖으로만 나돌던 이가 이런 일이라고 해라 말어라 하겄어?"

김윤달도 만만찮게 반격을 했다.

"허허, 소라가 똥 누러 간게 거드래기가 끼여든다등마는 집안이 결딴이 난게, 참말로. 어야, 윤달이, 자네 잘난 중 동네사람들이 다 안께, 게 등짝에 소금 치는 소리 그만 하고 남의 잔치판에 왔으면 술이나 묵소. 내가 자네 타박하다가 맬갑시 저 양반한테 미안스럽게 되아부렀네."

김태선이 고성댁을 가리키며 그쪽으로 갔다.

"내가 말을 너무 주변머리없이 내갈긴 것 같소마는 입은 삐뚤어졌어도 출래는 바로 불랬더라고 할말은 해사지라. 지난번 판사들한테 차관호 좋게 해주라고 했다는 말씀은 저도 듣고 있소. 그것은 고마운 일이오마는 그 일하고 이 일은 번지수가 달라도 한참 다른디, 저 사람이 인간대사를 놓고, 줄 끊어진 미역발 부통 매이로 방방 뜨글래 한마디 한다는 것이 아짐씨한테는 영판 미안스럽게 되아부렀그만이라. 아짐씨한테는 한나도 유감이 없은게 뭣하게 생각 마시오."

김태선이는 정중하게 고개를 숙였다.

"그런 말 백번 들을 각오하고 있습니다."

고성댁은 차근한 말씨로 침착하게 받았다.

"허허, 참말로 이것이 귀한 손님 모셔놓고 바람이 높새로 불다 간새로 불다, 판이 요상스럽게는 되아부렀네. 넋건지기 판에다가, 재판소 재판에다, 어화둥둥 소리판에다, 시집 가고 장개 가는 혼사판에다, 꼭 늦가을 목냉기바람에 외대배기 앞질 뒷질 요란법석판이 되아부렀그만. 맺은 사람이 풀더라고 윤달이 자네가 소리나 한 대목 더 뽑아불소."

탕, 탕, 탕. 북잡이가 걸쭉하게 너스레를 떨며 탕탕 북을 쳤다.

"옳은 소리. 기왕 뽑았던 목청에 건드러지게 한 대목 더 뽑아부러."

그때 고성댁이 일어섰다.

"저희들은 시간이 바빠서 가봐야겠습니다. 여기 전라도에 올 때부터 무슨 소리든지 삭일 작정을 하고 왔습니다. 저는 조금도 괘념 마시고 즐겁게들 드십시오."

고성댁은 너름새 있게 한마디 하고 돌아섰다.

"오매오매, 참말로 여그까장 오샜다가 으짜사 쓰께라."

차관호 어머니가 오매오매 소리를 연발하며 따라나섰다. 동네사람들도 잘 가시라고 사립으로 몰려나왔다. 고성댁은 거듭 고개를 숙이며 돌아섰고, 차관호 어머니와 아버지는 그대로 따라왔다. 뒤따르는 차관호 아버지 옆구리에는 언제 챙겼는지 비료포대로 싼 종이 보퉁이가 큼직했다. 선장은 배를 이만치 가까운 데다 대놓고 있었다.

"숭악한 섬구석이라 드릴 것은 없고, 문어랑 청각이랑 좋잖은 것이 제마는 되는대로 쪼깐 싸봤소."

차관호 어머니는 종이 보퉁이를 넘기며 오매오매 소리가 또 한참 흐드러졌다. 내외는 배가 아주 멀어질 때까지 비손하는 여인네들 축원하듯 연방 허리를 조아렸다.

광주에 도착하자 고성댁은 오늘 저녁 영선이 씻김굿까지 구경하고 가겠다고 했고, 강지연도 같이 남겠다고 했다. 나는 박사장한테 접대를 맡기고 서울로 향했다.

자정이 넘어 집에 도착했다. 관리실 노인은 의자에 머리를 젖히고 잠이 들어 있었다. 나는 내 방문 앞에 멈춰 주변을 살폈다. 조심스럽게 문을 열었다. 어제 내가 집을 나설 때 방문 안쪽 방바닥에 늘어놨던 종잇조각을 살폈다. 그대로인 것 같았다. 방으로 들어가 쭈그리고 앉았다. 자세히 보니 종잇조각 두 개가 이상했다. 언뜻 보기에는 종이를 오려 무얼 만들다가 치우지 않고 나간 것처럼 흩어놨지만 종잇조각마다 한쪽을 장판 무늬에 일 밀리도 틀리지 않게 정확히 맞춰놨는데 두 개가 한참 밀려 있고 하나는 뒤집혀 있었다. 누가 밟고 들어왔던 게 분명했다. 책표지를 오렸으므로 문바람에 날릴 리도 없었다. 도둑이 들어왔다면 들어오고 나가는 사이 더 많이 흩어졌을 것인데, 이런 것에도 신경을 쓸 만한 사람이 들어온 것이다. 이걸 밟았다가 아차 하고 제자리에 놓는다고 놨을 터였다. 안지춘 짓이 분명했다. 안지춘 같은 사람도 이런 원시적인 방법에 꼬리가 잡히다니, 나는 실없이 웃었다.

틀림없이 도청장치를 설치했을 것 같았다. 나는 옷을 갈아입고 차근하게 방안을 살폈다. 책장이며 서랍장이며 싱크대를 자세히 봤다. 아무 흔적도 없었다. 강지연이 자주 드나들고 자고 다닌다는 것도 알 것이므로 발신기를 설치했다면 침대 가까운 곳일 것 같았다. 전화기도 열어보고 샅샅이 뒤졌지만 무슨 흔적이 없었다. 침대는 구조가 단조로워 숨기기가 쉽지 않을 것 같았다. 매트 솔기도 살폈으나 멀쩡했다. 웬만한 데는 다 살폈지만 아무 흔적이 없었다. 그러나 도청장치라면 그만큼 교묘하게 설치했을 것이다. 이제 강지연한테도 사실을 털어놓을 때가 된 것 같았다. 그도 사실을 알아야 제대로 대처할 수 있을 것이다. 그렇지만 그에게 털어논다는 것도 문제가 있을 것 같았다.

도청을 하면 말 한마디까지 낱낱이 분석할 것이므로 갑자기 말을 조심하는 흔적이 나타나면 되레 뭐가 있다고 생각하지 않을까? 좀 두고 생각해봐야 할 것 같았다.

퓩. 권총에서 나간 불꽃이 어둠을 찔렀다. 길쭉한 소음장치에서 나간 불꽃은 창날처럼 날카로웠다. 최서홍과 나는 강삼철이 쏘는 걸 지켜보고 있었다. 소음장치는 입안에 가득한 음식을 어거지로 우물거려 삼키듯 소리를 삼켰고, 삼키고 남은 소리는 퓩, 체한 것 뱉듯 뱉어냈다. 탁구공만한 동그라미가 그려진 A4 용지 타깃 곁에는 촛불이 할랑거리고 있었다. 퓩 퓩, 소리가 날 때마다 나는 훈련소 타깃을 떠올리며 권총 방아쇠에 걸고 있는 집게손가락을 움직여보고 있었다. 제대로 움직여졌다.

태백시 근처 폐갱 속이었다. 오래 기다리던 기회였다. 최서홍한테서 오늘 갑자기 연락이 와서 감쪽같이 빠져나온 것이다. 최서홍과 나는 은밀하게 전화하는 방법을 약속해두고 있었다. 전화기가 세 번 울다가 그치기를 두 번 하면 그가 전화를 해달라는 신호였다. 그 신호가 나면 나는 밖으로 멀찍이 나가 공중전화에서 전화를 했고 그때 거는 전화는 번호도 달랐다. 최서홍은 휴대전화가 두 개였다.

총구가 불을 뿜을 때마다 타깃 뒤에서 흙이 부스러져 내리고 촛불이 할랑거렸다. 화약냄새가 싸했다. 화약이 퍼뜨리는 냄새가 연기처럼 후북하게 덮쳐왔다. 소음장치는 이를 악물고 총소리를 퓩, 퓩 죽이고, 실탄의 위력은 짙은 화약냄새가 일깨워주고 있었다. 나는 그동안 화약냄새가 있다는 사실을 까맣게 잊고 있었다. 화학제품 특유의 싸하면서도 고소한 냄새는 저쪽으로 날아간 실탄이 목표물 속에서 부릴 조화를 말해주고 있었다.

강이 다섯 발을 다 쏘자 최가 타깃을 떼 왔다. 거의 명중에 가까웠다. 최서홍의 차례였다. 최는 강에 비하면 자세부터가 서툴러 보였다. 그러나 그도 어지간히 맞췄다. 내 차례였다.

"몸의 방향은 이 정도가 알맞습니다. 발은 이쯤 벌리십시오."

강은 내 자세를 잡아주었다. 그들이 쏠 때 자세를 잘 봐두었으므로 나는 자세보다는 손가락에 신경을 쓰고 있었다.

"쏴보세요."

나는 권총을 들어올렸다. 가슴이 몹시 뛰었다. 가늠자에 눈길을 걸치고 일부러 생머리를 떠올리며 천천히 총구를 그어내렸다. 타깃에 아무것도 나타나지 않았다. 나는 정곡을 겨냥한 채 한참 동안 타깃을 보고 있었다. 역시 생머리가 나타나지 않았다. 나는 다시 총구를 들어올렸다. 역시 생머리를 떠올리며 그어내렸다. 아무것도 나타나지 않았다. 방아쇠를 당겼다. 퓩, 제대로 나갔다. 나는 권총 쥔 손을 내리며 혼자 가볍게 한숨을 내쉬었다. 다시 겨냥했다. 역시 아무것도 나타나지 않았다. 방아쇠를 당겼다. 퓩, 퓩, 퓩.

"저보다 성적이 더 좋은걸요."

최서홍이 타깃을 떼어 오며 입이 벙그러졌다. 그가 쏜 타깃과 비교하며 감탄을 했다. 그의 성적과 어금지금했다. 나는 타깃을 받아들고 총알이 뚫고 나간 자국을 봤다. 아까 총알이 나갈 때마다 내 가슴이 휑휑 뚫리는 듯했던 그 실탄구멍이 타깃에 그대로 나 있었다. 이제 나는 옛날의 나로 돌아간 것이다. 이제야 비로소 권총이 내 몸의 일부가 된 것 같았다.

다시 강 차례였다. 그는 총을 뽑는 동작부터가 여간 날래고 자연스럽지 않았다. 목표를 겨냥해서 총구를 위에서 아래로 그어내릴 때 동공 깊숙이서 뻗어나간 눈길은 칼날 같았다. 성큼하게 빠진 몸매에 두 발을 적당히 벌리고 뒤로 뻗은 왼손을 조금 올리며 권총을 그어내리는 자세는 조금도 빈틈이 없었다. 우리는 삼십여발씩 쏘고 연습을 끝냈다.

"두 분 다 총잡이 소질을 타고난 것 같습니다."

강삼철이 끓고 있는 물에 커피를 타며 웃었다.

"총잡이 소질?"

최서홍이 공허하게 웃었다.

"그렇지만 총알도 결국 사람 손에서 나가는 거고, 문제는 위급한 상황에 부딪쳤을 때 얼마큼 침착하고 민첩하게 대처하느냐지요."

강삼철은 커피잔을 건네며 말을 이었다.

"저는 어렸을 때 시골에서 쥐나 두꺼비 같은 것들을 보며 자랐습니다. 우리집에는 유독 쥐가 많아 한번은 담 밑에 서성거리는 쥐한테 방망이를 정확히 겨냥해서 냅다 던졌습니다. 쥐는 맞지 않고 방망이만 담에서 후닥닥 퉁겼는데 쥐는 그 다급한 판에도 무작정 도망치는 게 아니었습니다. 방망이가 퉁기는 방향을 정확히 가늠하고 나서 도망친 거예요. 순간이었지만 정황을 확실하게 판단하고 도망친 겁니다. 놀라운 순발력이었습니다."

그렇게 유심히 봤냐며 최가 웃었다.

"쥐는 항상 그런 위험 속에서 사니까 그렇게 단련이라면 단련이 된 거지요. 호랑이한테 열두 번 물려가도 정신만 차리면 산다는 속담 그대롭니다. 그런 쥐도 고양이 앞에서는 말 그대로 고양이 앞에 쥡니다. 고양이는 쥐가 구멍으로 들어가버리면 속수무책인데 고양이한테는 다른 무기가 있지요. 끈깁니다. 구멍 앞에 숨어서 끈질기게 기다립니다. 쥐는 성질이 급한 놈이라 이 끈기에 지고 말지요."

나는 고개를 끄덕이며 웃었다.

"끈기로 말하면 두꺼비는 또 고양이보다 몇수 윕니다. 이놈은 적당한 자리에 목을 잡아 아예 다 내놓고 돌덩어리처럼 멍청하게 버티고만 있습니다. 그렇게 버티고 있으면 곤충이나 지렁이, 지네 따위 먹이들이 안심하고 주변에서 나대잖겠습니까? 그래도 가만히 두고 있다가 먹이들이 맘놓고 일정한 거리 안에 들어오면 혓바닥으로 번개같이 낚아챕니다. 먹이를 낚아채는 두꺼비 혀는 보이지 않습니다. 저는 그 혀를 보려고 두꺼비처럼 끈질기게 지켜봤지만 딸꾹 하는 입놀림밖에 끝내 혀는 못 봤습니다. 딸꾹 하는 순간 먹이가 없어져버린 꼴입니다. 생존경쟁에서는 아무짝에도 쓸모없는 뭉툭한 몸뚱이와 굼뜬 동작 속에 번개 같은 혓바닥이 숨어 있었던 겁니다."

"그래그래. 기는 놈 위에 나는 놈이 있지만 기는 놈이 나는 놈을 이기는 게 바로 그거지."

최가 웃으며 한마디 했다.

"세가 약하면 끈기에 승부를 걸어야 합니다. 똑같이 산을 오르더라도 전투와 등산은 방법이 다릅니다. 전투는 시간을 다투지만 등산은 안전이 제일이지요. 안전과 시간은 비례합니다. 우리한테는 시간이 있어 절대적으로 유리합니다."

강삼철은 말도 조리가 반듯하고 행동거조도 빈틈이 없었다. 저런 사람이라면 무슨 일이든지 해낼 것 같았다.

"선배님도 이걸 지닐 때가 된 것 같습니다. 지난번에 감탄하시던 물건입니다."

최서홍이 웬 가죽지갑을 내밀었다. 묵직했다. 지퍼를 열었다. 지난번 그 수류탄이었다.

"야, 이걸, 허허."

나는 입이 벌어지며 두 사람을 번갈아봤다.

"저 사람 솜씨 한번 보세요. 고르게 꼰 철사줄이며 수류탄 얽은 거며 꼭 기계에서 뽑아낸 제품 같지 않습니까?"

"정말 대단하구먼. 혹시 이런 거 만드는 무슨 연구소 출신 아냐?"

나는 웃고 있는 강삼철한테 손을 내밀었다. 그의 손은 크고 힘지고 따듯했다.

"우리는 낚시를 화두로 참선을 계속하는 겁니다. 두꺼비는 돌멩이처럼 멈춰 있으면서도 정지된 동작 속에서 눈알은 전쟁판의 레이더처럼 번득이겠지만 우리는 레이더가 따로 있으니까 눈감고 참선만 하면 됩니다. 이제 더 만날 필요도 없습니다. 같은 화두면 도달점도 같을 테니까요."

최서홍은 내 잔에 커피를 더 따라주며 말했다. 내가 서울로 이사한 뒤로 그들을 만난 것도 이게 처음이었다.

"이번 굿판은 고사로 시작하죠. 고천문은 제가 한번 생각해봤습니다. ──유세차 모년 모월 모일, 동방민국 정모 최모 강모는, 하늘의 해는 햇빛으로 밝고 달은 달빛으로 은은하듯이 사람된 우리는 오로지 사람으로 의연하고자 이 판을 벌이오니 천지신명께서는 흠향하옵시고 굽어살펴주옵시기를 감, 소, 고, 우."

강삼철은 목소리에 한껏 음조를 넣어 익살을 부렸다. 모두 한바탕 웃었다.

우리는 더 이야기하다가 굴을 나와 천막으로 갔다. 최서홍은 안지춘 형사 동향을 묻더니 선배님이 움직이지만 않으면 그도 용빼는 재주 있겠느냐며 내 손을 잡았고 나도 그의 손을 지그시 쥐었다.

모처럼 한가한 기분으로 책을 보고 있는데 박사장한테서 전화가 왔다.

"자네 지난번 소안도 갔을 때 말이야, 자네도 거기서 저승혼사 이야기 들었다던데 그거 어떻게 생각하나? 우리도 어렸을 적에 그런 이야기 숱해 들었거든. 김이사 모친께서는 그 이야기에 귀가 솔깃했던 모양이야."

"저는 그런 일에는 흥미없습니다."

나는 대번에 거부감이 솟았다.

"나는 좋은 일이라고 했네. 오일팔도 원흉들이 문제지 명령에 죽고 명령에 사는 군인들이야 장교든 쫄병이든 무슨 죄가 있겠나. 그런 사람들도 똑같은 피해자라는 말에 나도 전적으로 동감하는 사람일세. 더구나 김이사는 차관호를 얼마나 도와줬던가 말이야. 나도 그이가 우리 회사 거들어준 걸 생각하면 그 은혜를 잊을 수가 없어. 자네도 이 혼사 성사시킬 방도를 한번 생각해보게나."

"저는 그런 일에는 전혀 간여하고 싶지 않습니다."

나는 단호하게 잘랐다. 박사장 입에서 나온 원흉이니 피해자니 하는 소리부터가 피리에서 나온 나팔소리만큼이나 생소했다.

나는 실탄 사격을 한 뒤로는 마음이 차근하게 가라앉았다. 먼 여행을 떠날 사람이 준비를 모두 끝내놓고 떠날 날짜만 기다리고 있는 기분이었다. 나는 일주일에 이틀 강의 나가는 일말고는 거의 집에서만 지냈다. 방 하나로 집안 생활이 완결되는 단순한 공간 속에 겨울 오소리처럼 틀어박혔다. 찾아오는 사람은 강지연뿐이었다. 이사올 때는 서울 사는 누님이 거들었으나 그는 교직에 있으므로 별로 한가한 시간이 없었다.

안지춘의 그림자는 지난번 종잇조각 사건 뒤로도 계속 희뜩거리고 있었다. 잘못 걸려온 전화 빈도는 여전했고, 그의 그런 움직임은 내가 할 일이 무엇인지 그때마다 일깨워주고 있었다. 그에게 대처하는 방법은 두꺼비처럼 움직이지 않고 집을 비울 때는 흔적을 남기지 않는 게 상책이었다. 수류탄은 권총처럼 무슨 솜씨를 익히고 말 것도 없었다. 며칠 동안 옷에다 낚시 거는 연습을 하고 나서 감쪽같이 숨겨두었다. 주둥이가 길쭉한 싸구려 도자기를 사다가 주둥이 부분을 부러뜨려 그 속에 수류탄을 넣어놓고 본드로 붙여버렸다. 주둥이가 제대로 깨지지 않아 도자기를 두 개나 버렸고 여분도 두어 개 사다두었다. 권총은 집에 있을 때나 가까운 데 나갈 때는 책장 뒤에 감추었다. 책장

뒷면과 벽 사이의 공간에 낚싯줄을 이용하여 안전하게 숨긴 것이다. 책장 뒤 맨 안쪽에 허섭스레기 종이를 뒤집어쓰고 있는 꼴이므로 전짓불을 비춰도 보이지 않았다. 전에 책 케이스에다 넣어두었을 때는 노크 소리만 나도 그리 눈이 가고 여간 불안하지 않았으나 이제 안심이었다.

강지연이 광주 다녀왔다며 집으로 오겠다고 전화를 했다. 그는 요사이 영선이 혼담에 퐁당 빠져 논문도 젖혀놓고 유선희와 얼려 걸핏하면 광주에 내려갔다. 처음에는 그도 거부감을 드러냈으나 결과야 어찌됐든 그런 일이 진행되고 있다는 사실 자체가 이만저만 흥미롭지 않은 모양이었다. 그는 그 일을 발단부터 현장에서 자세히 보고 들으며 기록하고 있었으므로 그런 자료는 자료가치만도 대단했다.

차관호 어머니가 앞장을 서고 박사장이 뒤를 봐준다는 것이다. 차관호 어머니는 광주와 소안도를 사나흘거리로 왔다갔다 정신이 없고, 박사장은 경비를 대며 차관호 어머니가 올 때마다 진행과정을 챙긴다고 했다.

나는 그런 일이 진행되고 있다는 것도 기분이 뒤숭숭했지만 강지연이 그렇게 나대는 게 여간 불안하지 않았다. 미선이는 강지연이 자기 주변에서 얼씬거리는 것만도 이만저만 괴로운 일이 아닐 텐데 더구나 그 일은 자기들의 깊은 상처를 건드리는 일이었다. 나는 그가 그렇게 나대는 사이 나와 미선의 과거가 불거질 것 같아 그게 더 조마조마했다.

"차씨 어머니 이야기 한번 들어보실래요?"

강지연은 지레 깔깔거리며 녹음기를 꺼냈다.

"광주 사는 미선씨 친척 아주머니한테 하는 얘기예요. 지난번에 소안도에서 명창 났다고 하던 그 명창이란 분이 알고 보니까 미선씨 큰할아버지더군요. 백동영감이라는 그 명창 며느리한테 하는 얘기예요."

옛날 영선이 일이 터지던 날 미선이 자매가 제사 모시러 갔던 우리 윗동네 미선이 당숙모를 만난 모양이었다.

—산 사람이나 죽은 사람이나 맺힌 것은 풀어사제라. 총각 죽은 몽달귀신이나 처녀 죽은 처녀귀신은 원귀가 되아도 젤로 험한 원귀가 된다는디, 그런 귀신들이 뭣 땜새 그렇게 험한 귀신이 되았겄소. 시집 못 가고 장개 못 간 것도 한이제마는 자식이 없으면 지사를 못 받아묵은께 그것이 더 한이랍디다. 귀신들한테는 일년에 지사 한번이 산 사람으로 치면 하루 세끼 밥이나 마찬가진디, 총각귀신 처녀귀신 외톨이 신세도 서러운 판에 그런 지사도 못 받아묵고, 거리중천에 동냥치맨키로 골목골목 떠돌다가 남의 집에서 지사 지내고 사리팎에 내논 내전밥이나 줏어묵고 댕길라면 아무리 귀신이제마는 눈에서 피눈물이 나겄지라. 산 사람도 소가지 없고 알가리 빠진 것들은 자기 신세 곤곤하면 애먼 사람한테 심술을 부리는디, 중정머리 없고 매인 데 없는 잡귀들이사 해코지를 하기로 하면 부모형제를 가리겄소, 노소를 가리겄소?

"청산유수지요?"

—산 사람도 자식이 없으면 사람 대접을 못 받제마는, 죽어서도 자식이 없으면 지사를 못 받아묵은께 죽어서는 더 서럽다고 합디다. 나는 항상 지사를 지냄시로도 떡하고 밥하고 음식 장만해서 짓상만 채러노면 그것이 지산 중 알았등마는, 주인 없는 공사 없더라고 지사를 지내도 지사 지내는 지주가 있어사 그것이 지사제, 지주 없는 지사는 짓상에 지물이 아무리 상다리가 휘어져도 그런 지사는 지사가 아니랍디다. 지주는 자식이 지주제 누가 지주겄소? 그런디 장개 못 가고 죽은 몽달귀신은 양자를 세워서 지사를 지내주재도 장개를 못 갔은께 양자를 세울 수가 없다는구만이라.

"그 세상에도 그런 법도는 여간 엄격하지 않은 것 같더군요."

— 그런 귀신한테는 처녀귀신을 찾아서 혼사를 시켜사 양자를 세울 수가 있고 그 양자가 지사를 지내사 지대로 지사를 받아묵는다는디, 그런 귀신들한테 짝을 찾아서 혼사를 시켜주면 우선 시집을 가고 장개를 간게 양쪽 다 그런 한부터 풀릴 것이고, 양자를 세워서 지사까지 지내주면 내외간에 오손도손 지사도 받아묵고 그때부터 편안하게 안돈을 하겄지라. 참말로 그런가 어쩐가 내 눈으로 안 봤은게 모르제마는 귀신 접대해서 그른 데 없더라고, 나이도 그렇고 둘이 다 물에서 간 것도 그렇고, 더구나 물에 빠진 자리도 서로 부르면 들릴 데라 그런 것도 연분이라면 연분이겄제라.

강지연은 나를 돌아보며 웃었다.

— 이런 소리는 함부로 할 소리가 아니요마는 간 자리가 해필 동네사람들이 날마다 배 타고 나가는 김발 해태발이라 동네사람들이 그런데 나갔다가 만당간에 뭔 일이라도 당해노면 그 언걸은 또 어디로 가겄소?

강지연은 웃으며 스위치를 눌렀다.

"그 아주머니도 처음에는 뜨악한 눈치더니 차씨 어머니 얼레발에 눈이 둥그레지더군요."

강지연은 한참 웃었다.

"고성댁도 고향이 바닷가라 그런 풍속도 비슷한지 차씨 어머니하고는 처음부터 그런 이야기에 금방 죽이 맞더군요. 그런데 고성댁 집안 사정을 들어보니까 고성댁 당신 제사부터 문제겠더군요. 자기 집안에는 양자 세울 만한 사람이 없다는데 이 혼사가 이루어지면 영선씨 아들은 자연스럽게 양자가 될 테니까 두루 구미가 당길 밖에요."

"그 아이가 김성보 양자가 된단 말이야?"

"그런 소리까지는 아직 누구도 입밖에 내지 않는데 혼사가 이루어지면 당연하잖아요. 고성댁은 재산도 재산이고 마음씨 쓰는 것도 그렇고, 그 아이 처지로 봐서도 괜찮을 것 같던데……"

강지연은 그답지 않게 이 대목에서는 내 눈치를 살피며 말꼬리를 흐렸다. 나는 지난번 할머니를 부축하고 있던 김준일의 모습이 떠오르며 어리벙벙한 기분이었다.

"그 할머니나 미선씨가 들을까?"

"미선씨는 모르지만 그 할머니는 그렇지도 않은 것 같아요. 소안도 친척 여자가 찾아가서 지나가는 말처럼 조심스럽게 운을 떼봤더니 대번에 눈이 번쩍하시더래요. 옛날에는 그런 혼사를 치르자도 혼처가 없어서 못 치렀다는 말씀까지 하시더래요. 옛날 분이라 그런 생각은 요사이 사람들하고는 딴판인 것 같아요. 그런 분이라 차씨 어머니 얼레발이면 상대방이 공수단 출신이란 것쯤 어렵지 않게 구슬러댈 것 같아요. 주변부터 공략해 들어가는 솜씨부터가 보통을 넘잖아요."

강지연은 한참 깔깔거렸다. 나는 어렸을 때 그런 이야기하시던 우리 할머니 모습이 떠올랐다. 처녀가 죽으면 사람 왕래가 많은 길가에다 묻어야 한다는데 묻을 때는 머리에다 구멍이 촘촘한 가는체를 씌워서 묻는다고 했다. 체를 씌워서 묻는 것은 처녀 넋이 세상에 나오려면 그 촘촘한 구멍을 하나하나 모두 세어야 나올 수 있는데 그걸 세고 있는 사이 사람이 지나가면 깜짝 놀라 세던 것을 잊어버리고, 처음부터 세다가 사람이 지나가면 또 잊어버리고, 그래서 웬만해서는 그 넋이 세상에 나올 수 없다는 것이다. 할머니는 겁먹은 얼굴로 이야기했고 그렇게 믿고 있는 것 같았다.

모든 것이 짜맞춘 듯 아구가 맞아떨어지고 있었다. 나는 미선이가 짐을 더는 것은 다행이다 싶으면서도 그 아이가 김성보 양자가 될 거라는 데는 어이가 없었다.

두어 달쯤 뒤였다.

"혼담은 성사가 된 것 같네요. 오늘 유선희하고 고성댁 모시고 미선씨 할머니 뵙고 왔네요. 차씨 어머니가 말길을 고속도로로 닦아놔서 혼담이라기보다 사돈 보기랄까요. 두 노인네들이 만나서 혼약을 굳힌 셈이지요. 점심 안하셨죠? 바람도 쐴 겸 나오세요."

그가 나오라는 데는 변두리 중국음식점이었다. 음식점에는 손님이 별로 많지 않았고 그는 아늑한 방을 하나 차지하고 있었다.

"미선씨나 그 아이 태도는 어때?"

"미선씨는 할머니 결정에 따르겠다고 한다는데 미선씨는 그런 귀신들이 아무한테나 해코지한다는 게 부담이 된 것 같더군요. 지난번에 차관호씨 어머니도 이야기했듯이 거기는 김발 미역발로 동네사람들 생활 터전이라 거기서 무슨 일이 나면 그 덤터기를 쓰잖겠어요."

그럴 법했다. 당장 미선이 아버지도 김발에 나갔다가 일을 당했다.

"그 아이는 잘 모르겠어요. 미선씨보다 그 아이 태도가 중요할 것 같은데 걔 이야기는 뒷전인 게 그 아이도 할머니 뜻에 따르기로 한 게 아닌가 싶어요. 양자 이야기는 아직 아무한테서도 나온 적이 없는 것 같은데, 나중에 그 아이가 싫다면 양자 문제는 그걸로 끝나겠지요."

"혼사는 어떻게 치르는 거지?"

"무당들이 여자 묘에서 양쪽 넋을 불러다가 굿을 한대요. 그걸 저승혼사굿이라 한다는데 격식대로 치르자면 거창하다네요. 굿판이 열두거리라던가, 연극으로 치면 열두 막쯤 되는가 본데 제대로 굿을 하자면 꼬박 하루가 걸린대요. 그런데 혼사 날짜는 하늘에 떠다니는 구름에 씌어 있어요."

무슨 일인지 강지연은 한바탕 웃었다.

"백동영감이라고 미선씨 종조부 계시잖아요? 그분은 정말 멋있는 분이데요. 그이가 그 집안에 제일 어른이라 마지막으로 그분 허락이 남았는데 그분은 구름처럼 떠돌아다니는 분이라 언제 나타날지 모른다는 거예요. "

강지연은 또 한참 깔깔거렸다. 그이는 집안일이라면 처음부터 남인데다가 무슨 일이든지 홍야홍야 하시는 분이라 보나마나 허락을 하겠지만 그래도 시늉일망정 그이 허락이 떨어져야 한다는 것이다.

"미선씨 할머니 이야기도 한번 들어보세요."

강지연은 지레 웃으며 녹음기를 틀었다. 할머니는 당신이 살아온 이야기, 미선이가 고생한 이야기, 김준일을 키워온 이야기를 절절히 늘어놓고 있었다.

— 그 모질고 모진 세월을 나는 가슴속에서 쩍쩍 금 가는 소리만 들음시로 살아왔지라. 인자 한가지 소원이라면 손주놈은 저만치라도 키워놨은게 재 이모년 짝짓는 것만 보고 눈을 감으면 원이 없겄소. 인물이래도 축에 빠지고 공부도 또래들한테 처졌다면 말도 안하겄소. 집안에 꼴 갖춘 사람 명색이라고는 개 한나뿐이라 돈 벌어다 집안살림 꾸리랴, 제 언니 병수발하랴, 그 진구렁 속에서 이십년 가까이 나대다가 이제 마흔을 바라보는 나이가 되았소그랴. 옛날 같으면 손주 볼 나이 아니요?

마흔을 바라본다는 소리가 새삼스레 가슴을 쳤다. 할머니는 마른 나뭇잎 부스대듯 메마른 소리를 힘겹게 이어가고 있었다. 슬픔도 원망도 모두 삭여버린 목소리였다.

"그 할머니는 왜정시대부터 광주항쟁까지 그이 생애 자체가 우리 근세사더군요. 거기다가 이번에는 덤으로 경제환란이라는 역사적인 시련까지 겪고 있는 거예요."

점심을 먹고 나자 차는 이 앞 줄리아드 호텔에서 마시자고 했다. 변두리라 작은 호텔이었으나 커피숍은 홀이 널찍했다. 혼사 이야기를 계속하며 커피잔을 젓던 강지연이 갑자기 얼굴이 굳어졌다.

"어이구, 정말 못 봐주겠어."

강지연의 눈초리에 찬바람이 일었다. 하치호란 자였다. 그는 일행

두 사람과 함께 안쪽 자리로 가고 있었다. 홀 안 손님들 눈이 그를 따라가며 여기저기서 수군거렸다. 물주전자를 든 종업원이 흡연석 표찰과 재떨이를 그들 앞에 놨다. 거기는 금연석이었으나 단골인지 특별대우를 하는 것 같았다.

"저런 인간들이 저렇게 활개치고 다닌다면, 그럼 광주 오일팔 기념탑은 뭐죠? 그냥 덩실한 돌덩어리군요. 밥맛 떨어져요. 어서 가요."

강지연은 커피잔을 소리가 나게 내려놨다.

"연구자가 그게 뭐야. 그림 그리는 사람 눈에는 화재 현장이 그림으로 보여야잖아?"

나는 능청을 떨며 담배를 꺼내 불을 붙였다.

"저 사람들이 지금 무슨 일로 여기 왔을까, 세상사람들 눈은 어떻게 의식하고 있을까, 그런 걸 잘 관찰하라구."

하치호는 우리들의 목표 인물은 아니었으나 누가 그를 상대로 여기서 일을 벌일 경우를 생각하며 나는 그를 힐끔거리고 있었다. 그는 태연한 것 같았으나 그가 앉은자리며 방향부터가 허투루 앉은 게 아니었다. 그가 앉은 벽 아래 자리는 출입구와 홀 안이 한눈에 들어오는 자리였다. 항상 죽음을 앞뒤에 달고 다니며 뼈가 굳은 자들이라 저런 경계태세도 몸에 배었을 법했다. 담배를 피우는 사람이 흡연석도 아닌 자리에 무리하게 앉는 것부터가 그랬다.

나는 출입구 쪽을 봤다. 하치호와 거의 함께 들어왔던 젊은이한테로 눈이 갔다. 그는 출입구 조금 뒤쪽에서 계산대를 향해 앉아 있었다. 안쪽에 자리가 많이 비어 있는데도 거기 혼자 앉아 커피를 홀짝거리고 있었다. 그렇게 보아 그런지 눈매도 여간 날카롭지 않았다. 하치호가 경호원을 달고 왔다면 저 사람일 것 같았다.

땡글땡글땡글땡글. 종업원이 이름 쓴 광고판을 들고 돌았다. 하치호 일행 가운데서 한 사람이 일어섰다. 강지연은 도무지 못 봐주겠다는 표정이었으나 내가 움직일 것 같지 않자 그대로 눌러 있었다.

"오랜만입니다. 며칠 전에 왔습니다. 예예, 일본생활이란 건 여기하고는 많이 다르지요. 일본경제야 끄뜩 없습니다. 예예, 당분간 여기 머물겠습니다."

나는 하치호를 유심히 보고 있었다. 하치호 실물을 본 것은 이게 처음이었다. 그들 일행은 차근하게 차를 마시고 일어섰다. 손님들 눈이 다시 그들을 따라갔다. 출입구께에 앉았던 젊은이도 일어섰다.

광주 오일팔 묘역, 김영선과 김성보 저승혼례식장에 사람들이 몰려들고 있었다. 묘역 안이 아니고 정문 앞 주차장이었다. 소리꾼 백동영 감이 얼마 전에 나타나 허락을 했다고 했다. 그이 허락은 밥상 물린 뒷방 할머니한테 상 내갈 거냐는 소리만큼이나 하나마나한 치례였지만 혼사 자체가 격식밖에 없는 허혼(虛婚)이라 그런 치례부터 제대로 차린 것 같았다. 이런 일에는 흉이 나기로 하면 그 데서부터 났다.

굿청은 자리를 널찍하게 잡아 광목으로 빙 둘러 장막을 치고 그 안에 차일이 두 채나 들어앉아 있었다. 차일 아래는 제상이 차려져 있고 당골과 여인네들이 부산스럽게 움직이고 있었다. 차일 주변에는 사람들이 여기저기 몰려 있었다.

"이제 오냐?"

친구들과 얼려 있던 우리 누님이었다.

"야, 찬우, 이게 얼마 만이냐? 너도 이제 중년 티가 나는구나. 악수 한번 하자."

누님 친구들이 호들갑을 떨며 손을 내밀었다. 모두 처녀 때 얼굴들이 그대로 남아 있었고 옛날 학운동 집에 몰려들어 떠들어대던 수다도 그대로였다. 그때 우리집은 어른들이 없는 집이라 시도때도 없이 몰려들어 마음놓고 깔깔거리며 장을 쳤다. 나는 그들 얼굴에서 영선의 모습을 더듬고 있었다. 그들은 그동안 여러번 돈을 모아다주기도 하고 명절 때는 간혹 할머니를 찾아본다고 했다. 우리 누님은 그때마다 내려왔다. 나는 그들 수다에 한참 싸였다가 굿청 쪽으로 갔다.

미선이가 차일 아래서 서성거리고 있었다. 한쪽에는 할머니와 고성댁이 나란히 앉아 손님을 맞고 있었다.

"오셨어요?"

미선이는 텅 빈 얼굴이었다. 눈은 힘이 풀리고 풀기 없는 상복에 드러난 두 어깨가 내려앉을 것 같았다. '고생하는구먼.' 나는 뭐라 몇마디 더 해야 할 것 같았으나 할말이 없었다. 어떤 말도 이 자리에서는 어울리지 않을 것 같았다. 박사장은 다녀갔다며 자기 할머니를 가리켰다. 할머니의 말라붙은 얼굴에는 저승꽃이 더 까매 보였다. 나는 참회하는 기분으로 너부죽이 절을 했다.

"옛날에 소안도 가서 뵌 적이 있습니다."

"오매오매."

미선이가 거들자 할머니는 옛날 기억을 더듬으며 내 손을 잡았다. 메마른 손이 마른 나뭇잎처럼 까칠했다. 옛날 미선이가 끌어안고 만지던 모습을 떠올리며 나도 할머니 손을 마주잡았다. 할머니는 연방 감격을 했고 나는 말라붙은 할머니 얼굴을 빛바랜 사진 보듯 건너다보며, 죄송하다는 말만 두번 세번 아프게 뇌고 있었다. 한참 만에 할머니 손을 놓고 고성댁한테 목례를 했다. 어디서 왔던지 김준일이 미선이 곁에 서 있었다.

"서울 이모님 계시지, 그 이모님 동생분이셔."

"안녕하세요."

우렁우렁한 목소리와 함께 고개를 꾸벅했다. 상복 속에 드러난 몸피가 운동선수처럼 우람했다. 나는 그의 등을 다독거려주었다. 누님 친구들이 굳은 얼굴로 우리를 보고 있었다. 내가 미선이를 만나고 할머니한테 절을 하는 걸 죽 보고 있던 눈들이었다. 그 눈들은 너와 강지연의 관계도 다 알고 있다고 말하고 있었고, 미선이가 서울로 이사 가려 했던 까닭도 모두 알고 있다고 말하고 있었다.

“오매오매, 우리 정과장님.”

갑자기 차관호 어머니가 다가왔다. 그는 호들갑이 한층 요란스러웠다. 재판 때는 폐가의 벽지처럼 누렇게 떴던 얼굴이 비온 뒤에 햇살처럼 환했다. 차관호 아버지와 소리꾼 김윤달도 반갑게 손을 내밀었다. 김윤달도 이 혼사에 한몫 했을 것 같았다.

나는 굿청 앞으로 갔다. 차일 아래는 신랑 신부 허수아비가 병풍 앞에 나란히 앉아 그들먹한 제상을 받고 있었다. 신랑 신부 허수아비는 예닐곱살짜리 아이 크기만했다. 허수아비는 정성들여 만든 것 같았다. 이목구비가 반듯하고 예복도 다리미 자국이 번들거릴 만큼 때깔이 흘렀다. 진초록 저고리에 남색 치마를 입은 신부는 눈과 낭자머리가 유독 까맣고 양쪽 볼과 이마에 찍힌 새빨간 곤지가 똥그란 눈을 더 또렷하게 받쳐주고 있었다. 신랑은 검붉은 저고리와 남색 바지에 검정 우단 중절모를 단정하게 쓰고 그 역시 부리부리한 눈이 유독 까맣게 빛나고 있었다. 얼굴 바탕은 둘이 다 원색으로 하얘 섬뜩할 만큼 차가웠으나 까만 눈매와 빨간 곤지에서 생기가 돌았다. 저승 사람의 냉기와 이승 사람의 생기가 교묘하게 조화를 이루고 있었다.

제상도 여간 정성들여 차린 게 아니었다. 자배기만한 돼지머리에 홍동백서 어동육서 좌포우혜, 갖가지 제물이 목기 위에 정갈하고 대추나 배 같은 과일도 꼼꼼히 골라온 것 같았으며 생률 하나도 허투루 치지 않은 것 같았다. 큰상 오른쪽에도 작은 제상이 네 개나 놓여 있었다. 신랑 상과 직각으로 꺾여 나란히 놓인 제상 뒤쪽 장막에는 제상마다 창호지 신위가 하나씩 붙어 있었다. 신랑 선조들 같았다. 선조들까지 불러오는 모양이었다. 나는 한참 동안 신랑 신부 허수아비를 보고 있었다. 이 혼사 이야기가 나올 때부터 거부감이 있었으나 신랑 신부가 나란히 앉아 있는 모습을 보자 이렇게도 되는구나 싶었다.

그때 중년 사내 예닐곱 명이 고성댁 앞으로 몰려갔다. 고성댁이 반색을 하며 일어섰다. 그들은 고성댁 손을 잡아 앉히고 큰절을 했다. 지난번 공판 때 본 듯한 얼굴도 있었다. 그들은 미선이 할머니한테도 절을 하며 한참 굽실거렸다. 그 저만치 뒤쪽에는 흰 두루마기 차림의 영감이 차관호 아버지와 김윤달이며 소안도 사람들한테 둘러싸여 있었다. 백동영감이라 직감했다. 영감은 사내들 말에 넉넉하게 웃으며 연방 고개를 끄덕이고 있었다. 나이치고는 정정했고 소리꾼답게 풍신이 여간 헌칠하지 않았다.

굿청은 준비가 거의 끝난 것 같았다. 당골은 지난번 넋 건지던 남녀 두 사람과 늙은 여자 당골이 한사람 더 있었다. 제상을 둘러보던 당골들은 지전 타래며 무구를 손보고, 악공들도 들어와 자리를 잡았다. 아쟁 거문고 피리젓대를 든 악공들이 선조들 제상을 마주보고 앉고 남자 당골은 장구를 잡고 그들보다 조금 앞으로 나앉았다. 미선이 할머니와 고성댁 등 가족들은 악공 뒤에 앉고 백동영감은 그들 뒤에 서 있었다. 흰 치마저고리에 창호지로 정자관 비슷하게 접은 고깔을 쓴 늙은 당골이 징을 두들기며 넋두리를 시작했다.

"팔만사천 절대 조왕님 전에 아룁니다. 천사부정에 재화부정 금과부정 옥과부정 사해육개부정, 동네방네 삼신제왕부정을 가새내고…… 대대조왕님 전에 동정으로 다스릴 적에…… 동방의 천황 도술목에 동토신 나무남방에 천황 도술목에 동토신…… 동정으로 다스리고 나면 시원하고 개운하게 걷어주신다고 하시길래……"

늙은 당골은 넋두리를 계속 쏟아내고 젊은 당골은 악공들 앞에 나앉아 북을 치고 있었다. 사람들이 몰려들었다. 관광객들까지 구경꾼들이 잔뜩 몰려왔다. 5·18묘역은 처음부터 공원으로 조성했으므로 항상 관광객이 끊이지 않았다.

"오시드라 오시드라 천황제석 일월제석 관음보살이 오실 적에 저중의 치레 보소. 얼굴은 관옥이요 풍채는 두목지라. 안상의 봉의 눈은 초상강 물결 같고 서리 같은 두 눈썹은 왼낯을 내려보고 백초포 장삼에 다홍띠 둘러메고 순대명 시대굴건 이마 맞춰 숙여 쓰고 구리백통 반장도를 고름에 느즛이 안어차고…… 염주는 목에 걸고 단주는 팔에 걸고 흐늘흐늘 나려왔네."

'오셨군요.' 강지연이 숨을 헐떡거리며 내 옆구리를 찔렀다. 유선희도 나한테 고개를 꾸벅해놓고 고성댁 곁으로 갔다. 당골이 이번에는 징을 놓고 작은 사발 모양의 구리 악기를 사슴뿔로 두들기며 조상신들 제상 앞으로 갔다.

"아버님을 모십니다. 아버님을 모십니다. 오시소사. 오시소사. 김씨 아버님 오시소사. 김씨 아버님 오실 적에 구선영님 앞을 서고 신선영님 뒤를 서서…… 김씨 가문 사당지기 상남자손 귀남자와 김씨 문중 귀한 여식, 조상 앞에 짝을 지어…… 이 정성을 드린 연후에는…… 정성 덕을 입혀주고 축원 덕을 입혀주시라고 이 정성을 드립니다……"

또 한참 동안 넋두리가 쏟아졌다. 넋두리는 거의 알아들을 수가 없었으나 모두 그러거니 하고 보고 있었다.

이번에는 늙은 당골이 지전타래를 춤추듯 흔들며 넋두리를 하고 젊은 당골은 징을 쳤다.

"이 거리는 손님굿거리인데 귀신들 가운데서 가장 까다롭고 심술사나운 마마신을 청하여 혼례 사실을 알리고 강림을 청하는 거리야. 어디서나 마마신이 말썽이라 이 거리도 꽤나 정성스레 치르지."

젊은이 한사람이 친구인 듯한 젊은이한테 설명했다. 이런 일에 전문적인 지식이 있는 듯했다.

"귀신들도 심술쟁이들이 대접을 받는군요."

메모를 하고 있던 강지연이 끼여들며 낮은 소리로 웃었다. 당골은 계속 넋두리를 쏟아내고 장구를 치던 남자 당골이 장구채를 들고 일어섰다.

"여기 오신 신랑 신부 친구분네들은 모두 나와서 신랑 신부를 만나시오. 이 거리가 신랑 신부가 친구분네들하고 만나는 거린게 모두 나오시오. 여그 아니면 못 만나요."

남자 당골이 큰 소리로 광고를 했다. 악공들 뒤쪽에 몰려 있던 신부 친구들이 놀란 눈으로 서로 얼굴을 봤다.

"저승에서도 신랑 신부 친구들은 심술쟁이 마마귀신하고 한패거리군요."

강지연의 말에 젊은이들이 킬킬거렸다.

"얼른들 나와서 만나시오. 축하 말씀도 한마디씩 하시고 저승에 오고가는 노잣돈도 노실라먼 노시고 얼른 나오시오."

남자 당골이 거듭 재촉하자 여자 친구들이 쭈뼛거리며 굿청으로 들어섰다.

"신랑 친구분네들도 오신 것 같던디 어디 계시요? 얼른들 나오시오. 이 거리 아니면 못 만나요 잉."

남자 당골이 구경꾼들을 둘러보며 소리를 질렀다. 신랑 친구들이란 말에 구경꾼들 눈이 둥그레지며 주변을 두리번거렸다. 그때 저쪽 구경꾼들 사이가 뚫렸다. 신랑 친구들이 조심스럽게 들어섰다. 굿청으로 들어서던 신부 친구들 얼굴이 굳어지며 그 자리에 멈췄다. 신랑 친구들도 신부 친구들을 보고 무춤하는 것 같더니 그대로 들어섰다. 신부 친구들은 싸늘하게 날선 눈으로 신랑 친구들을 노려보고 있었다. 신랑 친구들은 신랑 신부 제상 앞에 한줄로 섰다. 일곱 명이었다. 구경꾼들은 숨을 죽이고 있었다. 한꺼번에 너부죽이 절을 했다. 두 자리를 하고 일어서서 고개를 숙였다. 가운데 섰던 사내가 한발 앞으로 나셨다. 차관호 첫 공판날 야유하던 소안도 청년들한테 따지고 나서던 사내였다.

"성보, 우리가 왔네."

피리젓대와 장구소리가 낮게 흐르고 당골 넋두리도 가벼운 징소리와 함께 바닥에 깔렸다.

"신부님께도 인사드립니다. 저는 오일팔 때 출동했던 공수단 장교 가운데 한사람입니다. 신부님께 진심으로 사과드리며 용서를 빕니다. 우리도 나중에야 진상을 알았습니다. 신랑은 특히 고민이 많았습니다. 그 세상은 싸우는 일도 없고 죄 없는 사람 해치는 일도 없는 세상일 테니 이세상 일은 모두 잊으시고 행복하게 사십시오. 거듭 사과드리며 용서를 빕니다. 성보, 이런 혼사나마 치러 어머님 한을 풀어드렸으니 자네도 이세상 일은 다 잊어버리고 행복하게 살게나. 행복하게 살아."

신부는 똥그란 눈을 더 똥그랗게 뜨는 것 같았고 신랑은 고개라도 끄덕이는 듯했다.

"새끼들이 인자사 철났구만 잉."

군중 속에서 날선 소리가 팽팽한 침묵을 뚫었다.

"누구여? 잘났네, 잘났어. 어디 앞으로 한번 나서봐!"

구경꾼 속에서 오십대 사내 한사람이 굿청으로 한발 나서며 소리난 쪽을 노려봤다. 칼날이 부딪치듯 날선 소리에 굿청이 대번에 얼어붙었다.

"쓰잘데기없는 소리 말어 잉!"

사내는 잔뜩 힘이 꼬인 소리로 을렀다. 그쪽에서는 아무 반응이 없었다.

"신부 친구분네들도 얼릉 나오시제 뭣들 하고 기시요. 시방 신부님은 친구들 만나고 잡아서 애가 닳는구마는 저러고 기시네. 어서 나오시오, 어서 오셔."

남자 당골이 장구채 든 손을 까부르며 너스레를 떨었다. 여자들이 굳은 얼굴로 들어섰다. 그때 신랑 신부한테 말했던 사내가 여자 친구들 앞으로 다가섰다.

"신부 친구분들이시군요. 우리는 신랑 친구들입니다. 여기 온 신랑 친구들 가운데서 신랑 군대친구는 저하고 두 사람이 왔습니다. 여기 출동했던 사람으로서 신부님께도 용서를 빌었습니다마는 친구분들께도 진심으로 사과드리고 용서를 빕니다. 신랑은 그동안 정말로 고민이 많았습니다. 신랑을 대신해서도 사과와 함께 고맙다는 인사를 드립니다. 정말 감사합니다."

또렷또렷한 말씨로 말을 맺으며 정중하게 허리를 숙였다. 구경꾼들 사이에서는 숨소리도 나지 않았다. 말한 사내가 지갑을 꺼내 지폐를 뽑아들며 제상 앞으로 갔다. 다른 친구들도 바삐 지폐를 꺼내며 다가갔다. 돼지머리 앞에 지폐를 놓고 물러섰다.

"인자 신부 친구분들 차례요."

남자 당골이 채근하자 신부 친구들도 앞으로 나섰다. 제상 앞에 나란히 섰다.

"영선아, 우리들이 왔다."

우리 누님이 말을 꺼내다 말고 흐느꼈다. 더 말을 잇지 못하고 어깨를 훌렁거리며 흐느꼈다. 다른 친구들도 손수건으로 얼굴을 싸고 흐느꼈다. 흐느낌소리는 금방 엉엉 통곡으로 변했다. 저쪽 할머니들도 얼굴에 눈물이 흘러내리고 미선이도 손수건으로 얼굴을 싸고 있었다. 신랑 친구들도 손수건이 눈으로 갔다. 구경꾼들 속에서도 울음소리가 굿청으로 흘러들었다. 구슬프게 깔린 악기소리와 당골 넋두리 소리를 타고 흐느낌 소리가 파도처럼 물결치고 있었다. 신랑과 신부는 똥그란 눈을 더 똥그랗게 뜨고 앉아 있었다. 한참 만에 여자들 울음이 잦아졌다. 우리 누님이 손수건으로 눈물을 수습하고 핸드백에서 돈을 꺼내자 모두 핸드백을 열었다. 그들이 눈물을 닦으며 물러서자 징소리가 커지며 넋두리 소리가 살아났다. 다른 악기들도 소리가 올라가고 굿판은 다시 제대로 돌아갔다.

"손님을 여우노라. 대신을 여우노라. 하늘 울어 천둥대신 땅이 울어 지둥대신 구중대신을 여우노라…… 동네 손님을 여울 적에 참석 못한 손님네들 거리중천 거리노중 즐거웁고 반가웁게 자수흠향하옵시고 속거천리 운기출성 하실 적에 김씨 가문에 불을 밝혀주옵소서."

굿판은 넋올리기거리에서 고풀이거리로 이어지더니 그 거리가 끝나자 당골 넋두리가 멈추고 악기소리도 멈추었다. 여태 그친 적이 없던 악기소리와 넋두리가 뚝 그치자 굿판은 가라앉은 듯 조용했다. 그때 군중들 눈이 가족석 뒤쪽으로 쏠렸다. 웬 상이 하나 굿청으로 들어오고 있었다. 상에는 제물이 엉성하고 닭이 두 마리 놓여 있었다. 초례상이었다. 신랑 신부 허수아비를 안고 나왔다. 신랑 허수아비는 젊은 당골이 안고, 신부 허수아비는 수발하는 여자가 안고 나와 초례상 양쪽에 마주보게 앉혀 그대로 부축하고 있었다. 수발하는 사람들은 여간 날렵하지 않았다. 제물을 마련하고 이런 일을 직업적으로 맡아 하는 사람들이 따로 있는 것 같았다.

남자 당골이 장구를 벗어놓고 손에 종이를 한장 들고 앞으로 나섰다.

"신랑 신부, 홍!"

남자 당골이 큰 소리로 홀기(笏記)를 불렀다. 젊은 당골이 신랑을 일으켜 절을 시켰다.

"신랑 절 한번 곱다."

구경꾼 속에서 누가 소리를 질렀다. 모두 베슬베슬 웃었다. 홀기를 부르는 대로 신랑 신부가 절을 하고 합환주를 마시는 시늉을 냈다.

"신부는 그 술 다 마셔야 첫아들 낳는 것이여."
구경꾼 속에서 누가 또 소리를 질렀다. 군중들이 웃었다. 미선이 할머니와 고성댁도 쓸쓸하게 웃고 있었다. 혼례식은 금방 끝났다. 들러리들이 신랑 신부를 안고 나갔다. 제자리로 가는 게 아니고 두 할머니 곁을 지나 엉뚱한 데로 갔다. 저쪽 차일 아래 네모지게 방 모양을 만들어놓은 병풍 속으로 들어갔다. 다른 여자들이 이불 보따리를 안고 뒤따랐다.
"아따, 바빴구나, 바빴어."
구경꾼들이 소리를 질렀다. 와, 웃음이 터졌다. 모두 병풍을 보고 있었다. 얼른 나오지 않았다.
"어서들 나오제 남의 신방에서 뭣들 하고 있소? 참말로 눈치들도 되게 없구만 잉."
한쪽에서 크게 소리를 질렀다. 와, 웃었다. 그때야 들어갔던 여자들이 얼굴을 가리고 킬킬거리며 나왔다. 또 한바탕 폭소가 터졌다. 미선이 할머니와 고성댁도 빙그레 웃고, 신부 친구들도 웃고 있었다. 다시 징소리와 악기소리가 요란스럽게 살아나며 다음 거리로 넘어갔다.
"도시락들 드십시오. 구경하시니라고 고생들 하시오. 모두 하나씩 받으시오."
수발하던 사람들이 도시락을 아름아름 안고 다니며 구경꾼들한테 나눴다.
"술도 있소. 신방까지 차렸는디 이 판에 술이 없어사 쓰겄소."
저쪽 차일 한쪽에는 도시락이 잔뜩 쌓여 있고 소주 맥주 상자도 그득했다. 수발하는 사람들은 지나가는 사람들까지 불러 도시락과 술을 안겼다. 차근하게 자리를 잡고 술판을 벌이는 패도 있었다.
굿판은 그대로 진행되어 오구몰이거리에 이어 길닦음거리로 넘어갔다. 그때 병풍 속에서 신랑 신부를 안고 나왔다. 광목을 펴서 양쪽 끝을 잡고 그 위에 신랑과 신부를 마주보게 앉혔다. 장단에 따라 신랑 신부를 광목 위로 미끄럼 태우듯 밀었다 당겼다 했다.

"이승길을 닦을라면 쇠스랑 괭이로 길을 닦고, 저승길을 닦을라면 연에염불로 길을 닦아, 어둔 길을 밝혀놓고 좁은 길을 널리 닦아 불쌍하신 금일망자 왕생극락 하옵네다……"

신랑 신부는 빠르고 경쾌한 가락에 맞춰 광목 위에서 둥실둥실 떠다니고 있었다. 장구를 맨 젊은 당골이 중중몰이가락으로 휘돌자 악공들의 풍악소리도 한결 신명이 나고 지전타래를 휘두르는 늙은 당골의 춤사위가 판을 휘어잡았다. 늙은 당골의 춤은 어지럽게 돌아가고 있었다. 지전타래가 훌쩍 치솟았다가 활짝 펴지고 위아래로 엇갈리다가 휘딱 꺾어 돌았다. 정신없이 돌아가는 춤사위에는 이승과 저승을 넘나드는 환상적인 분위기가 감돌고 있었다. 구경꾼들은 어지러운 춤사위에 잠시 넋을 잃고 있었다. 늙은 당골의 춤사위는 현란했다. 세상 사람들의 천시와 경멸 속에서도 저 나이토록 무업을 이어온 그런 사람만이 도달할 수 있는 달인의 경지랄까, 구경꾼들은 입을 벌리고 있었다. 백동영감도 저만치 뒤에서 취한 표정으로 건너다보고 있었다.

굿판은 망자놀이거리로 이어지며 늙은 당골은 지전타래 대신 영돈에 쌓았던 저고리와 바지를 양손에 들고 전후좌우로 휘둘러대고 풍악은 휘몰이가락으로 치달았다.

"조오타, 얼씨구, 어이, 어이."

소안도 김윤달이며 흥에 겨운 구경꾼들이 어깨판을 들썩거리며 판으로 뛰어들었다. 거나하게 취한 사람들은 제 세상 만난 듯 신명이 났다. 그들은 다른 구경꾼들 손을 잡아 마구 끌어들였다. 금방 이십여 명이 어우러졌다. 풍악도 한껏 신명이 났다. 판은 사뭇 흥겹게 돌아갔다. 두 팔만 작대기 젓듯 건성으로 우쭐거리는 사람도 있고 풍악소리는 있는 대로 올라갔다. 판은 어지럽게 돌아가고 있었다.

한참 신명나게 돌아가던 사람들이 한사람씩 가쁜 숨을 내쉬며 뒤로 물러서자 가락이 바뀌었다. 춤추던 사람들은 땀을 닦으며 물러섰다. 굿판은 오방굿거리로 넘어갔다. 늙은 당골은 징을 치고 젊은 당골은 북을 치며 굿청 밖으로 나갔다. 장막 구석구석을 들여다보며 넋두리를 했다. 이제 굿이 끝났으니 조상신들도 돌아가시고, 청제 백제 적제 흑제 황제 등 다섯 신들도 돌아가라는 거리라고, 아까 그 젊은이가 말했다. 당골들이 장막을 돌아 제자리로 올 무렵이었다.

"이런 제미럴, 이것이 뭔 짓거리여?"

멀리 뒤쪽에서 누가 고함을 질렀다. 모두 깜짝 놀라 그쪽을 봤다.

"객지에서 떠돌다가 오랜만에 찾아왔등마는 이것이 뭔 짓거리냐 말이여. 아무리 죽은 혼사라고 시집 보낼 데가 그렇게 없어서 공수단놈의 새끼한테 시집을 보내?"

사내는 버럭버럭 악을 썼다. 잔뜩 취한 소리였다. 젊은이들이 몰려갔다.

"당신 뭐여?"

"니놈의 새끼들은 뭣이냐, 전두환 쫄따구들이냐? 나는 그놈들 칼에 등짝이 찔렸던 놈이다. 이 싸가지없는 새끼들아."

사내는 고래고래 악을 쓰고 젊은이들은 연방 달래는 것 같았다.

"참으라고? 뭣을 참아, 이 싸가지없는 새끼들아. 시집을 보내든지 장개를 보내든지, 그런 짓거리를 할라면 즈그들 집구석에서나 하든지 말든지 할 일이제, 여그가 으디냐 이게야? 여기가 으딘디 공수단놈의 새끼까지 끗고 와서 징 치고 장구 치고, 묏등 속에 귀신들 꿈자리까지 사납게 난리냐 이게야. 내 말이 틀렸어? 새끼들아, 여그 못 놔?"

사내는 더 큰 소리로 악을 썼다. 젊은이들이 달래며 끌고 갔다.

"정치 한다는 놈들은 살인마들을 몽땅 풀어주고, 한쪽에서는 공수단놈의 새끼한테 시집까지 보내고, 잘들 논다, 자알들 놀아."

사내는 버럭버럭 악을 쓰며 끌려가고 있었다.

"그놈의 새끼들은 돈까지 몇천억씩 걸터듬은 강도 중에서도 날강도들이여. 이놈의 새끼들아. 여그 안 놔?

악다구니가 간간이 끊기며 소리가 멀어졌다.

"어허, 이 거리 저 거리 굿거리판에다가 악다구니판까지 굿판은 갖출 구색 고루 갖췄어."

구경꾼 속에서 너털웃음이 터졌다. 잠시 울가망했던 사람들이 베슬베슬 웃었다. 굿판은 마지막 거리로 이어지고 술판은 여기저기 그대로 벌어지고 있었다. 나한테도 술을 권했으나 음료수만 받았다. 나는 총을 지니면서부터는 술을 입에 대지 않았다. 그때 저쪽에서 나를 불렀다. 언제 왔는지 유용찬이 우리 누님 친구들하고 반갑게 손을 잡으며 왁자지껄 웃고 있었다.

"별일 없지? 나는 일이 좀 있어서 늦었다."

유용찬이 반갑게 손을 내밀었다. 그를 만났던 게 언제였던가 기억이 아득했다. 나도 반갑게 손을 잡았으나 싸우고 헤어졌다가 처음 만난 것처럼 서먹했다. 지난번에 권총값을 사양하며 웃던 최서홍의 얼굴이 떠올라 나는 연기자가 연출자 앞에 나선 것처럼 조심스러웠다.

"세상은 재미있잖아. 여기 사람들이 나서서 김성보 장가 보낼 줄을 누가 알았어? 허허. 이렇게 모두들 제 갈길로 가게 되는 모양이지. 다른 작자들도 저렇게 제 갈길을 찾아 보내줘야겠지."

유용찬은 손에 힘을 주며 흔들었고 나도 같이 힘을 주며 고개를 끄덕였다.

"저녁이나 하자. 모처럼 누나들 만났으니 내가 한턱 써야겠다."

"아냐. 나는 지금 바로 가야 해."

"무슨 일인데 그래?"

"그럴 일이 있다."

나는 시계를 봤다. 다섯시였다. 나는 누님과 누님 친구들한테 작별 인사를 했다. 그들은 못내 섭섭해했다. 나도 여간 섭섭하지 않았지만 그들의 깊은 눈길을 견디며 밥을 먹는다 생각하면 너무 끔찍했다. 미안하다며 여러번 고개를 숙이고 차일 아래 미선이한테로 갔다.

"가봐야겠어."

"어머, 가시게요?"

바짝 마른 미선의 입술이 힘없이 들썩이고 있었다. 할머니와 고성댁한테도 인사를 하고 돌아서자 미선의 힘없는 눈이 기다리고 있었다. 누님 친구들 눈도 정지된 비디오 화면처럼 나와 미선이를 보고 있었다.

"미안해."

나는 가슴을 긋는 듯한 통증을 느끼며 미선이한테 고개를 까닥하고 돌아섰다. 그때 강지연이 다가왔다.

"가시게요? 저는 내일 가겠어요."

그러라며 바삐 돌아섰다. 강지연은 택시가 드나드는 차도까지 따라왔다. 누님 친구들 눈초리에 뒤얽히고 있을 날선 감정과 언어 들을 등에 견디며 나는 강지연과 함께 택시를 기다리고 있었다. 택시는 얼른 오지 않았다.

저쪽에 백동영감이 뒷짐을 지고 무등산을 건너다보고 있었다. 흰 두루마기를 입은 늙은 가객의 모습에 나는 잠시 눈이 멈췄다. 구름처럼 떠다니다가 어느 고갯마루에 서서 먼 하늘을 보고 있는 듯한 모습이었다. 옛날 주변 사람들이 줄줄이 끌려가고 징역을 살고 죽고, 그런 그 소용돌이 속에서 세상사를 털털 털고 집을 떠났던 사람, 인생을 소리에 묻고 높은 소리로 치닫고 낮은 소리로 가라앉히며 한평생을 정처없이 떠다니던 사람이, 오늘은 혈연의 끈에 이끌려 잠시 여기 발길이 멈추었다가 다시 백로처럼 금방 날아오를 자세로 서 있었다.

그때 택시가 왔다. 서둘러 택시를 탔다. 영감의 모습이 그대로 나를 따라오고 있었다. 백로처럼 허허로운 영감의 모습이 여태 생각했던 것과는 전혀 다른 모습으로 다가오고 있었다. 그냥 팔자 좋게 떠돌아다니는 것으로만 여겼던 그의 모습에는 뜻밖에도 옛날 소안도 사람들의 의기와 한숨이 고스란히 배어 있는 듯했다. 백로처럼 끼룩끼룩 세상을 떠돌다가 「적벽가」를 부를 때는 조조를 조롱하는 산새들의 목소리가 일본사람들을 조롱하는 소안도 사람들의 조롱소리로 치달았을 것 같고, 「집장가(執杖歌)」가 꺾여 올라갈 때는 그 아픔이 고문당하는 소안도 사람들의 비명소리로 내질렀을 듯했다. 그가 소안도의 그 소용돌이 속에서 모질게 끊고 모질게 떠날 때 고향을 돌아보며 가슴에 사무쳤을 애끓는 심사도, 몇년 뒤 자기 동생이 집을 떠날 때 가족들한테 말 한마디 남기지 않고 떠나던 모진 심사와 다르지 않았을 터였다.

나는 다음날도 혼사굿 분위기에 얼얼하게 잠겨 있었다. 신랑 신부 허수아비와 미선의 초췌한 모습이 떠나지 않았고, 유독 유용찬의 모습이 덩실하게 다가왔다. '세상은 재미있잖아. … 다른 작자들도 저렇게 제 갈길을 찾아 보내줘야겠지.' 유용찬은 여태 차선 긋는 도색차꼴로 곰처럼 제 길만을 굴러왔던 것 같고 앞으로도 흔들리지 않고 굴러갈 것 같았다.

강지연이 올라왔다며 집으로 오겠다고 전화를 했다. 전화를 끊고 나자 초인종이 울렸다. 관리실 노인이었다. 노인은 드릴 말씀이 있다고 내 눈치를 살피며 방으로 들어섰다.

"혹시 경찰에 무슨 일 있소?"

노인은 조심스럽게 물었다. 웬일이냐고 하자 잠시 머뭇거리다가 어렵게 입을 열었다.

"여기 경찰서에 전부터 아는 형사가 한사람 있는데 말이지요, 정씨가 드나드는 것이나 정씨 집에 찾아온 사람들이 있으면 낱낱이 말해 달라고 하잖겠소? 관할경찰서 형사인데다 전에 한번 신세진 일도 있고 해서 몇번 알려주다보니 이거 마음이 칙칙해서 도무지 견딜 수가 없구먼요."

노인은 여간 난처하지 않다는 표정이었다.

"고맙습니다. 어째서 그런다던가요?"

나는 여유있게 물었다.

"중요한 일이니까 정씨한테는 절대로 말하지 말고 협조만 하라고 하더만요. 전에는 그러지 않더니 이삼일 전부터 바짝 더 다그치네요. 오늘도 전화가 왔습니다."

"저는 아시다시피 대학원에 다니는 학생입니다. 그 사람들이 제 뒤를 캘 만한 일이 한가지 있기는 합니다마는 아무렇지도 않으니까 원하는 대로 다 말해주세요. 제집에 드나드는 사람이랬자 여자 한사람하고 이 근처 사는 대학원 동급생밖에 더 있습니까? 영감님 처지 충분히 이해하겠습니다. 안심하고 말해주세요."

나는 흔연스럽게 말했다. 우리집에 오는 사람이라고는 이사올 때 누님이 한번 왔고, 강지연말고는 이 근처 사는 대학원 같은 과정 동급생이 학교 갈 때 내 차에 편승하러 몇번 왔을 뿐이다.

"말씀을 듣고 나니 속이 후련합니다. 내가 비록 남의 집에 얹혀 살기는 합니다마는 이 나이까지 구린 짓이라고는 해본 적이 없는데 꼭 고자질을 하는 것 같아 어젯밤에는 잠을 설쳤구먼요."

노인은 주름진 얼굴을 펴고 씁쓸하게 웃었다.

"다른 것은 묻지 않던가요?"

"달리 묻는 것은 없고 정씨가 드나드는 시간하고 어떤 사람이 드나드는지 그것만 알려달라고 합디다. 그리고 오늘 오전에는 이 근처 골목에서 서성거리던 사람이 한사람 있었는데 그 사람도 형사가 아닌가 싶소."

안지춘이 이쪽 경찰의 협조를 받는다는 건 이상할 게 없는 일이었으나 이삼일 전부터 바짝 더 다그친다니 무슨 일인지 알 수 없었다. 최서홍한테 무슨 일이 있는 건가? 그렇지만 이런 판에 섣불리 전화를 해볼 수도 없었다. 김중만이 무슨 일을 저지른 것일까? 그러나 그쪽 속은 깜깜하기만 했다.

나는 아까 노인의 표정을 되새겨보았다. 경찰이 협조를 요청할 때는 입단속을 섣불리 하지 않았을 텐데 그가 나한테 고백한 것도 예사롭게 느껴지지 않았다. 그러나 영감의 표정에는 가식이 보이지 않았다. 처음 이사왔을 때 담배를 한 보루 넘기자 고마워하던 표정이 떠올랐다. 나는 씁쓰레 웃으며 담배를 빼 물었다. 그때 초인종이 울렸다. 강지연이었다.

"이번 혼사는 잘된 것 같아요. 두 노인네들 좋아하는 걸 보니 저도 덩달아 맺혔던 것이 풀리는 것 같네요."

강지연은 식당에 전화를 걸어 음식을 시켰다. 소주도 한병 가져오라 했다.

"나이든 당골 있잖아요. 그분은 서울서 사신대요. 신분을 숨기고 자식들한테 얹혀살다가 그런 큰굿이 있을 때만 자식들 알게 모르게 내려가서 굿을 한다더군요. 이번 굿은 오랜만에 격식대로 한번 했노라고 좋아하데요. 고성댁이 사례도 푼푼하게 한 것 같아요."

나는 건성으로 듣고 있었다.

"저는 광주에 가서 세상 하나를 따로 살아버린 기분이네요. 역사의 현장에서 역사를 이루어나가는 사람들을 보았다고 할까요. 임진왜란 동학농민전쟁 삼일운동, 책으로만 읽은 사건들과는 달리 역사의 현장에서 한사람 한사람이 자기 몫을 감당해가면서 죽고 병신이 되고, 그런 고통을 안고 갖가지로 살아가는 모습을 본 거지요. 인간적인 것과

비인간적인 것, 성스러운 것과 추악한 것. 그래요, 성스러운 것이었어요. 평범한 사람들한테서 인간의 성스러운 모습을 볼 수 있었다는 것은 행운일 거예요. 인간에 대한 신뢰와 불신, 사랑과 증오도 거기 가서 뼈저리게 느꼈지요. 제 일이 아니고 남의 일로 사람을 몸서리치도록 미워해본 것도 처음이고. 공분이랄까, 아니지요. 거기 가서 가장 철저하게 느낀 것은 증오였어요."

강지연은 한참 주워섬겼다. 나는 그의 잔에 술을 따랐다. 나는 음료수로 대작을 했다.

"오늘 제가 하려는 이야기는 이런 한가한 소리가 아네요. 뻐꾸기 있잖아요. 남의 둥지에다 몰래 알을 낳아놓고 둥지 주인이 새끼를 까서 먹여 기르게 하는 얌체 말이에요. 그런 걸 보면 조물주는 장난꾸러기 같아요. 미선이언니 조카도 꼭 그 뻐꾸기 새끼 같아서 혼자 웃었지요."

그는 조용히 웃었다.

"저는 이번에야 미선이언니 사정을 자세히 알았네요. 선배님하고 관계두요. 알고 보니 저도 남의 둥지에서 노닥거리고 있었으니 뻐꾸기 새끼나 마찬가지였더군요."

나는 가슴에서 쿵 소리가 났다. 어제 나를 보던 누님 친구들의 싸늘한 눈들이 다가왔다.

"미선이언니한테 솔직하게 말했죠. 어느 소갈머리없는 계집애가 잠시 남의 둥지에서 깝치고 있었던 걸로 생각해달라구요."

강지연은 나를 똑바로 보며 웃었다. 일그러진 웃음이었다. 여태 그의 얼굴에서 본 적이 없는 자조가 짙게 깔려 있었다.

"무슨 말을 하는 거야?"

나는 한마디 했으나 말소리가 메마르게 귀에 울렸다.

"이건 원망도 아니고 무얼 따지자는 것도 아니에요. 그동안 저는 항상 선배님 곁에 있었지만 선배님 거실이나 베란다 같은 언저리에 있었던 거예요. 선배님 마음이 어딘가 크게 비어 있는 것 같았고, 그 자리를 제가 메워줄 수 있다고 생각했던 건데 알고 보니 그건 제가 메워줄 수 있는 자리가 아니었어요."

그는 나를 정면으로 보며 말했다. 내 얼굴에서 무슨 표정을 더듬는 것이 아니라 이미 작정하고 왔던 말을 그답게 곧이곧대로 털어놓고 있었다.

"이제 모두 자기 자리로 돌아가는 거예요. 돌아가신 미선이 언니 영선씨도 어떻게든 자기 자리를 찾아갔고, 팔십세가 넘는 할머니는 당신 말씀대로 남의 나이를 스무남은 살이나 잡수셨으니 그이도 가실 길이 뻔하고, 그 조카도 그 나이면 자기 길을 찾아갈 거고, 저도 잘못 들었던 길에서 제 길을 찾아가고, 미선이언니야말로 꽁꽁 묶였던 올가미가 다 벗겨졌으니 자기 자리를 찾아가는 거죠. 모두들 이렇게 제자리를 찾아가는 거예요. 광주항쟁의 시각에서 보면 크게 뒤틀렸던 어느 한부분이 제대로 발라지는 거고, 고장났던 기계가 돌아가듯 제대로 돌아가는 거죠."

그는 한참 주워섬기고 나서 조용히 웃었다. 나는 고개를 돌리고 딴 데를 보고 있었다. 술이라도 흠뻑 마셔버리고 싶었지만 참았다.

"얼마 전부터 두 분 관계가 조금 미심쩍었지만 설마 했다가 어제야 자세히 듣고 사실은 적잖이 충격을 받았어요. 그렇지만 그동안 미선이언니 처지를 생각하면 몸이 떨려요. 선배님도 그렇구요. 저는 지금 두 분의 처절한 고통 앞에 고개를 숙일 뿐이지요. 이게 솔직한 제 심정이에요."

그는 이미 차근하게 정리를 하고 나서 판사가 준비된 판결문을 낭독하듯 준비된 말을 하고 있었다. 끊고 맺는 것이 확실한 그의 성격대로였으나 웃음속에는 크고 작은 감정의 덩어리가 태풍 뒤의 파도처럼 날것으로 굼실거리고 있었다.

"사람 일이 기계처럼 그렇게 뚝딱뚝딱 되는 걸까?"

나는 씁쓸하게 웃으며 한마디 했다. 제대로 말을 하자면 지금 내가 작정하고 있는 일을 털어놓으며 책장 뒤에 감춰둔 권총을 보여주는 것이었다. 그것만이 그의 단단한 표정 속에 꾹꾹 눌러담고 있는 비통한 감정을 쓰다듬어주는 유일한 길이었다.

"고장의 원인이 확실하면 기계나 사람이나 마찬가지죠. 다른 길이 없어요. 미선이언니한테도 솔직하게 이야기했어요. 제가 사실을 알고서야 어떻게 그대로 있을 수 있겠느냐, 제가 사실을 알아버린 다음에는 정선배님이 선택하실 문제도 아니다, 이러면서 제 결심을 확실하게 말했죠. 미선이언니도 처음에는 긴가민가하더니 사실이 사실인데다 제 태도가 확고하다는 걸 알고 표정이 달라지기 시작하데요. 가는 길로 선배님한테 이야기하겠다는 말을 남기고 올라왔죠."

그는 또 웃으며 술을 털어넣었다. 자꾸 표정이 일그러지면서도 그런 자신을 나무라듯 목소리는 더 커지고 또렷했다.

"제 염려는 마세요. 이런 일은 깨끗할수록 좋고 빠를수록 좋아요. 도대체 미선이언니가 어떤 사람이에요? 바로 내일 내려가세요. 가서 그 언니 마음을 쓰다듬어 드리세요. 어제 그 꺼칠한 얼굴 보셨죠? 그 세월이 얼마예요? 거기다가 나 같은 덜렁이까지 나타나서 멍든 가슴을 짓밟고 다녔어요. 나는 그 생각을 하면 소름이 끼쳐요. 자기도 모르게 살인한 사람 기분이 이럴 거예요. 내일 내려가시는 거죠?"

발그레 익은 얼굴에 눈꼬리가 풀리고 있었다. 그는 술이 떨어지자 냉장고에서 전에 마시다 둔 소주를 꺼내왔다. 이제 두 여자한테 사실을 털어놓을 때가 된 것 같았다. 나는 술병을 받아 술을 따라주었다.

"내일 내려가시는 거죠?"

그는 거슴츠레 풀린 눈에 힘을 모으며 다시 다그쳤다. 술이라도 같이 마셔주는 건데 너무 야박하다 생각하면서도 참았다. 그는 내려갈 거냐고 거듭 다그쳤다.

"알겠어. 그렇지만 나한테도 생각할 여유를 줘야지 않아?"

"생각할 게 무어예요? 다른 길이 없잖아요. 제 걱정은 마세요."

그는 야무진 표정을 지어 보이며 술을 털어넣었다. 그는 거푸 잔을 기울이며 자기 결심을 두번 세번 다졌다. 그러나 이불 속에 들자마자 울음을 터뜨렸고, 울음이 터지자 걷잡지 못했다. 나는 말없이 등을 쓸어주었다. 요사이 내 작정을 사실대로 이야기를 해주어야겠다고 생각했다. 상복을 입은 까칠한 미선의 얼굴이 떠올랐다. 나를 보던 텅 빈 얼굴이 다가오며 언뜻 머리를 스치는 게 있었다. 내가 여태 강지연한테 그 일을 말하지 못한 까닭을 알 수 있을 듯했다. 그 일을 털어놓으려면 미선이한테 먼저 말을 해야 할 것 같았다. 그런 생각이 여태 내 입을 막고 있었다는 생각이 들며 강지연한테 너무 무책임했다는 자책이 가슴을 후볐다.

강지연과 얼마 동안 지내온 생활이 눈앞을 스치고 있었다. 그는 분방하고 솔직한 성격이었고 나는 그가 거느린 그런 분위기에 휩싸여온 꼴이었다. 그는 나하고 자료를 조사하고 토론을 하며 광주항쟁의 실상에 접근할 때마다 그의 성격대로 흥분하다 감격하다 했고, 나는 내 무용담을 늘어놓기도 하며 그의 감격과 흥분 속에 같이 빠져들어 나도 적당히 흥분하고 개탄하고 했다. 내가 싸웠던 이야기를 일부나마 들어봤던 것은 그가 처음이었다. 그는 그런 나한테 그만큼 감동을 했고 아직도 그늘이 남아 있는 어두운 내 모습에 연민까지 곁들여, 약실에 실탄이 들어앉듯 내 생활 속에 퐁당 들어앉았던 것이고, 나는 그의 들뜬 기분에 허랑하게 얹혀 그가 나대는 대로 어정쩡했던 것이다.

아침에 눈을 뜨자 강지연의 자리가 휑하게 비어 있고, 그 자리에 쪽지만 한장 오도카니 남아 있었다. 약속이 있어서 일찍 간다는 내용이었다. 어젯밤 흐느끼던 소리가 다시 가슴을 후벼왔다. 어서 가서 미선이한테 모든 것을 털어놓고 그에게도 털어놔야 할 것 같았다. 그러나 미선이 모습만 눈앞에서 갖가지로 뒤얽힐 뿐 얼른 발걸음이 떨어지지 않았다. 첫사랑의 소녀처럼 가슴 두근거리며 나를 맞이할 미선이한테 내 입이 쉽게 열릴 것 같지 않았다. 백화점의 화려한 진열장 곁에서 서른다섯의 나이토록 여태 남의 생활로 구경만 해오던 아기자기한 일상을, 이제야 비로소 자기 생활로 꿈꾸며 옷 코너의 숙녀복이 새로 보이고 아동복과 완구들이 새로 보이고 있을 그에게 내 입에서 나갈 소리는 너무 잔인했다.

미선이는 지금 전화기가 울릴 때마다 깜짝깜짝 놀라며 전화기를 들 것이다. '생각할 게 무어예요? 다른 길이 없잖아요. 제 걱정은 마세요.' 드센 척하던 강지연의 목소리와 이불 속에서 걷잡지 못하던 울음소리가 가슴을 후볐다. 미선이든 강지연이든 어차피 모질게 끊고 모질게 떠나야 할 사람들이므로 모진 심정으로 냉정하고 차근해야 한다고 다짐하면서도 그게 쉽지 않았다. 기왕에 멀찍이 있었고 강지연으로 가로막혔던 미선이가 새로운 모습으로 다가오자 도무지 감당할 수가 없었다.

나는 하루종일 침대에서 천장을 쳐다보다 서성거리다 하루를 보내고 말았다. 하룻밤을 새고 나도 얼른 발길이 떨어지지 않았다. 미선이나 강지연이나 그런 소리에 눈물을 찔끔거릴 여자들이 아니지만 이십여년 가까이 미선이가 헤쳐온 세월이 너무 애처로웠고, 지금 전화기를 힐끔거리며 서성거리고 있을 모습이 가슴을 엤다. 강지연한테서는 전화가 없었다. 예사 때 같으면 서너 번도 더 전화를 했을 것이다. 그렇다고 내가 할 수도 없었다. 가자, 어차피 내 앞에는 외길이 있을 뿐이다.

나는 자리에서 훌쩍 일어났다. 시계를 보았다. 열시였다. 그러나 몸이 너무 무거웠다. 어젯밤에도 자다 말다 잠을 설쳤더니 몸이 찌뿌드드하고 머리도 멍했다. 장거리를 뛰려면 차근하게 한숨 자야 할 것 같았다. 다시 자리에 누웠다.

'적벽 강상에 화광이 훨훨, 수만 전선이 간 곳 없고 적벽강이 들끓어 불빛이 낮빛이라. 가련할손 백만 군병, 숨막히고 기막히고 살도 맞고 창에 찔려, 앉아 죽고 서서 죽고, 울다 죽고 웃다 죽고, 밟혀 죽고 맞아 죽고, 방포소리 꿍, 꿍, 꿍.' 백동영감은 부채를 내두르며 엇모리가락으로 힘차게 치닫고 있었다. 산비탈 아래 널찍한 들판이었다. 여기저기서 꿍꿍 포탄이 터지고, 수많은 군사들이 개미떼처럼 쫓겨가며 아우성을 치고, 백동영감은 부채를 폈다 접었다, 곰삭은 수리성으로 정신없이 내달았다. 백동영감은 야전군 사령관처럼 거듭거듭 악을 썼다. 나는 어리벙벙한 기분으로 보고 있었다. '황개 화선 무릅쓰고 쫓아가며 외는 소리, 붉은 홍포 입은 놈이 조조로다. 이놈 조조야. 도망 말고 쉬 죽거라. 선봉대장 황개로다. 꿍, 꿍, 꿍,……. 너 이놈 조조야. 이놈 조조야.' 느닷없이 백동영감이 부채로 나를 찌르며 소리를 질렀다. '너 이놈 조조야, 조조야.' 영감은 부채로 거푸 꾹꾹 찌르며 성큼성큼 다가왔다. '꿍, 꿍, 꿍.' 뒤로 물러서던 나는 깜짝 놀라 벌떡 일어났다.

따르릉 따르릉. 전화기가 울리고 있었다. 나는 어리벙벙한 기분으로 전화기를 보고 있었다. 전화벨 소리가 그쳤다. 다시 울리기 시작했다. 최서홍인가? 나는 정신이 번쩍 났다. 앞에 울렸던 소리가 몇번 울렸는지 알 수 없지만 지금 울리고 있는 게 세 번 울리다 그친다면 틀림없이 최서홍의 전화일 것이다. 전화가 세 번 울리다가 그치고 다시 세 번 울리다 그치면 그의 비밀 핸드폰으로 전화 걸어달라는 암호였다. 전화가 네번 다섯번 계속 울리고 있었다. 안지춘일까? 나는 한참 보고 있다가 조심스럽게 전화기를 들었다. '여보세요. 정찬웁니다. 잘

못 걸었습니다.' '미안합니다.' 나는 전화기를 놓으며 얼얼한 기분으로 잠시 서 있었다. 부채를 찌르며 다가오던 백동영감 얼굴이 뚜렷하게 남아 있었다. 가슴이 몹시 뛰었다.

열두시 반이었다. 냉장고를 뒤졌다. 먹을 게 없었다. 밖으로 나가자 관리실 노인은 전화를 받고 있었다. 이 앞 가게에 간다는 시늉을 하며 지나쳤다. 가게에서 만두며 라면이며 몇가지 샀다.

"정씨, 나 좀 봅시다."

관리실 노인이 잔뜩 굳은 얼굴로 주변을 살피며 밖으로 나왔다.

"오늘은 경찰서에서 금방 금방 전화가 두 번이나 왔네요. 아까는 정씨 안 나갔느냐고 묻길래 안 나갔다고 했더니, 또 금방은 정씨한테 누구 찾아온 사람 없느냐고 묻는구만요."

"그 사람들이 왜 그러지요?"

"다급하게 묻는 소리가 꼭 무슨 일이라도 일어난 것 같았어요."

노인은 누가 덮치기라도 할 것 같은 표정으로 주변을 살폈다.

"하여간, 저는 아무 일도 없으니까 걱정 마세요."

나는 여유있게 웃으며 음료수를 한병 건네고 돌아섰다. 금방 금방 두 번씩이나 전화를 하다니 아무래도 뭐가 심상찮았다. 최서홍 쪽에서 일을 저질렀을까? 그렇다면 나에게 연락 않을 리가 없었다. 갑자기 기회가 왔는지도 모를 일이다. 그렇지만 경찰이 표나게 나를 감시하기 시작한 게 며칠 전이었다면 아구가 맞지 않았다. 더구나, 아무리 안지춘이라고 하더라도 최서홍과 내 관계까지 쉽사리 냄새를 맡았을 것 같지도 않았다. 서울 와서는 그들을 만난 게 실탄사격 때 한번뿐이고 그때도 감쪽같이 만났다가 감쪽같이 헤어졌다. 그럼 김중만이가? 그러나 그는 철저히 감시를 당하고 있을 것이다. 혹시 감시망을 벗어난 걸까? 경찰이 며칠 전부터 나대기 시작했다는 것으로 보아 그랬는지도 모를 일이었다. 가슴이 뛰기 시작했다. 이렇게 되면 광주에 내려가서는 안될 것 같았다. 이럴 때는 움직이지 않는 게 상책이다.

나는 라면을 끓이며 방안을 한번 둘러봤다. 책장 옆 문갑 위에는 뱃속에 수류탄을 담은 도자기가 시치미를 떼고 있고, 권총은 책장 뒤에 깊숙이 숨어 있었다. 권총은 그 속에서 종이 부스러기를 뒤집어쓰고 있으므로 책장을 몽땅 들어내지 않으면 손전등을 비춰도 보이지 않았다. 그때 전화기가 울렸다. 나는 조심스럽게 전화기를 들었다.

"마침 안 나가셨군요. 오늘도 동생 녀석한테 차를 빼앗겼네요."

대학원 동급생이었다. 그러고 보니 오늘은 강의가 있는 날이었다.

"그래? 음, 가만있자. 그럼 지금 이리 오겠어?"

나는 도청을 의식하며 천연스럽게 말했다. 오늘은 학교 가지 않겠다고 하려다가 그건 되레 부자연스럴 것 같았다.

"바로 가죠."

"그래. 그럼 기다릴게. 나는 아직 점심을 안 먹었거든."

나는 말을 마치며 관리실 인터폰을 들었다.

"영감님이세요. 조금 있으면 대학원 동급생이 올 겁니다. 전에도 왔던 그 학생입니다. 제 차로 같이 학교 가려고 옵니다. 그것도 미리 말씀해주세요."

"대학원 동급생이라 하셨습니까?"

"예. 집이 이 근처라 이리 옵니다."

라면을 먹고 나자 윤이 왔다. 나는 커피를 탔다.

"저는 언제 봐도 이런 방이 제일 부럽습니다. 이거 작은 왕국 아닙니까?"

"혼자 살기는 편리하지요. 윤형은 서울이 고향이랬죠?"

"그렇습니다. 그 나이에 선배님 공부하시는 걸 보면 놀랍더니 환경부터 이렇게 제대로 마련하셨더군요."

"하릴없으니까 공부하는 흉내나 내고 있는 거지요."

"무슨 말씀이세요. 지난번에 의적과 비적을 구분해서 펴신 논리는 정말 신선했습니다."

그때였다. 복도에서 거친 발자국 소리가 났다. 문을 거세게 두들겼다. 나는 침착해야 한다고 다지며 문을 열었다. 경찰들이 권총을 들이대며 쑥 들어섰다. 사복 한 사람과 정복 두 사람이었다.

"이게 무슨 짓이오?"

나는 버럭 소리를 질렀다.

"미안합니다. 흉악범이 이 건물로 들어왔다는 제보가 들어왔어요. 누가 주인입니까?"

나라고 하자 윤에게 신분증을 보자고 했다. 사복이 신분을 확인하는 사이 정복 두 사람은 화장실과 침대 밑을 들여다보고 유리창 철망도 살폈다.

"윤씨는 댁이 이 근첩니까?"

사복이 윤의 신분증을 보며 물었다.

"바로 저쪽 동사무소 옆입니다. 내 차를 동생이 타고 나가서 이 선배님 차로 함께 학교 가려고 왔습니다."

"오전에 어디 나간 적 없습니까?"

없다고 하자 사복은 윤의 전화번호를 묻더니 잠깐 기다리라며 밖으로 나갔다. 그사이 정복 한 사람이 출입문을 막아서고 한 사람은 옷장도 열어보고 옷걸이도 들춰보고 개수통에 금방 놔둔 그릇까지 살폈다. 복도와 건물 밖에도 경찰들이 둘러싸고 있는 것 같았다. 사복이 돌아왔다.

"미안합니다. 우리들 임무가 임무인지라 본의 아니게 이런 무리를 할 때가 있습니다. 양해해주세요."

그들은 대답도 듣지 않고 나가버렸다.

"이게 무슨 날벼락이지요? 제가 무슨 흉악범이어서 선배님 댁에 벼락을 몰고 온 겁니까?"

윤은 어이없다는 표정으로 웃었다. 나도 따라 웃었으나 가슴이 몹시 뛰고 있었다.

"날벼락도 이런 날벼락이 없군요. 갑시다."

나는 밖으로 나가다가 윤에게 자동차 열쇠를 건네고 다시 방으로 들어왔다. 안지춘이 다시 들이닥칠 것만 같았다. 책장 뒤 권총을 다시 한번 들여다보고 책장 아래로 늘어뜨려 책장 판자 틈새에 끼워놓은 낚싯줄을 보았다. 쉽게 눈에 띌 것 같지 않았다. 끝이 홀매진 낚싯줄의 좁쌀만한 대가리가 앙증맞게 버티고 있었다.

나는 다시 밖으로 나갔다. 윤이 차를 몰고 나왔다. 관리실 노인은 넋 나간 표정으로 보고 있었다. 차가 큰길로 나섰다. 라디오에서는 음악이 흘러나오고 있었다.

"흉악범이란 걸 보면 사건이 큰 모양인데 이 근처에 무슨 일이 터진 걸까요?"

"글쎄 말이야."

나는 얼얼한 기분에 싸여 건성으로 대답했다. 그때 음악이 멈췄다.

—줄리아드 호텔 하치호씨 살해사건 속보입니다. 오늘 오전 열한 시 줄리아드 호텔에서 일어난 하치호씨 살해사건 속보입니다."

"하치호 살해사건이라니요? 하치호라면?

윤이 놀라 나를 돌아봤다. 줄리아드 호텔은 지난번 강지연과 차를 마실 때 하치호가 나타났던 호텔이었다.

—줄리아드 호텔에서 쇠파이프에 뒷머리를 맞은 하치호씨는 병원으로 이송됐으나 병원에 도착했을 때는 이미 숨진 상태였으며, 현장에서 숨진 살해범은 영등포 식품가게 '○○식품' 종업원 김중만씨로 알려졌습니다. 경찰은 살해범 김중만씨의 공범이 있는지 조사중입니다. 지금까지 알려진 사건 전모를 다시 말씀드리겠습니다. 오늘 오전

열한시경 하치호씨가 줄리아드 호텔 커피숍에서 차를 마시고 있던 중 김중만씨가 나타나 쇠파이프로 하치호씨 뒷머리를 강타했으며 김중만씨가 다시 하치호씨를 치려는 순간 그는 하치호씨 경호원이 쏜 총에 복부를 맞고 현장에서 숨졌습니다. 김중만씨가 하치호씨 머리를 친 쇠파이프는 경찰봉보다 좀더 길고 굵은 파이프였으며, 커피숍 종업원 말에 따르면 김중만씨는 그 쇠파이프에 켄트지를 강력 접착제로 발라 무슨 그림을 말아든 것처럼 들고 왔다고 합니다. 김중만씨가 하치호씨를 살해한 동기는 조사중에 있습니다. 다시 한번 말씀드리겠습니다.

뉴스를 다시 되풀이하고 나서 현장을 목격한 계산대 종업원 말을 들어보겠다고 했다.

— 저는 아무것도 모릅니다. 넥타이 차림에 말끔하게 정장을 한 손님이 두루마리 종이를 들고 들어오시기에 그림을 그렇게 말아서 들고 오시는 줄만 알았습니다. 그때 저는 전화를 받고 있었는데 저쪽에서 총소리가 나기에 총구가 향하고 있는 쪽을 돌아봤더니 하치호씨는 탁자에 머리를 박고 있고, 그 손님은 종이에 쌌던 쇠파이프를 떨어뜨리며 앞으로 쓰러지고 있었습니다. 나중에 보니까 그 쇠파이프에는 그림 그리는 종이가 둘둘 말려 단단히 발라져 있었습니다.

"살해범이 김중만이라 했지요? 하치호를 살해했다면 김중만이라는 사람은 어떤 사람일까요?"

윤이 나를 돌아보며 다급하게 물었다.

"글쎄 말이야."

짐작했던 대로 김중만씨는 며칠 전에 감시망을 따돌리고 잠적했다가 일을 저지른 것 같았다.

"그 자식들, 하늘 높은 줄 모르고 잘들 해처먹고 잘들 놀아나더니 이제 뿌린 씨를 거두기 시작하는구먼요."

윤은 웃음을 터뜨렸다. 나는 뒤를 돌아봤다. 그들은 지금 나를 미행하고 있을지 모를 일이었다. 나는 호흡을 가다듬었다.

"김중만이 그 사람이 식료품가게 종업원이랬죠? 저런 일은 역시 그런 사람들이 제대로 한다니까요. 우리 먹물들은 입만 살았지 이게 뭡니까? 그런데 그 사람, 머리를 좀 쓰지 아깝게 죽었구먼. 우리는 총을 안 가져본 백성들이라 총에는 저렇게 서툴다니까요."

윤은 연방 떠들었다. 차는 강변도로로 들어섰다. 드넓은 한강이 눈앞에 펼쳐졌다. 강은 넓고 수면은 맑았다. 권총을 쏘는 김중만의 얼굴이 강물 위에 춤을 추고, 총에 맞아 쓰러지는 하치호가 춤을 추었다. 옛날 태극기를 앞세우고 금남로로 뛰쳐나가던 젊은이들 모습이 다가왔다. 타타타타타. 쓰러지면 또 나가고 쓰러지면 또 나가고, 마지막 장갑차 해치에 윗몸을 내놓고 태극기를 휘날리며 달리던 젊은이의 만세소리가 아스라하게 울려왔다. 만세, 만세, 만세.

강물은 유유히 흐르고 있었다. 강원도와 충청도 골짜기 골짜기에서 굽이굽이 흘러온 강물은, 마지막으로 서울 골목골목의 일상이 빚어낸 찌꺼기들을 모두 쓸어담고, 푸른 하늘에 뭉게구름도 한가롭게 띄우고, 망망대해를 향해 멈춘 듯 소리없이 흘러가고 있었다. 수면에 일렁이는 물비늘은 눈부시게 햇살을 가르다가 이따금 칼날 같은 빛살을 쏘아 탐조등 섬광처럼 하늘을 찌르기도 하면서 강물은 유장하게 흐르고 있었다.

후기

버스 운전기사 박기서씨가 백범 살해범 안두희를 처단했을 때 살해 동기를 묻는 기자에게, 그런 사람이 지금까지 살아 있다는 것이 부끄러웠기 때문이라고 했다. 그런 자가 오십년 가까이 살아 있다는 사실이 부끄러웠다는 것이다. 이 사건은 공교롭게도 광주항쟁 가해자들 재판이 진행되고 있을 때 일어났는데 정치권에서는 일심 재판 때부터 그 일파의 사면 소리가 나오기 시작하더니 대선기간 동안에는 당선 가능한 대통령 후보들은 모두 다투어 사면을 공약했다. 옛날 이승만 대통령이 슬그머니 안두희를 사면했던 것과는 달리 그들의 사면은 정치권 전체가 거의 만장일치 합의를 했고 선거전 막바지에는 누가 먼저 내놓느냐로 경쟁을 했으며 대선이 끝나자마자 공약대로 맨 먼저 그들의 사면부터 했다. 박기서씨는 대중의 기억에서 사라진 채 교도소에 있었고 그 일파는 어느 신문의 표현대로 독립투사라도 된 것처럼 당당하게 교도소를 나왔다.

나는 광주항쟁에 족쇄가 채워진 꼴이어서 광주항쟁으로 소설이라도 한편 써야 풀릴지 모르겠다 싶어 마침 박기서씨 사건을 계기로 소설을 구상하고 있던 참인데 우리 현실은 나보다 앞서서 소설을 만들어가고 있었다. 이 소설은 이런 현실의 뒷전에서 거세게 고개를 젓는 사람들 이야기이다.

1999년 12월 10일

송 기 숙